KB262260

유기

1

하용준 장편역사소설

유기留記 -1. 신화의 끝

초판 인쇄 2008년 5월 7일 | **초판 발행** 2008년 5월 15일

지은이 하용준

펴낸이 최종숙 | **책임편집** 권분옥 | **편집** 이소희 양지숙 김지향

마케팅 안현진 정태윤 | **디자인 기획** 홍동선

펴낸곳 글누림출판사 | **등록** 제303-2005-000038호(등록일 2005년 10월 5일)

주소 서울시 서초구 반포 4동 577-25 문창빌딩 2층

전화 02-3409-2055 | **팩시밀리** 02-3409-2059 | **홈페이지** http://geulnurim.co.kr

ISBN 978-89-91990-89-0 04810
      978-89-91990-88-3 04810(전2권)

정가 9,800원

* 잘못된 책은 교환해 드립니다.

하용준 장편역사소설

웅기

신화의 끝 1

글누림

차례

유기留記 1. 신화의 끝

유기留記 2. 사라진 제국

바람의 넋

1886년 겨울

점득이는 망태기를 둘러매고 산으로 올라 갔다. 요즘은 통 걸려드는 놈이 없었다. 미끼가 부실한 탓이기도 했다.

오소리는 밤에 돌아다니는 짐승이었다. 그러나 먹잇감이 부족하면 밤낮 없이 돌아다니며 쥐나 개구리, 뱀, 나무뿌리 따위를 가리지 않고 먹어 치우는 잡식성이 있는 놈이었다. 또 겨울에는 털빛이 희어지기 때문에 덫을 놓지 않으면 잡기 힘든 녀석이었다.

'그놈이라도 걸려야 달기를 앓고 있는 점상이에게 형의 체면을 세울 수 있을 텐데.'

힘없는 걸음을 놓다가 문득 하늘을 쳐다보았다. 삼형제별이 산등성이 위로 떠올라 나란히 빛나고 있었다. 휘잉. 바람이 포효하듯이 불어 왔다.

불현듯 엄습해 오는 두려움에 발자국 소리를 죽였다. 돌아다보았다.

마을은 꺼질듯 말듯한 불빛을 밝혀놓았다. 그만 내려가고 싶은 생각이 들었다.

‘여기까지 올라왔는데…….’

점득이는 마을 또래들 사이에 골목대장으로 통하고 있었다. 그런 만큼 누구보다 용감해야 했다. 흘러내린 허리춤을 단단히 올려 매고 다시 걸음을 내디뎠다.

그 순간, 둔덕 너머에서 두런두런 사람들의 말소리가 들렸다. 점득이는 몸을 바짝 낮추고 재빨리 둔덕 밑으로 기어들었다.

고개를 들어 살짝 넘어다보았다. 양이(洋夷)들이었다. 얼른 고개를 숙였다. 온몸의 피가 얼어붙는 것 같았다.

‘어쩌지.’

가슴이 콩콩 뛰기 시작했다. 살금살금 기려다가 곧 그 자리에 엎드렸다.

‘도망가면 더 위험할거야.’

전에도 양이들은 숨어 있는 점득이를 발견하지 못하고 불과 열 걸음 옆으로 지나친 적이 있었다. 그러나 그때는 날씨가 흐린 그믐날이었다.

하늘에는 점상이의 눈썹 같은 동짓달이 전나무 가지에 걸려 있었다. 달빛이 더없이 밝게 느껴졌다. 구름이 달빛을 가릴 것 같지도 않았다. 양이들의 말소리가 차츰 가깝게 들려왔다.

“그런 게 정말 묻혀 있을라구?”

“모르지. 큰스님 말씀이니 믿을 수밖에.”

“큰스님은 어찌 알길래?”

"그 깊은 속이야 알 수 없지."

"다들 도인이라 머리를 조아리는데 설마 그 품새로 헛말을 부려 놓았으리."

"아서, 그렇담 관에서 여태 그냥 놓아뒀을까?"

"그도 그럴세."

"만고의 보궤(寶鐀)라 했단 말이지?"

"입에 넣을 것이 아닌 다음에야 만고 천만고가 무슨 소용이리."

"하긴."

주리에는 고작 어린아이 주먹만한 솔기떡 두어 개가 놓여 있었다. 슬쩍슬쩍 부스러기를 떼내어 입에 넣으며 민상투 몇이 둘러앉아 저녁때를 넘기고 있었다.

"행여 바람말을 옮기다 경을 칠라. 입담을 치는 게 좋을 듯하이."

"겁사리하고는. 괭이질이라도 해볼까 하네만."

"어딘 줄 알고?"

"돌단 언저리겠지."

"그 심 뒀다가 육물(肉物)이나 쫓지 않고서."

"육물이고 초물(草物)이고 어디 있건대?"

"그 애비 말이 정할세. 인구(人口) 말고는 살아 움직이는 건 구경조차 힘드니."

"……"

허기져 등이 굽은 민상투들은 말할 기운조차 아끼려는 듯했다. 박서방은 슬그머니 자리에서 일어났다.

"이녁은 이참에 찾아 나설 요량인가 보이."

"농도 때를 가리지 않고서는……"

“이거 가지고 가시게.”

꺼진 구들터에 앉은 민상투가 솔기떡 하나를 들었다. 여러 차례 손을 타 가장자리로 쥐가 파 먹은 듯한 것이지만 사나흘 굶기를 예사로 하는 즈음이라 희디 흰 멥밥에 비할 바 아니었다.

쭈뼛거리는 박 서방을 향해 한마디 더 날아들었다.

“가져다가 둘째 점상이 주게. 이조차 못 먹이고 보내고 나면 그 꼴은 또 어찌 보누.”

그는 마지못해 받아들고 인사인 듯 아닌 듯 돌아서며 허리를 깊이 접질렀다. 토굴 같은 초막을 나와 짚새기를 끌던 박 서방은 하늘을 쳐다 보았다.

‘만고의 보궤, 흐흐⋯⋯. 우리 같은 흙투성이들이야 죄 없이 귀동냥한 것만으로도 곤장 복이나 터질 것을⋯⋯.’

점득이는 용기를 내어 살그머니 고개를 들었다. 무얼 들었는지 무거워서 낑낑거리는 모습이었다. 하나 둘 셋⋯⋯. 시커먼 덩어리는 모두 여섯이었다.

들고 있던 것을 떨어뜨리듯이 땅에다 내려 놓았다. 쿵 하는 소리가 났다. 무어라 말하는 소리가 가깝게 들렸다. 하나가 총을 들고 내리치기 시작했다. 쇳소리가 철컥철컥 들려왔다. 둘러선 양이들이 그 모양을 보고 웃었다. 이윽고 그가 궤짝 뚜껑을 열어 제쳤다.

양이들은 다투듯 달려들어 그 속에 있는 것을 꺼내보기 시작했다. 그리고는 저마다 푸념같이 중얼거리며 손에 들었던 것들을 집어던졌다. 누군가 소리를 지르자 그들은 투덜거리며 뚜껑을 덮었다.

‘무슨 짓거리지?’

점득이는 양이들이 하는 양을 하나도 놓치지 않고 보고 있었다.

몇 걸음 내딛지 않아 그들 중 하나가 또 알 수 없는 소리를 지껄였다. 양이들은 궤를 내려놓았다. 검은 덩어리 둘이 부리나케 뛰어가 내던져 놓았던 것들을 주워왔다. 그들은 안고 온 것들을 궤 속에 쏟아넣고는 다시 궤를 들었다.

점득이는 고개를 숙였다. 숨소리도 내지 않았다. 둘러맨 망태기를 가만히 벗어 놓았다. 여차하면 뒤도 돌아보지 않고 달아나야 했다. 망태기에서 낫가락을 꺼내 꼬옥 다잡아 쥐었다. 발자국 소리가 점점 크게 들려 왔다. 점득이는 눈을 감았다.

다행히 양이들은 점득이를 발견하지 못하고 마을 어귀 쪽으로 내려갔다. 점득이는 양이들이 멀리 내려가고 나서도 한참 동안 몸을 엎드리고 있었다.

'뒤따라 내려오는 것들이 더 있을지도 몰라.'

낫 두 자루를 갈 시간이 지나서야 고개를 들었다. 귀를 세우고 주위를 둘러보았다. 바람 소리만 마른 풀을 흔들고 있었다. 점득이는 몸을 일으켜 세웠다. 등줄기에 식은땀이 배어나온 탓에 추위가 한결 더했다. 어깨가 절로 떨려왔다.

몸을 추스르며 덫을 놓아둔 곳으로 발걸음을 옮겼다. 덫은 그대로였다. 오소리는커녕 땅두더지 한 마리도 다녀가지 않았다. 점득이는 화가 나 짚신발로 덫을 차버렸다. 한동안 쭈그리고 앉아 있던 점득이는 심기가 어느 정도 누그러지자 덫을 주워다가 풀섶에 잘 놓아두었다.

양이들이 궤짝 속의 물건을 내던진 곳으로 가보았다. 먹을 거였다면 되담아가지 못한 게 남아 있을 것 같은 생각이 들었다. 그러나 아무것도 발견할 수 없었다. 킁킁 코를 들이켜 보았다. 어떤 냄새도 나지 않았다.

"쳇!"

점득이는 마을을 향해 발걸음을 돌렸다. 열 걸음도 딛지 않아 미끈한 것이 밟혔다. 손을 더듬어 주워들었다. 머리 위로 비껴 들고 달빛에 비춰보았다.

책이었다. 책장을 넘겨보았지만 어두워서 잘 보이지 않았다. 그냥 던져버릴까 하다가 망태기 속에 집어넣었다. 쓸모없는 물건이었다면 양이들이 내버렸다가 다시 주워 담지는 않았을 것 같았다.

풀섶을 쓸어가며 주위를 자세히 훑었다. 몇 권을 더 찾았다. 손바닥만한 쇳조각도 하나 주웠다.

"이놈아, 해 떨어진 지가 언젠데 어딜 그렇게 쏘다녀!"
"덫을 보고 왔어요."
"뭐가 걸렸더냐?"
"아뇨, 아무것도."
"얼른 들어가서 자거라."

점상이는 곤하게 잠들어 있었다. 입가에는 솔기떡 부스러기가 잔뜩 묻어 있었다. 방바닥에 깔아 놓은 거적을 들추고 책과 쇳조각을 감춰두었다. 망태기를 윗목에 던져놓고 누웠다.

먹을 것으로 바꿀 수 있는 책인지 알 수가 없었다. 아버지는 까막눈이라 보여봤자 소용없을 것이다. 마을에서 글을 가장 많이 익힌 어른을 생각해 보았다. 얼른 떠오르지 않았다.

문득 스님할아버지를 떠올렸다. 미소가 번졌다.

며칠 전 스님할아버지가 마을 사람들에게 곡식을 나누어준 일이 있었다. 양이들도 그 일을 알았지만 스님할아버지의 서슬이 무서워 모른 척했을 것이라는 소문이 나돌고 있는 터였다.

점득이는 법당 부처님에게 올려놓은 공양쌀이 생각났다.

'쌀이 안 되면 촛대 옆에 놓아둔 아기스님을 달라고 해야지.'

토방 아궁이 속에는 불씨 하나가 잿더미에 묻힌 채 숨을 아끼며 깜박이고 있었다. 마당귀를 어지럽게 쏘다니는 바람 소리가 귓전을 울렸다.

점득이는 눈을 감았다. 얼마 지나지 않아 기지개를 켠 무의식이 아늑한 꿈길을 노닐기 시작했다.

풀이든 짐승이든 땅을 의지해 사는 것들 가운데 사람의 입에 들어 갈 만한 것들은 이미 씨조차 말라버린 듯했다. 어쩌다가 재수 좋게 잡히는 뱀이나 개구리조차 성찬으로 여겨지는 형편이었다.

겨울도 인간의 무차별적인 식탐을 아는지 자연의 종자를 더욱 깊이 감추고 저 홀로 깊어지고 있었다. 섬 전체가 저승의 문턱을 넘어가고 있는 형국이었다.

"형아, 어디 가?"

"점상이 너, 절에 있는 아기스님 꼭두각시를 갖고 싶다고 했지?"

"응."

"형아가 지금 그걸 얻어다 줄게."

"참말?"

"그래, 그러니까 형아가 갔다올 때까지 울지 말고 기다리고 있어, 알았지?"

"응, 형아."

바람이 매서웠다. 숲에서 머리를 풀어헤친 귀신이라도 나올 것만 같았다. 점득이는 팔짱을 끼고 어깨를 잔뜩 웅크린 채 숲길을 걸어갔다. 귓바퀴를 낫으로 끊어 내는 듯한 추위였다.

점득이는 경내를 어슬렁거렸다. 법당 옆 비스듬히 서 있는 건물을 보았다. 신발 한 켤레가 댓돌 위에 가지런히 놓여 있었다. 점득이는 그 앞으로 다가가 헛기침을 했다.

덜컥, 문이 열렸다.

"어떻게 왔니?"

"스님할아버지를 만나려고요."

"무슨 일로 그러는데?"

"그건 스님할아버지를 만나서 말씀드릴 거예요."

"그런데 너, 품에 안고 있는 게 뭐냐?"

"스님할아버지를 만나야 한다니까요."

"그놈 참 맹랑한 녀석일세."

젊은 스님은 뜰에 내려섰다.

"따라오너라."

점득이는 행여 떨어뜨릴세라 가슴속에 넣어둔 책을 바짝 조여 안았다.

"저어, 큰스님."

"들어오너라."

"예. 너는 여기서 잠깐 기다리렴."

젊은 스님은 안으로 들어가더니 잠시 후에 나왔다.

"올라가거라. 큰스님을 뵙거든 절을 해야 한다, 알겠니?"

"염려하지 마세요. 그 정도는 나도 다 알고 있어요."

방에는 얼굴에 시커먼 점이 많이 나 있는 스님이 앉아 있었다. 양이들도 무서워한다는 스님할아버지였다. 점득이는 두 팔을 가슴에다 붙인 채 넙죽 절을 했다. 무릎만 꿇고 머리를 까딱하는 모습이었다. 노스님이 웃음을 지었다.

"그래, 동자부처님이 이 추운 날씨에 무슨 일로 늙은 나를 찾아 왔는고?"

"동자부처님이 누구예요?"

"허허, 그놈……. 왜 나를 보자고 했느냐?"

"스님할아버지는 글을 많이 익히셨어요?"

점득이는 가슴을 싸안은 채 도리어 되물었다.

"그건 왜 묻느냐?"

"제가 여쭈는 말에 먼저 대답을 해보세요."

노스님은 껄껄 웃었다.

"그럼, 많이 읽었지. 네가 가슴에 안고 있는 것이 책인 모양이구나. 글을 배우고 싶으냐?"

"아니에요."

점득이는 저고리 밑으로 손을 넣어 책을 끄집어냈다.

"양이들이 와 있을 때 제가 주운 거예요. 아주 귀한 건데 스님이 갖고 계신 물건이랑 바꾸고 싶어서요. 제가 손해를 보아도 좋아요."

"그래?"

노스님의 눈길이 책에 머물렀다. 표지의 금박 글자가 희미하게 보였다. 한 권을 집어들었다. 그는 뚫어져라 표지를 살펴보다가 천천히 책장을 넘겼다. 전서체(篆書體)로 쓰인 옛 책이었다.

책장을 넘기는 노스님의 눈썹이 가늘게 떨렸다. 지루한 시간이었지만 점득이는 책이 워낙 귀한 것이라 그러려니 하고 꾹 참았다. 책을 덮고 난 노스님의 목소리는 한결 부드러웠다.

"너, 이 책, 어디서 난 건지 자세하게 얘기해 줄 수 있겠니?"

"귀한 것 맞지요?"

"그래, 아주 귀한 책이란다. 어디서 난 거냐?"

점득이는 산에서 보았던 양이들의 짓거리를 장황하게 들려주었다. 이야기를 다 듣고 난 노스님은 장탄식을 하며 고개를 끄덕였다.

"그래, 내가 가지고 있는 어떤 물건하고 바꾸고 싶으냐?"

"부처님 앞에 놓아두었던 쌀 어떻게 하셨어요? 전에는 있었는데……."

"쌀하고 바꾸려고 왔구나. 네가 보았던 부처님 공양쌀은 벌써 마을에 있는 아픈 사람에게 주었단다. 다른 것하고 바꾸면 안 되겠니?"

"그러면……. 촛대 옆에 있는 아기스님을 주세요."

"자라를 방생하려는 그 동자상 말이냐?"

"예, 그거요. 제 아우가 무지무지하게 아픈데 그걸 무척 갖고 싶어해요. 점상이는 가지고 놀 놀잇감이 하나도 없거든요. 바꿔 주시겠어요?"

"허허, 다른 건 안 되겠느냐? 그건 어떤 것하고 바꿀 수 있는 물건이 아니란다."

"그럼 관두세요. 그게 아니면 저도 그만둘래요."

"……."

점득이는 책을 주섬주섬 주워 들고 품속에 넣었다. 아이가 일어서려고 하자 노스님은 천장을 바라보며 중얼거렸다.

"나무관자재보살……."

노스님은 팔을 내저어 점득이를 그대로 앉혔다.

"그래 바꾸자꾸나. 그 동자스님을 안고 있으면 네 아우가 금방 나을 거야."

"참말로 바꿔 주실 거예요?"

"그럼, 중이 거짓말을 하면 지옥에 간단다. 잠깐 기다리거라."

노스님은 일어나서 방문을 열었다.

"기산아, 기산이 게 있느냐?"

젊은 스님이 부리나케 뛰어 왔다.

"부르셨습니까, 큰스님."

"법당에 가서 목각 동자상을 이리 가져 오너라."

"예? 예, 스님."

노스님은 방문을 닫았다. 그새 섬뜩한 찬 기운 한 줄기가 들어와서 방안 공기와 섞이고 있었다.

"그놈 참, 허허허. 너 올해 몇 살이냐?"

"열한 살이에요."

"글은 좀 배웠느냐?"

"천자문을 배우다가 말았어요. 양이놈들이 쳐들어 와서……."

"내가 글을 가르쳐 주랴?"

"정말이에요? 하지만 책이 없는데 어떻게 배워요?"

"책은 내게 있단다. 매일 아침 공부하러 절에 오련?"

점득이는 가만히 생각했다. 그리고는 초롱한 눈망울을 들어 노스님을 바라보았다.

"아버지한테 물어보고요."

"그래그래, 글삯 같은 것은 필요없다고 꼭 말씀드려야 한다. 알았지?"

“예, 할아버지, 아니 스님할아버지.”

“허허허.”

“그런데 양이들이 왜 스님할아버지를 무서워했어요?”

“이 할아버지가 도술을 부리거든.”

점득이의 눈이 커졌다.

“…….”

인기척이 들렸다. 젊은 스님이 동자상을 소반에 받쳐들고 들어왔다.

점득이의 눈길이 동자상으로 갔다. 점상이 또래로 보이는 동자스님이 홑적삼을 입고 있었다. 팔과 다리를 걷어붙인 채 자라 한 마리를 들고 냇가에 서 있는 모습이었다. 동자스님은 배꼽이 나온 줄도 모르고 환하게 웃고 있었다.

점상이가 너무 좋아할 것 같았다. 점득이는 노스님을 바라보았다. 얼른 달라는 말이 입 속을 맴돌았다. 스님할아버지의 마음이 갑자기 변하면 안 되기 때문이었다.

“네가 원하는 것이 맞느냐?”

“그럼요. 우리 점상이가 아주 좋아하는 거예요.”

“허허, 자, 가져가거라. 이제는 책이랑 아주 바꾸었다.”

“나중에 물러 달라고 하시면 안 돼요?”

“허허허. 너나 나중에 다른 말 하지 말거라.”

옆에서 보고 있던 젊은 스님이 놀라서 노스님에게 말했다.

“큰스님, 저 동자상은…….”

“되었다. 이제 저 동자상은 절 물건이 아니라 이 어린 부처님 물건이니라.”

“큰스님?”

“그만 하래도 그러는구나.”

“…….”

“어서 가보거라. 잊어버리지 말고 아버지한테 글 배우겠다는 말을 꼭 해야 한다, 알겠지?”

“예, 안녕히 계세요.”

동자상을 들고 밖으로 나온 점득이는 신발을 신자마자 마을로 쏜살같이 달려갔다. 얼굴에는 함박꽃이 환하게 피어 있었다.

“큰스님, 동자상을 저 아이에게 주시다니요?”

“그 동자상이 수십, 수백 개 있다고 해도 저 아이가 놓고 간 책만 못하느니라. 허어, 어쩌자고 그놈들이 궤짝을 파내어 들고 가버렸다는 말인가……?”

기산 스님은 밖으로 나왔다. 도반인 멸산 스님이 다구를 든 채 걸어오고 있었다. 기산 스님은 멸산 스님 앞으로 다가갔다.

“스님, 나 좀 보시오.”

“무슨 일 있습니까? 기산 스님의 얼굴이…….”

“글쎄, 큰스님께서 법당에 있는 동자상을 저 마을에 사는 어린아이에게 줘 버리셨소. 그것도 그 아이가 들고 온 책 몇 권이랑 바꾸는 셈으로 말이오.”

“그래요?”

“그 동자상이 어떤 물건인지는 스님도 잘 알지 않소?”

“알다마다요. 고려 충렬왕의 비가 된 원나라 정화 공주가 이곳에 와서 옥등잔과 함께 부처님전에 바친 것 아닙니까?”

“그러게 말입니다. 아무리 그럴 만한 일이 있더라도 그렇지요. 육백 년이나 된 보물을 철없는 어린아이에게 덥석 집어주시다니. 나 참.”

"너무 걱정하지 마십시오. 큰스님께 깊은 생각이 있겠지요."

닷새가 지났다. 아침 예불을 마친 인시(寅時) 무렵, 노스님은 멸산 스님을 불렀다. 멸산 스님이 조실에 들자 노스님은 손수 싸놓은 보퉁이 하나를 내어 놓았다.

"상주 조 선비에게 전해주고 오너라. 길 놀음에 험하게 다루어서는 안 될 물건인즉, 만에 하나 산무지렁이에게 앗기는 일 따위가 없도록 각별히 조심해야 하느니라, 알겠느냐?"

"하옵시면 수일 전에 어린아이가 놓고 간 것이온지요?"

"수행하는 뭉구리 머리에 잡념이 들면 공부는 그 길로 끝장이 나느니라. 여러 생각하지 말고 이 바람으로 길을 나서거라. 안에 서찰도 넣어 두었으니 조 선비에게는 달리 이르지 않아도 될 것이니라."

상주까지는 가는 데만 해도 족히 열흘은 걸리는 길이었다. 가장 조심해야 할 것은 문경새재를 넘는 일이었다. 산적들이 열 걸음에 하나씩 출몰한다는 험한 곳이었다.

멸산 스님은 돌아와 길바랑을 챙겨 들었다. 석장(錫杖)을 짚고 방문을 나서자 기산 스님이 뜰에 서 있었다.

"먼길을 가신다구요?"

"여쭈러 가려 했더니 나와 계셨군요."

"큰스님께 미리 말씀을 들었습니다. 가시는 걸음에 요기나 하십시오."

멸산 스님은 기산 스님이 내민 마른 칡떡 세 쪽을 바랑에 넣었다. 입에 넣고 씹으면 그런 대로 급한 허기는 면할 만한 요긴한 양식이었다.

그는 일주문을 나서며 법당을 보고 합장을 했다. 눈발이라도 들이칠 날씨였다.

"기산아, 게 있느냐?"

“예, 큰스님.”

“공양이 왜 이리 늦느냐?”

“곧 올리겠습니다.”

기산 스님은 약수 한 그릇과 소금 종지 하나를 상에 담아 조실에 들였다. 노스님은 굵은 소금알 몇 개를 집어 그릇에 던져 넣었다. 그리고는 얼음만큼이나 차가운 샘물을 뜨거운 숭늉인 듯 훌훌 불어 마셨다.

마당에서 눈을 치우고 있던 덕보의 귀에 청랑한 목탁 소리가 들렸다. 싸리비질을 멈추고 다시 귀를 기울여보았다. 똑, 똑, 똑, 똑, 똑……. 틀림없는 목탁 소리였다.

‘이 추위에 구봉사 시님이 동냥을 나섰나?’

덕보는 문간으로 다가갔다. 목탁 소리가 더 크게 들려왔다. 빗장을 빼고 문을 열었다. 삿갓을 쓴 젊은 스님이었다. 덕보는 손바닥을 맞붙여 얼른 합장하고는 눈을 크게 떴다.

“조 부자(夫子)께서는 안에 계신지…….”

“어떤 시님이라 전해 올리여?”

“강도에서 온 멸산이라 고변해주시게.”

덕보는 잠시 기다리라 하고 팔을 휘저으며 뛰어 갔다.

“마램 어른, 마램 어른!”

“무슨 일이래여?”

덕보의 말을 전해 들은 마름 송 서방은 접몽헌(蝶夢軒)으로 갔다.

“저, 마님, 지금 막 강도에서 멸산 시님이 오싯십니더.”

“이 한겨울에 강도에서? 어서 사랑으로 들이고 몸부터 녹여드려라.”

“예, 마님.”

송 서방은 부리나케 달려가 스님을 맞았다. 열이틀을 쉬지 않고 걸어와 여독이 완연한 멸산 스님은 애써 얼굴빛을 되찾으려는 기색이었다.

조 선비는 옷매무새를 단정히 고쳐 입고 글 읽기를 계속했다. 사랑으로 든 손의 몸에 더운 기운이 돌기를 얼마간 기다리는 것이었다. 선비가 손을 맞는 예법이었다. 조 선비는 사동을 불러 어디론가 보낸 다음 사랑에 들었다.

"조 부자께서는 건녕하십니까? 나무관세음보살."

멸산 스님은 들어서는 조 선비를 보고 일어섰다. 두 사람은 서로 예를 갖춘 다음 자리에 앉았다.

"단산 선사께서 강도에 머물고 계신다는 바람말을 들었습니다만, 혹시 선사께 무슨 일이라도 생겼습니까?"

"그건 아닙니다. 큰스님께서 조 부자께 전해주라는 것이 있기에."

멸산 스님은 바랑을 젖혀 보퉁이를 꺼내놓았다.

"보자기에 싼 것이 무에길래 이렇듯 험한 걸음을?"

"소승은 아는 바가 없습니다. 안에 서찰을 넣어두었으니 조 부자께 전해주기만 하면 된다는 말씀뿐이었습니다. 끌러보시지요."

"아무리 급한 물건이기로서니 이 설한에 수백 리 먼 길을 어찌……. 선사답지 않은 황망스런 노릇일시."

조 선비는 사랑의 천장을 올려다보며 혀를 찼다.

"아무려면 깊은 의중이 있으시겠지요."

조 선비는 보퉁이를 당겨 한쪽으로 밀쳐두고 밖을 향해 송 서방을 불렀다.

"어서 더운 꿀물이라도 먼저 내오지 않고 무얼 그리 꾸물거리느냐?"

"아닙니다, 얼어붙었던 피륙도 녹였고 소승의 소임도 마쳤으니 이만 일어서겠습니다. 구봉사 주지와는 오랜 지기이니 게서 여독을 풀고 올라가겠습니다."

"웃절에는 아이를 시켜 전갈하라 일러두었으니 서둘 것까지야. 빙혈마냥 스님 법구(法具)에서 아직 찬바람이 휘몰아 나오고 있으니 이 길로는 못 올라가십니다. 허허."

"허허, 조 부자의 농은 여전하십니다."

"양이들의 변고가 그쳤으니 이제 강도 백성이 제 숨을 쉬겠구려."

"그것도 아닙니다. 몽땅 거덜내 들고 가는 바람에 눈알로 땅을 찔러보아도 입에 넣을 것이라곤 흙부스러기뿐인지라……."

"저런……. 선사께서는 공양을 어찌 하고 계십니까?"

"삼시 샘물 바가지에 소금 서너 알이니 상좌 노릇이 그저 무거운 업만 짓는 꼴입니다."

이내 저녁상이 들어왔다. 멸산 스님은 조 선비와 겸상으로 공양을 했다. 숭늉을 채 들자마자 일어서는 스님을 하룻밤이라도 쉬고 올라가라며 조 선비가 간곡히 붙잡았지만 멸산 스님은 끝내 떨치고는 구봉사로 올랐다.

조 선비는 대문 밖까지 배웅을 나갔다. 덕보에게 쌀말을 지워 길머리에 놓고서야 마음이 놓였다.

상좌승도 알지 못하는 물건이라면 입소문을 경계한 일일 것이었다. 송 서방을 불러 누구도 얼씬거리는 일이 없게 하라고 이른 조 선비는 접몽헌에 들어 보퉁이를 풀었다.

몇 권의 책 위에 서찰이 놓여 있었다. 펼쳐보았다. 장문의 글이었다. 그의 눈이 빛나기 시작했다. 조 선비는 서찰을 내던지듯 방바닥에 내려 놓고 책 한 권을 가려 들었다. 표지를 넘겨 첫 번째 쪽을 읽는 동안 눈썹이 가벼운 경련을 일으켰다.

한동안 천장을 뚫어져라 바라보던 조 선비는 툇마루에 나와 송 서방을 불렀다.

"이 시각 이후, 개미새끼 한 마리도 지나는 일이 없도록 하거라. 부르는 일이 없음에도 하릴없이 얼쩡거리는 가솔들이 있으면 자네부터 크게 경을 칠 것이니."

송 서방은 영문을 몰라 주춤거렸다.

"마님, 어인 일로?"

"어허. 알아들었으렷다?"

송 서방이 허리를 굽혀 돌아가자 조 선비는 바름새로 들어앉아 책 속으로 빠져들었다.

몇 날이 지났다. 송 서방의 걱정도 쌓여만 갔다. 조 선비는 서재에 들어앉은 지 나흘 만에 볶은 들깨 한 되와 물 한 초롱을 들였다. 무얼 하는지 안을 들여다볼 수도 없었다.

쥐죽은 듯 조용하던 접몽헌에서 갑자기 집안이 떠나갈 듯 큰 웃음소리가 들린 것은 조 선비가 들어앉은 지 열이레 만의 일이었다. 설렁 소리를 듣고 가림채에서 버선발로 달려나온 송 서방이 맞닥뜨린 주인은 사람이 아니라 귀신의 몰골이었다.

조 선비는 마루에 나와 서서 송 서방을 물끄러미 바라보더니 가래침을 울켜 뱉어내듯 첫마디를 던졌다.

"오늘 안으로 집안의 모든 서책을 꺼내다가 아궁이 속에 던져 넣어라."

"예?"

"사람 말을 알아듣지 못하는 게냐? 서재, 아이들 공부방, 내당, 사랑할 것 없이 이후로 서책이라고 생긴 물건이 내 눈에 띈다면 그날로 네 놈 모가지가 몸뚱아리에서 떨어지게 될 것이니, 엄히 알아들었으렷다?”

“분부대로 하기는 하겠으나…….”

송 서방이 소스라치게 놀란 것은 말을 채 끝내기도 전에 들려온 주인의 기묘한 웃음소리 때문이었다.

“이히히히하하흐흐흐…….”

1872년 가을

파도가 높아지고 있었다. 대양의 기류가 심상찮은 전조를 보였다. 수평선에 붉은 실가닥이 가로놓인 듯했다. 큰 바람의 예고였다. 제독은 보고를 받고 긴장된 낯빛을 감추지 못했다.

“피해갈 방법은 있겠나?”

“지금으로서는 어떤 예단도 할 수 없습니다. 서둘러 배의 무게를 줄여야 할 것 같습니다.”

“그건 마지막 방법 아닌가? 함대가 바람권에서 벗어날 수 있도록 항진의 방향을 잡는 데 전력을 기울여보게.”

“만약의 경우에도 대비를 하셔야 합니다.”

부관의 충언이었다.

“함대에서 가장 경력이 많은 항해사가 누군가?”

“빈스함 1등 항해사 피에르 대위입니다.”

“피에르 대위라고?”

“그렇습니다. 제독 각하.”

“그렇다면 어서 교체시키게. 그리고 각 함의 선실 창고에 보관 중인

것 중에서 도자기와 금괴만을 따로 모아 제독함으로 옮기도록. 폭풍권
으로부터는 시간이 얼마나 남았나?"

"현재 추측으로는 다섯 시간입니다."

"좋아, 한 시간 안에 끝내도록 해."

함대는 폭풍에 대비해 전열을 정비했다. 미개한 황색 인종이 아니라
자연과의 결전이 시작될 것이었다. 제독실에 노크 소리가 들렸다. 들
어선 사람은 차려 자세로 거수경례를 붙였다.

"제독 각하, 프랑스에 영광을!"

"어서 오게, 피에르 대위. 조선에서의 전투 때 이후로는 만날 시간
이 없었군. 건강은 어떤가?"

"이상 없습니다."

"좋아, 자넨 바람의 방향을 어떻게 보고 있나? 솔직히 말해 보도록."

"지금으로서는 예측 불가능입니다만, 제 견해로는 폭풍의 진로가
북동 방향이 될 것 같습니다. 함대는 네 시간 후 그 전역에 들 전망입
니다."

펴놓은 지도를 내려다보고 있던 제독함 부함장이 힐끗 피에르 대위
를 쳐다보았다.

"대위, 그렇게도 예측에 자신이 있는가?"

"……."

로즈 제독은 부함장에게 고개를 돌렸다.

"자넨 어떻게 생각하나?"

"이 지역 바람의 방향에 대한 통계를 보면 폭풍은 북북서 방향으로
추정할 수 있습니다. 아무래도 피에르 대위의 예측은 착오인 것 같습
니다."

“견해 차이가 크군. 대위, 생각을 수정할 용의는?”

“부함장님의 말씀은 일리가 있습니다만, 그건 계절적 요인을 고려하지 않은 통계일 뿐이며 근해 고기잡이 선주들의 견해에 불과한 것입니다. 과학적인 견해라고 볼 수는 없습니다.”

“그래?”

“그게 무슨 말인가, 대위! 제독 각하, 제 명예를 걸고…….”

“됐어. 논의는 이 정도로 끝내지. 판단은 내가 한다. 지금 즉시 각 함에 폭풍 비상 경계령을 발효한다. 부함장, 다른 질문 있나?”

“없습니다, 각하.”

“그만 나가보게.”

부함장이 밖으로 나가자 제독은 빙긋 웃었다.

“자넨 동양 항해가 두 번째라고?”

“그렇습니다. 상선을 호위해 일본 해역을 갔다가 귀국한 적이 있습니다.”

“그렇군. 누이에게 들은 적이 있었지. 너무 격식을 차리지 말게. 아이들이 무척 보고 싶겠군. 으음……. 함대를 2개 조로 나누어볼까?”

“그렇게 한다면 분명히 1개 조는 침몰하고 말 것입니다, 각하.”

제독은 피에르 대위의 얼굴을 쳐다보았지만 그는 아무런 표정 없이 꼿꼿이 서 있었다.

“부관, 10분 내로 모든 항해사의 의견을 모아 오도록 해.”

피에르 대위는 차를 마시는 시간이 일생에서 가장 길게 느껴졌다.

‘어쩌면 영영 돌아갈 수 없을지도 모른다. 이 해역에서 바람의 방향이 급선회한다는 건 아무도 모르고 있다. 무조건 관철시켜야 한다. 만약 제독의 오판이 내려진다면…….’

피에르 대위는 현기증이 났다. 잠시 후 부관이 보고서를 내밀었다. 그것을 받아든 제독은 눈살을 찌푸렸다. 그리고는 파이프를 물고 골똘히 생각에 잠겼다. 결정을 내린 듯 그가 벌떡 일어섰다.

"의견이 반반이라……. 좋아, 유일하게 이 해역의 항해 경험을 가지고 있는 자네의 견해를 받아들여 함대 전체가 서남서 방위로 전속력 항진하기로 한다. 부관, 명령을 내리도록."

"예, 제독 각하."

"피에르 대위, 만약 이번 항진 결정이 옳은 것이라면 자네에게 선물을 하나 주겠네. 잘못 내린 결정이라면 어차피 우리 모두 물고기밥이 될 테니……. 미리 말해 보게."

피에르 대위는 망설였다. 문득 블로흐 대위에게서 전해들은 궤 이야기가 생각났다. 조선과 전투하던 중에 전리한 것으로 표면에 신비한 무늬가 장식된 물건이라고 했다.

상륙 작전을 감행한 지 일주일이 되는 날 오후, 포격으로 인해 땅이 파진 섬의 산정 부근으로 수색을 나갔다가 궤의 한쪽 모서리가 땅 밖으로 드러나 햇빛에 반짝이는 것을 발견하고는 밤이 이슥할 무렵에 파내온 것이었다.

"대위, 망설이지 말고 무엇이든지 말해 봐. 이왕이면 내 누이에게도 기쁨을 줄 수 있는 것이면 더욱 좋겠지."

"정 그러시다면, 빈스함에 실려 있는 궤 하나를 하사해 주십시오."

"궤라니? 궤가 어디 하나둘인가?"

"조선에서 실은 여러 개 중 하나입니다."

"그 미개한 나라의 해변가 섬 전투에서 전리해 온 것 말인가?"

"그렇습니다."

"그 안에는 무엇이 들어 있지?"

"책이라고 들었습니다."

"좋아, 약속하지. 이제 우리 모두 건투를 빌어보세. 그만 나가봐."

선상으로 나온 피에르 대위는 먼 수평선을 바라보았다. 붉은 실가닥이 점점 굵어지고 있었다.

"할아버지, 오늘은 제가 닦을게요."

"이사벨라가 할 수 있겠니?"

"그럼요. 이제 저도 어린아이가 아닌걸요."

"허허, 그럼 닦아보렴. 하지만 조심해야 한단다. 상자 모서리에 받히면 귀여운 숙녀의 몸에 멍자국이 생길 테니까 말이야."

"알았어요."

피에르는 손녀의 뒷모습 너머로 보이는 청동궤를 물끄러미 바라보았다. 뜨게질을 하고 있던 아내가 한마디 했다.

"이사벨라, 천천히 하렴. 벌써 몇 십 년이 지났는데도 빛깔 하나 변하지 않았어요. 어쩜 저렇게 신비스러울까?"

"당신 오빠가 올바른 판단을 내려준 덕분에 모두 무사히 돌아오게 되었지."

"오빠는 피에르 대위의 현명한 결정이 아니었으면 모두 남중국해 근처에서 수장되었을 것이라고 하던걸요?"

"내 결정 때문이었다고? 허허."

"아무튼 가문의 영광이에요."

"제독이 함대를 이끌고 동양으로 떠날 때 갑자기 나를 데려가려고 하자 당신이 며칠 동안 하염없이 울었던 기억이 나는구려."

“다 지나간 일 아니에요?”

“실은 그때 내가 자원했던 거요. 제독은 데려가지 않으려 했지. 용서해 주구려. 이제야 이 말을 하는 것을.”

“세상에 어쩌면 그렇게 감쪽같을 수가……?”

“미안하오. 늦게나마 사과를 받아주구려.”

“이 사실을 애들이 알면 뭐라고 하겠어요? 신의 없는 남자라고 낙인 찍힐 게 뻔한 일 아니겠어요?”

“그땐 왜 그렇게 세상에 향한 호기심을 주체할 수 없던지…….”

“앞으로 다시는 그러지 않겠다고 약속하면 용서해 주겠어요.”

피에르는 그녀의 농담에 웃음지으며 키스를 해 주었다.

“약속하리다.”

“내일, 묘지 공원에 산책하러 갈까요?”

“그렇게 합시다. 이사벨라를 데리고 다녀옵시다. 제독을 너무 오랫동안 잊고 있었던 것 같소.”

“차 한잔 하시겠어요?”

“고맙소.”

그때 갑자기 아이의 울음소리가 들렸다. 피에르는 창가 흔들의자에서 몸을 일으켜 거실 한쪽에 놓아둔 궤로 천천히 다가갔다. 이사벨라가 어쩔 줄을 몰라 하고 있었다.

“아가, 무슨 일이니?”

“할아버지.”

이사벨라는 울먹이며 말했다. 아이는 궤에서 떨어져 나온 장식 조각 하나를 들고 있었다. 그 부분은 부식이 가장 심해 이제나저제나 이음매가 끊어지리라 예상되어 오던 것이었다.

“아가, 걱정하지 말아라. 저 상자가 착한 마음씨를 가진 이사벨라에게 이걸 가지렴 하고 선물로 주는 거란다.”

“정말이에요, 할아버지?”

“그럼, 자, 이리온.”

피에르는 불편한 다리를 끌다시피 하며 손녀의 손을 잡고 창가로 돌아왔다. 아내가 차를 내왔다.

“무슨 일이에요?”

“궤에서 이게 떨어졌구려. 가만 있자, 우리 착한 손녀의 목걸이를 만들어주면 아주 좋겠는데?”

“어디 좀 봐요. 정말……! 무늬는 조금도 상하지 않았군요. 이사벨라, 할머니를 따라 시장에 같이 가련? 여기에 구멍을 내고 알맞은 줄도 사야겠지?”

아이는 눈물을 닦고 웃음을 머금었다.

“목걸이는 아마 우리 손녀에게 행운을 가져다 줄 거야. 할아버지가 꼭 그렇게 되도록 주님께 기도하마.”

“고마워요, 할아버지.”

저녁에 돌아온 아들과 며느리가 이사벨라의 목에 걸린 목걸이를 보고 물었다.

“이사벨라, 그게 뭐지?”

“할아버지와 할머니께서 예쁘게 만들어주셨어요. 저 상자가 제게 준 선물로 말이에요.”

이사벨라는 연신 목걸이를 만지작거리며 즐거워했다. 사태를 짐작한 젊은 부부는 가볍게 웃었다. 피에르는 아무 걱정 말라는 듯이 손을 들어 보였다.

"아주 예뻐 보이는구나. 그럼, 감사의 키스는 해드렸니?"

"참, 그건 잊어버렸어요. 지금 할게요."

아이가 쪼르르 뛰어갔다. 피에르의 얼굴이 환해졌다.

"잃어버리지 말고 영원히 간직하렴. 프랑스와 이 할아버지의 영광을 나타내는 목걸이니까."

"알았어요. 할아버지. 절대 잃어버리지 않겠다고 약속할게요."

1968년 봄

강석민은 고개를 저었다.

"오래된 물건일수록 무조건 값이 많이 나간다고 생각한다면 아마 초가집 뒷담에 쌓인 돌무더기도 모두 귀중한 유물이 될 걸세."

"돌멩이가 아니고 옛날 칼이라 하지 않습니까?"

"칼이라도 전문가의 안목에서 보면 어떤 것은 돌멩이나 마찬가지로 형편없는 것일 수도 있는 걸세."

고명호는 가슴이 답답해졌다. 하지만 기왕 말을 꺼내 놓은 이상 얼마나 받을 수 있는 물건인지는 알아보아야 했다. 어떻게 보면 그의 말대로 별로 값어치가 없는 것일 수도 있으리라.

강석민은 젊은 의뢰인이 적이 망설이는 기색을 보이자 부드러운 목소리로 바꾸었다.

"우선 보기라도 하세. 현품을 보지 않고서는 값을 알 수 없으니까."

"그러시죠. 잠깐만 기다리십시오."

고명호가 안방으로 들어갔다. 강석민은 잔뜩 기대가 되어 심호흡을 했다. 그간의 경험으로 보아 이런 예기치 않은 경우에 귀한 보물을 발견한 적이 많았기 때문이다. 그러나 내색은 금물이었다.

방문이 열리는 소리가 났다. 고명호가 보자기 두 개를 들고 거실로 나왔다. 하나는 길쭉한 것으로 보아 칼인 듯했고, 또 다른 하나는 짐작할 수 없었다.

"물건이 두 가지인 모양일세?"

"그렇습니다. 우선 이것부터."

그는 보자기를 끌러놓았다. 비단을 세 겹이나 둘둘 감아 놓은 것이었다. 강석민은 안경을 고쳐 썼다.

칼이었다. 철제 칼에 황금 장식을 해놓은 것이었다. 부분적으로 부식이 되어 있는 것을 빼고는 상태는 썩 좋은 편이었다. 정확한 시대 구분을 할 수 없었다.

강석민은 장갑을 끼고 천천히 살폈다. 칼집에 엄지손톱만한 크기의 한자가 촘촘히 돋을새김 되어 있었다. 그는 그 문구의 끝 구절을 읽어보고는 침을 꿀꺽 삼켰다. 낯익은 연호였다.

"얼마나 오래된 것입니까?"

"으음, 별로 오래되진 않았군. 조선시대 물건이야. 시기로 보면 이삼백 년 정도로 보이네만, 그래 어떤 연유로 가지고 있는 물건인가?"

"아버지가 일제 때 광복군으로 활동하셨습니다. 언젠가 중국 요양 지방에 살고 있던 고씨 성을 가진 사람이 친일 첩자로 몰린 적이 있었는데, 그의 무고를 밝혀주는 증거를 아버지가 제시했다고 들었습니다. 풀려난 그 사람이 아버지를 다시 없는 은인으로 여기고 집안 대대로 물려온 이것을 주었던 모양입니다."

"그밖에 다른 것은 들은 바가 없는가?"

"중국 요양 고씨가 모두 고구려 장수왕의 후손이라며 족보도 갖고 있다는 이야기를 들은 것 같습니다. 조선의 고씨들도 모두 자기네처럼 장수왕의 혈통일 거라는 말을 했다더군요. 목숨을 구해 준 것도 고맙지만 서로 한집안이기 때문에 선물하는 것이 더 뜻있고 기쁘다며 소중히 싸주더라는 이야기를 아버지 생전에 들은 기억이 납니다."

강석민은 긴장을 깊이 감추며 너털웃음을 터뜨렸다.

"하여간 되놈들의 허풍은 알아줘야 해, 허허."

"저도 고구려시대의 칼이 아닐까 하고 생각해 보았습니다만."

"예끼, 이 사람아. 농담이래도 그런 말은 지나가는 개가 듣고 포복할 일일세. 고구려시대의 칼이라면 몇 줌의 녹슨 쇳가루가 되어 있었을 걸세."

"하긴 그렇기도 하겠습니다."

"선친이 광복군 활동을 했다면 자네 집안도 독립 유공자로 추증(追贈)되었겠군?"

"그건 아닙니다. 독립 투사라고 해서 어디 다 같은 대우를 받습니까? 아버지는 일개 말단 군졸에 불과했는 걸요. 또 지금은 그걸 입증할 만한 확실한 물증이 남아 있지도 않습니다."

"그것 참, 안타까운 일이구면."

"값은 얼마나 나가겠습니까?"

"말해 보게. 얼마나 필요한지."

"바로 밑에 있는 여동생은 시집을 보내야 하고, 막내의 대학 공납금도 내야 하고…… 아버지가 돌아가신 뒤로 이런저런 일로 쓰임새가 갑자기 늘어나는 바람에……."

"그러니 어서 말해 보게. 자네가 이 주사를 통해 나를 소개받은 것도 어떻게 보면 큰 행운일세. 이 방면에 종사하는 사람 가운데 나만큼

후하게 물건값을 쳐주는 사람이 드물다는 건 잘 알고 있겠지?”

“그렇긴 합니다만, 강 선생님께서 먼저 값을 매겨보십시오.”

“좋아, 나는 여러말 하는 걸 싫어하는 성미니까.”

강석민은 고명호를 곁눈질하며 머리를 굴리다가 풀지 않은 보자기에 눈길이 머물렀다.

“이왕이면 저것도 함께 보고 값을 쳐봄세.”

“그렇게 하시지요.”

투구였다. 정수리 부분에 소용돌이 무늬가 장식된 낡은 투구였다. 칼에 비해 형편없어 보였다. 강석민은 투구를 들고 이리저리 살펴보다가 이맛살을 찌푸리며 내려놓았다.

“이건 덤 정도밖에 안 되는 물건이군.”

“……”

“이 주사의 소개도 있고 자네의 딱한 사정도 있고 하니. 좋은 일 하는 셈치고 나로서는 조금 무리를 해서 셈을 놓겠네. 이 칼을 만이천 원에 팔았다면 누굴 잡고 물어봐도 썩 후한 값을 받았다고 할 게야. 그리고 투구는 값을 매길 수도 없는 물건이지만 천 원을 쳐서, 두 가지를 만삼천 원에 받겠네. 자네 사정 때문에 이러는 것이지 사실 만 원을 넘기고 싶지 않은 게 내 마음일세. 생각해 보게. 만삼천 원이면 면에 다니는 주사 월급의 몇 배가 되는지.”

“만삼천 원이라고요? 저는 아무리 못 받아도 삼만 원은 넘을 거라고 생각했습니다.”

고명호는 강석민의 금매김이 의외라는 투로 내뱉었다.

“그렇다면 자네 요량대로 하시게. 내 금이 마음에 들지 않는다면 다른 사람을 찾아보게. 아마 그때는 내 말을 믿을 걸세. 자, 나는 이만 가보겠네. 이 흥정은 없던 걸로 하세나. 허험."

강석민이 댓돌에 내려서자 고명호가 얼른 맨발로 뜰에 서서 그의 신을 가지런히 놓아주었다.

"강 선생님, 잠깐만요."

"왜 그러나?"

"……."

고명호는 입술을 깨물었다.

"그럼 이천 원만 더 얹어주십시오. 더 이상 두말하지 않겠습니다."

강석민은 신발을 신으려다 말고 한숨을 쉬었다.

"이거, 내가 언제쯤 흥정 한번 제대로 해보려나. 남의 사정 다 봐주다가 지금껏 셋방 신세도 면하지 못하고 있다네. 이렇게 해서 모은 물건은 박물관으로 어디로, 다 기증하지 않으면 못 배기는 성미가 되어 놔서 말일세."

"공부하는 동생이 후일 고등고시에 합격하면 꼭 찾아뵙겠습니다. 여동생은 이번 혼사를 놓치면 영영 처녀로 늙어 죽겠다고 하니 어려우시더라도 좀……."

"알았네, 알았어. 앓는 소리 그만하고 물건이나 내오게."

"고맙습니다, 강 선생님. 이 은혜는 꼭 갚겠습니다."

고명호가 정성껏 싸들고 나온 보자기를 받은 강석민은 돈뭉치를 건네 주었다. 그는 일어서려다 말고 지갑에서 지폐를 두어 장 꺼내주며 말했다.

"동생들을 생각하는 자네 마음이 가상해서 주는 것이니, 저녁에 고기라도 두어 칼 끊어다가 맛나게 지져주게."

강석민이 나가자 고명호는 잠시 멍하니 섰다가 부엌으로 가 대접을 들고 나왔다. 안방으로 들어온 그는 문을 걸어 잠갔다. 고명호는 상을 펴고 호마이카 장롱 옆에 걸어두었던 부친의 영정을 내려다가 상 위에 놓고 꿇어앉았다. 지폐 다발을 대접 안에 놓고 두 번 절을 했다.

"아버지, 어쩔 수가 없었습니다. 부디 지하에서나마 노여움을 푸시고 이 불초한 놈을 용서…… 용서해 주십시오."

강석민은 청진동 약주 골목 한쪽에 들어앉아 호기를 부리고 있었다. 둘러앉은 동료들로 판은 시끄러웠다.

"거 참, 속히 내오지 않고 주모는 뭘 하는 거야?"

"오늘은 천하의 강이 무슨 좋은 일이 있길래 우리를 모두 청해다가 약주에 전골까지 내는지 영문을 모르겠구만."

"그야 뻔한 일 아니겠나? 또 어디서 말랑한 백성 하나 후려먹고 왔겠지. 안 그런가?"

"거 모르는 소리. 어디까지나 서로의 필요에 따라 정당하게 거래를 한 걸 가지고 무슨 그런 말을, 예끼 이 사람!"

강석민은 짐짓 화를 내는 척 했으나 아주 흡족했다. 그런 희귀한 보물을 앞으로 두 번 다시 거두어들일 수 있을까 하여 며칠째 울렁거리는 속을 주체할 수 없었다.

"자, 자, 우리 모두 강을 위해서 건배나 하세. 우리도 언젠가는 좋은 소식이 있기를 바라면서."

"좋은 발의일세."

어느 정도 얼근히 오르자 누군가 슬쩍 떠왔다.

"그래, 무슨 물건인지 이번만큼은 귀동냥이나 해보세."

"아따, 이녁이 언제 입을 여는 것 보았나."

"난 그저 모르는 게 배앓이 피해가는 길이려니 하고 궁금키는 진즉 잠재워버렸네."

"허허."

"그런데 자네, 숫처녀 봉긋가슴 찔러보는 일은 아예 그만둘 참인가?"

"설마 강이 그 일을 잊으려구?"

그들 가운데 강석민과 짝해 가장 많이 일한 적이 있는 이문태가 능글스럽게 웃었다. 강석민은 연신 흘러나오는 웃음을 주워 넣고 고개를 가로 저었다.

"이제 그만하면 반도의 봉분은 내 손때가 탈 만큼 탔지. 해서 이참부터는 다른 길을 가려네."

"그 좋은 솜씨에 제자도 하나 길러두지 않고?"

"이런 맹꽁이 같은 주사들하고는. 사람이 좀 크게 봐야지. 자, 나는 이만 일어나겠네. 약주는 몇 병 더 얹어 놓고 갈 테니 오늘은 좀 마셔보게, 허허."

골목을 빠져나온 강석민은 집으로 향했다. 일주일 후의 거래를 위해 푹 쉬고 싶었다. 지금까지와는 비교도 할 수 없을 만한 흥정이 될 것만 같은 느낌……

탐침봉으로 한두 차례 찔러보기만 해도 옛 무덤 속의 내용물은 고스란히 그려내듯이 해온 강석민이었지만 첫 거래를 시작한 지 5년이 지나도록 그의 의중은 도무지 파악조차 할 수 없었다. 그는 이 바탕 20년 인생을 지나는 동안 강석민이 유일하게 느끼고 있는 고수 중의 고수였다.

40대 초반의 신사가 중절모를 쓰고 들어섰다. 음식점 지배인은 본능적으로 그가 밀실 손님이라고 추측했다.

"혹시 강석민 선생님을 만나러 오셨습니까?"

"그렇소."

"이쪽으로 오십시오. 강 선생님께서는 몇 분 전에 도착하셨습니다. 3호실입니다."

지배인의 안내를 따라 좁은 복도를 지나 돌아서자 밀실이 나타났다. 강석민이 비중 있는 물건을 흥정하기 위해 오래 전부터 자주 이용하는 음식점이었다.

지배인이 밀실 문을 열자 강석민이 일어섰다.

"어서 오십시오, 선생님."

"무슨 물건이길래 이렇게 급하게? 얼마 후면 지난번에 봐두었다던 백자 접시들을 보러 건너올 텐데."

"그때까지 기다릴 물건이 아니라서 말입니다."

"도대체 뭔가?"

"아마 한국은 물론이고 일본에서도 그런 물건은 구할 수 없을 겁니다."

"그래? 천하의 강이 그렇게까지 말하는 걸 보니 구미가 바싹 당기는 걸? 서론은 그쯤에서 끝내고 어서 요지를 말해 보게."

강석민은 물 잔을 들어 입을 축였다.

"고구려 시대의 금장 철제 칼입니다."

"이 사람, 농담이 지나치구만."

"여기 사진을 가져 왔습니다. 한번 자세히 살펴보십시오."

강석민이 내민 큰 봉투에는 칼을 촬영한 대형 사진이 10여 점 들어 있었다. 다케다와 거래할 때 강석민이 늘 쓰는 수법이었다. 절대 현품을 보여주는 일이 없었다. 물건의 소유자와 소재를 물어보는 일도 금기가 된 지 오래였다.

다케다가 사진을 본 다음 구입 가부를 결정짓고 흥정까지 마무리되면 현물과 현금의 맞교환이 이루어져 왔다. 이 방법은 두 사람 사이에서 전적인 신뢰를 형성하고 있었다.

거래를 시작한 이래 강석민은 자신이 제시하는 금매김을 다케다가 두말없이 받아들이는 것이 만족스러웠고, 다케다는 지속적으로 상등품만을 골라오는 강석민의 탁월한 안목과 거래의 깔끔함에 흡족스러워 했다. 두 사람은 그렇게 불가분의 관계를 맺고 있었다.

다케다는 사진을 유심히 들여다보기 시작했다. 전체가 금빛 소용돌이 무늬로 장식되어 있어 사진으로만 보아도 칼의 영험스러운 기운을 알 수 있었다. 일천 몇 백 년이 지난 유물이라고 믿기지 않을 만큼 보존이 잘 되어 있었다.

곳곳에 진행되고 있는 부식의 정도로 보아 칼은 최근 몇 십 년 전에 발굴되어 지상의 햇빛을 보기 시작한 것으로 생각되었다. 다케다는 애써 진정하려 했지만 본능적으로 일어나는 미세한 흥분은 어쩔 수가 없었다.

"진품이라고 믿기지 않을 정도인데?"

모조품에 대한 염려는 언제나 있어온 일이었다. 물음에 뜸을 들이며 침묵을 지키고 있던 강석민은 능청스러운 표정을 지었다.

"구입을 하시고 안 하시고는 전적으로 선생님 판단입니다. 선생님에게 가장 먼저 보여드리는 것은 그동안의 우의도 있고 해서인데, 마음이 없으시다면 다른 곳에 알아보겠습니다."

"허허, 사람 참. 오늘은 농지거리 한 차례도 받아주지 않는구만. 잠깐 있어보게.”

그는 사진을 모두 살펴본 다음 호주머니에서 돋보기를 꺼내더니 칼의 명문을 촬영해 잇대어 놓은 사진 한 장을 천천히 들여다보기 시작했다. 이윽고 그는 명문을 읽어냈다.

“아…….”

다케다의 입에서 짧은 탄식이 흘러나왔다. 강한 충격을 받은 모습이었다. 다케다는 감정을 주체할 수 없다는 듯 고개를 흔들었다.

“자…… 자네도 이 명문을 읽어보았나?”

“저 같은 무지렁이가 그런 걸 읽어본다고 이해가 되겠습니까? 다만 연호를 보고 제작 시기만 확인했을 뿐입니다. 거기까지가 우리의 본분이니까 말입니다.”

“그래?”

다케다는 눈을 감았다. 구입 의사를 밝히기 직전에 항상 나타내는 버릇이었다. 눈을 뜬 그는 강석민을 바라보았다.

“얼마면 되겠나?”

“그게 저…….”

“어려워 말고 말해 보게.”

마음을 진정시켜야 했다. 일주일 동안 구상해 둔 전략을 펼쳐 놓아야 했다. 이제부터가 본론이었다.

“이 물건은 이름만 대면 누구나 알 만한 정치권의 고위 인사한테 은밀히 부탁받은 것입니다.”

“아아, 그래. 그이가 얼마를 받아 오라던가? 바로 이야기해 보세나.”

“그렇다면 말씀 드리지요……. 한 장을 원하시는 눈치였습니다.”

“큰 걸로? 그렇다면 십만 원이라는 얘긴가?”

"선생님도 참."

"그럼, 백만 원?"

"사실 공개적으로 매각할 환경이 갖추어져 있다면 부르는 게 값 아니겠습니까?"

"아무리 그래도 너무하는군."

강석민은 그쯤에서 입을 다물었다. 더 이상 너절하게 말을 늘어 놓는다는 것은 조바심의 징후를 보이는 것이기 때문이었다. 잠시 침묵을 흘러 보낸 뒤 다케다가 난감한 낯빛을 보였다.

"이번 거래는 아무래도 힘들 것 같으이."

틈도 주지 않고 강석민이 되받아쳤다.

"그렇다면 선생님을 괜히 오시라 했습니다. 그럼, 이번 거래는……."

"그게 아니라……."

다케다는 강석민의 말을 가로막았다. 승부는 점차 끝을 보이고 있었다. 하지만 긴장을 늦추어서는 안 될 일이었다.

"현품의 값은 어떻게라도 마련해 볼 생각이 없는 것은 아니네만, 자네 몫까지 생각하면 나로서도 너무 출혈이 커서 하는 말일세."

"그간 선생님과의 흥정을 보아 이번에는 제가 신세를 갚는 셈 치지요. 다리품값으로 만 원만 주십시오."

다케다는 강석민을 눈을 가만히 들여다보았다.

"왜 그렇게 빤히 보십니까?"

"……자네, 이 기회에 일본으로 와서 공부해 볼 생각은 없는가?"

"무슨 말씀인지?"

"내 말은 언제까지 이렇게 음지 생활을 계속할 건가 하고 묻는 걸세. 지금 한국에는 학자가 많이 필요한 시기 아닌가? 해서 하는 말이네만, 자네는 보통학교까지 마쳤으니 조금만 배우면 일본어는 별로 어렵지 않게 구사할 수 있을 것이라고 보네. 일본에서 공부하는 데 그다지 지장이 없는 어학 실력이 된다는 말일세. 내가 몸담고 있는 대학에서 일이 년 정도 수학하고 돌아온다면 강단에 서는 것도 그리 쉬운 일은 아닐 듯하네만?"

"저 같은 것이 어찌……."

강석민은 다케다가 내미는 뜻밖의 제안에 말꼬리를 감추었다. 이번 흥정과 모종의 연결 고리를 가지는 제의라면 탐탁지 않은 호의였다.

"일본으로 건너오겠다는 결심만 한다면 수학 비용은 내가 대겠네. 그리고 지인들을 통해서 한국에서의 자네 자리는 내가 확실히 담보함세. 내가 이런 제안을 하는 것은 지난 오 년 동안 자네가 나를 잘 믿고 신실히 대해주었기 때문일세. 자네도 나와 같은 공부를 하게 되면 나중에는 서로 좋은 일이 되지 않겠나?"

강석민의 마음이 흔들리고 있었다. 일개 도굴꾼이자 문화재 밀매업자라는 딱지를 떼고 근엄한 사학자로 변신할 수 있으리라고는 꿈에도 생각해 보지 못한 일이었다.

"내가 몸담고 있는 학교는 사실 일본에서도 최고의 교육기관 아닌가? 거기서 수학하고 학위를 받아온다면 한국 학계의 어느 누구도 자네를 무시하지 못할 거야."

"그렇게만 된다면 저로서야……."

"그럼 그리 알고 돌아가겠네. 내 나중에 기별함세. 그간 건너올 준비를 하게. 그리고 건너오기 전에 이번 거래는 마무리를 지어주겠네. 혹시 내 제의가 이 칼에 영향을 줄까봐 다시 하는 말이네만, 큰 걸로 한 장, 그건 한 푼도 깎지 않겠네. 됐나?"

“그러시다면 우선……”

강석민은 다케다에게 큰절을 했다. 그리고는 다소곳이 무릎을 꿇고 앉았다.

“이제부터는 진정 사제의 인연을 맺은 선생님으로 모시겠습니다. 그리고 이거……”

“이건 뭔가?”

“칼과 같은 시대의 투구입니다. 별것 아닙니다만 이 물건은 제가 선생님께 드리는 걸로 하겠습니다. 받아주십시오.”

“허허, 제자의 성의를 무시할 수는 없지. 고맙네.”

“일본으로 건너가기 전까지 좋은 물건 하나 찾아서 선물다운 선물을 올리겠습니다.”

“그렇게 할 것까지는 없네. 이제 자네도 좀 더 큰물에서 놀아보게. 자네 같은 감각을 지닌 사람이라면 열 사람 몫은 거뜬히 해내고도 남는다고 보네.”

“과찬이십니다.”

강석민은 속으로 회심의 미소를 지었다.

‘흐흐흐, 드디어 내 세상이 열리려는 건가?’

“어떻게 방법이 좀 없겠나?”

다케다와 마주한 사토(佐藤) 의원은 묵묵부답이었다.

“무어라 말 좀 해보게.”

“자네, 너무 무리하는 것 아닌가? 일개 도굴꾼의 말을 믿고 그런 거금을 쾌척할 생각을 하다니.”

“보면 알겠지만 틀림없는 물건일세. 그보다 더 중요한 건 그 칼에 새겨진 문구일세. 엄청난 비밀이 숨겨져 있다네.”

“그 비밀이란 게 도대체 뭔가?”

“지금으로서는 어렴풋이 짐작할 뿐이지만 그 비밀이 한국에 알려지는 날이면 그동안 우리 지사들이 해왔던 모든 작업이 수포로 돌아갈 만큼 큰 충격을 줄 것이야.”

“일개 옛 칼에 역사가 써진 것도 아닐 테고? 속 시원히 말해 보게. 그렇지 않고는 도와줄 방법을 찾기가 쉽지 않네.”

다케다는 사토 의원에게 바싹 다가앉아 무어라 귀엣말을 전했다. 갑자기 사토 의원의 눈이 크게 떠졌다.

“그래? 그게 정말인가?”

“그런 이유가 없으면 녀석이 부르는 값을 내가 한 푼도 깎지 않고 주려고 하겠나?”

“그럼, 그 칼만 입수하면 된다는 말인가?”

“칼을 근거로 해서 앞으로 작업을 서둘러야 하네. 시간을 다투는 일일세.”

사토 의원은 깊은 생각에 잠겼다.

“어쩌면 이번 일로 인해 차후 자네의 정치적 행보에 탄력이 붙을 수도 있다네. 조만간 큰 성과를 올린다면 정계의 어느 누가 자네를 무시할 수 있단 말인가? 그렇잖아도 요즘 자네의 색깔을 두고 입방아를 찧고 있는 축들이 많은 것 같던데.”

“으음…….”

“결정은 빠를수록 좋네.”

사토 의원은 잠시 생각에 잠기더니 윗몸을 당겨 앉았다.

“좋아, 나를 후원하고 있는 업체 한 군데에 의뢰해서 자네에게 지정

기부하는 형식으로 처리하지. 다만 조건이 있네. 칼은 입수되는 즉시 궁으로 보내는 걸로. 그래야만 여러 잡음을 막을 수 있어.”

“궁으로?”

“그렇게 하는 게 여러모로 나을 것 같네. 또 자네에 대한 지원금을 자연스럽게 타낼 수 있는 명분도 생기는 일이니까.”

“받아들이겠네. 하지만 나도 조건이 하나 있네.”

“뭔가?”

“칼 표면의 실금 하나도 틀리지 않는 모조품을 하나 만든 다음 진품을 궁으로 보내게 해 주게. 하루이틀 살펴볼 물건이 아니라서 말일세.”

“알았네. 그렇게 하지. 자네는 우선 일을 추진하는 데 만반의 준비를 해서 불미스러운 착오가 생기지 않도록 각별히 조심하게.”

“걱정일랑 붙들어 매게. 가문의 명예를 걸겠네.”

버스가 섰다. 내려선 기철진은 좌우를 한번 둘러보고는 걸음을 옮겼다. 젊음의 거리에 들어서자 감회가 새로웠다. 거대한 사람의 물결 속에 휩쓸려 들어간 기철진은 보폭과 보속을 줄여 그들과 호흡을 맞추었다.

개인의 자유는 허용되지 않았다. 모든 사람들이 세포조직처럼 잇닿아 있는 거리의 군상은 흡사 그 자체로 거대한 괴생물체였다. 백화점 앞 광장이 중심부였다. 길을 따라 여러 갈래로 뻗어나간 괴물의 촉수는 부위별 근육을 자랑이라도 하듯 서서히 꿈틀거리고 있었다.

빈틈없이 늘어선 가게의 네온 간판이 하나둘 켜지는 시간이었다. 거리는 화려한 불의 축제를 이루기 위해 서편 한성생명 빌딩에 걸려 있는 해의 마지막 숨결마저 밀어내고 있었다.

백화점 정문 위쪽에 걸려 있는 대형 시계를 보았다. 약속시간은 20분이나 남아 있었다.

'아직 그 자리에 있을까. 바뀌었을 거야. 삼 년도 넘었는데.'

3년이라는 시간의 흐름은 한 세대의 시차를 두는 개념으로 보아야 했다. 물질적인 이익만을 추구하는, 번뜩이는 기지를 가진 상인들, 오직 그들이 주도하는 유행의 변화 속도는 잠시 한눈만 팔아도 따라가기 어려웠다.

거리는 시끄러웠다. 기철진은 현기증을 느꼈다. 의지와는 무관하게 어디론가 떠밀려 가고 있는 듯한 느낌이 들었다. 스물여섯의 나이. 어디서 오는지 알 수 없는 쓸쓸함이 가슴에 배어들었다.

시선이 한 곳에 멎었다. 사람들이 웅성웅성 모여 있는 곳이었다. 선물가게 앞에 요란한 부스가 설치되어 있었다. 기철진은 호기심이 생겼다. 한 여학생 뒤에 서서 부스에 써진 문구를 읽어보았다.

'연인과 친구와 함께 찍어 보세요. 예쁜 스티커 사진을 만들어 드려요'.

유혹하는 문구 주위에는 바둑판의 사각형 크기만한 사진들이 덕지덕지 붙어 있었다. 처음 선보이자마자 학생들 사이에 선풍적인 인기를 끌었던 스티커형 즉석 사진기계였다. 일본에서 유행하는 청소년 대상 사업이 한국으로 들어오기만 하면 무조건하고 성공한다는 불문율을 입증해 주는 사례였다.

길모퉁이 건물은 새로 지어져 있었다. 건물 전체가 통유리로 장식되어 화려하게 빛났다. 세계적으로 유명한 미국의 한 패스트푸드 회사 가맹점이었다. 헐려나간 건물과 함께 미술 도구를 팔던 화방과 전통찻집도 자취를 감추어 버린 것이었다.

길을 꺾어든 기철진은 머리를 들어 올려다보았다. 낯익은 간판 하나가 눈에 들어왔다. 반갑게도 '예누위'는 아직 그곳에 있었다.

기분이 한결 안정되었다. 익숙한 환경을 대하는 여유 때문이었다.

"어서 오세요."

예누위는 언제나 그러했듯 요란하고 화려한 모습과는 거리가 멀었다. 언젠가 상호의 의미를 물어보았더니 예쁜 누이라는 뜻이라고 했다. 세월은 기품을 더해가는 아름다움을 보여주기라도 하듯, 누이의 얼굴에 차곡차곡 정감 어린 연륜의 흔적을 켜켜이 남겨 놓고 있었다.

기철진은 창가 쪽에 있는 탁자로 갔다. 예누위에서 바깥 풍경이 가장 잘 보이는 곳이자 실내에서 가장 밝은 곳이었다. 그녀와 만날 때면 늘 마주 앉아서 웃고 떠들던 자리였다.

이렇다 할 손님은 없었다. 칸막이가 되어 있는 실내 안쪽 테이블에 30대로 보이는 세 여자가 흘러간 음악을 들으며 도란도란 이야기를 나누고 있었다. 추억 속으로 떠난 얼굴들이었다. 종업원 아가씨가 물 컵을 가져다 놓으며 웃음지었다.

"손님 더 오세요?"

"예."

"그럼 잠시 후에 오겠습니다."

기철진은 창밖을 내려다보았다. 어디서 쏟아져 나왔는지 헤아릴 수 없는 많은 사람들이 오가고 있었다.

사회적 익명성과 개체적 실존성. 그 모순적인 생리가 교란하는 소외감은 인간만이 갖고 있는 비애임이 분명했다. '인간은 사회적 동물'이라는 말은 이제 인간들이 서로 모여 산다는 개념 이상의 호의적인 의미를 주지 못하고 있는 형편이었다. 사회적인 행복의 크기가 산술급수적으로 늘어나고 있다면, 사회적 비극의 크기는 기하급수적으로 증가하고 있는 실정으로밖에 여겨지지 않았다.

창 아래로 한 떼의 학생들이 왁자지껄 떠들며 거리를 지나가고 있었다. 사람은 살아가면서 모두 다섯 차례의 사춘기를 겪는다는 말이 떠올랐다.

성인이 되어 가는 전 단계로써 10대에 겪는 이성(異性)에 대한 것, 인간과 사회제도에 대한 사유의 정착 단계로써 20대에 겪는 이성(理性)에 대한 것, 서로 다른 환경에서 자란 탓에 가치관과 성격 차이로 인해 30대 부부가 겪는 이성(異姓)에 대한 것, 사회적 성취에 대해 도덕적 잣대의 이중성을 확철히 깨닫게 되는 40대의 이성(離城)에 대한 것, 살아온 날에 대해 체념과 달관의 그림자가 어른거리기 시작하는 50대의 이성(已成)에 대한 것……

기철진은 '친구란 나의 다른 나의 이름'이라는 호기로운 정의를 내려 두고 어디를 가든 함께 몰려다녔던 옛 까까머리 녀석들이 생각났다.

중학교 졸업반이 되자 기철진은 학생회 간부를 맡았다. 담당 지도 선생님은 사춘기의 정의를 일러주던, 머리가 하얗게 센 도덕 선생님이었다. 첫 학생회의 시간에 자기 소개를 하는 자리에서 한 여학생 차례가 되었다.

"제 이름은 설무영입니다. 저는……."

기철진은 무심결에 웃음을 터뜨렸다. 설무영은 말을 잇지 못하고 바늘눈으로 그를 쏘아보았다. 슬그머니 장난기가 발동한 기철진은 그녀의 따가운 눈길을 아랑곳하지 않고 한술 더 뜨고 말았다.

"남자가 되는 기 얼마나 소원이면 기집아가 남자 이름을 다 쓰고 있노."

그 소리를 들은 설무영이 버럭 소리를 질렀다.

"야, 너 방금 말 다했어?"

"와, 내 말이 틀렸나? 하하하."

"뭐 저 따위 짜식이 다 있어?"

"짜식이라 캤나, 니 지금? 농담 한마디 한 거 가지고 가시나가 돼묵지 못하구로."

"가시나? 너, 빨리 사과해!"

"내가 와 니한테 사과해야 되노?"

"저게 정말! 사과하지 않으면 가만히 안 있겠어."

설무영은 씩씩거렸다. 친구들이 겨우 뜯어 말려서 일은 그쯤에서 끝났지만, 그들은 그 후로 회의 시간만 되면 사사건건 트집을 잡고 서로 비아냥거렸다.

졸업이 가까워지자 기철진은 슬그머니 설무영에게 사과를 하고 싶어졌다. 뿔뿔이 갈라지는 마당에 동창생과 좋지 않은 감정으로 헤어진다는 것이 마음에 걸렸다. 그는 정성스럽게 쓴 편지 한 장을 들고 졸업식날 아침 일찍 그녀를 찾아갔다.

"무슨 일이야?"

"이거, 읽어봐."

"싫어, 너처럼 못돼먹은 애하고는 말도 하기 싫어."

"그카지 말고 한번 읽어봐라. 진심으로 사과하는 내용을 써 났다. 헤어지는 마당에 고마 화해하자. 알았제?"

"이제야 철이 든 모양이군."

고등학교에 진학한 그 해 5월의 어느 날, 기철진은 뜻밖에도 그녀가 보내온 편지를 한 통 받았다. 야릇한 감흥이 일어나는 가슴을 진정시키며 그는 떨리는 손으로 편지를 뜯어보았다.

안녕? ……졸업 앨범에서 주소를 보고 보내는 거야. 수취인 불명으로 반송되어 오지 않았으면 좋겠어……내가 그때 철진이의 농담에 너무 민감하게 반응해서 일이 커졌던 것 같아. 늦게나마 내 사과도 받아 준다면 고맙겠어. 그럼 안녕.

태어나서 처음으로 우표가 붙어 있는 여학생의 편지를 받은 기철진은 편지의 내용을 거의 외우다시피 읽고 또 읽었다. 며칠 뒤에 그는 용기를 내어 답장을 썼다. 겨울 방학이 가까워질 무렵, 둘은 다소 멋쩍은 얼굴로 만나게 되었다.

그들은 점점 가까워졌다. 하지만 소년에서 청년으로, 소녀에서 숙녀로 가는 가장 가파른 길목인 대입수험생이 되어서는 만남이 뜸해질 수밖에 없었다. 마침내 시험 결과가 발표되었다. 설무영은 서울에 있는 명문여대로 진학했고 기철진은 고향에 있는 대학에 들어갔다.

각자 대학 생활을 하면서부터 그들은 예전처럼 쉽게 만나지는 못했다. 그렇다고 해서 둘 사이가 멀어진 것은 아니었다. 설무영은 가끔 서울에서 내려와 집에 들렀다. 그때마다 기철진은 잠깐씩 그녀를 만날 수 있었다.

첫 방학이 되어 고향에 내려온 그녀는 매일같이 기철진의 모교 도서관을 찾았다. 기철진으로서는 그녀를 옆에 두고 대할 수 있는 좋은 기회였다. 하지만 그것은 겉모양이었다. 만남의 날을 더하는 것이 무의미할 만큼 그들의 관계는 제자리만 맴돌 뿐이었다.

기철진은 그녀가 자기 자신을 단지 동창생으로 여기는지, 좀 더 발전된 남자친구의 개념으로 여기는지, 또는 장래까지 조심스럽게 예견해 보는 관계로 생각하고 있는지 아무런 판단도 할 수 없었다. 그가 의식적으로 가까이 다가가면 설무영은 자연스럽게 저만큼 멀어져 있었고, 이만큼 물러나면 물러선 만큼 그녀가 접근해 왔다.

학교 축제를 할 무렵에도 빈말로나마 서로 초대를 하는 법이 없었다. 서울과 고향이 거리 상으로 너무 멀다는 것이 핑계 아닌 핑계였다. 그들은 그렇게 무어라고 설정할 수 없는 묘한 관계로 지내고 있었다.

기철진은 군 입대를 하기 위해 휴학을 했다. 그녀의 진심을 알 수 있는 좋은 기회였다. 그의 입대 소식을 들은 설무영은 밤기차를 타고 내려왔지만 얼굴은 오히려 평소보다 더 밝았다. 두 사람은 밤늦은 시간에도 불구하고 예누위로 향했다. 시무룩한 표정을 짓고 있는 기철진을 앞에 두고 그녀는 마냥 깔깔 웃었다.

"애, 군인들이 첫 외박 나가면 고참이 뭘 시켜준다면서? 철진이 너는 그게 뭔지 알아?"

설무영의 농담을 들은 기철진은 섭섭한 기분이 들었다.

"군대 가는 사람 앞에서 딴 여자들처럼 눈물은 안 흘린다 캐도 그나마 슬픈 듯한 표정은 지어야 안 되나? 그기 헤어짐에 대한 기본적인 예의가 아이냐 말이야? 내가 군대 가는 기, 니한테는 그래 즐거븐 일이가?"

하지만 설무영의 농담은 그쯤에서 그치지 않았다.

"동생이 점점 성장해 가는 것이 대견스러워 그런다, 왜? 그런 모습을 보는 누나의 심정이 즐겁지, 그럼 안 즐거워?"

"누나 좋아하고 있네. 편지할 끼가, 안 할 끼가?"

"생각해 봐서."

기철진은 기분이 몹시 언짢아졌다.

"그만 나가자."

"입대 기념으로 한잔 해야지."

"그럴 기분 아이다."

버럭 쏘아붙이고는 휑하니 집으로 돌아가버리고 말았다. 다음날 아침 이른 시간에 그녀로부터 전화가 걸려 왔다.

"어제는 미안했어. 건강하게 잘 다녀와. 배웅을 나가고 싶지만 유치하고 통속적인 감정이 들까봐 전화한 거야……."

기철진은 화가 더욱 치밀어올라 아무 말도 하지 않고 전화를 끊어버렸다.

'유치하고 통속적일 때가 가장 솔직한 인간의 모습이라는 것을 모르는 모양이군.'

설무영의 편지를 받은 것은 고된 신병훈련을 이겨내고 자대 배치를 받은 지 석 달이 지났을 때였다. 봉함을 뜯어본 기철진의 가슴은 나락으로 내려앉았다.

……보내준 사진 잘 받았어. 건강하게 지내고 있다니 다행이야. ……나는 곧 프랑스로 떠나. 꼭 외인부대에 입대하러 가는 기분이야…… 철진이 네가 군대 생활을 마칠 때쯤이면 나도 한국으로 돌아올 예정이야. 3년만 각자의 생활에 충실해 보는 거야.

철진이가 지켜야 할 것은 건강이고 내가 이루어야 할 것은 학업의 성취라고 믿어……3년 뒤에 만나게 되더라도 서먹함 같은 것은 없을 거라고 생각해. ……그럼 잘 지내.

설무영

편지는 그것이 마지막이었다. 한 번쯤 면회라도 오겠거니 기대했던 설무영이 이역만리 먼길을 떠나버렸다는 생각이 들자 기철진의 가슴은 남모르는 고통으로 아렸다.

그리웠다. 그리움, 그것은 멀리 있는 것을 가까이 두고 보고자 하는

욕망이었다. 단순히 곁에 있던 사람이 떠나버린 데서 오는 그리움인
지, 연모의 상념인지, 딱히 정의 내릴 수 없는 가슴속의 응고물을 기철
진은 자학적이기까지 한 훈련으로써 가까스로 달랬다.

휴가 나와서도 설무영의 소식을 알아보지 않았다. 그녀가 어떻게 지
내고 있을지 무척 궁금했지만 먼저 연락이 올 때까지 참고 싶었다. 어
차피 이루어지지 못할 관계인지도 모르는 일이었다. 한동안 설무영을
향한 그리움으로 괴로웠던 기철진의 마음도 시간이 흐르면서 차차 덤
덤해졌다.

제대하던 날, 설무영의 집으로 연락해 볼까 하다가 끝내 전화기를
들지 못했다. 꺼져가는 그리움의 불씨가 되살아나는 것이 무엇보다도
두려웠다. 아물어 가는 상처가 덧나면 걷잡을 수 없는 출혈이 생길 것
만 같았다.

기철진은 복학하기 전까지 건축 공사장에서 모래나 자갈 등짐을 져
나르거나 빌딩 유리창 청소 따위를 하면서 학비를 모았다. 육체적으로
힘든 날이 이어져 별다른 잡념을 할 시간이 없게 되자 설무영이라는
이름은 기억 저편으로 점차 사라져 가는 듯했다.

그런데 그때까지 아무런 연락이 없던 그녀한테서 국제전화가 걸려
왔다. 연락이 끊어진 지 햇수로 4년 만이었다.

“철진이니? 나야, 무영이. ……나 다음 주에 귀국할 거야. 토요일에
예누위에서 만나. …… 저녁에 나갈게, 여섯 시쯤. ……예누위가 없어
졌더라도 그 자리에서 기다려. ……그럼 끊어.”

창밖으로 내려다보이는 길에는 아직 겨울의 여운이 길게 남아 있었
지만 봄은 사람들의 옷차림으로 숨어들고 있었다. 건너편 건물을 보았
다. 같은 층 창가에 마주 앉은 연인이 환하게 웃고 있었다.

기철진은 탁자 위에 놓인 물컵을 들었다. 오뚝이 모양으로 초록빛을 띤 컵이었다. 탁자에 내려놓고 검지로 툭 건드려 보았다. 넘어질 듯하면서도 물컵은 스스로 중심을 잡아 똑바로 섰다.

"야, 뭘 그렇게 골똘히 생각하고 있어? 누님이 오신 것도 모르고."

돌아다보았다. 조금은 화려해 보이는 미모의 아가씨가 자신을 내려다보고 있었다. 설무영이다. 예전의 앳된 모습은 애벌레가 허물을 벗은 듯 온데간데 없고 요조한 숙녀의 얼굴 하나가 웃음을 머금고 있었다.

"오랜만이네. 앉아라, 서 있지 말고."

설무영이 치마를 쓸어 앉으며 말했다.

"반갑지도 않는 모양이지? 그새 사귀는 여자라도 생긴 말투네."

"공부는 안하고 멋 내는 거만 배았는갑네. 머리하고 화장하고 그기 뭣고?"

기철진은 짐짓 나무라는 투였다. 어깨까지 내려온 설무영의 파마머리는 약간 붉은색이 감돌고 있었다. 화장은 짙은 편이 아니었지만 그녀의 원래 투명한 피부색 때문인지 화사하게 느껴졌다.

"뒷방 늙은이 같은 소리는 여전하네. 불문학 석사 아가씨를 앉혀두고 말이야."

종업원 아가씨가 다시 왔다.

"커피 주세요. 철진이 너는?"

"같은 걸로."

"복학은 언제 했어?"

"올해. 한데 아는 애들이 하나도 없는 거 같더라. 하기사 동기들은 졸업반인데 나는 언자 삼 학년이니까 그럴 만도 하지 뭐. 프랑스에서는 우옛노? 유학생활 이바구 좀 해봐라."

“아직도 사투리를 못 버렸어? 군대 가면 표준말 배워서 제대하는 거 아냐?”

“사투리가 어때가? 니는 몰라서 카는데 나중에 함 봐래이. 앞으로 넉넉잡고 십 년만 지나마 틀림없이 사투리 잘 아는 사람들이 대접받는 날이 올 끼다. 사투리가 촌시럽다 캐가 자꾸 표준말만 쓰다 보마 나중에는 정감나는 우리 토속적인 말은 다 이자뿌게 되는 기라. 그런 씰데없는 소리 하지 말고 거 가가 애인 하나 만들었는강 그거부터 말해 봐라.”

“애인이 생겼으면 너 만나려고 일주일 전부터 파리에서 전화했겠어? 그것도 황금 같은 토요일 오후에 보자고. 그리고 나한테 애인이 생기든 애물단지가 생기든 네가 신경쓸 일이 아니잖아, 안 그래? 말이 나왔으니 말인데, 형수님뻘 되는 사람에게 사생활을 묻는 건 실례인 줄도 몰라?”

“변한 기 하나도 없네. 그라고 행수라 캤나, 니 지금?”

“그래, 어쩔래?”

“내가 니한테 시동상 대접을 받아가민서 머 할랏고 여 앉아 있는지 모리겠네. 고마 가자, 얼굴 봤으마 안 됐나.”

“으이그, 저 밴댕이 속.”

설무영은 가져다 놓은 커피에 가루 크림만 타서 마셨다. 그 모습을 보고 있던 기철진의 눈에 그녀의 흰 블라우스를 감고 내려와 반코트 속으로 숨겨져 있는 고리줄 하나가 들어왔다.

“안하던 목걸이도 했는갑네? 그거 목걸이줄 아이가?”

“이거 말이야?”

그녀는 잔을 내려놓고 반코트의 맨 윗단추를 하나 끌렀다. 그리고는 손을 넣어 블라우스 위에 걸고 있던 목걸이를 꺼냈다.

"어디서 난 기고? 누가 주더노?"

"미안하지만 그건 비밀이야. 이러고 있을 게 아니라 우리 나가자. 봄바람도 좀 쐬고 모처럼 시내 구경도 할 겸."

설무영은 말꼬리를 돌렸다. 기철진은 더 이상 꼬치꼬치 캐물을 수가 없었다. 알량한 자존심과 체면이 그의 궁금증을 가로막아 섰다.

"밖에 바람 부는 거, 그기 봄바람으로 보잇는갑네? 하기사 여자 나이 스물여섯이마 태풍도 봄바람으로 보일 끼다."

"뭐야!"

기철진은 소리 지르는 그녀를 피해 벌떡 일어서서 도망가듯 출입구 쪽으로 종종걸음을 쳤다.

하늘에는 이미 어둠이 드리워져 있었다. 그러나 어둠은 젊음의 거리를 가득 흐르고 있는 갖가지 네온 불빛 때문에 지상으로 내려오지 못한 채 허공에서 맴돌고만 있었다. 두 사람은 거리를 이리저리 배회했다.

"밥 묵으러 가자."

"장찌개 먹고 싶어. 전에 그 집, 아직 그대로 있어?"

"어느 집 말이고?"

"백화점 건너편 골목길에 있었던 장찌개집 말이야. 식당 이름이 뭐였더라……? 어떤 꽃이름이었는데."

"아, 노란물봉선집 말이가?"

"그래, 맞아. 우리 그 집에 가서 밥 먹자."

"그 집이 아직 장사를 하는지 모리겠네."

노란물봉선집은 단 한 가지 음식밖에 팔지 않았다. 점심 때와 저녁에 시간을 정해 놓고 장사를 하는 집이었다. 그 집의 장찌개 맛은 유난히 특별했다.

거기에서 식사하는 사람들은 한결같이 그 비법을 궁금하게 여겨 더러는 가르쳐달라고 농담 섞어 조르기도 했다. 그때마다 주인은 정성이 비결이라며 손님들의 질문을 피해가곤 했다. 개중 짓궂은 손님들 중에는 조리실을 기웃거리기도 했지만 그곳은 가족을 제외하고는 절대 출입금지 지역이었다.

뜨겁지만 시원한 맛, 벌겋게 고춧가루가 들어가 있지만 맵지 않고 개운한 맛, 입에서 스르르 녹아내리지만 달지 않은 맛……. 인간이 맛볼 수 있는 모든 미각을 조화시킨 노란물봉선집의 장찌개 맛을 근처 다른 식당에서 흉내를 내기도 했지만 사람들은 무엇에 홀린 것처럼 오직 노란물봉선집만을 고집했다.

한번은 구청 위생과에서 조사를 나온 적이 있었다. 음식에 아편 같은 중독성 물질을 넣는다는 투서가 날아들었기 때문이었다. 하지만 조리법과 양념 재료의 일부가 알려지면서 그것이 전혀 사실무근임이 밝혀지자 노란물봉선집은 오히려 더욱 유명세를 탔다.

식당은 항상 만원이었다. 기철진이 군대에 가기 전만 해도 식사시간이 되면 자리가 없어서 손님들에게 예약시간을 정해주었다. 또 상술의 한 방편인지는 알 수 없지만 정해 놓은 영업시간대가 지나면 예약조차 받지 않았다.

다행히 문을 열어 놓고 있었다. 빈자리는 없었다. 계산대를 지키고 있던 주인이 예약시간과 탁자 번호가 적힌 쪽지를 건네주었다. 그 시간이 되려면 30분을 기다려야 했다. 식당을 나서며 설무영이 중얼거렸다.

"아직 이러는 걸 보면 그동안 떼돈 벌었겠네."

"떼돈 벌 자격이 안 있나? 한 가지 음식에는 도사인끼네. 이것저것 구색만 가차 놓고 니맛도 내맛도 없는 엉성한 음식으로 장사를 하는 식당들 하고는 근본적으로 다른 기라. 그건 그렇고 어디 가꼬?”

“백화점에 가서 이것저것 눈요기나 할까?”

“거 좋은 생각이다. 뭐 갖고 싶은 거 있으마 사주께. 말해바라.”

“학생이 무슨 돈이 있어?”

“제대하고 아르바이트 해서 돈 좀 벌어놨다. 선물받고 싶은 거 있으마 이 오래비한테 뭐든지 말해도 돼.”

“정말이야?”

“이 처자가 속고만 살았나, 퍼뜩 가자.”

설무영은 앞장서는 기철진을 따라 백화점으로 가긴 했지만 아무것도 사지 않았다. 기철진은 그녀가 부담감을 느끼는 것으로 생각되어 못내 섭섭했다.

“시간 됐네. 밥 먹으러 가. 밥보다 더 좋은 선물이 어디 있어?”

“니 지금 나를 무시했어.”

“무시하기는. 밥 먹고 영화도 보고 술도 한잔 할 거야. 세 가지 모두 철진이 네가 부담하는 거야. 이 누나를 환영하는 뜻에서.”

“술까지? 니, 거 가가 술까지 배아왔나?”

“그럼, 나라고 술 먹으면 안 된다는 법 있어?”

“야아, 코재이들이 순진한 처자 하나 다 배리났네, 이거.”

“빨리 가.”

설무영은 아무 거리낌없이 기철진의 팔짱을 꼈다. 기철진은 묘한 기분이 들었다. 그녀가 팔짱을 낀 것은 처음이었다. 기철진은 가슴이 두근거리기 시작했다. 설무영은 아무렇지도 않다는 듯이 걸음을 재촉했다.

탁자를 막 치우고 있었다. 앉자마자 찌개솥이 걸리고 밑반찬이 놓였다. 가짓수도 예전과 변함없이 그대로였다. 햇냉이무침이 올라왔다. 철따라 계절 반찬 한 가지가 더해지는 것까지 똑같았다.

"맛있겠다."

설무영은 젓가락을 들고 김치 한 조각을 찢어 입에 넣었다.

"거는 김치 같은 거 없더나?"

"김치고 된장이고 드물게 있기는 한데 모두 일본에서 수입된 것들이야. 기무치, 도부…… 프랑스 사람들도 좋아하는 사람은 잘 먹어. 그런데 우리 입맛에는 안 맞아. 귀국하고 나서 집에서도 된장이랑 김치만 가지고 밥 먹었어. 외국 나가 보니까 우리 음식이 소중한 줄 알겠더라구."

"전에는 툭하면 양식을 찾아쌌디, 간 김에 실컷 묵지 와?"

"내가 언제 좋아해서 그랬어? 맛보려고 그랬지."

"그기 그기지."

"다 끓은 것 같다. 먹자."

설무영은 왕성한 식욕을 보였다. 전에는 밥 한 공기의 절반밖에 비우지 못하던 그녀였다. 그런데 한 그릇을 모자란 듯이 깨끗이 비우는 것이었다. 기철진은 그녀의 오랜 객지생활에서 겪었을 고충이 짐작되어 그만 수저를 놓았다.

"왜 그만 먹어? 맛이 없어?"

"아니, 점심을 너무 늦게 묵어서…… 밥 한 그릇 더 달라 카까?"

"됐어. 많이 먹었어. 소화시키고 나서 술 마시러 가야지."

영화를 보는 동안 기철진은 몇 번이고 그녀의 손을 잡아볼까 망설이다가 결국 잡지 못하고 말았다. 상영관 입구 위에 커다랗게 그려져 있는 간판을 돌아다보았다. 영화의 줄거리가 자연스럽게 연결되지 않았다. 생각은 걸음에 얹혀 터벅터벅 술집으로 향했다.

"너무 늦은 거 같다. 드가봐라."

"오늘 너무 고마웠어. 내일은 뭐 할 거야?"

"한단산에 갈 끼다. 니는 교회 갈 끼제?"

"그렇지 뭐. 산에 다니는 건 여전하네?"

"다른 취미를 만들어볼라 캐도 이 나이에 새로 배아가 머 하겠노?"

기철진은 그녀의 집 앞에 서서 시계를 보았다. 11시가 가까워지고 있었다. 설무영은 목걸이를 벗어서 내밀었다.

"그곳에서 가장 친하게 지낸 마르그리트라는 친구가 준 거야. 어렸을 때 할머니한테서 물려받은 건데 가장 아끼는 물건이라고 그러더라구. 그리고 가장 소중한 사람에게 선물해야만 행운이 따른다나 어쩐다나. 너 가져. 사실은 내가 이 다음에 오직 한 사람을 사랑하게 되면 선물할 생각이었는데……. 그때까지 갖고 있다가 나중에 돌려줘. 산에 다닐 때 조심하구."

그녀는 우물쭈물 서 있는 기철진의 손에 목걸이를 쥐어주고는 집으로 총총히 들어가버렸다. 기철진은 잠시 멍한 채로 서 있다가 돌아섰다. 골목을 빠져 나와 큰길을 따라 걸었다. 그녀가 술집에서 했던 말이 생각났다. 아버지가 귀국을 극구 말렸지만 자신과 했던 약속을 지키기 위해서 돌아왔다고.

가로등 아래에 서서 손을 펴보았다. 목걸이는 꽤 오래되었음 직했다. 친구가 어릴 때부터 목에 걸고 있었던 물건이라면 일부러 부식시킨 건 아닌 듯했다.

그 목걸이는 은하계를 연상시켰다. 가장자리의 꼬리 부분까지 합해

지름이 6센티미터쯤 되었다. 가운데가 도톰하고 밖으로 맴돌아 나갈수록 차츰 얇아지는 모양이었다. 뒷판을 불빛에 비춰 보았다. 기하학적이고 추상적인 무언가가 촘촘하게 새겨져 있었지만, 글자인지 기호인지는 알 수 없었다.

'오직 한 사람을 사랑하게 되마 선물할 생각이었닷고?'

기철진은 목걸이가 든 손아귀에 힘을 주었다.

또렷이 보였다. 아, 저것은……

눈을 떴다. 꿈이었다. 벌떡 일어나 앉았다. 꿈에 그것이 나타나다니……. 예사롭지 않았다. 차평무는 얼굴을 씻고 찬물을 들이켰다. 차가운 기운이 오장 속을 깨끗이 씻어내는 느낌이었다.

잠자리를 정돈한 다음 딱딱한 나무침대에 방석을 놓고 앉았다. 50센티미터 앞은 벽이었다. 날이 밝으려면 아직 한참 있어야 할 시간이었다. 방 안이 어두워 반개한 눈에는 아무것도 보이지 않았다.

자취가 흐물흐물 사라져버리기 전에 잡아야 했다. 호흡을 고르기 시작했다. 좌선에 든 지 얼마 되지 않아 호기와 흡기는 미세하게 길어져 갔다. 어느덧 정신이 맑아오는 것을 느꼈다.

눈이 부셨다. 새 한 마리가 하늘에서 유영을 하고 있었다. 새는 갑자기 맴을 돌며 지상으로 내려오기 시작했다.

붉은 머리에 볏이 두 갈래로 나 있었다. 하나는 몸통을 향해 뒤로 뻗어 있었고 또 다른 하나는 위로 뻗어 있었다. 잉어의 지느러미처럼 가볍게, 그리고 천천히 바람을 저었다.

독수리처럼 넓게 편 날개는 펄럭일 때마다 오색 빛깔을 떨어내었다. 날개는 한 쌍이 더 있었다. 그것은 균형을 잡듯이 몸통에서 떨어지지 않고 조금씩 움직였다. 학우선(鶴羽扇)처럼 잘 빗겨져 있었다.

목은 미끈하였고 앞가슴에는 부드러운 잔털이 복슬하게 나 있었다. 목에서 몸통으로 붉은 줄무늬가 이어져 내린 것이 보였다. 몸통에는 가늘고 긴 깃들이 촘촘히 나 있어 아무런 저항없이 바람을 흘러보내고 있었다.

길게 치켜든 꼬리에는 둥글고 작은 비늘이 물고 물리며 햇빛을 반사하고 있었다. 다리는 길지도 짧지도 않았다. 두 발은 굵고 억센 용맹을 나타내는 듯 힘이 느껴졌다.

찰랑. 날개를 크게 한번 폈다가 내려앉았다. 잣나무 숲이었다. 새는 두리번거리며 주위를 살폈다. 몸 전체에서 붉은 기운을 내뿜고 있었다. 검은 부리로 무언가 물고 있는 것이 보였다. 톱니처럼 생긴 물건이었다. 톱니는 새가 걸음을 옮겨 놓을 때마다 햇빛을 받아 영롱한 빛깔을 반사했다.

'저게 뭐지?'

새와 눈이 마주쳤다. 새의 눈동자는 하얀 기름종이에 선혈을 한 방울 떨어뜨린 듯 붉었다.

고구려 군사 하나가 보였다. 그는 새를 향해 달려가고 있었다. 새는 돌진해 오는 그를 바라보았다. 그러나 고구려 군사는 제자리에서 뛰고 있는 듯 새와의 거리가 전혀 좁혀지지 않았다.

마침내 홰를 치고 날아올랐다. 영롱한 빛살들이 떨어져 내렸다. 새는 고구려 군사의 머리 위로 날아와 물고 있던 것을 떨어뜨렸다. 새는 꽤액 크게 울며 해를 향해 사라져갔다.

고구려 군사는 두 팔을 벌려 절규에 가까운 소리를 내지르기 시작했다. 숲 여기저기서 잣나무 묘목이 자라는 소리가 들려왔다.

서서히 호흡을 놓았다. 눈을 떴다. 푸른 벽이었다. 어느새 새벽이 가까이 와 있었다.

'언제까지 겹겹이 포장해 놓은 비유만 보아야 한단 말인가…….'

답답했다. 차평무의 눈이 젖어갔다. 새벽이 그의 눈 속으로 훌쩍 뛰어 들었다. 차평무는 일어섰다.

길에는 수건을 목에 두르고 아침운동을 나선 사람들이 눈에 띄었다. 약수터가 산 중턱에 있었다. 가장자리에 철봉과 평행봉을 갖춰 놓은 빈터에서는 노인들이 배드민턴을 치고 있었다.

사람들은 너나 할 것 없이 차평무를 한 번씩 쳐다보았다. 그의 행색 때문이었다. 산발한 머리며 수염, 먹물을 들인 옷차림은 차평무가 다른 세상에서 온 사람처럼 느껴지기에 충분했다. 그는 사람들의 눈길을 아랑곳하지 않고 약수를 한 모금 입에 머금었다.

멀리 보이는 도시가 비로소 기지개를 켰다. 개미길 같은 도로 위로 미등을 켠 자동차들이 질주를 하는 듯, 웅웅 소음이 들려왔다. 굉장한 속도로 달리고 있는 듯했으나 개미 걸음으로밖에 보이지 않았다.

'개미들과 다를 바 없는 허무한 삶……. 하지만 개미들도 주어진 삶에는 처절하리 만큼 충실하지 않는가?'

차평무는 자기가 살아온 삶의 자취를 생각했다. 그는 이내 고개를 흔들었다. 허무했다. 앞으로 이어질 생에 대한 성취도 가늠할 수 없었다. 기약되지 않은 때를 기다리는 것, 그에게 남은 유일한 삶의 의미였다.

몇 호흡 가다듬고 나서 이내 내림길을 따라 구름을 밟듯 가볍게 내려왔다. 아파트 경비원이 출입구를 비를 쓸고 있었다.

"일찍 일어나셨네예, 운동하고 오십니꺼?"

"아저씨, 혹시 근교에 잣나무가 많은 곳이 있습니까?"

"잣나무랏고예? 보자……. 잣나무라 카마 이 근처에는 거뿐이제, 와 한 번도 안가봤습니꺼? 한단산이랏고예. 거 가마 백림사라 카는 유명한 절이 하나 있는데, 그 절 근처 수만 평이 마카 잣나무밭 아입니꺼. 잣 살랏고예?"

"아, 그건 아닙니다. 말씀 고맙습니다."

차평무는 지도를 폈다. 한단산이면 도시 북쪽에 있는 도립공원이었다. 백림사라……. 한단산 서북쪽에 위치하고 있는 절이었다. 관광 안내 책자에서 백림사를 찾아보았다. 절 이름이 과연 잣나무 백(柏) 자에 수풀 림(林) 자였다.

낚싯대 하나를 챙겨 넣었다. 지도상으로 보면 백림사 근처에는 못이 있었다. 만약 꿈과 관련하여 아무런 단서를 발견하지 못하게 된다면 낚싯대를 던져놓고 꿈의 의미를 좀 더 깊이 생각해 볼 작정이었다.

길을 나서자 맞은편 골목길에서 건장한 사내 둘이 나타났다. 차평무는 달려오는 빈 택시를 세워 탔다. 무심코 뒤를 돌아다보았다. 그들도 허겁지겁 승용차를 타고 따라오고 있었다.

이른 시간이라 백림사까지 가는 시간은 별로 오래 걸리지 않았다. 도시를 관통해 흐르는 강 둔치의 고속화도로에 오르자 기사는 규정 속도 이상의 속력을 냈다. 차평무는 차창 밖을 내다보았다. 도로가 하천부지 위로 지나치게 낮게 닦여져 있어 장마가 지거나 큰비가 오면 무사하지 못할 것 같은 생각이 들었다.

산 입구부터 갖가지 화음으로 들려오는 새소리가 귀를 시원하게 했다. 나뭇가지를 살펴보았다. 꿈에서 본 새와 비슷한 놈이라도 있을까 하는 기대 때문이었다.

백림사까지는 오솔길이 나 있었다. 굵은 잣나무들이 한 발 간격으로 늘어서서 길을 열어 갔다. 첩첩 하늘을 가린 무수한 잔가지들 때문에 깊게 그늘진 산길에는 스산한 기운이 감돌았다.

절은 돌담으로 둘러싸여 있었다. 경내에는 등산복 차림의 사람들이 여럿 있었다. 약수로 목을 축이는 사람, 법당으로 들어가 참배하는 사람, 한가하게 뜰을 거닐고 있는 사람, 탑을 돌아보는 사람, 부도의 비문을 찬찬히 읽고 있는 사람도 있었다.

차평무는 한 사람도 놓치지 않고 살폈다. 이따금 눈에 띄는 스님들도 눈여겨보았다. 그러나 이렇다 할 꿈의 단서는 발견할 수 없었다.

꿈에 나타난 새는 주작(朱雀)으로 판단되었다. 그렇다면 주작의 의미가 무엇인지 알아야 했다. 주작이라면 고구려 고분인 평양 삼묘리 강서큰무덤 벽화에 그려져 있는 북방나라의 남방 수호신이었다.

모르긴 해도 방향은 의심할 바 없이 북쪽일 것이었다. 또 백림사를 품고 있는 한단산이 도시 전체의 동북쪽을 병풍처럼 둘러싸고 있기 때문에 한단산을 제외하고는 이 도시에서 북쪽 지역을 말하기 어려웠다.

'주작의 의미라…… 붉은색 옷이나 모자? 또 새라는 개념? 하늘에서 내려온다는 의미? 산에서 내려오는 것일 수도 있을까?'

주작이 정적인 의미를 나타내는 것은 아니라는 생각이 들었다. 주작은 다가오는데 정작 고구려 군사로 상징되는 자신은 아무리 애를 써도 한 발자국도 움직일 수 없었기 때문이다. 결국 주작은 동적인 어떤 것의 상징일 것이고, 자신은 정적인 상황에 있어야 한다고 믿었다.

점심때가 지나도록 어슬렁거리며 경내를 배회하던 차평무는 절 뒤로 나 있는 등산로를 따라 올라갔다. 집 앞부터 뒤를 밟던 사내들이 멀찌감치 떨어져서 올라오고 있었다.

'조만간에 단단히 단속을 해 두어야겠군.'

백림사 근처뿐만이 아니라 산 전체가 거대한 잣나무 숲이었다. 특별히 어디랄 것도 없었다. 차평무는 막연한 기분에 사로잡혔다. 꿈의 단서를 찾는 것이 무모하다는 생각까지 들었다. 축구장 절반만한 연못이 하나 나왔다. 산 중턱에 있다는 것 말고는 특이한 점이 없었다. 낚싯대를 던져놓고 생각에 잠겼다.

'한단산 백림사, 이곳이 아니라는 말인가? 주작이라……. 주작, 주작, 주작…….'

비.

하지만 그것은 이미 비가 아니었다. 천지사방, 하늘과 땅을 오르내리는 거대한 물의 교류였다.

하늘에서 쏟아지는 큰물은 땅 위에 살아 있는 모든 것들을 씻어 깨웠다. 세찬 비 세례를 맞고 여기저기서 번쩍번쩍 눈을 뜬 물상들이 놀란 눈으로 사방을 둘러보았다. 새롭고 낯선 풍경이었다.

오래 전부터 말라가던 혈관으로 생명을 주관하는 붉은 액체가 다시 흘러드는 것을 느꼈다. 환희였다. 그러나 곧이어 새로운 생명을 얻는 대가로 참을 수 없는 고통이 뒤따랐다.

살갗이며 실핏줄들이 견디기 힘들 만큼 가려워지기 시작했다. 물상들은 대지를 더욱 강하게 움켜잡았다. 참기 어려웠다. 급기야 온몸을 흔들어 대고 있었다. 그러나 몸을 흔들면 흔들수록 물관부로 더욱 깊이 파고드는 가려움 때문에 고통스럽기만 했다.

물상들은 드디어 큰 목소리로 신음하기 시작했다. 신음은 오래지 않아 울부짖음으로 변해갔다. 희열과 고통이 시시각각 교차하는 얼굴이었다. 하늘을 보았다. 오직 퍼부어 내리는 것만이 있을 뿐이었다. 천수

(天水)였다.

　땅으로 와서 이미 소임을 마친 빗물 가운데 일부는 저희끼리 모여 또 다른 물상을 찾아 길을 떠나고 나머지는 땅을 박차고 올라 하늘로 돌아가고 있었다. 내리는 물과 오르는 수연(水煙). 하늘과 땅은 한 몸 한 빛깔로 장엄한 포효를 울리며 합일되어 갔다. 시야는 몇 발치 앞도 내다볼 수 없을 만큼 아득해지고 있었다.

　기철진은 명부전 처마 밑으로 피해 있었다. 지상과 천상 사이에서 삽시간에 벌어지고 있는 거대한 물의 교류를 그저 멍하니 바라보고만 있었다. 수수방관하는 것 말고는 그가 할 수 있는 일이 없었다.

　갑자기 땅이 어두워졌다. 쿠쿠쿠쿵그르르 하늘이 무너지는 듯한 소리가 들려왔다. 어딘가에서는 찌아아악 하고 번개가 갈라져 내리는 소리가 들렸다. 천지가 산산조각 나버리는 것만 같았다. 짧은 시간 숨막히는 공포였다.

　사람들은 쏟아지는 비를 피해 크고 작은 건물의 처마를 머리에 이고 끼리끼리 모여 있었다. 그들은 서로 이야기를 나누며 퍼붓는 비를 바라보고 있었다. 옆에 선 중년이 생각에 잠겨 있는 기철진을 보고 미소를 지었다.

　"참 시원하이 내리네."

　기철진도 웃어 주었다. 명부전으로 피한 사람은 그들 둘뿐이었다. 어느 처마 밑에도 혼자서 비를 피하고 있는 사람은 보이지 않았다.

　가득 피어오르는 물안개 사이로 의아스러운 광경 하나가 잡혀왔다. 머리며 얼굴이며 옷이며 온통 검은 칠을 해놓은 듯한 사내 하나가 일주문을 들어서고 있었다. 그는 거기에서 잠시 머뭇거리는 듯하더니 명부전을 향해 천천히 발걸음을 옮겼다.

우산도 들지 않았다. 퍼붓는 비를 고스란히 맞으면서 행선(行禪)을 하듯 유유히 걸어오고 있다. 사람들의 시선이 일제히 그 사내한테로 쏠렸다.

"저 양반 저거, 진짜 양반일세그려."

중년이 허허거렸다.

'장애자인가?'

기철진은 사내에게 어떤 신체적인 장애가 있을지도 모른다는 생각을 했다. 빗물과 수연에 가려 자세히 볼 수는 없었지만 한쪽 다리를 저는 것처럼 보이기도 했다.

'이 빗속을 저렇게 걸어올 수밖에 없다 카마 그거는 뻔한 거 아이가?'

기철진은 우의를 걸치고 배낭에서 삼단 우산을 꺼내 들었다. 망설일 것도 없이 일주문 쪽으로 달려나갔다. 사내는 기철진이 달려오는 모습을 보고는 그 자리에 우뚝 멈추어 섰다.

기철진은 그의 머리 위로 우산을 펴 들었다. 우산은 세찬 빗물의 힘을 받아 뚫어질 듯한 소리를 내었다. 사내는 기철진을 한참 바라보더니 큰 소리로 웃었다.

"허, 허, 허, 허허허허……. 노형이었소? 아무튼 고맙소."

사내의 말은 빗소리 때문에 분명히 알아들을 수 없었다. 둘은 처마 밑으로 들어섰다. 사태를 지켜보고 있던 중년이 소리쳤다.

"거, 다리가 불편한 사람 같은데 우짤랏고 우산도 없이……."

그러나 중년은 말끝을 맺지 못했다. 사내의 얼굴을 비로소 가까이 보았기 때문이다. 기철진도 처마 밑에 들어서서야 그의 얼굴을 다시 보았다. 얼른 느끼기에도 사내는 요즘 사람의 모습이 아니었다.

흠뻑 젖은 머리칼은 어깨까지 내려와 봉두난발에 가까웠다. 양쪽 귀

밑부터 턱으로 자라 내려온 구레나룻도 얼마나 오래 안 깎았는지 10
센티미터는 충분히 되었다.

옷차림도 요즘의 모양새가 아니었다. 승복인지 세간의 옷인지 구분이
되지 않았다. 굳이 칭하자면 검정 물이 곳곳에서 날아간, 고쳐 입은 한
복이었다. 동정은 달지 않았지만 고름은 앞가슴에 매듭지어져 있었다.

많이 젖어 있었다. 물에 빠졌다가 건져진 모습 그대로였다. 머리카
락에서 흘러내리는 빗물이 구레나룻으로 방울져 맺히고 있었다. 그는
수염부터 쓰다듬어 내렸다.

'장부의 자존심부터 추스르는 행위인가.'

기철진은 사내의 행색을 보며 나이를 짐작해 보았다. 도인이라는 관
념어에 의거해 보더라도 사내의 나이는 그다지 많이 들어 보이지 않
았다. 다만 붉은 살빛과 온통 얼굴을 덮고 있는 수염이 많게는 예닐곱
의 나이를 보태고 있었다.

한쪽 어깨에 맨 가방에서 낚싯대 하나가 삐죽 나와 있었다. 사내는
섬돌에 걸터앉자마자 바랑처럼 생긴 가방을 내려놓고 머리칼을 두 손
으로 모아 꾹꾹 짰다. 기철진은 배낭 덮개주머니에서 두꺼운 면수건을
꺼내 주었다.

"고맙소. 내가 장애자인줄 알았소?"

사내는 빗물을 닦아내며 기철진에게 물었다. 기철진은 대답하지 못
했다. 사내는 웃음 띤 얼굴로 중얼거리듯 말했다.

"한 번씩은 이렇게 내려야지. 그래야만 제깟 놈도 체면이 서지. 늘
비 같지도 않은 것을 빗줄기랍시고 뿌리곤 하더니만 오늘은 저도 정
신이 좀 든 모양이군. 허허. 안 그렇소?"

기철진은 빗소리가 그의 말을 흩뜨려놓아 잘 알아듣지 못했을 뿐만

아니라 갑자기 고승들의 선문답에서나 나오는 듯한 질문을 받고 보니 알맞은 대꾸가 생각나지 않았다.

"퍼뜩 그치야 안 되겠습니꺼……."

"차림새를 보니 산을 자주 다니는 모양인데, 어디로 해서 오는 길이오?"

"정상에 갔다가 톱날능선을 넘었습니더. 이리로 다 니리오고 나이 쏟아지네예. 저 위쪽 못에 낚시를 갔던갑네예?"

기철진은 사내의 신분에 호기심이 생겼다.

'부도낸 자영업자? 전과자? 파계승? 예술가? 무술인? 무속인? 민속음식점 주인? 전통찻집 주인?……'

그의 행색에 걸맞은 가능한 모든 직업을 떠올려보았지만 딱히 짐작하기 어려웠다.

"뭐, 낚시랄 것까지는 아니고……. 그런데 그 붉은 등산모가 참 인상적이오, 허허."

사내는 말을 흐리고 하늘을 쳐다보았다. 기철진은 용기를 냈다.

"수염이 참 멋있네예. 실례지만 직업을 물어봐도 되겠습니꺼?"

"꿈을 찾으러 다니는 사람, 대답이 됐소? 허허허."

그는 갑작스러운 우중에도 신이 나는지 얼굴에 웃음이 가득했다.

'꿈을 찾으러 다닌다고? 이 세상을 살아가는 사람치고 꿈을 좇지 않는 사람도 있다는 말이가?'

비는 더 많이 퍼붓기 시작했다. 기철진은 후회가 일었다. 산 정상인 독로봉에서 곧바로 한산 폭포로 이어지는 북쪽 계곡으로 내려갔다면 지금쯤은 수현사 아래에 있는 관광단지에 도착해 느긋하게 쉴 수 있었을 것이다. 또 그곳에서는 시내로 나가는 교통편이 좋아 큰 걱정이 없었을 것이다.

상황이 이렇게 되고 보니 정상에서 톱날능선을 욕심낸 것이 화근이었다. 한단산 정상에서 서쪽 능선을 타고 1시간 거리에 있는 톱날능선은 화강암이 마치 톱날처럼 가파르고 험하게 이어져 있어 오래 전부터 산사람들 사이에 그렇게 일컬어졌다.

암벽 등반을 해보지 않은 사람이나, 설령 해봤다 하더라도 초보자인 경우에는 혼자서 능선을 횡단하기란 불가능한 일이었다. 칼바위와 개미허리라고 이름 붙여진 바위가 톱날능선의 처음과 끝을 막고 있는 산세라서 일반인들의 접근을 처음부터 완강히 거부하고 있는 능선이었다.

하지만 냅네 하는 산꾼들에게 톱날능선은 피할 수 없는 재미였다. 어느 쪽 바위를 넘더라도 능선 안으로 들어서기만 하면 도시 전체가 한눈에 들어오는 전망이 일품이었다. 게다가 인공의 쓰레기조차 한 점 버려져 있지 않은 바윗길을 오르내리며 심신에 배어 있는 매캐한 문명의 내음을 씻어내기에는 안성맞춤인 곳이기 때문이었다.

그동안 전국의 산이란 산을 모두 뒷동산 넘나들 듯 다녀본 기철진은 톱날능선에 유난히 애착을 갖고 있던 터라 정상에서 그만 그쪽으로 발길을 옮기고 말았다. 그러나 능선을 넘자마자 곧바로 백림사 코스를 잡았다. 하늘이 심상치 않았던 것이다. 독로봉 너머로부터 꾸역꾸역 시커먼 먹장구름이 몰려오며 천둥소리가 들리는 것이 한 줄기 크게 후려칠 것 같았다.

백림사 경내에 들어서서 약수로 목을 축이는 순간, 갑자기 주위가 컴컴해지더니 후두두둑 포도알만한 빗방울이 떨어지기 시작했다. 그리고는 이내 거대하고 세찬 물사태로 바뀌었다. 출발하기 전에 미리

기상 상황을 파악해 둔 상태여서 소나기 정도는 짐작했지만 이렇게까지 크게 쏟아지리라고는 예상 밖의 일이었다.

내린 비는 경내 곳곳에서 물줄기를 이루며 모두 일주문으로 내달리고 있었다. 일주문은 사내가 들어설 때 이미 질펀한 진흙탕으로 변해 있었던 모양이었다. 그곳에서 비를 피하려고 머뭇거리다가 명부전으로 발길을 옮긴 것을 보면 짐작이 갔다.

일주문은 경내의 물줄기를 모아 하나의 강을 만들었고 또 그렇게 만든 강을 거침없이 사바세계로 내보내고 있었다. 일주문 옆 경내 매점도 물이 들이찰세라 철주름문(셔터)이 내려져 있었다. 비가 오기 전만 해도 경내에 드문드문 보였던 스님들은 어디론가 사라지고 아무도 보이지 않았다.

명부전을 마주 보고 있는 건너편에 선묵당(禪默堂)이라는 편액이 큼지막하게 나붙은 건물이 있었다. 스님들이 기거하는 요사채였다. 하지만 10여 개나 보이는 문 중에서 어느 문도 못을 박아 놓은 듯 열리지 않았다. 그나마 절 건물에 처마라도 있는 것이 다행이었다. 비를 피한 사람들이 마치 죄라도 지은 모습으로 옹기종기 앉아 있었다. 아이들도 너댓 보였다.

오른쪽 대웅전의 형편은 썩 나아 보였다. 부처님은 방문을 열어두고 중생을 거두는 모습이었다. 몇 사람이 문설주에 걸터앉아 마당의 풍경을 내다보고 있었다. 대웅전 안에서 뛰어다니는 아이들의 웃음소리가 들려왔다.

약수를 길어먹는 곳 뒤편으로 적열당(寂悅堂) 건물이 옆모습만 보였다. 그곳의 모습은 비와 물안개에 가려 거의 보이지 않았다. 이따금 울긋불긋한 옷차림이 어른거리는 것으로 보아 그곳에도 등산객 몇이 비를 피하고 있는 모양이었다.

명부전 바로 앞에는 9세기 신라 전탑 한 기가 온몸으로 천수를 받아내고 있었다. 기단 하단부를 가리고 있는 단목 한 그루가 가지와 잎을 흔들며 크게 울고 있었다.

어디에 달려 있는지 알 수 없는 확성기에서 목청 좋은 스님의 염불 소리가 간간이 들려왔다. 확성기는 빗소리에 지지 않으려고 무던히 애를 쓰다가 결국에는 꺼져버렸다.

빗줄기가 조금씩 약해지고 있었다. 그러나 아직은 우산을 쓴다 하더라도 흠씬 젖어버릴 것 같은 굵고 세찬 빗발이었다.

우산 하나를 받쳐 든 젊은 남녀가 서로 허리를 껴안고 일주문 쪽으로 걸어가고 있었다. 경내에 내를 이루었던 물살도 약해지고 있었다. 땅에 골이 패인 자국이 조금씩 드러나 보였다. 그들은 내를 피하려고 이리저리 움직이며 불규칙적으로 발걸음을 옮기고 있었다.

기철진은 자신도 모르게 가슴에 늘어뜨린 목걸이를 만지작거렸다.

"대학생이오? 직장인이오?"

사내가 부드러운 음성으로 물어왔다.

"학생입니더."

"보통 사람 같으면 좀 전에 내리던 그런 빗줄기 속으로 뛰어들기 힘들었을 텐데. 어떻게 우산을 받쳐줄 생각을 다 했소?"

"아까 같은 그런 비를 맞으민서 걸어오는 걸 보고 쪼매 놀랐을 뿐입니더. 그래가 생각할 것도 없이 그렇게 된 기지. 머 다른 거는 없습니더."

사내가 장애인인지 아닌지 알 수 없었지만 기철진은 내색을 피했다. 사내는 기철진의 대답을 듣고 빙긋이 웃었다. 소박한 웃음이었다.

산발한 머리칼과 수염, 흔하지 않는 옷차림, 굵고 부드러운 음성, 석장만 하나 쥐어 준다면 민담이나 전설, 야사에 나오는 산신령 또는 도사의 역할을 수행해 내는 데 모자람이 없을 성싶었다. 한 가지 아쉬운 점이라면 좀 젊다는 것이었다. 기철진은 사내의 옆얼굴을 훔쳐보았다.

'우째 보이 어머니와 같은 계통에 종사하고 있는 사람일 것도 같은데…….'

비가 뚝 그쳤다. 사람들은 부스스 움직이기 시작했다. 먹장구름으로 휘감겨 어두웠던 하늘이 이내 밝아오기 시작했다. 땅은 곳곳이 빗물에 패여 보기가 흉했다. 한 시간 반 동안 예기치 않은 비를 맞은 물상들은 몸을 깨끗이 씻어낸 모습이었다.

선묵당 건물에서 젊은 스님 하나가 문을 열고 나왔다. 그는 절 마당을 바라보고는 끌끌 혀를 찼다. 처마 밑에 서 있던 사람들이 스님을 보자 공손히 합장을 했다. 스님은 대웅전 쪽으로 발걸음을 옮겼다.

하늘 높이 머무르고 있던 천수는 무슨 이유에서인지 갑자기 지상으로 찾아와서 땅을 북 삼아 두드리며 한마당 잘 놀다가 돌아가버렸다. 하늘은 큰 소임이라도 마친 듯이 본래의 모습으로 돌아가고 있었다.

기철진은 세워 두었던 배낭을 어깨에 둘러매었다. 사내도 일어섰다.

"차가 자주 있는지 모르겠군."

그가 중얼거렸다. 사내가 대중교통수단으로 왔음을 스스로 알려주는 말이었다.

"전에는 한 시간에 한 대씩 들어왔는데, 요새는 어떤지 모르겠네예."

"그래요? 내려갑시다."

사내는 빙긋 웃으며 가방을 어깨에 걸쳤다. 기철진은 한 걸음 앞서 내려서는 그의 어깨를 보며 한마디 던졌다.

"성격이 참 낙천적이네예? 비를 그렇게 뚜디리 맞으민서도 안 뛰는 거 보만예."

아무래도 장애인은 아닌 듯한 생각이 들어 기철진은 말을 돌려서 물었다. 사내가 뒤돌아보며 섰다. 기철진이 한 걸음 당겨오자 고개를 돌리고는 하늘을 한번 쳐다보았다. 기철진의 시선도 따라갔다.

하늘은 환하게 개어오고 있었다. 비 오기 전이나 오고 난 뒤나 변함없는 것은 하늘뿐이었다.

"맑은 생각을 많이 하고 나면 자연스럽게 그렇게 되는 것이오. 생각이라는 놈은 참 야릇한 물건이라서 말이오. 한없이 맑아지고 깊어지다 보면 어느 때부터는 사물의 진면목이 보이기 시작하는데, 그때부터는 환경에 큰 제약을 받지 않게 되기 때문이오."

"도 닦았습니꺼?"

사내는 기철진의 물음이 천진하게 느껴졌는지 너털웃음을 터뜨렸다.

"도인지 뭔지 닦기는 좀 닦았소, 허허."

사내의 운동화가 진흙으로 범벅이 되었다. 기철진의 등산화도 마찬가지였다. 일주문이 가까워지자 굉음이 들려왔다. 백림사 앞을 가로질러 흐르는 도랑에서 들려오는 소리였다. 물은 엄청나게 불어 있었다. 물살이 바윗돌을 굴리며 흐르는 소리가 산을 쩌렁쩌렁 울렸다. 백림사 바깥담을 따라 나 있는 내리막길에도 군데군데 긴 홈이 패어 있었다. 가는 물줄기들이 길을 따라 아래로 흐르고 있었다.

두 사람은 나란히 500미터 남짓 되는 길을 내려와 삼거리로 갈라지는 버스 정류장에 도착했다. 사람들이 버스를 기다리고 있었다. 정류장 옆 백림사 전용주차장이라는 팻말이 서 있는 곳에서 승용차가 줄지어 빠져 나오고 있었다.

정류장은 시끄러웠다. 수건을 목에 두른 사람들과 비에 흠뻑 젖은 아이들, 웃고 떠드는 모습들로 왁자지껄했다. 정류장 아래쪽 삼거리에는 식당이 몇 칸 자리잡고 있었다.

어느새 얼굴이 동판보다 짙게 타들어간 여자들이 나타나 순박함으로 위장한 장삿속을 내보이기 시작했다. 닭백숙 맛이 기가 막힙니데이, 맛 한번 보고 가이소. 산채나물 써리 연 도토리묵 좀 들고 가이소, 버스 올라마 아직 한참 남았심더. 잣 좀 사가이소, 여까지 와가 잣도 안 사가마 댕긴 보람이 없십니데이. 자자, 그 유명한 백림사 무공해 잣이요, 잣. 한봉다리에 만원짜리 한 장입니더…….

버스는 오지 않았다. 버스뿐만 아니라 승용차 한 대도 올라오지 않았다. 사내가 혼잣말을 했다.

"오전에 이곳으로 오다가 보니까 저 아래 마을을 돌아서 조그만 내가 흐르던데……."

"아, 백련천 말입니꺼?"

백림사에서 15분쯤 내려가면 백송마을이 있다. 잣나무와 소나무가 많다고 이름 붙여진 그 마을이 산행의 기점이 되는 곳이었다. 백림사 일주문 밖을 가로지르는 도랑은 백송마을을 관통하고 나서 마을을 감아 흐르는 백련천으로 합류하게 되어 있었다. 또 백련천은 고속도로 나들목 지점에서 금사강으로 흘러들면서 도심을 정화시키는 역할을 마치는 물줄기였다.

사내는 백련천 양쪽 둑비탈을 깎아서 닦아 놓은 도시 고속화도로를 걱정하고 있었다. 하긴 여름 장마에 큰비가 내리면 백련천의 수위가 높아져 도로가 통제되는 일이 가끔 있긴 했다. 그러나 지금은 3월이고 폭우이긴 해도 1시간 남짓 퍼부은 것뿐이었다.

승용차 한 대가 올라와 주차장으로 들어갔다. 40대 부부가 주차장을 나오며 소리치듯 말했다.

"보이소. 백련천에 차가 못 다닌다 캅디더. 버스고 머시고 오도가도 모하고 있심더. 저 밑에 모팅이까지 차가 꼬랑대이 달고 줄섰뿟심더. 버스가 올라 카마 한참 걸릴 낍니더. 무신 놈에 비가 그래 와가 이래 애를 믹이노, 에이."

"고마하이소. 이래 될 줄 누가 알았겠는교? 묵이나 한 그릇 묵으민서 기다려보입시더. 아지매, 도토리묵 한 그릇 얼만교?"

중년 부부는 눈으로 식당을 정해 들어갔다. 사람들은 술렁거리기 시작했다. 기철진은 사내를 다시 바라보았다. 무표정하게 서 있는 그가 문득 귀신처럼 느껴졌다.

그다지 멀리 떨어지지 않은 곳에 서 있는 사내 두 사람이 시선을 보내 오고 있었다. 기철진과 눈이 마주치자 그들은 황급히 딴청을 부렸다.

"노형, 이러고 있을 게 아니라 노형만 괜찮다면 우리도 어디 들어갑시다. 우중에 우산을 받쳐준 데 대한 감사는 좀 해야 하지 않겠소? 그리고 마냥 이렇게 길에서 기다릴 수도 없는 노릇이고. 어떻소? 하늘이 노형과의 인연을 좀 더 길게 하란 뜻인 것 같은데, 허허허. 술 좀 하시오?"

"잘은 모합니다만. 그라마 그라입시더."

기철진은 사내에게서 적지 않은 호기심을 느끼고 있었던지라 선선히 응낙했다. 사내와 함께 '실내 포장마차'이라고 나붙어 있는 철골파이프 천막으로 들어갔다. 술집 주인이 차림표를 가져와 주문을 받아가고 나자 사내가 자리에서 벌떡 일어섰다.

"그러고 보니 여태 통성명도 못했군. 나는 차평무라고 합니다."

사내가 손을 내밀었다. 기철진도 따라 일어서며 대답했다.

“예, 기철진입니더.”

“실례지만 어느 학교 다니시오?”

“대광대 회계학과 학생입니더. 제대하고 나서 올해 복학했고예.”

“아, 그래요? 그럼, 삼 학년이오?”

“예.”

차평무는 웃을 듯 말듯 묘한 표정을 지었다. 기철진이 물었다.

“우리 학교, 잘 아십니꺼?”

“잘 알지는 못하지만 한번 가본 적은 있소. 정문 앞에 커다란 호수가 있던데 경치가 참 좋습디다.”

“천문지(天門池) 말이네예. 옛날에는 그 둑 밑으로 살사리꽃도 마이 피고 노을도 벌거이 지는 기 경치가 참 좋았는데 요새는 그 너매 아파트가 들어섯뿌가 다 배릿뿟습니더. 말씨를 들어보이 고향이 저 우쪽 같네예?”

“서울이오. 토박이이긴 하지만 말씨는 뒤죽박죽이요. 떠난 지가 오래되어서.”

주인이 소반을 들고 와서 한 되들이 되는 뚝배기를 내려놓았다. 가득 찬 막걸리가 뚝배기 아가리를 넘싯넘싯했다. 표주박이 하나 띄워져 있었다. 잔은 놋그릇이었다. 차평무가 기철진에게 술을 따랐다.

“우산을 받쳐줘서 고마웠소.”

“아입니더. 그런 거까 고맙기는예.”

기철진도 표주박으로 한 잔 가득 부어 주었다. 차평무가 잔을 들었다.

“자, 한잔 합시다.”

차평무는 술잔을 입으로 가져갔다. 그의 수염 사이로 놋그릇의 아가리가 파묻혔다. 전해져 오는 풍모가 어딘지 모르게 이속(離俗)적인 분위기였다. 몇 마디를 주고받는 동안 기철진은 그가 사람을 참 편하게 하는 성격이라는 생각이 들었다.

먼저 들어와 있던 청년들이 안쪽 자리에서 연신 떠들며 술잔을 기울이고 있었다. 비가 오는 동안 줄곧 마신 모양이었다. 혀가 제 구실을 못하고 있었다.

입구 휘장을 젖히는 소리가 들렸다. 대학생으로 보이는 젊은 여자 셋이 들어섰다. 뒤이어 예닐곱 명 되는 가족 일행이 들어왔다. 여자들이 좁은 통로를 지나치자 화장품 냄새가 기철진의 코끝을 찔렀다. 그들은 기철진이 앉아 있는 바로 뒷자리에 똬리를 틀었다. 가족 일행은 탁자를 붙여 출입구 쪽에 자리를 잡았다. 갑자기 실내가 꽉 찬 느낌이었다.

"기형의 관상을 좀 봐드릴까요?"

차평무가 얼굴 웃음을 지으며 말했다.

"그런 거 볼 줄도 아십니꺼? 그라마 복채를 내놔야 되겠네예?"

기철진은 차평무가 철학관을 운영하는 점쟁이일 것이라는 확신이 들었다.

"복채는 사양하겠소. 대신 부탁 한 가지만 들어주시오."

"무슨……?"

"아, 별것 아니오. 허허."

"우쨌든지 간에 한번 봐보이소."

기철진도 웃어 보였다. 차평무는 얼굴에 가득했던 웃음을 거두었다. 그는 몇 분 동안 뚫어져라 기철진의 얼굴을 바라보더니 입을 열었다.

"자당이 혹시 무당 아니오?"

기철진의 몸속을 조용히 흐르던 핏방울들이 혈맥 속에서 일시에 멈추어 섰다. 아무 말도 할 수가 없었다. 어떤 생각도 나지 않았다. 얼굴이 화끈거렸다. 등줄기에서 송골송골 땀방울 솟아나는 소리만이 귓속 세반고리관을 돌아 흘렀다.

"잘……못 보신 거 같……네예."

그가 술잔을 비운 뒤에야 기철진은 다소 냉정을 되찾았다. 내뱉은 말과는 달리 평소에 갖고 있던 의구심이 다시 고개를 쳐들었다.

'도대체 머를 봐가 우째 알아내는 기고?'

"잘못 보았다고요? 허허. 가만 있자……. 외동이시구먼."

이해할 수 없는 일이었다. 기철진은 명부전에서 포장마차에 이르는 동안 그와 나누었던 대화를 곰곰이 되새겨 보았다. 하지만 자신에 관계된 신상 이야기를 말했다거나, 혹은 느끼게 했다거나 하는 생각은 전혀 들지 않았다.

그러나 심장 박동이 빨라지고 있는 것을 감출 수는 없었다. 어머니가 무당이라는 사실은 10년 동안 사귀어 온 설무영에게도 말하지 못한 비밀이었다. 언제까지나 묻어두고만 싶은 것을 생면부지의 사람에게 그만 읽혀버리고 만 것이었다. 당혹스러웠다. 낭패감마저 일었다.

"계……속해보이……소."

"그만하겠소. 사실을 부정하는데 더 얘기해서 뭘 하겠소?"

기철진은 차평무의 얼굴을 보았다. 헤어지고 나면 다시 만나지 못할 것이 뻔한 그에게 차라리 솔직하게 시인하고 그렇게 알 수 있는 특별한 능력에 관해 자세히 물어보는 편이 나을 것 같았다. 그 어떤 기술이 있어 타인의 과거를 이렇듯 거울을 보듯이 알아낼 수 있는 것인지.

"놀랍습니더. 설명을 좀 듣고 싶네예. 우째 사람 얼굴만 보고 그렇게 쪽집게매로 알 수 있는강……."

"언어로 설명될 일은 아니오? 자당도 그렇게 이야기 하지 않았소?"

"그래도 어느 정도는……."

"아니오. 절대 설명될 수 없소. 기형은 인간의 두개골을 열고 뇌의 어느 한 부분을 가리키면서 이곳에 우리의 이성이 들어 있다고 말할 수 있겠소?"

"알아낼 수는 있으민서 설명할 수 없다 카는 거는 말이 안 되는 거 아입니꺼?"

"허허, 기형이 내 말을 이해하려면 오직 내 입장이 되는 수밖에 다른 길은 없소. 불교에서 대각(大覺)을 이룬 스님들이 그 경지를 인간의 언어로써 누구에게도 설명해 줄 수 없는 것처럼."

"좀 부정적으로 들리는데예."

"그렇지만 내가 기형의 얼굴만 보고 자당을 읽어냈잖소?"

"……."

"세상에는 과정을 알려고 하지 말고 주어진 결과만 보아야 하는 것들이 때때로 있소."

"어떤 것들입니꺼?"

"글쎄요, 허허. 내가 괜히 쓸데없는 짓을 한 것 같소. 자자, 한쪽 귀로 듣고 흘려버립시다."

"지가 앞으로는 우예 될 꺼 같습니꺼? 그것도 알 수 있겠지예?"

"아마 크게 날아오르게 될 거요. 기형은 아주 오래 전에 아시아 대륙의 북방나라의 남방을 수호한 주작이었으니까 말이오. 거 왜 있잖소? 온몸에 붉은빛이 감돌고 신령스러운 날갯짓으로 하늘을 유영하듯이 날아다니는 새 말이오. 허허. 잠깐 실례하겠소."

차평무는 일어나 화장실에 갔다. 기철진은 더 이상 물어볼 엄두가 나지 않았다. 계속 물어 보았자 시원한 대답은 들을 수 있을 것 같지도 않았다.

'하긴 인간이 제기할 수 있는 모든 의문을 인간원리로 완벽하게 설명해 낼 수 있다 카마 삶이 얼마나 권태롭겠노. 때로는 신비스럽게 치장한 말들도 인간의 삶에서 어느 정도 필요한 요소일 끼라.'

여대생들이 까르르 웃고 떠드는 소리가 점점 커지고 있었다. 기철진은 무심코 돌아다보았다. 벌써 취기가 오르는 모양이었다. 한 여대생의 눈언저리가 유난히 붉게 물들어 있었다. 구석진 곳에서는 청년들이 누구를 향해서인지 알 수 없는 욕설을 심하게 해대고 있었다. 가끔 주먹으로 탁자를 내리치는 모습이 위태로웠다. 아이들과 함께 들어온 가족 일행이 눈살을 찌푸렸다. 취학 전으로 보이는 아이들이 통로를 뛰어다니며 깔깔거리고 있었다.

차평무가 돌아와 앉았다.

"차형의 직업이 우리 어무이가 하는 일하고도 관계가 있습니꺼?"

"그 질문에는 대답하기 곤란한데요. 관점에 따라서는 관계가 있기도 하고 또 아주 관계가 없기도 하고, 허허."

"지는 학생이라고 분명히 밝혔습니더."

기철진은 무시당하는 기분이 들어 한마디 내뱉었다. 그러자 차평무는 빙긋 웃었다.

"나도 학생이오."

"전공은 뭡니꺼?"

"해를 보고 처음으로 절을 했던 사람을 찾는 일이오, 허허."

"그기 누군지 찾았습니꺼?"

"아직 못 찾았소."

"앞으로 찾을 가능성은 있는 일입니꺼?"

"그에 앞서 먼저 찾아야 할 게 있소. 허허, 이쯤 합시다. 초면에 너무 많은 것을 알려고 하다 보면 서로에게 바르지 못한 선입감이 생길 우려가 있으니까."

기철진은 입을 다물었다. 차평무의 실체에 의문이 생겼다. 말과는 달리 학생 티는 나지 않았다.

'꿈을 찾는닷고 카다가, 해를 보고 절한 사람을 찾는다 카다가, 언자는 또 다른 거를 먼저 찾아야 된다 카다이, 도대체 무슨 일을 하는 사람이고……?'

"아까 내가 복채 대신 부탁을 한 가지 한다고 했는데, 들어주겠소?"

"어떤……?"

"기형이 하고 있는 목걸이 말이오. 그 목걸이가 어디서 난 건지 말해 줄 수 있소?"

"이거예?"

기철진은 목걸이를 만지작거리며 내려다보았다.

"친구한테 선물받은 깁니더. 와예, 안면이라도 있는 물건입니꺼?"

"잠깐 벗어서 보여줄 수 있겠소?"

"그라이소. 머 어려븐 일입니꺼, 어데."

목걸이를 받아든 차평무는 그것을 자세히 살폈다. 목걸이의 뒷면을 훑던 그의 시선이 갑자기 멈추었다. 채 1분도 안 되는 시간이지만 기철진은 그 시간이 더없이 길게 느껴졌다.

"언제 한 번 본 적이 있는 듯한 물건 같아서 보자고 했는데, 비슷하기는 하지만 그 물건인지 또 다른 것인지 확신이 서지 않소."

"전에 보신 적이 있다 카마 아마 잘못 본 길 끼라예. 이거는 친구가 프랑스에서 가지고 온 기거든예.”

“뭐라고요?”

차평무는 갑자기 소리를 질렀다. 기철진은 잔을 든 손을 멈추었다.

“와 그래 놀라십니꺼?”

“아, 아무것도 아니오. 우리나라에서 만든 건 줄 알았는데 프랑스에서 가져온 것이라고 하니 너무 뜻밖이라서.”

기철진은 문득 목걸이의 뒷면에 새겨져 있는 기호들이 무엇을 뜻하는지 묻고 싶었다. 어쩌면 그가 대답해 줄 수 있을지도 모르는 일이었다.

“머 이상한 기라도 있습니꺼? 뒤에 새기지가 있는 기 먼지 알겠으마 좀 갈채주이소. 무슨 기호 같은 기 자잘하이 마이 있는 거 말입니더.”

“……”

차평무는 입을 닫았다. 참으로 기묘한 느낌을 주는 사람이었다. 기철진은 아침 일찍 어머니가 전화를 해온 일이 생각났다.

산에서 어려움에 처한 사람을 보거든 꼭 도와주라고, 에미 말을 절대 잊어버리면 안 된다고. 평소와는 달리 몇 번이나 다짐을 받아두고도 모자라 무속을 인정하지 않는 아들에게 애원하기까지 한 어머니였다.

등 뒤에서 갑자기 깔깔거리는 여대생들의 웃음소리가 죽비마냥 어깨를 내리쳐왔다. 기철진은 정신이 퍼뜩 들었다.

“차형은 지 거튼 나이 때에는 머 했습니꺼?”

“여기저기 떠돌아다녔소. 방황인지 뭔지 아직도 모르고 있지만.”

“공부를 마이 하신 거 같은데……?”

“허허. 조금은 해봤지요. 아무런 성과도 없는 공부 말이오. 하지만 이젠 예전처럼 죽자살자 매달리지는 않을 생각이오. 다만 기회가 나를 잊어버리지 않고 기억해 주기를 바랄 뿐이지요.”

차평무는 단숨에 잔을 들이키고 기철진에게 내밀었다. 말벗이 되어 줘서 고맙다는 표시인 듯했다.

"어머, 저 아저씨 꼭 도사님 같다. 아저씨 손금 볼 줄 아세요? 내 손 금 한번 봐줄래요?"

뒷자리에 있던 한 여대생이 까르르 웃으며 주저 없이 두 사람의 대화를 베고 들어왔다. 차평무는 북치는 듯한 소리로 허허 웃고 말았다. 기철진은 과거로부터 부활하여 21세기를 찾아온 고대인 한 사람의 모습을 보고 있는 듯한 착각이 들었다.

"이제 슬슬 일어나는 게 어떻겠소? 저쪽에 앉아 있던 가족들이 나 간 것을 보면 버스가 올 시간이 된 것 같소."

"그라지예."

기철진은 먼저 일어섰다. 셈을 하러 가는 그를 차평무가 말렸다.

"다음에 차 한잔을 할 기회가 있을 거요. 기형은 그때 내시오. 허허."

"다시 만나게 된다는 말입니꺼?"

기철진의 눈이 커졌다.

"모르지요. 사람의 인연이라는 건……. 자, 나갑시다."

차평무는 통로로 걸어나오다가 손금을 봐 달라던 여대생에게 한마디 했다.

"위장병 있는 사람이 술을 먹으면 독사에게 물린 자리에 독사 독을 바르는 것과 같아. 아가씨의 병은 술 때문에 온 것이니까 요즘에 자라나오는 생쑥 백 근만 빻아서 즙을 내 먹어. 처음 먹으면 너무 써서 못 넘길 것 같지만 몇 번 먹어보면 그런 대로 쓴맛에 적응될 거야. 그렇게 해 먹지 않으면 못 고치는 병이야. 명심해, 오래 살고 싶거든."

말을 마친 차평무는 뒤도 돌아보지 않고 입구 쪽으로 향했다.

"애, 저 아저씨 정말 도사네. 손금도 보지 않고 너 위장병 때문에 오늘내일 하는 것까지 알아맞히고 처방도 내려주고 가니 말이야."

"기집애가 짓궂기는. 에이, 재수 없어."

둘은 깔깔거리고 하나는 투덜거렸다.

"한의학을 전공했습니꺼?"

"저렇게 독한 술을 물 마시듯 넘기고 있는데 그 속이 편하겠소? 내가 보기에 저 아가씨들은 어쩌다가 한두 번 먹는 술도 아닌 것 같소. 그래서 한마디 해준 것뿐이오."

밖은 시나브로 어두워지고 있었다. 신선한 공기를 마시자 기철진은 여태껏 그에게 홀린 듯한 기분이 들었다. 가벼운 취기가 아지랑이처럼 온몸에서 피어오르고 있었다.

두 사람은 정류장으로 걸어갔다. 오래지 않아 버스가 올라왔다. 버스는 백림사 주차장에서 차를 돌렸다.

쥐색 고급 승용차 한 대가 버스를 뒤따라 나왔다. 차 안에는 건장한 사내 둘이 운전석과 조수석에 나란히 타고 있었다. 그들은 기철진과 눈이 마주치자 얼른 옆 차창으로 눈길을 돌렸다. 포장마차에 들어가기 전에 정류장에서 눈이 마주쳤던 바로 그 사내들이었다.

안개 속의 늪

“자네 이야기는 강 교수에게 많이 들었네.”

“아직 모자라는 점이 많습니다.”

“우리 학교 사학과 교수님들의 칭찬도 만만치 않던데 너무 겸손한 건 자만의 또 다른 표현이 될 수 있지, 허허.”

“학생들은 어떻습니까?”

“교양과목으로 개설해 놓은 과목이라 학생들이 그저 땜질용으로 쉽게 생각할 걸세. 정신이 번쩍 들도록 혼 좀 내주게.”

“연배 차이가 얼마 나지 않으니 형아우 사이로 여기고 노력해 보겠습니다.”

“가르치는 걸 업으로 삼은 선배로서 하는 말이네만, 학생들이 가장 싫어하는 것이 일류 대학을 나온 선생님들이 자신들을 무시하는 듯한 발언일세. 경력이 짧은 강사들이 흔히 범하는 실수라네. 자존심 하나는 어디에 내놔도 손색이 없는 녀석들이거든, 허허.”

“매사 조심하겠습니다.”

“또 지방이라 학생들의 말투도 자네가 생각하는 것 이상으로 투박

할지 모르니 그런 면에서 녀석들을 오해는 하지 않도록 하고. 참, 몇몇 녀석들은 개그맨 저리 가라 할 정도로 짓궂은 면이 있네. 여유롭게 대하도록 하게. 알고 보면 악의는 없는 학생들이니까.”

“우려하는 말썽이 생기지 않도록 하겠습니다.”

“조교를 시켜서 내준 과제물을 흘깃 들어보니 아주 단순한 것이던데 그래?”

“흔히 지나쳐버리는, 단순해 보이는 것일수록 의외의 논의가 많이 나올 수 있으리라 믿습니다. 또 처음부터 너무 깊이 들어가버리면 거부 반응이 나올지도 모르는 일이라서…….”

“일리 있는 말일세. 이제 보니 여러 해 강의를 맡아본 사람 못지 않은 판단을 하고 있군, 허허. 잘 알고 있겠지만 누군가를 가르치는 위치에 있는 사람은 아무리 사소한 것일지라도 일거수일투족을 조심해야 하네. 배우려는 사람은 가르치는 사람의 모든 것을 닮아가기 마련이거든.”

“가슴에 새겨 놓겠습니다.”

“달리 궁금한 건 없는가?”

“생활하면서 차차 여쭙도록 하겠습니다.”

“좋은 기회이니 잘해 보게. 사학과 선생님들의 관심이 지대하니까.”

“예, 학과장님.”

정인수는 연구실을 나서자마자 복도 가운데 있는 화장실로 향했다. 그때 현관을 올라오다가 그의 모습을 발견한 도인풍의 사람 하나가 의아스러운 표정을 지었다. 그는 자리에 서서 한동안 생각에 잠겼다가 피식 웃음을 터뜨렸다.

정인수가 화장실에서 나와 사라지기를 기다려 도인풍의 사내는 출입문을 두드렸다.

“인사드리겠습니다. 차평무입니다.”

“아, 차평무 씨. 어서 오시오. 패션이 아주 멋진데 그래요?”

“부끄럽습니다.”

“설마 도를 닦으러 우리 학과에 편입한 건 아니겠지요?”

“내일 수업부터는 단정히 하겠습니다.”

“부탁한 대로 차평무 씨의 신분은 비밀에 부쳐 두겠지만 언젠가는 알려지지 않겠소? 내 입만 봉한다고 비밀이 지켜지는 것은 아닐 테니까.”

“그건 그때 가서 처신하겠습니다.”

“수도권보다 정보의 전파가 다소 늦은 지방 대학이라고는 하지만 그래도 한두 마디는 주워 들을 것이 있을 테니 다니는 동안 잘 적응해 봐요.”

“알겠습니다.”

“달리 물어볼 말은 없어요?”

“방금 전에 안면이 있는 듯한 사람이 나오던데 누군지 알 수 없겠습니까?”

“정 선생 말이군. 이번에 교양과목으로 개설된 역사 특강을 맡은 정인수라고 하는데, 혹시 아는 사람이오?”

“출신이……?”

“일본에서 학위를 받은 사람이라고 들었소만.”

“그럼 제가 아는 사람이 맞군요. 지난해에 일본에서 만난 적이 있습니다.”

“그것 참 잘되었군. 서로 편하게 지낼 수 있을 테니까. 차평무 씨가 정 선생보다 너댓 많은 것으로 알고 있는데, 어떻게 아는 사이요?”

“도쿄에서 잠시 하숙을 한 적이 있는데 서로 이웃한 방에 세들어 있었습니다.”

“차평무 씨도 정 선생과 같은 대학에서 수학했소? 학부 때 전공이 사학이던데?”

“그건 아니었습니다. 저는 다른 일로 머물렀습니다.”

“어쨌든 잘 지내보시오. 아는 사이라고 해서 어린 학생들 틈에서 자칫 사제의 예를 잃는 우는 범하지 말고.”

“명심하겠습니다.”

강의실에 들어온 기철진은 맨 뒷자리에 앉았다. 곧이어 앞문을 열고 연한 회색 양복에 감색 넥타이를 맨 30대의 젊은 강사가 들어섰다. 시끄럽던 강의실이 조용해졌다.

누군가 박수를 치자 학생들은 그것을 신호로 모두 따라서 손뼉을 치기 시작했다. 한바탕 박수 소리가 강의실을 메웠다. 환영의 표시였다. 강사가 들어오기 전에 조교가 미리 연출해 놓은 일이었다.

강사는 오전에 제출했던 과제물 꾸러미를 교탁 위에 올려놓은 다음, 분필을 들고 칠판에다 무언가를 썼다. 자기 이름이었다. 초서에 가까운 행서였다. 돌아서서 학생들을 천천히 훑어보는 눈길이 왠지 예사롭지 않았다.

“안녕하세요. 정인수입니다. 회계학과 삼 학년 강의실 맞지요? 만나서 반갑습니다. 지난주에 다른 지방에 출강을 나갔다가 강의를 맡으라는 결정을 들었습니다. 조교를 통해 과제물을 내주었는데 전달되는 데에는 착오가 없었겠지요?”

누군가 짓궂게 물었다.

“교수님은 한글이 너무 어려버서 잘 모르시는갑지예? 한자만으로 이름을 쓰구로예."

"그래요. 한글만큼 오묘하고 어려운 글은 없어요. 한글은 우리만 쓰는 글이지만 한자는 세계어 아닙니까. 중국, 일본, 우리, 그리고 동남아 일부, 한자어권에 살고 있으면서 한자를 일상어로 쓰고 있는 인류의 수는 영어권보다 훨씬 많아요.

우리가 상용하고 있는데도 중국의 문자라고 한자를 배척하는 것은 영어가 영국의 문자이기 때문에 미국민들이 배척해야 한다는 논리와 같습니다. 자, 그건 차차 얘기하기로 하고……."

강사는 창 쪽으로 잠시 눈을 돌렸다. 학생들의 눈길도 그의 시선을 따라갔다. 기철진도 무의식중에 창밖을 보았다. 건너편에는 5층 건물인 인문관이 보일 뿐, 별다른 것은 눈에 띄지 않았다. 강사는 어떤 이유에서인지 사학과를 떠올린 것으로 보였다.

"조선 중기의 역사를 강의하고 있는 사학과 교수님의 함자가 내 이름과 한글표기로는 같더군요. 그것 때문에 혹시 여러분이 혼동할 수도 있겠다 싶어서 한자로 쓴 것입니다. 그 교수님은 빼어날 수 자를 쓰시기 때문에 강이름 수 자를 쓰는 내 이름을 알아두면 혼란이 없지 않겠습니까? 그쯤 해두고…….

1학점짜리인 제 강의가 이렇게 인기 있으리라고는 생각지도 못했습니다. 아무튼 감사합니다. 밥을 먹게 해줘서."

강의실은 모래알 같은 웃음소리로 잠시 파문을 쳤다. 중간쯤 되는 자리에서 누군가 강사의 말을 받아 한마디 던졌다.

"저희는 열화와 같은 성의로 강의를 신청해 호구지책을 해결해 드렸는데 교수님은 저희에게 머를 주실 생각이십니꺼?"

학생들 사이에서 또 한 번 웃음이 터져 나왔다. 강사도 입가에 미소를 띠었다.

"옛날이야기나 좀 해드리지요. 대답이 됐습니까?"

말투는 중학교에 갓 입학한 철없는 까까머리들을 대하듯 했다. 그는 교탁 위에 놓여 있던 과제물 꾸러미를 풀었다.

"이번 학기의 수업 진행방식은 여러분들이 취업 공부를 하는 틈틈이 머리를 식힐 수 있도록 가볍게 꾸밀 생각입니다. 산책하는 기분으로 말입니다. 하지만 학점도 신경을 쓰지 않을 수 없으니까 과제물을 받을까 합니다."

강사는 돌아서서 다시 분필을 집어들었다. 큼지막한 글씨였다.

"내가 칠판에 방금 쓴 것은 여러분들이 제출하는 과제물의 점수표입니다. 중간시험이나 기말시험을 별도로 치르지 않고 과제물로만 평가하겠습니다."

그제서야 학생들은 강단에 선 젊은 강사가 대충 강의시간만 채우고 얼렁뚱땅 넘어갈 마음은 눈곱만치도 없다는 것을 깨닫고 술렁이기 시작했다. 여기저기서 웅성거리는 소리가 들려왔다.

기철진도 이맛살을 찌푸렸다. 고작해야 1학점짜리인 역사 특강이야말로 이번 학기에서 가장 신경 쓰이는 과목이 될 게 불을 보듯 뻔했다.

"자, 나누어준 것을 읽어보세요. 시간은 십 분입니다. 그런 다음 토론 수업을 진행하겠습니다."

강사가 나누어준 것은 한 학생의 과제물 복사본이었다. 겉장에 작성자의 이름이 없는 것으로 보아 누구 것인지 굳이 밝히고 싶지 않은 모양이었다. 기철진은 눈읽음으로 제목을 훑었다.

특별한 내용은 없었다. 우리나라 청동기 문화에 관한 내용을 간단하고 체계적으로 요약한 것이었다. 여러 가지 자료를 훑어낸 세심한 정성이 엿보인다는 느낌뿐이었다.

강의실이 점차 술렁이고 있었다.

"이번 학기 과 톱은 여기 있었구먼."

"이거 우리 과 학생이 쓴 게 맞기는 맞노?"

"누구야? 사학과에서 우리 과로 숨어든 게……."

"자, 다들 잘 읽어보았지요? 이 학생의 이름은 공개하지 않겠습니다. 다만 내가 이 과제물 작성자의 입장이 되어 여러분의 질문을 받겠습니다. 의문스러운 점을 발표해 보세요."

"……."

"없습니까?"

"질문도 학점에 반영됩니까?"

강의실은 웃음이 터졌다. 강사도 웃었다.

"그건 한번 생각해 보겠어요. 거기 손 든 학생."

"교수님께서 고마 시원한 결론을 니라주이소. 사학과에서 할 영역을 우리 과에서 침범할 수는 없는 일 아이겠습니꺼?"

"옳소오."

학생들이 웃음을 머금고 이구동성으로 외쳤다.

"역사를 보는 시각은 학자에 따라 조금씩 다르고 심지어 일반인들 사이에서도 가끔 논란이 이는 것으로 알고 있습니다. 그것은 역사가 우리에게 주는 모든 정보의 진위를 우리가 쉽게 가려내지 못한다는 말과 같습니다.

역사는 늘 우리에게 부분적으로 다가옵니다. 기록도 그러하거니와 유물도 그러합니다. 그래서 역사적으로 오래된 집단의 문화적·언어적·사회적 특질을 판단해 내는 데는 매우 큰 어려움이 따릅니다.

그러한 관점에서 볼 때 이 학생의 과제물은 역사학의 비전공자가 작성한 것으로서는 썩 훌륭한 편에 속합니다. 여러 가지 예시와 다소 깊이 있는 분석의 노력이 엿보입니다.

우리는 역사를 해석할 때 역사가 현대를 반추하는 거울이라는 개념을 염두에 두고 생각해야 합니다. 다시 말해 어떤 역사적인 사건의 진실을 규명하는 차원을 넘어서 역사가 우리에게 호소하는 교훈을 포착해 내어 여러 사람이 공유할 수 있도록 해야 한다는 것입니다.

자, 이제 이 과제물을 쓴 학생에게 박수를 한번 보내줍시다. 일어서 보세요. 과제물에 자기 이름 쓰는 것도 잊어버리는 건망증을 갖고 있던데……."

정인수가 교단 위에서 학생들을 둘러보았다. 그들도 뒤로 옆으로 눈길을 돌려 과제물의 주인공을 찾았다. 그때 복도쪽 창가에서 학생 하나가 일어섰다.

"질문 있습니다."

강의실의 모든 시선이 그에게로 날아갔다.

"안녕하십니까? 차평무라고 합니다."

"예?"

강사의 입에서 갑자기 외마디 소리가 터졌다.

"누구라고요?"

"차평무입니다."

그가 자신의 이름을 다시 한 번 말하자 정인수는 뚫어지게 쳐다보았다. 기철진의 눈길도 쏜살같이 그에게 박혔다.

지난 일요일 한단산 백림사에서 만났던, 산발한 머리와 덥수룩한 구레나룻의 사내가 떠올랐다. 그러나 또렷이 자신의 이름을 밝힌 학생은 누가 보아도 단정한 외모였다.

"어떻게 이 강의실에……?"

강사는 혼잣말인지 질문인지 구분할 수 없는 소리를 내뱉으며 놀란 눈으로 그를 쳐다보았다.

"그렇게 됐습니다, 교수님. 약속은 지켜야 하니까요. 앞으로 잘 부탁드립니다. 그런데 방금 하신 말씀에는 동의할 수가 없겠는데요. 역사학이 관점의 학문이기는 하나 진실을 근거 없이 유추하거나 확장하는 학문이 아니라는 것쯤은 잘 알고 계시겠지요?

특정한 시기의 진실한 모습을 담아내려는 노력에 앞서 교묘한 논리로써 결론부터 세우고 그럴 듯한 학설을 꾸며 세우려고 한다면 언젠가 교수님이 들려 주셨던 말씀처럼 역사학은 소설이 되고 마는 것 아니겠습니까? 그런데 아직도 그러한 병폐를 벗어나지 못하고 있는 것 같아 안타깝습니다. 역사적 사실을 고찰하기보다는 언변을 앞세운 쟁의를 잘해야만 훌륭한 사학자로 여겨지고 있는 것이 학계의 풍토 아닙니까?

아무튼 우리나라의 청동기 문화가 북방에서 유입되었다고 한 이 글에 대한 교수님의 견해를 들려주시기를 간곡히 부탁드립니다."

그가 정연히 말을 끝내고 앉았다. 학생들은 숨을 죽이고 낯선 그와 정인수 강사를 번갈아 보았다. 하나같이 영문을 몰라하는 표정이었다. 차평무라고 자신을 소개한 학생의 나이가 족히 30대 후반은 되어 보였고, 또 강사가 그에게 지나친 반응을 보였기 때문이다.

목소리를 들은 기철진은 비로소 확신이 섰다. 등을 보이고 있는 학생이 차평무임에 틀림없었다. 어떤 까닭인지는 몰라도 그는 지금 역사 특강 수업을 받고 있는 것이다.

　강사는 물끄러미 창밖을 바라보고 있었다. 기철진은 그의 눈길에서 어떤 막연한 기운이 스쳐 가는 것을 느낄 수 있었다. 기철진은 차평무와 강사 정인수를 번갈아 보았다. 짧은 시간 두 사람에 사이에 묘한 기류가 흘렀다. 강사의 눈길이 다시 강의실 안으로 돌아왔다.

　"문화뿐만 아니라 우리나라의 언어나 풍습의 연원을 살펴보아도 북방 지역에서 전해졌다는 사실은 여러분도 잘 알고 있을 것입니다. 청동기 문화의 한 예로 비파형동검이 있습니다. 이것은 B.C. 1000년경에 우리민족이 시베리아나 중앙아시아에서 청동기 문화를 전해 받았다는 것을 입증하고 있습니다. 물론 다른 증거도 많지만 여러분은 전문가가 아니니까 가장 단적인 예를 든 것입니다."

　차평무가 정인수의 말을 받았다.

　"교수님은 그 비파형동검에 대해 어떤 의문을 가져보지는 않았습니까?"

　"어떤 의문을 말입니까?"

　"비파형동검은 굉장히 세련된 칼이고 또 세밀한 손길을 요하는 유물이라는 것을 한눈에 알 수 있습니다. 그 정도의 세공 기술을 갖기까지는 매우 오랜 기간 동안 청동기 문화를 접하고 있었어야 한다는 말입니다. 다시 말해 비파형동검이라는 유물로 인해 어느 날 문득 우리나라에 청동기 문화가 등장한 것이 아니라는 말씀입니다."

　"그런 견해가 있기는 하지만 그 이전에 발견된 유물이 없지 않습니까? 상상으로만 학문을 보는 것은 용납될 수 없는 일입니다. 그래서 심증은 가더라도 조심스러워지는 것이지요. 중국 학자들에 의해 만주 지역에서 청동기가 시작된 때는 B.C. 20세기 중엽이라고 고증되었습니다. 그렇게 본다면 우리나라도 그 이후부터 청동기를 썼을 것이라는 추측 정도는 할 수 있겠지요.”

“만주에서 발견된 청동기 유물의 연대를 정확하게 말하면 B.C. 2410
년경입니다. 그에 비해 최근 우리나라 경기도와 전라남도 등지에서 발
견된 청동기 유물은 방사선 탄소연대 측정 결과 B.C. 2500년경으로 밝
혀졌습니다.

분명히 말씀드리지만 청동기 문화는 우리나라가 세계 최초입니다.
청동, 즉 갈동 제국의 불가사의한 실체가 후손들에 의해 버림받은 채
로 상고시대의 안개 속을 한스럽게 떠돌고 있는 것입니다.”

“아직 중국이나 중앙아시아 지역에서 우리나라 것보다 더 오래된
청동기 유물이 발견되지 않았다는 것만으로 우리나라의 청동기 문화
가 세계 최초라는 비약은 수긍할 수 없는 일인데요?”

“우리나라가 중국이나 시베리아, 중앙아시아보다 청동기 문화가 일
찍 발달했다는 주장을 하지 못할 명확한 이유가 어디에 있습니까?”

“그건 문화사적 정황에 따른 것입니다.”

“정황이라는 것은 증거가 없다는 말이 아닙니까? 우리나라에서 더
우수하고 더 오래된 청동기 유물이 쏟아져 나왔는데도 불구하고 그런
주장을 하지 못하는 사람들이 오히려 한심한 일 아닙니까?

교수님이 말씀하시는 것과 똑같은 논리로 생각하면, 세계 최초로 금
속 활자를 발명했다는 주장도 아직까지는 우리가 고집해서는 안 되지
않습니까? 중국에서 그보다 더 오랜된 활자본이 발견되기를 기다려야
할 테니까요.”

“청동기 문화가 언제 시작되었느냐 하는 것이 그다지 중요한 사적
논의거리는 아니라고 보는데요?”

“석기시대에서 청동기시대로 접어드는 단계가 국가의 출현을 불렀

다는 것은 상식이 아닙니까? 단군 조선의 건국을 B.C. 2333년이라고 볼 때 우리 민족은 그 이전부터 청동기를 사용했다는 말이 됩니다. 그 이전이라 함은 환웅의 나라나 환인의 나라를 말하는 것이지요. 단군 조선 이전에 이미 우리 민족은 나라를 세웠다는 말이 되는 것입니다."

"단군 조선 이전에 나라가 있었다는 충분한 근거가 있습니까?"

"얼마 전에 북한에서 단군릉을 발굴했는데 그 무덤에서 금도금을 한 청동 유물이 발견되었습니다. 전자상자기공명법이라는 최첨단 방법으로 연대를 측정본 결과, B.C. 3010년경의 유물로 입증되었습니다. 놀랍게도 단군 조선이 개국하기도 훨씬 전의 지배자의 무덤이었던 것입니다. 그것은 환웅의 나라를 통치했던 여러 지배자 가운데 한 사람의 무덤입니다."

"그 단군릉은 조작으로 밝혀지지 않았습니까? 고구려시대의 철제 못이 발견되어서요."

"고구려시대에 무덤을 보수했기 때문입니다. 아시아의 역사를 연구하는 세계 여러 나라의 학자들이 인정하는 사실을 유독 일본과 우리나라 학자들이 부정하는 이유를 모르겠습니다."

"너무 전문적으로 들어가면 여러분들이 이해하기 힘들 것 같군요. 아무튼 우리나라의 청동기 시대는 최소한 기원전 10세기부터 시작되었으며 북방에서 영향을 받았다고 잠정적인 결론을 짓기로 하겠습니다. 공인된 학설이니까요."

"'20세기 중반까지만 하더라도 우리나라에는 청동기 문화가 없었다고 주장한 일본 학자들의 교묘한 논리를 그대로 받아들여 금석병용기(金石倂用期)라고 하다가 최근에 이르러서야 B.C. 4세기, B.C. 10세기로 청동기 문화의 개시 시기를 올려 잡았습니다. 학계에서 무시 못할 자리를 차지하고 있는 학자들이 '공인'이라는 말을 붙여온 부끄러운 병폐 아닙니까? 공인된 학설이라고 해서 모두 진실이라고 착각하게 해서는 안 된다는 말입니다."

"하하, 너무 도전적이군요."

"우리나라 청동기 문화는 B.C. 50세기부터 시작되었으며, 그것은 단군 조선이 개국하기 이전의 일이었습니다. 또한 그것은 중국의 황하유역, 시베리아, 중앙아시아 등지에서 시작된 것보다 훨씬 이전에 독자적으로 창출한 세계 최초의 금속 문명이라고 당당히 말할 수 있어야 합니다."

학생 하나가 중얼거렸다.

"누가 교수님인지 모르겠네."

차평무는 다시 자리에서 일어나 강의실을 둘러보았다.

"여러분, 석기시대라는 문화도구적 환경에서 청동기의 제련술과 가공 기법을 가장 먼저 가졌다는 인류사적 의미를 알고 있습니까? 그것은 금세기 초 재래식 무기로 무장하고 있던 세계 각국에 앞서 유일하게 최첨단 핵무기를 보유한 초강대국의 국력을 고대의 우리 민족이 갖고 있었다는 말이 되는 겁니다."

학생들이 술렁거렸다.

"다시 말해 현대의 핵무기와도 같은 청동기를 최초로 가진 우리 민족은 상고시대에 전 인류를 통틀어 가장 강대한 힘을 보였으며 그 힘을 바탕으로 지구상 최초의 국가를 열었던 것입니다."

차평무의 말이 끝나기가 무섭게 정인수가 목소리를 높여 말했다.

"어안이 벙벙하군요, 하하. 자, 이쯤하고 다음 주 과제물은 조교 편에 통보하겠습니다. 오늘은 이만 마칩니다."

정인수는 교단을 내려가 강의실 문을 열었다. 그는 복도로 나가려다 말고 미동도 않고 앉아 있는 차평무를 힐끗 쳐다보았다. 강사가 강의실을 나가자 학생들은 자리에서 일어나 차평무를 흘깃흘깃 훔쳐보며 앞문과 뒷문으로 나갔다.

"한심한 작자 같으니……."

역사 특강을 끝으로 금요일 수업은 모두 끝났다. 학생들이 모두 나가버린 강의실에는 기철진과 차평무만 남았다. 기철진은 그가 앉아 있는 쪽으로 다가갔다. 차평무가 고개를 돌렸다.

"안녕하시오."

그는 겸연쩍은 웃음을 지었다. 숱이 많은 머리는 산뜻한 상고머리로 잘라 잘 정돈되어 있었고 깨끗하게 면도한 턱은 파르스름했다. 강인한 인상을 한 호남형의 얼굴이 고스란히 드러나 있었다.

"이기 우째된 깁니꺼? 참말로 우리 학교 회계학과 삼 학년입니꺼?"

"그렇지 않으면 왜 여기 앉아 있겠소? 자, 나갑시다. 차 한잔 사는 거, 잊은 건 아니겠지요?"

기철진은 일어섰다. 만학의 나이가 부끄러워 그때 말을 못했던 것인가. 두 사람은 교문을 나와 횡단보도를 건넜다. 건물 사이로 좁게 나 있는 틈을 빠져 골목길을 올라갔다

기철진이 문을 열고 들어선 곳은 전통찻집이었다. 커다란 해서체로 '通天(통천)'이라고 쓴 기가 내걸려 있는 것이 특이했다.

"누부야, 방에 누구 없제?"

"그래, 들어가."

방 안의 벽에는 유치해 보이는 서예글씨가 표구도 하지 않은 채 덕지덕지 붙어 있었다. 바둑과 장기알도 눈에 띄었고 한쪽 구석에는 가

야금이 장식용으로 세워져 있었다. 천장 구석진 곳에 매달아 놓은 스피커에서 음악이 흘러나오고 있었다.

말라붙은 은하아수우 눈물로 녹이고오 가슴과 가스음에 노오듯돌을 놓아……

"이곳에 자주 오는 모양이오?"

"가끔예, 차는 멀로 하실랍니꺼? 이거 함 보이소."

"녹차 마시지요."

기철진은 일어나 벽 쪽으로 가서 인터폰을 들었다.

"누부야, 우전 이인분 갖다 도."

"우전은 또 뭐요?"

"아, 맹 똑같은 녹찬데예, 곡우가 되기 전에 찻이파리를 땄닷고 우전이라 카는 모양입니더. 지는 빌다른 맛을 모리겠습디더마는 그래도 이런 데 있는 녹차 중에서는 제일 고급인 모양이라예."

차평무는 미소를 머금었다.

"머리도 깎고 수염도 그래 싹 밀었뿌이끼네 못 알아보겠습니더. 십년은 젊어 보이네예."

"그래요? 하여튼 미안하오. 지난주에 밝히지 못해서. 이 나이가 되어서 학교에 다닌다는 것이 왠지 부끄러워서 말이오."

"수업이 시작된 거 몰랐습니꺼? 어제까지는 안 보이데예?"

"서울 일이 덜 정리되어서요. 학과장 선생님께 미리 말씀드렸소."

다구가 오자 기철진은 정성스럽게 다루었다.

"부자연스러운 격식을 차릴 필요가 있겠소?"

차평무는 가볍게 던졌다. 기철진은 자기가 차를 다루는 솜씨가 서툴렀기 때문이라는 생각이 들어 얼굴이 달아올랐다.

"그날 보았던 청동 목걸이는 어떻게 했소? 오늘은 하지 않았나 본데."

"아, 그거예? 그거는 혼자 산으로 돌아댕길 때나 그 친구 만날 때만 목에 거는 깁니더. 잘못해가 이자뭇뿌까바예."

"그래요?"

"저번 일요일에 차형 만나고 나가 집으로 돌아갈 때는 꼭 귀신을 만난 거 같디만 오늘 보이 정말 잘생깃네예. 옛날에 아가씨들 좀 울릿지예?"

"허허허."

차평무는 말없이 웃기만 했다. 그는 학교에 관해 이것저것 물어 보기 시작했다. 기철진은 아는 대로 대답해 주었다.

"청동기 문화에 대한 관점은 솔직히 말해 마이 놀랐습니더."

"별 거 아니오. 누가 만들어 놓은 논리는 주는 대로 받아들이지 못하는 생리라서 말이오, 허허."

"전부 참말은 아이지예?"

"……."

차평무는 대답하지 않았다.

"강사를 잘 아십니꺼?"

"작년에 우연히 알게 된 사람인데 사실은 이 학교에서 만날 줄은 꿈에도 몰랐소. 어제 오후 늦게 학과장 교수님께 인사를 하러 가는데 그가 그 방에서 막 나오는 것을 보았소."

"좋은 관계 같지는 않아 보이던데예?"

"언젠가는 좋아지겠지요."

기철진은 차평무가 정인수를 어떻게 알게 되었는지, 또 관상을 보고 나서 들려준 역술적인 지식과 허황하기까지 한 역사적 견해를 언제 어떻게 습득했는지 묻고 싶은 생각이 굴뚝 같았다. 그러나 겨우 한 번 밖에 만나지 않은 사람에게 자칫 큰 실례가 될 것 같아서 입이 떨어지지 않았다.

"기형, 이유야 어찌 되었건 내가 뭣 좀 아는 사람이라는 생각은 해 보았소?"

"이해는 잘 안 되지만 그런 생각은 조금 들었습니더. 그런데 갑자기 그건 와예?"

"다름이 아니고, 그 청동 목걸이 말이오. 잃어버리지 않게 소중히 간직하시오. 아직 소용이 닿지 않아서 그렇지 나중에 정말 귀하게 쓰일지도 모르니까. 행여 누구에게 줘버려서도 안 된다는 말이오."

"머 때문에 그카시는지는 모리겠지만 그 목걸이만큼은 하늘이 두 쪽이 나도 꼭 손에 쥐고 죽을 작정입니더. 그라이 그런 걱정은 안하시도 됩니더."

차평무는 웃었다. 이윽고 그는 무언가를 꽤 망설이는 듯하더니 두어 차례 뜸을 들인 후 기철진의 눈을 바라보며 입을 열었다.

"부탁이 하나 있는데, 영 입이 떨어지지 않아서……."

"뭔지 말씀해 보이소."

"그 청동 목걸이에 대한 유래 좀 자세히 알 수 없겠소? 친구에게 부탁해서 원래 소유자에게 편지를 한다면 말이오. 모든 비용은 충분히 부담하겠소. 사례까지도 말이오."

"차형은 그 청동 목걸이에 관해 먼가 알고 있는 모양이지예?"

"아직은 확신할 수 없소. 다만 그것의 정확한 유래만 알게 된다 면……. 그것만 알게 된다면, 기형과 나는 우리 민족에게 큰 공헌을 하는 셈이 될 거요. 한국인으로서의 한 인생이 그것으로도 길이 찬사 받을 수 있을 정도로 말이요. 지금은 더 이상 말하기가 곤란하지만……."

"한번 알아보기는 하겠지만 너무 큰 기대는 하지 마이소."

"고맙소. 내 크게 한턱을 내리다."

그들은 방에서 나왔다. 신발을 신고 계산대로 나오는 순간, 기철진의 눈에 낯익은 사람 하나가 들어왔다.

'어디서 봤지?'

분명히 어디서 본 듯한 얼굴이었다. 사내는 기철진을 보자 얼른 눈길을 피하며 담배를 집어들었다. 또 한 사람은 등을 보이고 있어 얼굴을 볼 수 없었다. 기철진은 기억을 더듬으며 고개를 갸우뚱했다.

그의 얼굴이 생각난 것은 통천의 계단을 다 내려와서였다. 백림사 주차장에서 본 얼굴. 바로 그 얼굴이었다. 우연이라고 하기에는 아무래도 이상했다.

"혹시 저번 주에 백림사 주차장에 있었던 덩치 큰 장골 둘이 기억납니꺼?"

"누구 말이오?"

"장골이 둘인데, 그때 정류장에서도 내하고 눈이 마차졌고, 또 포장마차 갔다 나와가 버스를 탈라 칼 때 승용차 안에 타고 있는 거를 봤거든예. 방금 통천에서 나오다 보이 홀 왼쪽에 앉아 있는 기 바로 그 사람들 아입니꺼. 쪼매 안 이상합니꺼? 내하고 눈만 마차졌다 카마 얼른 피하는 기 수상하기도 하고, 꼭 우리를 따라 다니는 느낌도 들고……."

"신경과민이겠지요. 자, 그럼 먼저 갑니다. 내일 수업시간에 봅시다."

차평무는 대수롭지 않게 여기고 북편 네거리 방향으로 걸어갔다.

'거 참 이상하네.'

기철진은 그의 뒷모습을 잠시 바라보다가 횡단보도 앞에 섰다. 도서관으로 갈 생각이었다. 봄날씨답게 오후의 햇살이 따사로웠다. 건너편에 서 있는 여학생들의 옷차림이 한결 가벼워보였다.

초록 신호등으로 바뀌었다. 기철진은 보도에서 찻길 위로 걸음을 내려놓으며 좌우를 살폈다. 그때였다. 건장한 청년 두 사람의 모습이 눈에 들어왔다. 그들은 일정한 거리를 두고 차평무를 따라가고 있었다.

'어?'

기철진은 길을 건너려다 말고 뒷걸음질을 쳐 건물에 바짝 붙어 섰다. 머리를 내밀고 그들의 뒷모습을 훔쳐보았다. 청년들은 일정한 거리를 두고 걸으면서 끊임없이 주위를 살폈다. 그들이 목적하는 사람은 바로 차평무였다. 의심할 여지가 없었다.

'뭔가 있구나……'

기철진은 본능적으로 느꼈다.

"여기 좀 앉았다 가."

두 사람은 나란히 벤치에 앉았다. 호수 건너 둑 아래에 설치되어 있는 놀이기구들이 보였다. 땅이 진동하는 음악소리 틈으로 사람들의 자지러지는 비명이 간간이 들려왔다.

"저런 거 머 할랏고 타는지 모르겠네."

"한 번도 안 타봤어?"

"군대에서 저거보다 더한 거, 하루에도 열두 번도 더 겪었다."

"군대생활을 과장하고 자랑하는 건 다른 남자들이랑 똑같네? 철진이 너는 다를 줄 알았는데."

"자랑이 아니고 사실이다."

“그게 그거지, 뭐.”

“남자나 여자나 일종의 통과의례 같은 거 겪고 나마 뿌듯해지는 거 아이가? 군대는 우리 시대의 남자가 겪는 성인식과 같은 기라. 그래가 제대하고 나마 어떤 방식으로든 한 번씩 입에 올리게 되는 모양이더라. 니 말대로 군대의 이야기는 과장되거나 각색되는 경우가 많지만.”

“난 남자들의 그런 모습이 싫어.”

“우째 생각해 보마 그런 기 우리 삶의 본 모습 아이가? 그기 모아지면 역사가 되는 기고. 그런데 니는 앞으로 머 할 끼고?”

“생각중이야.”

“집에서 시집가라 소리는 안 하더나?”

“왜 안 해. 아빠는 맞선을 보라고 성화가 대단한걸. 하지만 아직은 그딴 것에 관심 두고 싶지 않아. 할 일도 좀 있고.”

“그기 먼데?”

“방향만 잡아 놓았어. 가서 느낀 건데, 우리나라가 우리의 문화나 역사를 외국에 알리는 작업이 너무 한심하더라구.”

“그건 또 무슨 말이고?”

“유럽 대부분의 나라에서 가르치는 동양의 문화 역사 중에서 우리나라에 관한 내용이 너무 왜곡되어 있어. 중국이나 일본의 지배를 받아왔을 뿐, 역사를 통틀어 자주 국가의 모습은 한 번도 없었다는 식이야.”

“설마?”

“고대에 일본이 우리를 지배했다는 게 정설로 되어 있을 정도야. 내가 그게 아니라고 그러니까 웃고 말더라구. 힘센 나라의 지배를 받은 일은 유럽 여러 나라에서도 흔히 있어 왔다고 하면서 오히려 위로하려 들었어. 지금 생각해도 기가 막혀.”

“고대 문물의 전파 경로만 보마 알 수 있는 긴데 그 사람들이 몰라서 그런 거 아이가?”

“천만에 말씀이야. 우리나라는 그저 중국의 문물이 일본으로 건너가는 동안 간이역 정도의 개념으로 설정되어 있어. 모든 문물은 일본에서 꽃피웠다는 자연스러운 결론을 갖게 해.”

“그런 거 하나 바로 몬 잡고 머하고 있노?”

“그러니까 내가 하는 소리 아냐? 가만히 살펴보면 일본의 역사가 중국보다 더 오래되었다는 느낌도 주더라구. 가서 학문적으로 겪어보면 일본이 자국의 홍보를 위해 투자하는 노력은 상상이 안 갈 정도야.”

“그라마 우리 문화나 역사를 프랑스에 알리고 싶다, 이 말이가?”

“그래, 그런데 방법을 찾기가 쉽지 않아.”

“문화원 같은 데 알아보지 그라노.”

“그런 곳에서 하는 건 현대 문화야. 영화·패션·미술·문학 같은 거 말이야. 역사나 우리나라 고유 문화를 깊이있게 다루지는 않아. 그저 구색만 갖추는 정도지. 그리고 우리 것을 알리기보다는 그들 것을 들여오는 게 더 품위 있고 고상한 일처럼 여겨지는 실정이야.”

“그라마 그런 일 할 수 있는 단체 같은 거 하나 차리야 되겠네?”

“뜻 맞는 사람을 찾고 있는 중이야.”

“니가 그런 생각을 하고 있는 줄은 몰랐다. 유학 가기 전에는 음식을 무도 양식, 음악을 들어도 클래식이나 팝송, 차를 마시도 커피……. 꼭 외국 문화에 중독된 것 같디만.”

“그동안 많이 느꼈어.”

“무슨 큰 동기가 있었더나?”

“지각 있는 학자들이나 예술가들이 이구동성으로 하는 말이 있어.

한국민들은 참 이상하다고. 세계에 내놓으면 하나같이 찬사와 갈채를 받을 문화나 역사·언어·철학 같은 걸 왜 스스로 팽개쳐 두고 있는지 모르겠다는 거야.”

“팽개쳐 두고 있다 카는 거는 무슨 말이고?”

“복합적인 요인이 있기는 하지만 국민 정서적인 기반이 점차 외래화해 가고 있다는 것을 안타까워하는 시각이 많아. 얼마 전 신문에도 우리나라를 다녀간 외국 석학들이 한결같이 말하는 기사가 실렸잖아? 한국인들은, 특히 젊은이들은 한국 고유의 것에 좀 더 깊이 있게 유의할 필요가 있다고 말이야.”

“하긴 그래. 우리 것에 관심을 가 있으마 고리타분한 국수주의라 카고 외국의 문화에 익숙하마 세계화에 걸맞은 지식인이라 카는 대접을 받는 경우가 많으이끼네. 그래도 니는 다행이다. 외국에 갔다오마 마카 나쁜 건지 좋은 건지 생각해 보지도 않고 그런 물 묵은 거까 고상시러븐 행세를 하는 꼬라지가 많은데.”

그러자 설무영이 깔깔거리며 웃었다.

“갑자기 와 웃노?”

“그게 아니고 철진이 너는 아무리 생각해도 너무 촌스러워서.”

한 노인이 어깨에 낡고 큰 가방 하나를 메고 다가왔다.

“참, 좋은 인연이긴 한데……”

“무슨 말씀입니꺼?”

“두 사람이 좋은 인연 같은데 문제가 좀 있어 보이는구만. 어디 생년월일시나 대보소. 내 잘 봐줄 테이끼네.”

그는 쪼그리고 앉아 자리를 폈다.

“필요없으이 딴 데 가보이소.”

"어허, 그카지 말고 한번 보라카이. 후회하는 일은 없을 끼구만. 그라고 나는 정찰제인끼네 속을 염려도 없고."

"필요없다 안 캅니꺼!"

기철진은 목소리를 높여 노인을 쫓아버렸다.

"왜 그래? 할아버지한테."

"전부 사기꾼이다."

"철진이 너, 지금까지 점 같은 거 한 번도 본 적 없어?"

기철진은 시선을 먼 곳으로 옮겼다.

"그건 와?"

"나는 한번 보고 싶어. 재미 삼아서."

"니가 그런 씰데없는 거에 관심을 갖고 있다 카이 안 믿긴다."

"그게 왜 쓸데 없는 일이야? 긍적적으로 잘 받아들이면 인생의 활력소가 되는 일인데."

"한다는 소리하고는……."

"요즘은 왠지 운명이 정해져 있다면 좋겠다는 생각이 들어."

"점이나 운명이라 카는 거는 마카 사람들 소카가 돈을 벌라 카는 거뿐인기라. 그라이 그런데 관심 갖지 말고 앞으로 할 끼나 잘해라."

기철진은 말을 뱉고 보니 차평무가 생각났다.

"아주 드물게는 안 그런 점재이도 있는 거 같더라만."

설무영이 겸연쩍게 웃었다.

"그럼, 우리 저 할아버지한테 궁합 한번 볼래? 너랑 나랑은 어떻게 나올까?"

"니, 내하고 결혼할 생각은 있는갑네?"

"뭐라구? 얘가 별 소릴 다하네. 그만둬. 아무리 재미 삼아 본다고는 하지만 그런 오해까지 받으면서 점을 보는 건 싫어.”

기철진은 묵묵히 있다가 목걸이를 만졌다.

“지난번에 내한테 준 목걸이, 이거 말이야.”

기철진이 정색을 하자 설무영의 눈이 반짝거렸다.

“사실은 어떤 사람을 우연히 만났는데 이 목걸이를 본 적이 있다 카데? 그것도 프랑스에서.”

“설마?”

“니 혹시 거서 누구 사귄 사람 있나?”

“무슨 소릴 하는 거야? 너 나를 어떻게 보고 하는 말이야!”

“그라마 이상한데? 안 본 걸 봤다고 칼 일도 없을 끼고.”

“목걸이는 출국할 때 공항에서 받은 거란 말이야.”

“니 프랑스 친구가 하고 있던 걸 봤던가, 아니면 비행기에서 니를 봤던가 둘 중에 하나겠네.”

“그 사람이 도대체 누구야?”

“저번 주에 예누위에서 니 만난 다음날 한단산에 갔는데, 거서 만난 사람이다. 알고 보이 우리 과 편입생이더라. 수업시간에 느낀 건데 우리나라 역사에 관해가 대단한 지식을 가지고 있더라. 강사도 아무 소리 못할 만큼. 그 사람이 간곡히 부탁한다 카민서 목걸이에 대해가 자세한 유래를 좀 알아봐돌라 안카나?”

“뭣 때문에 그러지?”

“하는 말로는 이 목걸이가 우리 민족에게 아주 중요한 역할을 할지도 모른다 카데. 내사 무슨 소린지 하나도 모르겠더라만.”

“괜히 해 보는 소리 아냐?”

“그런 거는 아인 거 같더라. 나이도 사십 가까이 된 사람인데 매사에 억수로 진지한 기라. 그렇다 캐가 천박한 거는 아이고. 내 보기에는 예전에 어떤 공부를 디기 마이 한 사람 같더라. 알아봐줄 수 있으마 좀 알아봐도.”

“선물 받은 걸 뒤늦게 어떤 것이니 하고 시시콜콜히 물어보는 건 그 사람들 정서로는 큰 실례가 되는 일이야.”

“그래도 혹시 아나? 우짜마 상상 외로 귀중한 물건일지.”

“사십이나 된 사람이 뭣 때문에 니네 과에 편입학했는지는 알아?”

“아직 못 물어봤다. 두 번빼이 안 만났는데 그런 거 우째 물어보노. 내 느낌으로는 꼭 머를 찾아다니는 사람 같더라.”

“뭘?”

“그거까지는 모리겠고……”

“너, 혹시 순진하게 그 사람에게 무언가 당할 만한 일 있는 거 아 냐? 너도 모르게 사기 같은 거 말이야.”

설무영의 말을 듣고 난 기철진은 화를 벌컥 냈다.

“알아 보기 싫으끼네 빌 소릴 다하고 있네. 그라마 그만둬라. 니는 내가 그렇게밖에 안 보이나? 이래뵈도 해병대 중에서도 특수훈련을 받으미 군대생활 한 사람이다.”

“람보처럼?”

기철진은 고개를 돌려버렸다. 설무영이 그 모습을 보고는 깔깔 웃으며 팔짱을 꼈다.

“농담한 걸 가지고 뭘 그래, 남자가 밴댕이 속처럼.”

“내보고 밴댕이라 카는 아는 니뿐이다.”

“저기 둑이나 한 바퀴 돌아오자.”

설무영은 말꼬리를 돌렸다. 호반의 유원지 위로 보트 몇 척이 지나가고 있었다. 가로수의 잎과 가지가 겨울을 떨어내고 은밀히 봄기운을 만끽하고 있었다. 연인으로 보이는 젊은 사람들이 곳곳에서 밀어를 나누고 있었다.

"우리가 만난 지 얼마나 되는지 알아?"

"십 년."

기철진은 화가 가라앉지 않아 무뚝뚝하게 대답했다.

"참 오래됐다, 그치?"

"오래되마 머 하노. 그때나 지금이나 똑같은데."

기철진은 순환소수를 떠올렸다. 무한히 반복되는 다람쥐 쳇바퀴와 같은 수. 그녀와의 관계가 10년 동안 제자리 걸음만 반복한 순환소수 같은 생각이 들자 씁쓸했다. 아직 그 수의 끝을 짐작할 수가 없었다. 다만 언제까지나 똑같은 모습으로 반복될 것 같은 예감뿐.

설무영이 빙긋 웃었다.

"기분 풀어. 목걸이에 관해서는 잘 알아볼 테니까, 응?"

"진작 그래 말하마 될 걸……. 사람을 가 노는 것도 아이고."

"우리 두 사람 사이에 있는 물건을 다른 사람이 관심을 보이니까 그렇지."

기철진의 기분이 조금 누그러졌다.

"그 사람이 가지고 있는 거는 니가 생각하는 그런 관심이 아이다."

"알았어, 이제 그만해."

바람은 아직 냉기를 싣고 다녔다. 둑 아래로 심어 놓은 개나리가 꽃망울을 터뜨리고 있었다. 두 사람은 둑을 따라 세 바퀴나 돌았다. 길은 반복되었다. 흐르는 것은 시간뿐이었다.

"한 가지 물어봐도 돼?"

“먼데?”

“엉뚱한 생각 안 한다고 약속하면.”

“약속하께. 머고?”

“너 나하고 키스하고 싶었던 적 없어?”

“……”

“묻는 말 못 들었어?”

“들었다.”

“그런데 왜 대답을 안해?”

“외국 갔다오면 그런 질문하는 기 아무렇지도 않은갑네.”

설무영이 그 자리에 우뚝 섰다. 그녀의 얼굴이 새침해지고 있었다. 기철진은 뒤도 돌아보지 않고 천천히 걸음을 옮겼다. 그는 몇 걸음을 내딛다가 돌아섰다.

“와 안 해보고 싶었겠노……”

시선이 호수의 물결 위로 날아갔다.

“좀 앉았다가 가까?”

설무영이 간이 벤치에 앉자 기철진은 나지막하게 말했다.

“니 유학간다는 편지 받았을 때 사실 그걸로 우리는 끝난 줄 알았다. 괴롭기도 했지만 어느 모로 보나 내한테는 니가 너무 과분하다는 생각이 들어가……. 그카고 삼 년이나 연락이 없다가 니한테 귀국한다 카는 전화를 받고부터는 일주일 내내 한잠도 못 잤다. 솔직히 말하마 묵은 상처가 도지는 거 같아가.”

“그때 삼 년만 각자 생활해 보자고 했잖아?”

“말만 그렇게 하는 줄 알았지.”

“내 말을 믿을 만한 배짱이 그렇게 없었어?”

“배짱이나 용기는 그런 기 아이다. 여자는 남자한테 그런 삼류급 배짱을 바라는지는 몰라도. 남자들을 자꾸 그런 식으로 몰아가마 결국 여자들 스스로가 저급해지는 기라. 겉으로는 마카 고상한 척하민서. 그때 니가 보낸 편지는 누가 봐도 헤어지자는 내용을 우회적으로 표현한 거로 보이는 기였다.”

“하긴 편지를 보내고 나서 그렇게 오해할 수도 있겠구나 하는 생각이 들지 않은 건 아니었어.”

“군대 있을 때 친하게 지냈던 친구 하나가 있었다. 내가 니 때문에 괴로워하인끼네 근마가 카더라. 사랑하지만 헤어진다는 말은 헤어질 만큼밖에 사랑하지 않은 기랏고. 그 말도 맞겠지만 우째 생각하마 틀린 말일 수도 있는 기라. 자기 중심적이지 않은 사람들은 사랑하는 사람을 보낼 수밖에 없는 기다. 심성이 그런 걸 우야노. 다른 사람 만나가 행복하기나 바라고 이자뿌는 수밖에.”

설무영은 잠시 침묵을 지키다가 입을 열었다.

“내가 어떤 사람이랑 결혼한다는 말을 들으면 기분이 어떻겠어?”

“마음이 아프겠지.”

기철진은 무심한 표정으로 호수를 가로질러 날고 있는 새 한 마리를 보았다. 설무영도 아무 말이 없었다. 새가 시야에서 사라졌다.

“한 가지 궁금한 게 있는데, 철진이 너는 지금까지 나한테 집안 이야기를 한 번도 한 적이 없는 것 같아.”

“……”

“집안에 뭐 말 못할 사연이라도 있어?”

“부끄러워서 그랬다.”

“한번 듣고 싶어. 하기 싫으면 안 해도 되지만.”

기철진은 호수의 물결에 시선을 꽂아 두고 말했다.

"하기사 언제까지 감차 놓겠노……. 우리 아부지는 내가 어릴 때 암으로 돌아가셨고, 어무이는……. 무당이다."

"뭐, 어머니가 무당이라고?"

"그래, 마음 약한 사람들 고혈을 빨아먹는."

"……."

설무영은 충격을 받은 듯 한동안 말이 없었다.

"그걸 왜 진작 말해 주지 않았어?"

"기독교 집안에서 자란 니한테 그동안 이런 이야기를 우째 할 수 있었겠노. 더구나 너그 아부지가 목사라 카는데. 아니, 솔직히 말하마 그거 때문에 니가 헤어지자 칼 까봐 말할 용기가 안 났던 기다."

"그럼 지금은 말할 용기가 생긴 거야?"

"……."

"……."

"고마 가자."

기철진은 툭툭 털며 일어섰다. 설무영은 충격을 받은 듯 꼼짝도 하지 않았다.

"안 갈 끼가?"

그녀는 앉은 채로 말했다.

"너, 나 얼마나 사랑해?"

기철진은 잠시 망설이다가 또박또박 대답했다.

"내 나이가 감당할 만큼."

"……."

"니하고의 관계를 더 이상 깊이 고민하지 않기로 했다. 혹시 니도 그런 고민이 되마 쉽게 생각해라, 알았제? 언자 우정이나 사랑 타령으로 머리를 감쌀 나이는 안 지났나.”

어른스러운 말투와는 달리 기철진의 목소리는 힘이 실려 있지 않았다.

“…….”

설무영이 일어섰다.

“집으로 갈끼마 바래다주께.”

“아니 됐어. 혼자 갈래.”

기철진은 응어리진 슬픔이 북받쳐왔다. 묵묵히 걷고 있는 그녀의 손을 잡았다. 그러자 설무영은 돌아보지도 않고 가만히 뿌리쳤다.

두 사람은 찻길 쪽으로 걸어 나왔다. 그녀가 택시를 세우자 기철진은 문을 열어주었다.

“목걸이에 대해가 알아보는 거 잊지 마래이.”

실존의 강

　까맣게 잊고 있었던 기억 하나가 새삼 되살아나 며칠 동안 그의 머리를 떠나지 않았다. 정인수는 벌떡 일어나 앉았다. 아내 황지연이 놀라 상체를 일으켰다.

　"왜 그래?"

　"아니, 별 일 아니야. 학회에 보낼 논문을 좀 검토해 봐야겠어."

　"내가 더 중요해, 논문이 더 중요해?"

　"잘 알잖아. 나한테는 당신뿐이라는 걸."

　"그런데 이러기야?"

　"미안해. 금방 돌아올게."

　처가에서 마련해 준 빌라였다. 결혼한 지 이제 2개월째. 4년간의 유학을 마치고 학위를 받아 돌아왔지만 교단에는 적체현상이 심해 시간강사 자리 하나 얻기가 학위를 따는 일보다 어렵다는 얘기가 나돌았다.

　그러나 정인수는 귀국하자마자 스승 강석민 교수의 숨은 도움으로 경남의 한 전문대학과 재정이 풍부한 사립대학교로 알려진 대광대학교에 출강할 수 있었다.

정인수는 강석민 교수와 부친 간의 거래가 어떤 것이었는지 알 수도 없었고 알고 싶지도 않았지만, 첫 강의를 앞두고 인사차 경한대학으로 찾아갔다.

"자네, 참 훌륭한 부친을 두었더구먼."

"열심히 하겠습니다."

"아무렴, 그래야지."

강석민 교수는 대학 시절 정인수의 지도교수였다. 그는 몇 해 전부터 경한대학의 학장 보직을 맡고 있었다.

정인수가 황지연을 아내로 맞아들인 것도 그의 중매를 통해서였다. 황지연은 강석민 교수의 20년 지기로 재임 시절 법조계에서 명성을 드날리다가 지금은 한국고미술문화연구원 원장으로 있는 황성곤의 둘째 딸이었다.

우리나라 예술품에 관한 황 원장의 안목은 이미 법관 시절에 인사동을 중심으로 널리 알려져 있었다. 황 원장의 가장 큰 장점은 진솔한 언변으로 사람을 흡입하는 마력을 지니고 있다는 것이었다.

그는 30년에 걸친 법관 재임기간 동안 정계를 비롯해 재계 등에 폭넓은 인맥의 인프라를 구축해 놓고 있었다. 한 가지 일화로 언젠가 국회의원 보궐 선거에 나서달라고 청와대에서 직접 황 원장을 불러 교섭한 적도 있다는 풍문이 나돌고 있는 거물급 인사였다.

강석민 교수가 황 원장에게 정인수에 관한 이야기를 어떻게 늘어놓았는지 모르지만 정인수로서는 다시 잡지 못할 행운이었다. 강석민 교수의 말을 들은 황 원장이 그간 밀려들던 각계 인사들의 혼사 요청을 물리치고 정인수를 둘째 사윗감으로 지목한 것이었다.

황지연은 한국 최고의 여대를 갓 졸업한 사회 초년병에 불과했지만 대담하게도 고위층 인사들의 갖가지 행사를 기획하고 미모와 지성을 갖춘 전문직 도우미를 공급하는 이벤트회사 (주)모델 소프트를 차렸다.

정인수는 부친, 강석민 교수 그리고 황 원장이 배석한 자리에서 황지연을 처음 보았다. 지난해 겨울 강남에 있는 파라마운트호텔 별실에서였다. 정인수는 그녀의 미모와 지적인 도도함에 마음이 사로잡혔다. 그가 찾고 있던 이상적인 여성이었던 것이다.

첫 대면을 한 뒤로 그들의 데이트는 매주 이어졌다. 황지연은 정인수가 여성의 사회적 지위에 관해 진보적인 사고를 하고 있는 것이 무엇보다 마음에 들었다.

그들의 결혼은 혼담이 정식으로 오가기 시작한 지 두 달만에 급속으로 진행되었다. 판매부수 면에서 수위를 다투는 여성잡지에서도 기사화했을 만큼 그들의 결혼은 세간의 관심을 끌었다. 그것은 황 원장의 명망 때문에 그간 황지연을 탐낸 집안이 많았다는 것을 증명하는 일이었다.

결혼식 주례는 강석민 교수가 맡았다. 식이 끝나고 그들은 일본으로 가서 정인수의 스승인 도쿄대학 다케다 교수를 찾아본 다음 신혼여행지인 캐나다로 향했다.

신혼살림에 들어간 직후부터 지금까지 정인수는 황지연이 차린 밥상을 든 적도 없었고, 그녀가 집 안에서 그의 팬티 한 장 빨아 너는 것을 본 적도 없었다. 아내가 해야 할 몫을 나이 오십이 넘은 파출부가 매일 집에 와서 해주고 있었다.

황지연이 유일하게 신경을 쓰는 일이 한 가지 있었다. 그의 보약이었다. 결혼 후부터 지금까지 정인수는 하루도 보약을 걸러본 적이 없었다. 잠자리 외에 그녀가 그에게서 매일 확인하는 일이었다.

아이를 언제 가지느냐 하는 것도 전적으로 황지연의 결정에 따르기로 약속했다. 정인수는 결혼 후 지금까지 가정에 아무 불만도 없었고 그녀에게 어떤 불평도 하지 않았다. 어디까지나 아내의 모든 요구에 성실한 현대적인 남편이었고 그런 정인수를 황지연도 더없이 만족해했다.

서재에 들어와 의자에 몸을 기대고 앉은 정인수는 줄곧 담배를 태웠다. 그를 다시 만난 것은 꼭 5개월 만이었다.

'학생들 틈에 섞여서 정말 아이들 장난을 하자는 것인가. 아니면, 그게 아니라면……?'

강의실에서 만난 그의 모습은 일전을 불사할 태세였다. 강의는 정인수가 한 것이 아니라 그가 한 격이었다. 앞으로 그런 식으로 진행된다면 학생들은 강사인 자기의 말보다는 그의 입을 더욱 궁금하게 여길 것이 틀림없었다.

낭패스러운 일이었다. 그의 논리를 당해 낼 자신이 서지 않았다. 그와 격돌했던 일본 유학 시절의 하룻밤이 너무도 생생하게 떠올랐다.

차평무를 처음 만난 건 도쿄의 하숙집에서였다. 정인수는 우에노 전철역 근처에서 하숙 생활을 하며 도쿄대학 대학원 인문사회계 연구과에서 학위의 마지막 과정을 밟고 있었다. 전공은 고대 한일관계사에 초점이 맞추어져 있었다.

학교와 집을 자전거로 오가며 오직 학업에 전념하고 있는 정인수는 누가 보아도 장래가 촉망되는 사학도였다. 지도하고 있는 다케다 교수도 은밀하게 정인수의 학업을 눈여겨 보고 있었다.

정인수는 일본에서 생활하는 동안 자칫 빠져들기 쉬운, 화려한 긴자

나 신주쿠의 유혹에도 아랑곳하지 않았다. 돈이 없어서가 아니었다. 학비는 서울에서 산부인과 의원을 운영하는 부친이 매달 보내는 것으로 어떤 면으로나 구차스럽지 않고 넉넉하게 쓰기에 충분했다. 정인수가 값싼 젊은 날의 향락에 젖지 않는 가장 큰 이유는 원대한 꿈을 찾아가는 길에 그것이 들어 있지 않았기 때문이다.

부유한 집안이나 권력의 중심축에 있는 부모를 둔 자식들이 대부분 군대에 가기 싫어 마지못해 유학이랍시고 건너와 어학과정도 제대로 소화해 내지 못하는 한심스러운 모습을 볼 때마다 정인수는 스스로 한국인임이 부끄러웠다.

하숙집은 화장실 겸 욕실이 딸린, 더구나 작은 베란다까지 있는 고급 건물이었다. 집안이 좋은 외국의 유학생들이나 행세께나 하고 있는 일본인 2세들에게 전문적으로 하숙을 치기 위해 고급 여관 형식으로 지은 건물이었다.

방은 모두 16개였다. 정인수의 방은 맨 꼭대기 층이었다. 닭장처럼 다닥다닥 붙어 있는 목조 건물들 틈에서 그나마 전망이 좋기 때문에 정한 것이었다.

가끔 도쿄의 야경을 보며 정인수는 진골은 진골끼리 만나야 한다는 생각을 굳게 다졌다. 자신의 먼 훗날을 위해서는 일본 학생뿐만 아니라 외국 학생들도 사귀어 두어야 했다. 고급 하숙집을 찾는 학생들은 대부분 훌륭한 집안을 배경으로 하고 있기 때문이었다.

정인수는 한국인 유학생이라 할지라도 훗날 자기 자신에게 크게 소용이 될 만한 이들을 선별해 친분을 유지했다. 부모의 금력이나 권력의 후광을 입어 어떤 방식으로든 행세할 부류와, 집안에 특별히 내세울 것이 없어 오로지 자기 자신의 힘만으로 신분상승의 멀고 먼 사다리를 기어 올라가야 하는 천골을 철저히 가려내었다.

오직 장래의 원대한 목표를 달성하기 위한 계획을 차근차근 밟아나가고 있을 따름이었다. 어쩌다 엄습해 오는 고독감이나 쓸쓸함은 그리 멀지 않은 거리에 있는 도쿄국립박물관이나 하숙집 앞에 있는 우에노 공원 등에 다녀오면서 달래곤 했다.

공부를 마친 사우디아라비아의 왕족 출신 모하메드 샤 알롬이 본국으로 돌아가고 난 지 얼마 안 되어 비어 있던 옆방에 차평무가 들어왔다. 정인수는 그때부터 왠지 모를 긴장감을 느끼기 시작했다. 그는 인사조차 나누려 하는 적이 없었다.

그가 하숙을 시작한 지 여덟 달이 넘도록 정인수는 그의 실체를 파악하지 못했다. 그나마 알 수 있었던 건 그가 자기와 같은 한국인이라는 것뿐이었다. 그것도 가끔 한복차림을 한 모습이 눈에 띄곤 해서 짐작한 일이었다. 일본 최고의 도시인 도쿄에서 비록 집 안에서라고는 하지만 당당하게 한복을 입을 수 있는 그에게서 정인수는 날을 더할수록 범상치 않은 기운을 느꼈다.

그는 아침 일찍 나갔다가 저녁 늦게 돌아오곤 했다. 뜨내기로서가 아니라 프로페셔널리즘에 입각하여 어떤 일에 열중하고 있다는 것만이 어렴풋하게 짐작될 뿐이었다. 생계를 위한 직업상의 일은 아닌 듯했다. 전문적 영역의 모습도 아니었다. 도서관에서 책을 보고 있는 그의 모습을 가끔씩 발견하곤 했지만, 그건 학문을 하고자 하는 사람의 모습이 아니라 시간이 남아 독서를 하는 평범한 일반인의 모습에 가까웠다.

언젠가 밤늦게 조금 열려 있는 그의 방을 슬쩍 들여다본 적이 있었다. 벽에는 옷가지가 몇 벌 걸려 있고 방바닥에 놓인 앉은뱅이 책상 위에 비망록인 듯한 공책 몇 권이 던져져 있는 것이 전부였다. 특기할 만한 사물은 없었다.

다만 눈길을 끈 것은 벽 한쪽에 전지 크기로 붙어 있는 알 수 없는 문자표였다. 한글도 히라가나도 아니었다. 그렇다고 카미요 모지(神代文字)라 불리는 일본의 고대문자도 아니었다. 정인수는 그 문자가 어느 나라에서 언제 사용한 것인지 궁금했지만 물어볼 기회가 없었다.

식사시간을 제외하고는 차평무를 대면할 기회는 많지 않았다. 정인수는 그가 자기보다 대여섯 살 많다고 보았다. 보통의 경우라면 홀홀단신으로 낯선 환경에 들 경우 나이에 관계 없이 먼저 그 환경을 차지하고 있는 사람에게 한풀 꺾이게 마련인데 그는 전혀 그런 기색이 없었다. 정인수는 도도하리 만큼 당당한 그를 의식하지 않을 수 없었다.

그는 때때로 며칠씩 어딜 다녀오겠다는 말만 남기고 횡하니 사라져 버리기도 일쑤여서 주인인 다마에(玉惠) 부인도 통 종잡을 수 없다고 했다. 그가 하숙방에서 지내는 날은 기껏해야 한 달에 절반 정도밖에 되지 않았지만 다마에 부인은 그가 한 번도 하숙비를 미룬 적이 없다고 했다. 종잡을 수 없는 인물이었다.

다마에 부인이 주말마다 특식을 만들어 놓고 건물 1층에 있는 식당 겸 휴게실로 하숙생들을 불러 모을 때 그는 일정한 거리감을 둔 가벼운 목례로만 인사했다. 또 차려 놓은 음식이 무엇이든 간에 속이 좋지 않다며 수저도 들지 않고 바로 방으로 올라가버리기 일쑤였다.

그가 계단을 올라가고 나면 홀에서는 언제나 그에 관한 이야기가 잠깐씩 이어졌다. 하지만 그것도 잠시였다. 누구도 진지하게 신경 쓰는 법이 없었다. 이미 일본은 서구와 마찬가지로 개인주의가 사회적 정의로 정착되어 철저히 보호받고 있었고, 또 일본 최고의 수재들이 모인 곳이라는 하숙집의 특수성이 그러한 폐쇄적인 개인 활동을 개의 치 않게 만들어주었다.

그날은 야식으로 메밀 우동이 차려졌다. 주말이라 밤늦게 모여든 학 생들은 몇 안 되었다. 일본 학생 둘, 중국인 유학생이 하나, 미국인 유 학생이 둘, 한국인은 정인수와 그였다.

하숙생들은 홀에 모여 텔레비전을 보기도 하고 신문을 들춰보기도 했다. 정인수는 그와 맞모금으로 자리를 잡고 앉아 텔레비전에 눈을 박고 있었다. 뉴스 시간이었다. 일본에서는 다케시마(竹島)라고 부르는 독도에 관한 보도가 나오고 있었다.

"……다케시마와 관련된 문제 때문에 한일 양국 관계가 다시 악화될 소지가 있습니다. 일본은 오래 전부터 다케시마를 일본의 영토로 복속 해 왔다는 충분한 사료적 증거를 갖추어 국제사법재판소에 제소해 놓 고 있는 상태인데, 수십 년간 이어진 한국의 무단 점거가 일본 국민들 의 감정을 크게 상하게 하고 있습니다.

한국은 조속한 시일 내에 다케시마에서 철수해 먼저 공도(空島) 상태 로 두어야만 할 것입니다. 그런 다음에 국제사법재판소의 결정을 기다 리는 것이 이성적인 문제 해결방안일 것입니다. 정부는 한국 당국의 각 성을 촉구한 바 있습니다……."

앵커의 말이 빠르게 이어지는 동안 화면은 망망한 바다 위에 봉우 리 두 개가 가파르게 솟아 있는 조그만 돌섬을 공중 촬영으로 보여주 고 있었다.

곧이어 한국의 어느 도심, 배경으로 보아 서울 명동으로 보이는 곳에서 어느 시민단체에서 나온 듯한 사람들이 피켓을 들고 일본 각료의 망언을 규탄하는 시위 모습으로 화면이 가득 찼다.

"한국인들의 억지는 대단해."

존이 불쑥 침묵을 깨고 한마디 했다. 그의 눈에서 불꽃이 튀었다. 그러나 정인수를 제외하고는 아무도 그것을 보지 못했다. 신문을 보고 있던 고오노가 내려와 앉았다.

'우리는 아직 멀었어. 저런 식으로 나오면 아무것도 안 돼. 도무지 이성이라고는 찾아볼 수가 없으니 말이야.'

정인수는 속엣말로 뇌까리다가 그만 짜증이 났다. 문득, 차평무의 눈길이 자신을 스쳐가는 것을 느꼈다. 차평무는 천천히 일어나 방으로 돌아갔다.

정인수는 뉴스가 끝나고서야 자리에서 일어섰다. 주말인 탓에 마음이 뒤숭숭해져서 베란다에 나가보았다. 군데군데 불을 밝히고 있는 도쿄 주택가 밤 풍경도 서울과 다를 게 없었다. 옆 베란다로 그가 나왔다. 낯익은 소주병을 들고 있었다.

"고향 생각이 많이 나나 봅니다."

"밤 풍경을 보면 여기나 서울이나 차이가 없는 것 같습니다."

"당연하지요. 근본이 똑같은 사람들이 이루어 놓고 사는 곳이니까."

차평무는 복선이 깔려 있는 듯한 말을 던졌다. 야경과 건배를 하는 시늉을 내더니 술병을 입에 대고 고개를 젖혔다. 병 속에서 기포가 일어나는 것과 동시에 목젖으로 액체가 꿀꺽꿀꺽 넘어가는 소리가 들렸다.

"한잔 하겠소? 우리 소주요."

"사양하겠습니다. 술도 못하고요."

술을 전혀 못하는 것이 아니었다. 마시려고만 들면 양주 몇 잔 정도는 스트레이트로 먹을 수 있는 실력이었다. 마시고 싶은 마음도 없었을 뿐더러 그가 입을 대고 들이키던 병인지라 더더욱 생각이 없었다. 살아오는 동안 다른 사람의 술잔에도 입을 대어 본 적이 없는 정인수였다.

정인수는 감정적인 동기를 만들어 술을 마셔본 적이 한 번도 없었다. 가장 어리석고 나태한 자들의 습성이라고 생각해 왔기 때문이다. 가끔 술 실력을 뽐내며 호기롭게 벌컥벌컥 부어넣던 서울의 대학 동료들이 생각났다.

그들은 대개 지방에서 올라온 학생들이었다. 사소한 일만 생겨도 삼삼오오 모여 술로써 풀어내곤 했다. 한심하기 짝이 없는 녀석들이었다. 술이 그들에게 안겨준 것은 위로가 아니라 더 깊은 패배 의식이었다. 서울의 환경에 패하고 스스로의 학습 능력에 패했다.

그들이 패배한 가장 큰 원인은 그들이 지방에서 서울로 올라올 때 옷보따리와 함께 가져온 무분별한 사회성에 있었다. 사람들과 쉽게 섞이는 정신적인 느슨함과, 또 그렇게 섞여 있는 타인에게서 자기 자신들과 약간의 공통점만 발견되면 자연스럽게 동화되어버리는, 조화를 이끌어 낼 만한 주체적인 자아가 정립이 되지 못한 원시적인 사회성이 원인이라고 보았다.

처음부터 그들은 스스로 패배할 수밖에 없는 보따리 하나를 등에 짊어지고 온 것이었다. 패배한 그들이 가는 곳은 고작해야 공룡 같은 기업의 말단 책상이었다. 공룡의 발톱머리에 앉게 되는 것이었다. 그들은 그곳에 가서야 비로소 무분별한 사회성이 본질적으로 아무런 이득이 되지 못한다는 것을 깨닫게 되었다. 그리고는 급속하게 바뀌어

가기 시작했다. 늦은 만큼 더욱 빠르게.

한때 전혀 마시지 못하던 정인수가 의도적으로 술을 배운 것은 술이 사람의 심리를 읽게 해주는 도구라는 판단이 들었을 때였다. 정인수는 자기가 전혀 마시지 못하면 그것도 부자연스러운 일이 될 것이라는 생각이 들었다.

정인수는 한동안 술의 종류를 가리지 않고 이를 악물고 마셔댔다. 초기에는 조금만 마셔도 바로 취해버려서 동료들에게 업혀 다니기 일쑤였다. 화장실에 들어가서 토해낸 것도 수십 차례였다.

그렇게 악몽 같은 서너 달을 보내고 나자 공복이든 만복이든 어떤 상황에서도 주종을 가리지 않고 너댓 잔은 거뜬히 비워낼 수가 있는 실력을 갖추게 되었다. 스스로 만족스러운 결과였다.

정인수는 언제까지나 싸구려 막걸리며 쓰디쓴 소주를 찾아다니는, 그리고 생맥줏집에라도 들를 때면 고기가 물을 만난 것처럼 미친 듯이 양으로 마셔대는 동료들을 내심 경멸했다. 그들의 인생도 그들이 마시는 술의 범주를 벗어나지 못할 것이라고 생각했다.

정인수는 혼자서 감미로운 분위기가 흐르는 바에 들러 두어 잔의 위스키를 즐겼다. 귀를 가볍게 두드리는 음악도 좋았고, 출입하는 사람들도 교양이 있어 보여 심리적으로 편안했다.

“혹시 먹다가 남은 술이라도 있소?”

갑작스런 물음에 얼른 대답이 나오지 않았다. 교토대학에 다니고 있는 나카야마(中山)가 잠이 오지 않을 때 한잔씩 하라며 두고 간 위스키가 한 병 있기는 했다. 곧 가을인데 계절이 사람을 뒤숭숭하게 하는 일이 많다며 집에 선물로 몇 병 들어온 것을 아버지의 허락을 얻어 가져온 거라고 했다. 큰 인심을 낸 것이었다. 그만큼 정인수가 공을 들인 결과이기도 했다. 나카야마의 부친은 관록에 빛나는 정계의 거물이었다.

"반년을 넘도록 한 지붕 밑에서 살면서 너무 서먹했던 것 같소. 나는 내일 떠날 생각이오. 갈 생각을 하니까 도쿄가 너무 그리워질 것만 같아서 말이오, 허허."

그는 빈 술병을 흔들어 보이며 웃었다. 갈 사람. 정인수는 그로 인하여 늘 뒤꿈치를 들고 다니는 기분이었던 지난 8개월의 긴장감을 갑자기 보상받고 싶어졌다.

"얼마 전에 친구가 찾아왔다가 두고 간 술이 한 병 있기는 한데, 안주할 만한 게 없습니다."

"안주가 뭐 필요 있겠소. 타국 땅에 와서 고향 사람 만났으면 서로 마주보는 것만 해도 큰 안주지. 안 그렇소? 허허."

그는 너털웃음을 지었다.

"건너오시죠."

정인수는 안으로 들어가 책상 위에 펴놓았던 책을 덮고 이것저것 정리를 했다. 신문을 한 장 깔고 옷장 속에 넣어둔 위스키를 꺼냈다. 아끼는 크리스탈 글라스와 자기 물 잔을 놓아두고 냉장고에서 얼음을 꺼냈다.

'떠난다는데……'

서울에서 부쳐온 인삼을 서너 뿌리 낼까 하다가 그만두었다. 사치스러운 일일 것 같아서였다.

노크 소리가 났다. 차평무는 자기가 가져온 호두를 한 봉지 벌려놓았다. 정인수는 그에게 글라스를 내밀었다.

"물 잔으로 하겠습니다."

차평무는 쭈욱 들이켰다. 물을 마시듯. 그리고는 호두알을 하나 입에 넣었다.

먼저 그의 실체를 파악해야 했다. 그는 이미 국산 소주를 한 병 비운 뒤였다. 어지간히 취기도 오를 법한데 아직까지 그의 말은 술내를 보이지 않았다.

그러나 정인수는 잘 알고 있었다. 술은 결코 사람을 속이는 일이 없다는 것을. 술은 반드시 마신 양만큼 취하게 되어 있는, 사람이 갖고 있는 가장 정직한 저울이라고 믿는 터였다. 많지 않는 경험을 통해서도, 사람의 마음과 태도는 술을 마신 만큼 어떤 형태로든 외부로 드러나게 마련이라는 것을 늘 확인할 수 있었다.

"독도 문제가 또 불거진 것 같은데 제가 보기에는 우리의 대응방안에 문제가 많은 것 같습니다. 개인적인 견해를 한번 들어보고 싶은데요?"

정인수는 슬그머니 말을 꺼냈다. 뉴스가 나올 때 그의 눈빛이 달라진 까닭을 알아보려는 의도였다.

"내 생각에는 독도를 어업권으로 시작되는 국가 전략적 해상권의 확보 차원과는 다른 각도에서 볼 필요가 있는 것 같습니다."

"다른 각도라뇨?"

"일본이 심심하기만 하면 주장하는 독도 영유권의 본뜻은 독도에 있는 것이 아니오. 지금까지 그들이 독도를 화제로 삼아온 시기를 잘 살펴보면 몇 가지 규칙이 있다는 말이지요.

첫째로, 일본과 우리 정치인들 사이에 형성된 일종의 거래와도 같은 것이오. 일본은 우리가 쉽게 달아오르고 쉽게 식어버리는 국민적·정치적인 약점을 잘 알고 있지 않소? 한번 돌아보시오. 우리 사회의 격동기마다 그들의 입은 과거사를 두고 뻔뻔스러운 발언을 했고 그때마다 우리 국민들의 관심사는 산적해 있던 국내 문제보다는 국외로 돌려졌던 사실을. 더러 실패한 경우도 있었지만 말입니다.

두 나라 국회에 한일의원연맹이 맺어져 있소. 무얼 하려고 연맹을 맺었는지는 모르지만, 그런 게임도 서로 주고받지 않는다는 보장을 할 수 있겠소?”

“너무 뜻밖의 인식인데요?”

“둘째로는 일본의 내각이 바뀔 때마다 각료나 정치인이 정신대나 독도 또는 아시아 침략행위를 정당화하는 발언을 하는 규칙성을 보이고 있소. 발언은 반드시 그들과 우리 언론에 대서특필되고, 그런 다음 두 나라 국민들 감정이 들끓기를 일정 기간 기다렸다가 때가 되면 슬그머니 취하하는 것이오. 때로 여론의 공격이 심해지면 사임을 무릅쓰기까지 하지요.

그런데 이 부분을 잘 살펴보면 문제를 일으킨 각료나 정치인에게는 하나의 공통점이 있다는 것을 발견할 수가 있소. 비정상적인 정치자금 수수라든가 이권개입설 등에 휘말릴 처지에 놓여 있다는 것이오. 결국 그들은 이미 자리를 떠나야 할 상황이 자기 자신에게 닥치고 있음을 감지하고 미리 선수를 치는 것이오.

비난받기는 하지만 최소한 우익 보수집단에게서는 박수를 받고 내려오니까 정치적인 생명은 나중에 부활될 수 있다는 고도의 계산이 깔린 행위라는 말이오. 개인적인 정치적 치부가 여론의 투망에서 도저히 빠져나올 수 없다고 판단될 때 그들은 이 방법을 쓰는 것이오.”

“셋째는요?”

“우익이라는 자신의 색깔을 분명히 드러내고자 하는 의도요. 유권자나 임명권자들 사이에 자기의 사상적인 노선이나 색깔에 관한 일말의 의심이 일고 있다는 것을 감지하면 과거 침략사를 들먹이며 철저

한 보수 우익인 것처럼 행세하는 거요.”

“정치학을 전공했습니까?”

“허허허……. 일본이 진심으로 독도를 원한다면 지금까지 우리 경찰이나 군 병력이 점거하고 있도록 그냥 두었겠소? 또한 그들이 저지른 과거의 침략행위에 대해 중국이나 우리가 잠잠히 있는데도 가끔 그들이 먼저 긁어 부스럼 만드는 발언을 하는 저의가 무엇이겠소?

요즘에는 독도에 대한 일본의 정책이 어업권을 연결해 장기적인 포석으로 바뀌고 있는 듯하지만 두고 보시오. 이번 발언의 배경도 역대와 마찬가지로 내가 말한 몇 가지 규칙에서 벗어나지 않을 테니까.”

정인수는 그가 극도로 독단적이고 독선적인 사유체계를 가지고 있다고 판단되었다. 욕구불만으로 성격이 삐뚤어진 수재들에게 흔히 볼 수 있는 전형적인 모습이었다.

“몹시 파격적인 견해군요.”

“익숙하지 않은 얘기는 듣기 거북할 수도 있지요. 일본이 노리는 것도 그러한 세뇌의 일종이니까요. 일본 각료의 망언이 귀에 익숙해지면 으레 그러려니 하고 무덤덤하게 받아들이는 때가 언젠가 오지 않겠소? 늘 보던 꼴이라 우리가 별다른 반응을 보이지 않으면 결국은 일본이 바라는 대로 역사적 진실은 묻혀버린 채 후세에 전해지고 말겠지요.

양국의 고대 관계사도 학자들이 스스로 찾아보려는 노력은 하지 않고 일본의 주장을 그대로 가져다가 우리 국민에게 가르치고 있는 형편이라는 사실을 보면, 불과 몇 십 년 전 침략사도 틀림없이 일본의 주장대로 왜곡된 채 전해지고 말 것이오.”

차평무에게 관심을 갖는다는 것은 무의미했다. 궤변에 몰두하는 자였다. 정인수는 그의 태도나 사고방식으로 보아 자신의 입신과 양명에

티끌 만큼의 쓸모도 없다는 판단이 들었다. 그러나 한마디쯤은 해주고
싶었다.

"동양사학적 연구 성과를 논할 때 일본만큼 깊이 있는 체계를 이루
어 놓고 있는 나라는 없습니다. 그래서 많은 서양인들도 일본에 와서
배우는 거지요. 일본 학자들의 주장이라고 하면 무조건 외면하고 무시
해 버리는 풍토는 바람직하지 않습니다."

"언제까지 우리의 역사를 타국 학자들의 학설에서 찾아야 하는지,
또 우리의 역사를 말할 때 국내 학자들보다 외국 학자들의 학설이 더
큰 권위를 가지는지 도대체 이해할 수가 없소."

"학자들의 국적이 중요한 것이 아니라 학설이 중요하기 때문이지요.
학문을 전문적으로 하는 사람들은 그 학설을 보는 것이지 학설을 말
하는 학자의 국적을 보지는 않습니다.

또 옛날 우리나라를 침략했다는 이유만으로 일본에 대해 무조건적
인 적대감을 보이는 것은 바람직하지 않은 태도입니다. 역사를 통틀어
수많은 침략행위를 저지른 중국에 대해서는 별다른 반응을 보이지 않
으면서 유독 일본에 대해서만 비이성적인 태도를 취하는 것이 저는
아직도 이해되지 않는군요."

"완전 범죄를 노려왔기 때문이오."

"하하, 너무 감정적이라 다른 말씀을 드리기가 겁납니다."

"……."

그는 입을 다물고 말았다. 비장한 기운이 감돌았다.

"혹시 다케다 계곡에 들어가 본 적이 있소?"

느닷없는 그의 질문에 정인수는 어리둥절해졌다.

"다케다 선생님의 서고를 안다는 말입니까?"

“내가 먼저 물었잖소?”

“알다마다요. 기회가 있어 들어가 보았습니다.”

“그럼 그 서고에 유독 우리나라의 사서만 부족한 것도 알고 있겠군요?”

“그렇습니다. 우리나라는 예부터 역사서를 많이 편찬하지 않았기 때문 아닙니까?”

“아니오. 어딘가에 감추어져 있기 때문이오.”

“하하하. 상상은 자유니까…….”

“서고의 지하 이층에 우리나라 유물을 모아다 놓은 비밀 수장고가 있다는 건 아시오?”

“무얼 잘못 알고 계시는군요. 누구에게 들었는지 몰라도 서고에 그런 건 없습니다.”

“분명히 있소. 내 말을 못 믿겠거든 내일 다케다에게 물어보시오. 그곳에는 우리의 국보급 문화재들이 첨단 처리를 거쳐 잘 보존되어 있소. 이만 점이 넘는 분량이오. 그 가운데 반은 일제 때 다케다 미치오(武田 道生)가 강탈한 것이고 나머지는 60년대에 그의 아들 다케다 세이야(武田 聖也)가 우리나라에서 밀반출해간 것이오. 정형의 스승인 다케다 교수 말이오. 그리고 그 일에는 지금 경한대 학장으로 있는 강석민이 깊이 관여했소.”

“지금 무슨 말을 하는 겁니까? 다케다 선생님의 서고를 어떻게 아는지는 모르겠지만 서고 어디에도 그런 것들은 없어요. 한 번도 아니고 여러 번 들어가 보았기 때문에 잘 알고 있습니다.

아까부터 터무니없는 소리를 한다 했더니만 이제 보니 못하는 말씀이 없군요. 떠난다기에 그저 인사나 하려고 했는데, 궤변을 늘어놓다가 말이 달리니까 되지도 않는 소리까지 지어내는 겁니까?

다케다 선생님과 강 교수님을 모욕한 발언을 당장 취소하고 사과하세요. 사과하지 않으면 가만히 있지 않겠습니다."

흥분한 정인수는 목소리에 힘을 실었다. 다소 야윈 그의 체구로 보아 힘으로 한다면 자기와 상대가 되지 않을 것 같았다.

"여전히 정형 같은 사람이 늘고 있다니……. 물론 정형만의 잘못은 아니지만 나는 그것이 통탄스러울 뿐이오. 간곡히 부탁하건대 제발 눈 좀 똑바로 뜨고 보시오. 진실이 어떤 것인가를. 진실은 결코 인위적으로 만들어질 수도 없고 또 만들어졌다 하더라도 완벽하기란 불가능하오. 오직 진실된 진실, 그것만이 완벽하기 때문이오."

"알량한 궤변은 듣고 싶지 않소!"

"정형은 사학이 좋아서, 그저 그것을 파고들어 연구하는 일이 세상 어떤 일보다도 좋아서 선택한 것이오, 아니면 대학에 진학하려다가 별다른 생각 없이 선택하게 된 사학이라는 학문이 입신과 양명을 보장해 줄 것이라 믿기 때문에 매달리고 있는 것이오?

다케다에게서 학위를 받아 한국으로 돌아갈 때쯤이면 그의 충실한 개 강석민은 비상식적인 방법으로 정형에게 시간강사 한두 자리는 마련해 줄 것이고, 정형은 순수한 학문의 밭을 일구기보다는 사학이라는 학문을 오직 정형의 입신양명을 위한 수단으로 삼을 것이 뻔하오.

타인의 논문 여기저기에서 잡다한 구절을 인용한 퍼즐조합 같은 문장을 의미있는 연구 성과인 양 발표하고, 때로는 공생의 고리에 매달려 비굴한 웃음을 흘리며 강석민의 뒤를 핥느라 바쁠 것이오. 만에 하나 다케다나 강석민이 용납하지 않는 학문적인 태도를 가질 수 있다면, 그나마 다행이지만 내가 보기에 정형은 아니오……."

"그만하지 못하겠소!"

정인수의 얼굴은 폭발할 듯 타올랐다.

"끝까지 들으시오. 정형은 학문이 목적이 아니라 출세가 목적 아니오? 내 말이 틀렸소? 다케다나 강석민의 충실한 종이 되어 그들의 후원으로 교수가 되고 학교의 장이 되고…… 그 다음은 무엇이 되고 싶소? 누구들처럼 정가에 입문하고 싶소?

아니면 정형의 그늘 밑에 많은 수재들을, 강석민이나 다케다가 정형에게 해온 것처럼 정형도 조국의 순진한 수재들을 무릎 아래 꿇어앉혀놓고 억지 학설과 삐뚤어진 학문적 태도를 주입시키며 흡족해 하고 싶소?

지금이라도 늦지 않았소. 진정 학문하는 사람의 모습으로 돌아오시오. 정형 자신의 영달을 위해 더 이상 조국의 역사 앞에 죄를 짓는 일은 말아야 하오. 정형을 위해서, 또 자라나는 어린 학생들을 위해서 진심으로 충고하는 말이오."

"지금 나를 위해 하는 말이라고 했소? 여러 소리 하지 말고 여기서 당장 나가시오! 어디서 굴러와가지고 헛소리야, 헛소리가. 당신이 나만큼이나 공부를 해봤소? 나만큼이나 뼈를 깎는 노력을 겪어 보았느냐 말이오.

이제보니 만화 같은 야사 몇 줄을 읽고 앞뒤 없이 흥분해서 거품 물고 덤벼드는 족속과 하나도 다를 게 없는 작자로군. 그나마 좋은 말로 할 때 내 방에서 나가시오, 지금 당장. 안 나가겠다면 힘으로라도 보내주겠소. 빨리 일어서시오!"

"야사가 얼마나 큰 진실을 담고 있는지 사학을 공부하는 사람이 아직도 그것을 모르고 있소? 그러고도 사학을 공부하는 사람이라고 당당히 말할 수 있소?

80년대 초, 광주에서 시민항쟁이 일어났을 때의 일을 한번 생각해 보시오. 그때 신군부의 총검 앞에서 검열을 받아야 했던 언론의 보도가 공정하고 정확한 사실을 기록했는지, 아니면 직접 현장을 목격한 이름 없는 지식인들의 일기장이나 비망록이 더 정확한 상황을 알려주었는지…….

최근에 일어난 역사적 사건이 보여주는 단적인 예에서도 야사의 진실된 권위를 찾아볼 수 있는데 그것을 멸시하는 사람이 무슨 자격으로 사학도를 자칭할 수 있다는 말이오. 그리고 힘으로 하겠다고 했소, 지금?"

차평무는 자기로 된 물 잔을 감아쥐고 손아귀에 힘을 주었다. 그 순간 물 잔은 날카로운 소리를 내며 조각조각 부서져버렸다. 그의 손에서 피가 흘렀다.

하지만 차평무는 아랑곳하지 않고 정인수를 똑바로 쳐다보았다. 정인수는 그의 눈을 보고 하얗게 질려 버렸다. 그의 눈에서 푸른 불꽃이 뚝뚝 떨어지고 있었다.

"내 분명히 말하는데, 정형이 공부를 마치고 무사히 돌아오길 고국에서 두 손 꼽아 기다리고 있겠소. 정형의 말대로 그때는 내가 학생이 되어 있을 테니까 어린 학생들이 보는 앞에서 한번 붙어봅시다. 한 학기면 충분할 거요. 승부를 낼 시간으로는.

그때가 되면 학문을 자신의 번지르르한 치장으로 이용하려는 정형의 일생에 가장 큰 불행의 그림자가 나타났다고 생각하는 게 좋을 거요. 내 반드시 다케다 집안과, 강석민, 그리고 정인수 당신까지 한 보자기에 싸가지고 비열하게 지은 죄를 낱낱이 밝혀버릴 테니까.

내 말을 헛소리로 듣지 않는 게 좋을 거요. 그들이 우리 역사를 조작한 것은 물론이고 우리의 국보급 문화재를 긁어 모은 경위에 대해서도 꼼짝 못할 증거쯤은 이미 확보해 놓고 있소, 알겠소? 머잖아 한국으로 돌아가거든 부디 잊지 말고 꼭 기억해 두시오. 차, 평, 무라고 하는 이름 석 자를.”

“도쿄에서 그런 일이 있었단 말이지……”

“그때는 그저 미친놈 하나 만났으려니 했습니다.”

“그 녀석이 다케다 선생님이나 나에 관해서 지껄인 말을 자네는 어떻게 생각하는지 솔직히 말해 보게.”

강석민 교수는 정인수의 얼굴을 똑바로 쳐다보았다.

“생각하고 말고가 어디 있습니까? 제풀에 노는 정신병자의 헛소리를 두고 말입니다.”

“그럼 큰 문제는 없지 않은가?”

“그게 저……. 그 녀석이 공교롭게도 지금 제 수업을 듣고 있습니다.”

“뭐라고?”

“학생부를 보니 예전에 서울에서 사학을 전공한 녀석인데, 이번에 대광의 회계학과로 편입학 했더군요.”

“거 참, 정말 미친놈 아닌가? 전공을 그렇게 확 바꾸다니? 그래, 예전에 학부를 졸업하고는 뭘 했다고 씌어 있던가?”

“집안이 어려워 여기저기 떠돌아다니며 행상을 한 모양입니다. 일본에 갔던 것도 한국으로 가져올 사업 품목을 찾고 있었던 게 아닌가 하는 추측이 들었습니다.”

“그럼 완전히 외곬으로 재야 사학적 궤변으로 무장한 놈이 틀림없군. 그 녀석이 아니라도 나에 대한 공격은 많았네. 오히려 더 심했을 정도이지. 도굴꾼으로 몰아세우다가 나중에는 증거까지 들이댈 수 있다고 협박해 온 떨거지들도 많았네.”

“선생님의 덕망에 누를 끼쳐 죄송합니다.”

“됐네. 이제는 그런 것에 일일이 신경 쓰고 싶지 않네. 수업 시간에 별다른 일은 없었는가?”

“지난주에 과제물을 낸 것에 대한 토론수업을 진행했는데, 그 녀석의 교묘한 논리가 섣부른 반론 제기를 어렵게 하는 면도 없지 않은 지라…….”

“그건 무슨 말인가?”

“솔직히 말씀드려 자꾸 불길한 예감이 듭니다.”

“쯧쯧, 못난 사람 같으니라구. 이제 보니 내가 사람을 잘못 판단한 것 같군. 미친놈 하나가 강의 중에 몇 마디 한다고 강사라는 사람이 쩔쩔매다니 그게 말이 될 법한 소린가? 그래, 자네가 냈다는 과제물은 무엇이고, 그놈이 어떤 말을 지껄이던가?”

정인수는 강의시간에 일어난 일을 상세하게 들려 주었다. 말을 다 듣고난 강석민 교수의 눈이 번뜩거렸다.

“어쩌면 전해지지 않는 희귀한 상고시대의 사서 한두 권을 꿰어차고 있는 듯한 느낌이 들기도 했습니다. 워낙 자신감에 찬 어조라 말입니다.”

“전해지지 않는 사서라……?”

강석민 교수는 무언가 생각하고 나더니 나지막하게 말했다.

“자네 말이야. 다음 수업부터는 그 녀석의 발언을 모두 녹취를 하게. 내 직접 들어보고 대책을 강구해 보겠네. 되도록이면 단군 조선에서부터 고구려 성립 이전으로 시기를 국한해서 과제물을 내게. 어떤 것도 좋아."

"고구려 성립 이전까지로요? 그건 무슨 이유로……?"

"내게 다 생각이 있어서 그러네."

정인수가 돌아가고 나자 강석민 교수의 육감이 기지개를 켜고 아지랑이처럼 피어올랐다.

'뜻밖의 적수를 만난 기분인데? 먼저 녀석의 신원과 과거의 행적부터 파악해야겠군. 다케다 계곡을 알고 있는 녀석이라? 아무래도 좀 더 서둘러야겠어.'

강석민 교수는 윗도리를 걸치고 어디론가 나섰다.

후예들의 노래

"기형, 오늘 뭐 특별한 약속 있소?"

"저녁에 친구 만나는 거 말고 빌다른 일은 없습니더."

"진달래를 따러 갈까 하는데 같이 가지 않겠소?"

"진달래예……?"

"집 뒤에 있는 대연산에 올라가볼까 하오만."

"그라지예, 머."

"그럼 대연산 입구 주차장에서 아홉 시에 봅시다."

기철진은 며칠 전 유원지에서 설무영에게 어머니에 관해 내뱉은 말이 내내 머리를 떠나지 않았다. 그 때문에 산에 가는 일도 내키지 않아 천장만 바라보고 있던 참이었다.

작은 배낭을 꾸렸다. 만난 지 한 달도 채 안 되었지만 두 사람은 많이 가까워졌다. 차평무는 학교에서 달리 정을 붙이고자 한 사람이 없었고 기철진은 어딘지 모르게 그와 통하는 느낌이었다.

엘니뇨 영향으로 봄은 일찍 찾아 왔다. 진달래가 활짝 피어 대연산을 온통 분홍빛으로 물들여 놓았다. 멀리서 봐도 장관이었다.

"이제 그만 해도 되겠소."

"하마 다 찼습니꺼? 잘리를 하나 더 가지고 올 낀데 그랬네예."

기철진은 이마에 흐르는 땀을 손등으로 닦아내며 말했다. 차평무는 꽃잎을 꾹꾹 눌러 포대를 묶었다.

"저 계곡에 가서 열 좀 식히다가 내려갑시다."

차평무는 포대를 어깨에 둘러매었다. 목덜미를 흐르는 땀을 수건으로 닦으며 기철진은 그를 따라 내려갔다.

차평무가 저고리를 벗어던지고 목물을 했다. 야위었다고 생각했지만 막상 벗은 모습을 보니 의외로 건장한 몸이었다. 군살 없이 미끈한 상체였다.

"생각보다 몸이 좋은데예? 무슨 운동이라도 했습니꺼?"

"어푸푸푸, 운동 말이오? 우리나라 남자는 둘에 하나 태권도 초단 아니오? 허허."

"태권도 했습니꺼?"

"대학 졸업하고부터 이것저것 조금씩 했소. 어, 차다."

봄이라고는 하지만 계곡은 아직 얼음물이었다. 겉으로는 엄살을 떨었지만 차평무는 아무렇지도 않은 듯 계곡물로 땀을 씻어 내었다.

그는 물이 뚝뚝 떨어지는 상체를 손으로 훔쳐내며 바위로 올라왔다. 학교에 가는 날을 제외하고는 여전히 먹물색 한복이었다. 차평무는 수건으로 물기를 닦아내고 옷을 입었다.

"술 담글 깁니꺼?"

"허허, 나중에 알게 될 거요. 기형은 산에 왔으니 정상을 한번 밟고 내려가야 하지 않겠소?"

"꼭 정상에 오를랏고 산에 옵니꺼. 이래 와 있으면 됐지예."

"누가 산행을 하는 이유를 묻는다면 기형은 어떤 대답을 하오?"

"글쎄예……. 산이 숨쉬는 모습을 느낄 수 있어가 온다 카까예? 그기 맞겠네예. 지한테는 산이 꼭 거대한 짐승맨쿠로 숨을 쉬는 거 같은 느낌이거든예. 지는 그 짐승의 깨끗한 허파 속으로 난 실핏줄 같은 미로를 헤매고 다니는 기분이고예."

"이야, 기형이 그런 대단한 철학적 감각을 지니고 있는 줄을 몰랐소, 허허."

"아입니더, 철학은 무신……."

그들은 등산로에 올라 약수터 쪽으로 갔다. 차평무의 아파트로 가는 지름길이었다. 약수터에는 물 뜨러 온 사람들로 붐볐다. 플라스틱 말통이 줄지어 있었다. 운동을 하는 사람도 눈에 띄었다. 약수터를 조금 지나 내려오니 널따란 바위가 하나 있었다.

앞서가던 차평무가 포대를 내려놓고 훌쩍 올라갔다. 기철진도 따라 올라가보았다. 시내가 한눈에 들어왔다. 멀리 가물가물 한단산이 보였다. 매연 때문이었다. 무엇 하나 깨끗이 보이는 게 없었다.

두 사람은 바위 위에 앉았다. 차평무가 불쑥 물었다.

"기형은 자당을 못마땅해하고 있소?"

"……."

"꼭 그렇게 생각할 일도 아니오."

"지 입장이 안 돼본 사람은 모립니더."

"자당은 어떤 명칭을 갖고 있소?"

기철진은 당혹스러웠지만 나즈막히 말해 주었다.

"……천신동자보살입니더."

"그 명칭의 의미에 대해 좀 알아본 거라도 있소?"

“없습니더. 그런 거 알아가 머 하구로예.”

“무(巫)에 대한 고정관념을 바꿀 필요가 있다는 생각이 들지는 않았소?”

“…….”

차평무는 기철진에게서 눈길을 떼고 앞을 보며 말했다.

“우리 민족의 철학과 신앙을 말할 때 그 기반을 가장 깊고 넓게 이루고 있는 것이 바로 무요. 불교, 유교, 도교, 기독교……. 그 어떤 것에도 우선하는 우리들의 본질적인 정서의 원류라는 말이오. 그런데 그걸 기형은 왜 자꾸 감추려 하고 부끄러워하지요?”

“미신이기 때문입니더.”

“미신이라고요?”

“아이라 칼 수 있습니꺼? 무당들이 현대 과학이 들으면 코웃음칠 얘기만 늘어놓는데.”

“그건 과학의 오만 때문이오. 과학이 알 수 없는 것은 ‘모른다’라고 해야 마땅한데도 ‘아니다’라고 부정해버리니까 말이오.”

“그렇다고 해도 보편적으로 긍정되는 논리는 아이잖습니꺼?”

“보편적인 무지의 결과요.”

“무당에게 정말 신령스러운 예지력 같은 것이 있다고 믿는 모양이네예? 실망했습니더.”

차평무는 빙긋 웃었다. 기철진은 긍정도 부정도 아닌 반응이라고 생각했다.

“사람의 고통을 어루만져주는 것이라면 미신이라 이름 붙인들 어떻소?”

“지금은 그런 발상이 모든 사람에게 수긍될 만한 원시적인 시대가 아닙니더. 시대가 바뀌면서 사라졌어야 할 모습이 아닙니꺼? 사람의 미래와 운명을 점으로 칠 수 있다 카는 발상도 우스븐 일이고예.”

기철진의 시큰둥한 태도는 바뀌지 않았다.

“사기꾼이나 다를 바 없는 행각을 벌이는 무당이나 역술가들을 보면 역겹기도 하지만, 한편으로는 방향을 전환시켜 아름다운 풍속으로 살리는 일도 생각해 볼 만하지 않소?

기형은 신문이나 잡지 등에 오늘의 운세, 주간 운세 등의 제하로 실린 날떠퀴에 눈길이 가지 않는 사람이 있다고 생각하시오? 믿지 않는다고 하면서도 눈길은 자기 자신도 모르게 이끌리게 되어 있는, 가장 인기 있는 기사가 아니오?”

“지는 이참에 교회에 나가보까 하는 생각을 가있습니더. 기독교는 최소한 미신은 아인끼네 말입니더”

“무에 대해서 덮어 놓고 미신이라고 한 사람들은 불과 이백 년 전인 조선 후기에 들어온 천주교도들이었소. 그들은 그들만의 종교를 심기 위해 다른 나라에서 그랬던 것처럼 우리나라의 무도 저급한 미신으로 몰아붙였던 것이오.

하지만 착하고 순박하기만 한 백성들은 야소의 말을 복음이라고 하며 그것에서 복을 구하라는 서양인들의 외침에서 그것이 본질적으로 우리의 무와 다를 바 없는 서양의 무에 불과하다는 것을 인식하지 못했소. 또 교주의 예언과 신통력을 전하며 은근히 위압감을 주는 행위에서도 그것이 우리의 푸닥거리와 별반 차이가 없다는 것을 깨닫지 못했소…….”

설무영은 무의식적으로 고개를 들었다. 멀리 한단산 능선이 시야에

잡혔다.

'지금쯤 산에 있겠지…….'

"얘, 뭘 그렇게 보고 있니?"

청년회 간부를 맡고 있는 박미경이였다.

"김 선배가 널 찾던데 빨리 가봐. 청년회 사무실에 있어."

"무슨 일로?"

"얘는 새삼스럽게. 김 선배가 널 좋아하잖아? 벌써 십 년은 넘었겠다. 웬만하면 눈길 좀 주지 그래?"

"나 찾으면 집에 갔다고 그래."

설무영은 종종걸음으로 나왔다. 박미경이 따라 왔다.

"무영아, 우리 시내 나가자. 내가 영화 보여줄게."

"혼자 있고 싶어."

"너 요즘 무슨 일 있구나. 애인이라도 생겼어?"

"……."

"애인 생긴 거 맞지? 어떤 사람이야?"

설무영은 횡단보도 앞에 섰다. 박미경의 말이 점점 성가시게 들렸다. 설무영은 흰 운동화 앞꿈치로 인도 블록을 톡톡 차다가 입을 열었다.

"우리 맥주 마시러 갈래?"

"얘가? 벌건 대낮에 무슨 술이야? 가만, 무슨 일이 있긴 있구나. 좋아, 마시러 가자구. 이 언니가 기분을 전환시켜 줄게. 술 마시면서 다 털어 놓아봐."

젊음의 거리는 아직 한산한 분위기였다. 박미경은 유럽풍으로 멋지게 인테리어 해 놓은 곳을 안다며 그곳으로 이끌었다. 화려한 실내 분위기의 생맥주집이었다.

자리에 앉자마자 박미경이 다그치듯 물었다.

"무슨 일인데 그래?"

"……."

"얘, 얘, 술도 못하는 애가……."

숨도 쉬지 않고 한 잔을 비우고서야 설무영의 입이 열렸다.

"미경이 너는 만약에……."

"만약에?"

"십 년 동안 사귀어 온 남자의 엄마가 무당이라는 사실을 알았다면 기분이 어떻겠어?"

"뭐? 그런 일이 어떻게 있을 수 있어? 기집애가 별 끔찍한 소릴 다 하네. 그게 누구 얘기야. 설마 너는 아닐 테고?"

"나야."

"뭐라고? 정말 네 얘기야?"

"그래, 농담이 아니야."

"그 남자가 누구야? 어떻게 십 년 동안 사귀면서 나한테 한마디도 안했어? 그럴 수 있어? 엉큼한 기집애!"

박미경은 눈을 흘겼다. 그러나 설무영의 표정을 보고는 이내 정색을 했다.

"그 사람 사랑해?"

"……."

"사랑하는구나. 어머, 어쩜 좋으니?"

박미경은 호들갑을 떨었다.

"그 사람은 너를 어떻게 생각해? 아니, 이런 바보 같은 질문이 어디 있어. 십 년을 사귀었다는데."

설무영은 한숨을 쉬었다.

"아무것도 생각할 수 없어."

"목사님이 이 사실을 알면 난리가 날 게 분명하고, 무당은 교회라면 쌍수를 들고 반대할 것 아냐? 그런데 그 남자, 형제가 몇이야?"

"독자야."

"갈수록 첩첩산중이네. 네가 보기엔 효자 같아?"

"끔찍한 효자야. 겉으론 표시를 안 내지만."

"그 사람은 네가 목사님의 딸이라는 걸 알고 있었어?"

"처음부터."

"그럼 그 남자가 처음부터 너를 사랑했구나. 자기 엄마가 무당이라고 말하면 네가 절교를 할 거라고 생각해서 말을 못했던 거였어. 그 사람은 그동안 얼마나 고민이 많았겠니? 보통 일이 아니네, 정말?"

"너라면 어떻게 하겠니?"

"그런 가정은 아무짝에도 필요없는 거야. 이미 결혼까지 약속한 사이야?"

"아니."

박미경은 잠시 생각하더니 탁자 위에 팔꿈치를 엇갈려 내려놓고 설무영의 얼굴을 바라보았다.

"무영아, 오해하지 말고 잘 들어봐. 이건 부모님을 개입시키면 어떤 방법으로도 풀 수 없는 게임이야.

그러니 다른 사람은 절대 개입시키지 말고 두 사람이 결정을 해야 돼. 두 사람 사이에 가장 핵심적인 난제인 종교에 대해서 말이야."

"방법이 있겠어?"

"해결할 방법이 있는 게 아니라 선택이 있을 뿐이야. 네가 주님을 떠나든지 그 사람이 주님을 받아들이든지. 아니면 둘 다 절충해서 무신론으로 가는, 세 가지 선택 말이야.”

“다른 선택도 있잖아.”

“헤어지는 거? 기집애 얼굴을 보니까 헤어지기는 이미 틀린 일 같은데 뭘 그래?”

“그렇게 보여?”

“그럼 아니야?”

“…….”

“네가 주님을 떠난다는 건 생각할 수도 없는 일이라는 거, 그건 누구보다도 내가 잘 알아. 나는 떠날 수 있어도 너는 그렇게 못해. 그러면 이제 얘기는 좁혀진 거야. 그 사람한테 당당히 말하는 거야. 세상에서 나를 가장 사랑한다면 나를 둘러싼 환경까지도 포함시킬 수 있겠냐고.”

“왜 그 사람한테만 그런 걸 요구해야 돼? 나는 아무것도 포기하지 않으면서. 너무 이기적이고 오만한 발상이야. 그런 건 요구하고 싶지 않아.”

“그 사람한테 뭔가 들은 말은 없어?”

“내가 떠날 것처럼 생각되나 봐.”

“못가게 하지는 않아?”

“그 반대야.”

“뭐? 세상에 무슨 남자가 그렇게 박력이 없어? 방법은 찾아보지 않고.”

“많이 찾아봤을 거야. 뾰족한 답을 얻을 수 없으니까 그런 태도를 보이겠지.”

"그럼 그 남자는 결국 너 대신 자기 어머니를 선택하겠다는 뜻이네?"

"그런 것 같아."

"그러면 네 선택만 남았구나. 주님이냐, 그 사람이냐. 그러고 보니 대단한 남자인데? 주님과 동일선상에 놓여서 선택되기를 기다리고 있다니 말이야."

"기집애, 농담은……. 어떻게 거기다가 주님을 갖다붙일 수 있어?"

"왜 없어? 주님도 어차피 총각이니 조건이 같잖아? 다만 능력에 차이가 있을 뿐이지. 주님은 세상을 구원하려고 왔는데 무영이의 마음을 뺏은 그 남자는 세상에 뭘 하려고 왔을까? 내가 한번 만나서 물어볼까?"

"……백성에게는 그릇을 바꾸어 담는 차이가 있을 뿐, 모든 무가 본질적으로 동일하다는 믿음이 내재해 있었던 것이오. 그 때문에 야소인들이 한결같이 그들의 무를 강조하면서 우리의 무는 미신이라고 몰아붙인 작태에 대해 어떠한 투쟁적인 저항도 하지 않았소. 우리의 무는 인위적으로 틀을 만든 것이 아니라 대자연의 일부로서의 인간 내면에 이미 구현되어 있던 생래적 개념이었기 때문이오.

불교, 도교, 유교……. 갖가지 종교나 철학이 내민 천태만상의 그릇에 모자람 없이 각기 알맞은 양태로 채워 주었으며, 또 서양인들이 들고 온 현란한 그릇에도 아낌 없이 담아주었소. 우리의 무신도에 오르지 않은 외래 종교나 철학은 없었소. 불교, 도교, 유교 심지어는 기독교까지 말이오.

하지만 그렇게 하고서도 민초들의 무(巫)철학·무(巫)신앙의 바람은 그치는 법이 없었고, 달디 단 샘물은 마르는 일이 없었으며, 달빛은 그 은은한 광휘를 잃지 않았소."

“……”

“우리의 무가 그 무한한 신앙적 관용으로써 내보이는 철학적 깊이를 인지하는 지식인들이 없기 때문에 아름다운 우리의 풍속으로 발전하지 못하고 있는 것이오. 그러니까 혹세무민하는 사기꾼들만 극성을 부리는 것 아니오?

한번 곰곰이 생각해 보시오. 긍정적인 면에서 자당의 역할이 우리 시대에 필요한 것인지……. 그러니 누구보다도 먼저 기형이 자당의 입장을 이해하고 북돋워드려야 하오.”

“우리 어무이를 안 보고도 우째 그렇게 단정하십니꺼?”

“기형의 얼굴만 보고도 자당의 모습을 알았잖소?”

“공연히 저를 격려하시는 말씀처럼 들립…….”

“나는 그런 사람이 아니오.”

말을 맺기도 전에 단호하게 자르는 차평무의 목소리가 기철진에게는 포효처럼 들렸다.

“혹시라도 사귀는 여자친구가 자당의 모습을 가지고 어떤 주저함에 휩싸이거든 당당히 말하시오. 그게 되지 않으면 기형은 이 땅의 백성으로 살 자격이 없는 사람이오.”

“……일전에 어무이 직업을 말해 주었습니더. 크게 놀라는 눈치데예.”

“시간이 필요할 거요. 그 아가씨도 마음이 심란할 테니까. 혹시라도 기형에게서 멀어져 간다면 그 순간 깨끗이 잊으시오. 한 사람을 사랑하면서 그 사람이 필연적으로 관계하고 있는 가족까지 사랑하지 못하는 만남이라면 설령 이루어진다고 해도 오래갈 수 없소.

결혼하고 나서 기형이 그 집안에 들어가 살 거라면 기형이 그 집 가풍을 따라야 하겠지만, 그 아가씨가 기형의 집안에 들어와서 살 처지라면 그 아가씨가 새로운 가풍을 받아들여야 한다는 말이오.”

기철진의 눈길이 왼편으로 갔다. 건너편 산 중턱에 있는 적유사(寂惟寺)가 눈에 들어왔다. 손바닥만한 경내에는 사람들이 북적이고 있었다.

“혹시 일본의 신사는 우리 무속하고 관계가 있는 깁니꺼?”

“같은 것이오. 고대에 우리에게서 건너간 무가 일본에서 오히려 온전하게 보존되고 있는 형편이오. 시대가 흐르면서 그들은 무를 신도로 정착시켰소. 무가 그러했듯이 신도도 하나의 교조나 통합 원리로서의 교리도 만들지 않았소. 인간을 포함한 자연계에 있는 모든 것이 교조이고 교리이고 신인 것이오. 우리의 무는 외래 종교가 들어오면서부터 발전 승화되지 못한 채 고작해야 초라한 토방 구석으로 밀려나고 말았지만, 일본은 그들 고유의 국민적인 신앙체계로 발전시켜 놓았소.”

“그런 거는 결국 원시종교의 모습 아입니꺼? 무속이 더 발전한닷고 그 범주를 벗어날 수 있겠습니꺼?”

“종교나 신앙에서 원시종교이니 고등종교이니 하는 구분은 아무런 의미가 없소. 시골에서 농사를 짓고 있는 주름살투성이의 늙은 아낙이든, 도시에서 세련된 치장을 하고 교양으로 무장한 사모님이든, 어떤 이의 ‘어머니’라고 하는 원초적인 개념 앞에서는 다를 것이 하나도 없는 이치라는 말이오.”

“형이 하는 말을 듣고 있으마 이적지 배워온 것들이 거의 다 부정되는 거 같아가 그기 걱정입니더.”

“부정될 것은 부정되어야 하오. 부정될 것이 슬그머니 긍정되니까 사람 사는 꼴이 짐승들만도 못하게 되는 것이오. 주위를 한번 돌아보시오. 가장 사회적인 동물이라는 인간이 가장 비사회적인 환경에서 살고 있지 않소?”

"······그런 지식은 어떻게 얻을 수 있습니꺼? 책이 있다 카마 한번 읽어 보고 싶습니더."

"책 말이오?"

"누구한테 들은 이야기는 아인 거 같은데예?"

차평무는 머뭇거리다가 무언가 결심한 듯 입을 열었다.

"사실 나는 오래 전부터 우리나라 상고시대에 관해 가장 중요한 문헌 하나를 찾고 있소. 지금은 전해지지 않는다고 알려져 있기는 하지만."

"그기 무슨 책인데예? 무에 대해가 써 놓은 책입니꺼?"

"그런 건 아니오."

"역사서입니꺼?"

"글쎄요. 내 예견으로는 우리 민족의 언어·역사·종교·철학·문화 등의 올바른 원형을 모두 담고 있는 백과사전과도 같은 책인 것 같소."

"그런 책이 정말 있긴 있었습니꺼?"

"틀림없이 있었소."

"······."

기철진의 손이 목걸이로 갔다.

"이 목걸이하고도 관련이 있는 모양이지예?"

"아직은 단정할 수 없지만, 그럴 거라고 믿고 있소."

"괜찮으시다면······. 말이 난 김에 이 목걸이 하고 그 책에 얽힌 이야기를 한번 듣고 싶습니더."

차평무는 오랫동안 침묵을 지켰다. 기철진은 그의 입에서 무언가 말이 나올 때까지 기다리는 편이 나을 것 같아 자신도 먼 허공만 바라보고 있었다. 꼼짝도 않고 있던 차평무가 큰 숨을 몰아 내쉬었다.

“하긴, 언젠가는 기형에게 들려주어야 한다는 생각은 하고 있었지만……”

“그럴 만한 이유라도?”

“기형을 만난 뒤부터 어떤 예감이 들어서 말이오.”

“……”

차평무는 고개를 뒤로 젖히고 잠시 눈을 감았다. 이윽고 그는 한단산 정상으로 눈길을 보내 놓고 천천히 입을 열기 시작했다.

칼은 흐느끼고

김포국제공항, 1991년 7월

"시트를 앞으로 당기고 안전띠를 착용해 주십시오……."

기내 방송이 흘러 나왔다. 여승무원들이 승객들의 안전띠 착용을 점검하며 지나갔다. 드디어 서울발 도쿄행 보잉 727 임시 특별기의 엔진이 가동되었다. 잦은 비 때문에 정기 운행이 미루어지다가 기상 조건이 호전되어 정기 여객기를 먼저 보내고 남은 승객들을 임시 특별기에 태운 것이었다.

주활주로에 들어서서 잠시 호흡을 가다듬은 기체는 갑자기 제트엔진의 굉음을 쏟아내기 시작했다. 미끄러지듯 활주로를 질주하던 기체의 앞 동체가 들리며 비행기는 날아올랐다. 상체가 등받이로 쏠렸다.

이륙한 지 10여 분이 지나자 본 항로로 들어선 듯 기체는 안정되었다. 승객들은 안전띠를 풀기 시작했다. 신문을 펼쳐드는 사람, 잡지를 넘기는 사람, 담소를 나누는 사람들로 기내가 술렁거렸다.

여승무원들이 다과를 실은 밀차를 끌고 나와 승객의 불편함을 묻고는 음료수며 과자 따위를 나눠주었다. 다과 수레는 우리 자리까지 왔다.

"실장님, 뭐 좀 드시겠습니까?"

"물이나 한잔 하겠습니다."

"예, 여기 미네랄워터 두 잔!"

"불편한 점은 없으십니까? 여기 있습니다. 좋은 여행 되십시오."

한 모금 마시고 간이 탁자를 펴 물 잔을 올려놓았다. 곽 부장은 아무래도 어려워하는 것 같았다.

"이제 실장이라는 호칭으로 부르지 마세요."

"아닙니다, 실장님. 유학을 마치고 돌아오시면 복귀하실 텐데요, 뭐."

창밖을 내려다보았다. 흰 구름 몇 점이 떠가고 있었다. 구름 사이로 진초록빛 산마루가 펼쳐져 있는 것이 보였다. 햇빛이 구름에 가리워 그늘진 자리가 암녹색으로 물들어 있었다.

산을 끼고 있는 작은 마을 하나가 눈에 들어왔다. 가만히 보니 마을이 아니라 경기도의 어느 도시였다.

'그동안 저 지상에서 아옹다옹거리며 도대체 무엇을 했는지…….'

한 편의 허무한 꿈을 꾼 기분이 들었다. 눈을 감았다. 또 한 편의 꿈을 꾸기 위해 떠나고 있는 것이기 때문이다.

형은 완강한 고집으로 대학 때 법을 전공해버렸다. 그는 사 학년 때 사법시험이라는 최종 관문을 통과하는 바람에 아버지는 형에게 더 이상 기업경영이라는 가업을 기대할 수 없었다. 나는 형이 고등학교 때부터 법을 선택할 의지를 보였던 것은 아버지의 고향 단짝 친구인 황성곤 대법관에게 받은 영향이 컸다고 생각했다.

형이 검사로 발령나자 아버지는 은밀히 나에게 눈길을 돌리셨다. 하지만 나 또한 마음이 다른 곳에 가 있었던지라 집안은 하루도 조용할 날이 없었다. 고등학교를 졸업한 나는 내 고집대로 사학과에 진학했지만 대학을 졸업하고는 아버지의 완고한 고집을 꺾을 수 없었다.

"대학은 네놈 마음대로 갔으니 이제는 애비 소원을 한번 들어주어야 형평이 맞지 않느냐?"

나는 생각 끝에 입사 계약서를 나름대로 만들어 아버지에게 내밀었다. 회사 일을 10년 동안만 하고 나면, 그 후 10년은 내가 어떤 공부를 하든지 아무도 관여할 수 없다는 조건을 단 계약서였다. 그 조항에 이르자 아버지는 시선을 멈추고 소리내어 읽었다. 나는 애써 냉정한 척했다.

"다른 방법은 없습니다. 도장을 찍으시든지, 아니면 저를 포기하시든지요."

아버지는 그런 나를 두고 1시간이나 말없이 생각했다. 결국 당신은 회사 사람들이 황금옥새라고 부르는 업무용 직인을 꺼내 떨리는 손으로 찍고 말았다. 그러고는 방을 나서는 나에게 빙그레 웃으며 짤막하게 한마디 던지셨다.

"그래, 이놈아, 어디 한번 해보자."

아버지는 10년만 회사에 붙들어 놓으면 내가 회사 일에 적응해서 공부에 대한 미련을 떨쳐버릴 것으로 생각한 모양이었다. 하지만 그 계약서는 피눈물 나는 투쟁 끝에 얻어낸 소중한 것이라 무슨 일이 있더라도 10년 뒤에는 반드시 내 길을 가려고 굳게 마음을 먹었다. 나중에 아버지가 말씀을 달리 하실까봐 계약서를 그룹 수석고문 변호사인 성 박사에게 공증까지 받아두었다. 1981년의 일이었다.

기획조정실 사원으로 입사해 올해 초 주주총회에서 상무이사로 퇴

사할 때까지 햇수로 꼬박 10년을 채우고 나서 꿈에도 그리던 유학길에 오르게 되었다. 그런 나를 본 아버지의 역정은 대단했다. 하지만 나는 성 박사까지 배석시켜 놓고 조금도 물러서지 않았다.

"네놈 마음대로 해봐라! 부모 말 안 듣고 잘되는 놈 있는지 어디 두고 보게."

결국 아버지는 버럭 소리를 질렀다. 마침내 허락이 떨어진 것이었다. 나는 그 순간 큰절을 올리고 밖으로 나왔다.

감회가 새로웠다. 꿈이 아니었다. 분명히 떠나고 있는 것이다, 새처럼 가볍게.

"오랫동안 살아오신 땅을 떠난다고 생각하니까 조금은 착잡하시죠? 저도 예전에 도쿄 지사로 발령받아 떠날 때 왜 그렇게 마음이 우울하던지, 하하."

곽 부장은 그룹에 입사한 지 올해로 25년이 된 사람이다. 그를 두고 입방아 찧기 좋아하는 사람들은 그룹 내 일단의 학맥에 들지 못해 출세의 물꼬가 막힌 사람이라고 평을 했지만 사실은 그게 아니었다. 곽 부장은 그룹 재무팀에서 3년차 과장으로 있을 때 청와대와 관련된 비자금 처리 문제에 단호한 고집을 피우다가 좌천되어 지금껏 부이사도 달지 못하고 있는 불운아였다.

곽 부장은 관향(貫鄕)이 현풍으로, 합천과 이웃해 있는 지방인데 그의 외가가 집권자의 가문과 가까웠다. 그는 청와대로 들어간 비자금 처리에 골머리를 앓다가 무슨 생각을 했는지 고향으로 내려가 외가를 통해 압력을 넣은 것이었다. 관변 단체의 기부금으로 정식 처리를 해 달라고.

그런 사실을 전혀 모르고 있던 아버지는 어느 날 중견 그룹 초청 조

찬회에 불려가 뚝심 있는 부하직원을 두었다는 칭찬 아닌 칭찬을 받았다. 그리고는 배짱 있고 인재 있는 회사는 키워야지 하더라는 것이었다.

그 선물이었는지 어쨌는지 아버지께서는 그 다음 달, 부도 직전에 있던 금우건설을 전격적으로 인수하게 되었다. 금우건설은 그때만 해도 전국 도급 순위 20위 안에 드는 대형 건설사여서 서서히 달아오르고 있던 건설 열기에 편승해 건설업에 진출하려던 재계의 많은 그룹들이 눈독을 들이던 회사였다.

금우건설의 인수 덕분에 한성그룹은 총자산 규모로 순위를 정하는 재계 서열이 두 자리 숫자로 껑충 뛰어올랐다. 그때까지만 해도 그룹이라는 말을 하기에는 규모가 작았던 한성그룹이 청와대의 힘을 등에 업었다는 풍문이 나돌자 회사는 하루가 다르게 성장을 하기 시작했던 것이다.

곧 이어진 부동산 경기를 타고 한성건설마저 대규모의 흑자를 내자 아버지의 경영 수완은 재계의 신화가 될 정도였다. 지금 한성그룹이 재계 서열 한 자리 숫자로 자리 매김을 할 수 있었던 것은 그 무렵 곽 부장의 고집으로 우연히 금우건설을 인수한 덕택이라 해도 과언이 아니었다.

누가 생각해도 곽 부장의 시대가 열린 것으로 믿었는데 아버지는 오히려 그를 지방 한직으로 보내버렸다. 알고 보니 그룹 내에서 그를 견제하는 세력 때문에 심각한 파벌과 업무 갈등이 초래될 분위기였기 때문이다.

하지만 곽 부장은 조금도 흔들리지 않았다. 회사 내 갖가지 소문에 침묵으로 대답하며 묵묵히 일하는 모습만 보였다. 정권이 바뀐 뒤에도 곽 부장은 그 특유의 배짱과 올곧은 성격으로 업무 처리를 고집했다.

그 때문에 그는 자신을 경계하는 자들로부터 몇 번이나 찬서리를 맞을 뻔했다. 그러나 아버지는 그런 사람도 더러 있어야 하지 않겠느냐며 비서실 남상춘 사장을 곽 부장의 방패로 내세워 놓고 임원들이 눈치채지 못하게 은밀히 다독거려 주었다. 그 뒤 그는 그룹 기획조정실 예산팀으로 발령을 받아 나와 함께 근무하다가 (주)한성세라믹을 세우고 난 직후인 재작년 초에 도쿄 지사장으로 발령받았다.

(주)한성세라믹 도쿄지사의 가장 큰 임무는 일본이 개발한 새로운 세라믹 소재의 기술적인 공정을 알아내는 일이었다. 그것은 미국이 주도하는 차세대 항공우주사업 분야에 있어서 필수적인 소재로 쓰이는 것이었다. 머리 회전이 지나치게 빠른 사람보다는 차라리 우직하고 직선적인 곽 부장이 오히려 그들에게 의심 없는 호감을 주지 않겠는가 하는 것이 아버지의 생각이었다.

아버지는 곽 부장이 떠나기 전날 은밀히 그를 불러 모형 우주선 하나를 선물로 주었다. 그것은 '자네도 선물 하나 가져 와'라는 지령의 우회적인 표현이었다.

(주)한성세라믹이 한일 합작법인이라고는 하지만, 우리는 국내산 최고급 고령토를 몇 가지 금속광물과 화학적으로 반응시킨 다음 극미세 분말로 만들어 원료로써 공급하는 임무가 전부였다. 지분 비율도 한성이 30퍼센트밖에 안 될 만큼 한성의 역할은 미미했다.

곽 부장은 우직한 성품이긴 했어도 자신이 해야 할 일을 챙기지 못할 만큼 어리석은 사람은 아니었다. 그는 도쿄에 간 지 2년도 안 되어 그 기술을 빼돌려 왔다. 아버지의 기쁨은 실로 대단했다.

그룹에서는 극비리에 신소재 기술의 상용화를 위해 경남 양산에 위장 중소기업을 설립하고 실용화를 위한 시설 설계와 시제품 만들기에 들어갔다.

일본 오타니사가 개발한 항공 신소재는, 한성그룹이 가지고 있는 광산의 고령토가 아닌 일반 고령토를 원료로 할 경우 불순물의 비율이 높아 소재 자체의 상용성도 의문시되는 약점을 갖고 있었다. 따라서 우리가 원료의 공급을 중단한다면 반드시 도산하게 될 처지에 놓여 있었다. 다만 계약 파기에서 발생하는 엄청난 손실이 문제가 될 것이긴 했지만, 그것은 앞으로 양산 공장이 벌어들일 수입에 비하면 별것 아니었다.

곽 부장은 원칙주의자로 소문이 나 있었다. 그래서 비록 그가 (주)한성세라믹 도쿄 지사장이긴 해도 웬만한 그룹 임원들조차 함부로 대할 수 없었다.

"고지식한 사람 같으니."

아버지께서는 가끔 그를 두고 혀를 찼다. 그러나 나는 알고 있었다. 아버지께서 훗날에 그를 크게 쓰기 위해 더욱 세차게 단련시키고 있다는 것을.

"걱정하지 마십시오, 실장님. 가보시면 아시겠지만 학업에 지장이 없도록 조치를 취해 놓았습니다. 실장님 마음에 드시지 않을까 그게 걱정입니다."

내가 말이 없자 곽 부장은 도쿄의 일을 걱정하고 있는 것으로 본 모양이었다.

"곽 부장님, 한 가지 부탁이 있습니다."

"예, 말씀하십시오."

"공항에 내리면 저는 저대로 갈 겁니다. 곽 부장님이 준비해 놓은 숙소에 가지 않겠다는 말입니다. 도쿄에 도착하는 즉시 제 일은 제가 알아서 할 테니 곽 부장님은 회사 일로 돌아가세요. 아시겠지요?”

“그게 무슨 말씀입니까, 실장님. 아이고, 제 목이 떨어지는 걸 보고 싶어서 그러십니까. 회장님 특별지시인데 그러시면 안 됩니다, 그건 절대로. 이거 큰일 났네.”

곽 부장은 내 말에 깜짝 놀라 호들갑을 떨었다. 그는 그룹 내에서 내 성격을 가장 잘 알고 있는 사람이었다. 한 팀이 되어 같이 근무한 10년 동안 내가 내뱉은 말은 다시 주워 담은 일이 없었다는 것을.

나는 더 이상 말하지 않았다. 곽 부장도 두 손으로 깍지를 낀 채 좌선하듯이 앉아서 침묵만 지켰다. 그가 생각에 잠기곤 할 때 나타나는 버릇이었다.

비행기가 나리타 공항에 도착한다는 방송이 나오고 안전띠를 매라는 요청이 있었다. 곽 부장은 나를 바라보았다.

“그럼 실장님. 공항에 내리면 저와 차 한잔만 하고 떠나십시오. 그건 되겠습니까?”

“그렇게 하지요, 뭐. 어려운 일도 아니니까요. 그리고 제 짐은 오늘 하루만 곽 부장님께서 보관해 주세요. 내일 찾아갈 테니.”

“예, 잘 알겠습니다.”

곽 부장은 입을 굳게 물고 안전띠를 맸다. 그가 어떤 제의를 해올까 궁금해지기 시작했다. 곽 부장은 지금까지 아버지의 명령을 거역한 적이나 부여된 임무를 수행해 내지 못한 일이 한 번도 없었기 때문이다.

오쿠다마, 1993년 9월

일본 최고의 역사학자이자 도쿄대학에서 명쾌한 강의로 명성이 자자한 다케다 교수 집에서 사숙을 하게 되었다. 일본에 온 지 2년 2개월 만의 일이다. 다케다 교수는 2층에 있는 방을 하나 내주었다.

마침내 계획의 두 번째 단계가 이루어졌다. 그동안 닦아온 피나는 노력의 결과였다. 많은 일본인 학생들을 제쳐두고 외국인, 더구나 한국인인 나를 사숙까지 시킬 줄은 참으로 뜻밖이었다. 그러나 이유야 어찌 되었건 드디어 다케다 교수의 보물창고를 열어젖힌 셈이었다.

내 목표는 크게 세 가지였다. 첫 번째는 2년 전 도쿄대학 대학원부 학생으로 정식 입학한 것이고, 두 번째가 다케다 계곡에 입성하는 일이었다. 최종 목표는 방법론적 기법을 몸에 익힌 다음 한국으로 돌아가 마음껏 사학의 강을 유영하는 일이었다.

훌륭한 저택이었다. 도쿄의 서쪽 산등성이로 깊숙이 들어와 있는 오쿠다마라는 곳인데, 이곳에서 조금만 더 들어가면 커다란 호수가 있다. 다케다 교수 집안이 대대로 살아온 터전이라는 말을 들었다.

대문이 없는 고택의 정원 오른쪽 깊숙한 곳에는 학생들 사이에 유명한 다케다 교수의 서고가 버티고 있었다. 서고는 다케다 교수의 부친인 다케다 미치오가 1920년대에 지은 것이었다.

지상 3층 지하 2층 건물인 서고에 갖가지 귀한 자료와 서적이 놀랄 만큼 많다는 풍문은 익히 듣고 있었다. 시대별로 모은 일본의 역사서는 물론 한국, 중국을 비롯한 아시아 여러 나라와 서양 각국의 사서들까지 비치해 두고 있다는 소문이었다. 장서 규모가 무려 8만 권에 이르러, 사서박물관이라 할 만큼 규모가 큰 서고는 학생들 사이에서 다케다 계곡이라는 은어로 통하고 있었다. 다케다 교수에게 배우는 학생이라 할지라도 그 계곡에 초대받지 못하면 제자라는 말을 입에 담을 수 없을 정도로 서고는 권위를 가지고 있었다.

그 서고에 관한 이야기를 들은 것은 입학한 지 석 달이 지난 어느 날 구내식당에서였다. 학생들은 다케다 계곡에 관한 이야기를 했다. 처음에는 그 말이 무엇을 뜻하는지 알아들을 수 없었다. 그러다가 수업시간 중에 우연히 다케다 교수의 개인 서고를 말하는 것이라는 사실을 알게 되었다. 그때부터 나는 외국인 학생으로서는 최초로 그 서고에 초대받고자 장기적인 계획을 짰다.

다케다 교수의 서고에 초대받으려면 먼저 그가 회장직을 맡고 있는 전 일본역사학회의 학술지 ≪니겡(日元)≫지에 적어도 두 편 정도의 논문은 실려야 했다. 계간으로 발행하는 ≪니겡≫지는 일본의 각 대학 역사학부 교수들의 논문조차 엄격한 심사를 거쳐 싣고 있었다. 비록 일본 최고의 수재들이 모인 도쿄대학이라고는 하지만 학부나 원부 학생의 논문이 실리기란 그야말로 어려운 일이었다.

하지만 나는 그 학술지에 지난 네 학기 연속으로 논문을 투고해 두 번이나, 그것도 연달아 채택되는 성과를 안았다. 하나는 ≪망명객으로 본 고조선 소고≫였고, 또 다른 하나는 ≪부여와 고구려의 건국 신화 고찰≫이었다.

원부 일본인 학생들은 나를 행운아라고 추켜세웠지만 나는 결코 그들이 말하는 행운아가 아니었다. 오직 학습만이 있었을 뿐이었다. 지방 각 대학 도서관으로, 박물관으로, 신사로 신발이 닳도록 자료를 수집하고 검토하여 나만의 독특한 색깔로 한일관계사 논문을 꾸몄던 것이다.

나는 한국이나 일본, 어느 한 나라에 편중된 시각을 경계하며 철저한 중립적인 입장을 고수하고자 했다. 매일 밤 컴퓨터가 지쳐버릴 만큼 자료를 검색하고 한 줄 한 줄의 문장마다 숙고에 숙고를 거듭하면서 논문 작성에 심혈을 기울인 결과였다.

이번 학기도 시작되자마자 나의 차기 논문에 학부나 원부 학생들의 관심이 쏠렸다. 그들은 더러 염탐해 오기도 했다. 나는 어떠한 정보도 흘리지 않으려고 말과 행동을 조심하고 자취방의 보안 유지에 신경을 써왔다.

그러던 중 다케다 교수가 돌연 짐을 싸서 일주일 이내로 집에 들어오라고 했다. 사숙시킬 뜻을 보이는 말이었다. 나는 그의 연구실을 나와 우에노에 있는 아파트로 나는 듯이 뛰어갔다. 아파트라고 해봐야 다다미가 몇 장 깔린 두 평 남짓한 초라한 것이어서 얘기할 것은 못되지만, 2년 동안 공동 화장실을 쓰며 새우잠을 잤던 그곳에서 나와서 오쿠다마에 있는 다케다 교수의 저택으로 들어간다는 생각만으로도 왕세자가 된 기분이었다.

일본 사학계에서 다케다 교수의 위치는 실로 학계의 천왕 격이었다. 다케다 교수 집안은 2대에 걸쳐 국내외에서 권위를 자랑하는 사학자를 배출해 냈다.

일제 때 한국에서 작고한 다케다 교수의 부친인 다케다 미치오는 한국사에 가장 정통한 것으로 알려져 있으며, 현재 생존해 있는 그의 백부 후가야마(深山) 옹은 지금도 해석에 있어 진위의 논쟁이 분분한 일본 고대 역사서 ≪일본서기≫를 그의 독창적인 역량과 해박한 지식으로 완전 분석하여 일본 역사의 체계를 세운 학자로 유명했다.

후가야마 옹은 그 성과로 황실에 초대되는 영광까지 안았다. 그리고 그의 사학적인 성취는 그 후 한국·중국뿐만 아니라 구미 각국에서 동북아 역사를 학습하고자 하는 사람들에게 바이블과 같은 지침서, ≪동아시아 연구≫라는 방대한 분량의 저서로 완성되었다.

이러한 집안을 배경으로 다케다 교수는 어릴 때부터 누구보다도 넓은 영역으로 그 학문적 기반을 다질 수 있었다.

인터폰이 울렸다. 송수화기를 들었다.

"저녁식사를 언제쯤 준비할까요? 교수님은 오늘 학회 모임 때문에 늦겠다는 전갈이 왔습니다."

"고맙습니다. 사모님. 곧 씻고 곧 내려가겠습니다."

환영의 뜻인지 저녁상은 훌륭했다. 서울에서처럼 풍족하지는 않았어도 식단이 정갈했다. 꽁치 한 토막과 소금에 절인 김치, 채소튀김, 김, 나토라고 불리는 일본식 된장국, 그리고 한국산으로 보이는 명란젓이 식탁에 올라 있었다. 밥을 두 공기나 비우고도 더 먹고 싶었지만 차마 말을 할 수가 없어 수저를 놓았다.

"너무 훌륭한 식사였습니다. 잊지 못할 것 같습니다. 하지만 앞으로는 저를 위해 배려하지 마십시오. 사모님께 더 큰 폐가 될까 걱정입니다."

"아하, 부담스러워 마세요. 교수님께서 다 알아서 하시는 일이니까요."

"올라가 보겠습니다."

"앞으로 필요한 것 있으면 여기 있는 가츠코에게 얘기해서 달라고 하세요. 가츠코, 인사드리렴."

"가츠코예요. 잘 부탁드립니다."

"차평무라고 합니다. 만나서 반갑습니다. 고맙습니다, 사모님."

"올라가서 쉬세요. 피곤하실 텐데."

생질녀가 있다는 귀띔을 다케다 교수에게서 들었다. 그녀는 이제 스물다섯이라고 했다. 다케다 교수에게는 자식이 없었다. 가츠코를 양녀로 삼아 함께 살고 있는 것으로 여겨졌다.

아래층 거실의 한쪽 벽에 걸어 놓은 액자가 생각났다. 웃음이 나왔다. 다케다 교수가 그림에는 별로 안목이 없다는 생각이 들어서였다.

그 그림은 너나할 것 없이 중국 진출 열기가 뜨거웠던 몇 년 전에 아버지가 중국에서 입수해 온 고려 중기 작품으로 200호 크기의 <백팔천녀도>라는 것과 꼭 같았다. 아버지 회사에서 일할 때 업무를 끝내고 집으로 돌아가보니 벽 쪽에 낯선 그림이 한 점 놓여 있었다. 아버지가 심양에 가전제품 합작공장을 설립하고 완공식에 참석하러 갔다가 귀국한 직후였다.

"무슨 그림이에요?"

"<백팔천녀도>라는 건데 고려 최고의 그림이야."

"중국인들은 한국인을 잘 속인다는데, 혹시 잘못 판단하신 것 아니에요?"

"이놈아, 애비가 그렇게밖에 안 보이냐? 중국 공안국 소속의 고위 관리자에게 구입한 거야. 극비리에."

아버지는 어머니의 예순세 번째 생신에 그 그림을 선물하셨다.

비단에 쪽물을 들여 바탕처리를 한 화폭에는 섬세하고 정성스러운 필치로 108명의 천녀를 그려놓았다. 하늘과 땅을 배경으로 해 갖가지 모습으로 가득 차 있는 정경이었다.

"보기에는 그럴 듯한데요. 얼마나 주셨어요?"

"대형 아파트 다섯 채 값이야."

"예?"

“그 정도면 아주 싸게 산 거야.”

“중국인들이 한화로도 받아요?”

“그놈들이 어떤 놈들인데 한화로 받아. 달러로 바꿔서 줬지.”

당신께서는 거실에 앉아서 흡족한 눈으로 그림을 감상하고 계셨다.

“만약 진품이 아니면 어떻게 하실 거예요?”

“그놈 참, 사학도였다고 애비를 무시하는 거냐? 비밀리에 감정을 받아 보고 산 거야. 기획실 과장이라는 녀석이 아직도 어린애 티를 못벗었냐, 너는?”

아버지께서는 되려 나에게 핀잔을 주셨다. 그리고는 입수하게 된 경위를 자못 흥분된 목소리로 들려주셨다.

“원래 북한에 있던 것이었는데 고위 외교관이 북경으로 부임하면서 당으로부터 특명을 받아 가지고 나온 그림이야. 요즘 북한의 많은 문화재들이 국가 정책적으로 외교관들이나 조총련을 통해 해외로 비밀리에 밀반출되고 있어. 국부가 빈약한 북한이 달러를 사야 하기 때문이지. 국가적인 체면 때문에 공개적으로 경매에 붙이지는 못하고 그런 식으로 문화재를 매각하고 있는 것 같아.

모든 미술품들은 반출하기 이전에 문화유물총국 산하에 있는 문화유물창작사의 모사 전문가들을 시켜서 정교하게 제작해 낸다고 그러더구나. 그런 뒤 매각된 문화재의 진품은 박물관 지하실에 보존하고 있다고 꾸며대고는 그 모사도를 외교사절이나 해외 국빈에게 관람시키고 있는 형편이야.

얼마나 서글픈 일이냐. 어디 나가서 이런 사실은 입 밖에 내지 말아야 해. 돈만 있으면 모조리 사들이고 싶다만…… 이 기회에 너도 알아둬. 저 그림이 어떻게 해서 진품인지 지금부터 그 이유를 설명해 줄 테니까.”

그날 나는 아버지에게 그림에 관한 설명을 30분이나 장황하게 들었다.

다케다 교수가 누구에게 얼마만큼의 돈을 주고 샀는지 몰라도 거실에 걸어 놓은 <백팔천녀도>를 진품으로 알고 있을 게 분명했다. 그렇지 않으면 눈에 가장 잘 띄는 곳에 걸어둘 리 만무하기 때문이다. 완벽한 사람은 역시 존재하지 않는다는 것이 증명되는 셈이었다.

정원에서 차 소리가 들렸다. 다케다 교수가 돌아오는 소리였다. 1층으로 내려와 현관으로 나갔다. 다케다 부인과 가츠코가 나란히 서 있었다.

“다녀오십니까, 선생님.”

“참, 잊고 있었구먼. 차 군도 오늘부터 우리 식구가 되었지.”

다케다 교수는 따라 들어가는 나를 돌아보며 말했다.

“차 군은 서재로 좀 들어오게.”

서재는 침실과 붙어 있었다. 책은 몇 권 보이지 않았다. 학생들이 제출한 각종 논문과 학회지 스크랩북 등이 가지런히 정돈되어 있었다. 한쪽 벽장에는 비디오테이프가 진열되어 있었다. 고고학적 발굴 모습을 담은 것인 듯했다.

다케다 교수의 원목 책상 위에는 금장 철제 칼 한 자루가 잘 짜인 보관함 속에 들어 있었다. 눈길을 스치듯 무심코 그것을 바라보던 나는 하마터면 소리를 내지를 뻔했다. 칼이 광기(狂氣)를 내뿜으며 나를 노려보고 있는 듯한 느낌에 오싹했기 때문이다.

“뭘 하고 서 있나? 앉지.”

다케다 교수는 책상 옆에 놓인 의자를 가리켰다.

“지금까지 사십여 년간 교편을 잡아왔지만 그동안 어떤 제자도 사

숙을 시킨 일은 없었네. 내가 지난주에 자네에게 집으로 들어오라고
한 것은 자네의 학문을 위해 내 서고의 책들이 필요할 것 같아서야.

자네를 보면 꼭 내 젊은 시절이 생각난단 말이야. 열심히 해보게.
학문에 끝은 없다고 하지만 끝이 어디인지 어슴푸레하게 보이는 단계
는 분명히 있으니까 거기까지 정진해 봐. 건강 조심하고.

오늘 자네의 장학금 이야기를 하고 왔네. 자네가 어떤 집안에서 자
랐는지 모르고 또 알고 싶지도 않네만, 자네의 학문을 위해 그렇게 하
는 것이 여러모로 나을 것 같아서 신청했네. 자네에게 장학금을 주는
단체는 전일본역사학회 부설 ≪니겡≫ 재단이야, 무슨 말인지 알겠나?"

"예, 선생님."

"그리고……."

다케다 교수는 책상을 열어 열쇠 꾸러미를 하나 집었다.

"자네도 다케다 계곡이라는 말은 들어보았을 테지? 학생들이 내 집
서고를 그렇게 부르는 모양이야. 이후부터는 자네가 관리하도록 하게.
출입은 물론 모든 서적의 열람도 자유야. 나는 전혀 관여하지 않겠네.
가끔 학부 학생들이나 원부 학생들이 들를 테지만 크게 신경 쓰지는
말게. 뭐 물어볼 말이라도 있나?"

다케다 교수는 열쇠 꾸러미를 넘겨 주며 말했다. 나는 그것을 보물
인 양 두 손으로 공손히 받아 들었다.

"없습니다. 선생님."

"그럼 됐어. 그리고 참, 가츠코와 인사는 했나?"

"예, 사모님께서 인사를 시켜주셨습니다."

"며칠 전에 연구실에서도 말했지만 가츠코는 정숙하고 착한 아이야.
요즘 보기 드물지. 한번씩 데리고 교외라도 다녀오도록 해. 살림을 도

맡아서 해온 아이지만 속이 깊은 성격이라 말벗은 될 거야. 그 아이는 지난해에 와세다에서 가정학부를 졸업했네.”

“한 가지……”

“말해 보게.”

“내일부터 차는 제가 운전하겠습니다.”

“학생들이 그러잖아도 수군거리고 있는데 모양이 좋지 않아. 그런 쓸데없는 일에 눈을 돌리지 말고 오직 학문에 나보다, 이 다케다보다 나을 생각을 하게. 내가 실망하지 않도록, 알았나?”

“예, 선생님. 잘 알겠습니다.”

깊이 머리를 숙이고 나왔다. 가츠코가 차를 들고 있었다.

“차는 곧 2층으로 가져가겠습니다.”

“아닙니다. 그럴 필요까지는 없습니다. 그럼……”

그녀가 다케다 교수의 서재를 노크하는 소리를 들으며 2층으로 올라왔다.

열쇠 꾸러미를 살펴보았다. 열쇠는 크고 작은 것이 모두 6개였다. 흥분되기 시작했다.

‘서고에는 어떤 책들이 나를 기다리고 있을까. 기다려라 이놈들아, 내일부터는 네놈들을 하나하나 평정해 주마……’

오쿠다마, 1993년 10월

컴퓨터의 용량을 점검한 뒤 이것저것 살펴보다가 우편 하나가 도착해 있는 것을 발견했다. 발신을 확인할 수 없는 우편이 날아든 것은 처음 있는 일이었다. 호기심이 잔뜩 일었다.

이제 열었소? 그렇다면 당신의 오른쪽 팔꿈치를 이어 직선으로 1미터 20센티미터 거리에 있는 방문을 잠그고 아무도 들이지 마시오, 지금 당장……

내 눈이 커졌다. 우편의 문구는 어디에선가 내 방을 훤히 바라보고 있는 듯한 투였다. 주위를 둘러보았다. 누가 있을 리가 없었다. 흥분한 나는 창으로 갔다. 커튼을 젖히고 문을 열자 찬바람이 쏴아 몰려들었다. 밖으로 머리를 내고 둘러보았지만 보이는 건 어두운 소나무 숲뿐이었다. 몇 번을 두리번거리다가 창을 닫고 커튼을 쳤다.

책상머리로 돌아와 앉았다. 자판 위에 손을 얹고 팔꿈치를 보았다. 팔꿈치는 정확하게 방 문을 가리키게 되어 있었다. 나는 묘한 호기심이 들어 편지글이 시키는 대로 방 문을 걸어 잠갔다. 서너 줄의 행이 띄어진 다음부터 이어지는 내용을 읽으며 침을 삼켰다.

지시대로 했으리라 믿소. 먼저 밝혀두건대 나는 당신을 해하려는 사람이 아니오. 그러니 내 성의를 생각해서 부디 끝까지 읽어주시오.
당신이 ≪니겟≫지에 투고했던 논문 가운데 오늘은 ≪망명객으로 본 고조선 소고≫에 대해 이야기를 할까 하오.
우선 다음에 발췌한 글을 잘 새겨 읽으시오. 한국에서는 사라졌다고 생각하고 있는 어떤 고서의 ≪필사 해례≫ 중 서문의 일부를 보내는 것이니까.

새호ᄆ노 온누리 덥둘ᄋ 따우희 어르미 ᄆ르놋고 길중생 눌중생 믈중생이 모ᄃ 디쳔ᄒ야 들뫼헤 늡게 온ᄀ 여름 드름드름 여믈에 ᄒ고 입ᄀᆞᆹᄀᆞᆹ히 드리혀 우리 녯 술ᄋᆷ드리 더는 도림 술이롤 업시ᄒᄂ니라.

ᄆ리ᄂ 서르 섯기고 모여 ᄆ올 고을이 일우이고 ᄀ시버시 얼우어 저근

피붙이 고을이 ᄒᆞᆨ지를 디어 더ᄒᆞᆫ 고을ᄋᆞᆯ 일우이ᄂᆞ니 술ᄋᆞᆷ드리 너비 만케 되이ᄂᆞ니라.

때희 ᄒᆞᄂᆞᆯ보래기 고을희 믓 짓ᄋᆞ비 우두ᄆᆞ리ᄂᆞᆫ 배ᄋᆞᄒᆞ로 지킴글ᄋᆞᆯ 넙ᄒᆞ로 펴줍고 ᄂᆞᄅᆞᆯ 처엄 여니 해ᄂᆞᄅᆞ라고 ᄒᆞ엿ᄂᆞ니라. 해ᄂᆞᄅᆞᄂᆞᆫ 따우희 술ᄅᆞ미 처ᄋᆞᆷ 세줍ᄂᆞᆫ ᄂᆞᄅᆞ온대 긔 즈믄 해의 열줍절희 ᄋᆞᆸ세엿ᄂᆞ니라.

해ᄂᆞᄅᆞᄂᆞᆫ 쵸생돌 거턴 ᄒᆞᆫ 못ᄀᆞ희터롤 녈고 님금ᄋᆞᆯ 해으뜸이ᄅᆞ ᄒᆞᄌᆞ오며 긔 ᄋᆞ래 검으뜸, 검버금, ᄯᆞᆯ림 술ᄋᆞᆷᄋᆞᆯ 보이ᄂᆞ니라. 해으뜸 님금ᄂᆞᆫ ᄒᆞᄂᆞᆯ보래기 이ᄇᆞ디롤 녈아 백셩이 깃브ᄒᆞ여 ᄒᆞ낳되믈 깨ᄃᆞᄅᆞ즘ᄎᆞᄅᆞ 술리미 넉넉홈이 ᄒᆞ야 ᄀᆞ 멸ᄒᆞ엿ᄂᆞ니라.

님금은 멀킈장 샛녁ᄋᆞᆯ 소소뜨ᄂᆞᆫ 불근 해롤 보매 눌로 긔 베품ᄋᆞᆯ 둣ᄀᆞ 백셩이 밋고 모여 녀름지이ᄒᆞ며 서르 ᄃᆞᆫᄌᆞ리ᄒᆞᄂᆞᆫ ᄆᆞᄋᆞᆷ이 깃거ᄒᆞ엿ᄂᆞ니라. ᄆᆞ춤내 ᄂᆞᄅᆞ 술ᄋᆞᆷ드리해으뜸 님금을 일쿨ᄌᆞᄇᆞ ᄒᆞᆫ붉검이ᄅᆞ니 긔 桓因(환인)이셔이니라.*

• • •

*동서남북 온누리가 더워져 땅 위의 얼음이 무르녹고 길짐승 물짐승이 모두 흔하며 들판과 산의 나무들에 온갖 열매가 주렁주렁 열리고 잎이 무성히 우거져 우리 옛 사람들이 더 이상 떠돌이살이를 하지 않게 되었느니라.

무리는 서로 섞이고 모여 마을과 고을을 이루고 부부로서 결혼하여 작은 씨족이 하나로 합쳐져 더 큰 고을을 이루니 사람들이 널리 많게 되었느니라.

때에 태양 숭배 고을의 뭇 족장들의 우두머리가 바야흐로 법을 널리 펴고 나라를 처음 여니 해나라라고 하였느니라. 해나라는 땅 위에 사람이 처음 세운 나라인데 그것은 지금부터 일만 년 전의 일이니라.

해나라는 초생달같이 생긴 커다란 못(바이칼호)가에 터를 열고 임금을 해으뜸(천존)이라 했으며 그의 아래에 신인·선인·백성이 있었느니라. 해으뜸 임금은 제천 잔치를 열어 백성이 기뻐하며 일체감을 깨달았고 점차 살림이 넉넉하여 부유해졌느니라.

임금은 멀리 새벽에 솟아오르는 밝은 해를 보며 날로 그의 덕을 닦아 백성이 모두 믿고 농사일에 전념하도록 했으며 서로 상부상조하는 마음이 기꺼이 많았느니라. 마침내 나라 사람들이 해으뜸 임금을 일컬어 한배검이라 하니 그가 바로 환인이시니라.

당신이 이 ≪필사 해례≫의 서문 가운데 일부를 처음부터 곧이 믿을 것이라고는 보지 않소. 다만 다케다의 교묘하고 엉뚱한 사학적 해석기법에 놀아났을 수밖에 없었던 얼렁뚱땅한 당신의 논문보다 가치가 있다는 것은 분명히 말해 두는 바이오. 단군 조선 이전에 나라가 있었다는 사실은 고사하고라도 단군 조선조차 이웃 중국의 변방 소국보다 못한 나라로 여기는 당신의 논문의 문장 꼴은 차마 입에 담을 수도 없을 지경이라는 말이오.

이번에는 환인의 실체 정도만 맛보시오. 그리고 꿈을 꾸어보시오. 먼 상고시대로 가는 시간 여행의 꿈을. 분명히 무언가를 발견할 수 있을 것이오. 오늘은 이만 줄이겠소. 당신의 충격이 너무 크면 나로서도 마음이 편치 않으니까.

'도대체 누가 무슨 목적으로 보낸 거지? 내 방의 구조를 훤히 알고 서고까지 아는 것을 보면 예전에 사숙을 한 적이 있는 사람이라는 말인가? 아니면 나를 시기하는 학부나 원부 학생들이 장난을 치고 있는 것이란 말인가?'

필사 해례 운운하며 적어 놓은 글은 분명히 단군신화의 또 다른 형태로 보였다. 그러나 관심을 끄는 것은 이것이 서문의 일부에 불과하다는 말이었다. 본문을 축약해 놓은 것이 서문이라고 본다면, 설령 꾸민 글이라 하더라도 그 본문이라는 내용에 흥미가 끌렸다.

장난치고는 단위가 높은 짓이었다.

신주쿠, 1993년 10월

오랜만에 나가보는 도쿄의 심장부였다. 약속 장소로 걸어가면서 2년 전, 나리타공항 커피숍에서 곽 부장과 맺은 약속을 떠올렸다. 그때 나는 곽 부장과 마주 앉아 한 시간 동안 협상을 끌었다. 옥신각신 끝에 내가 먼저 한발 물러나 제의했다.

"일주일에 한 번씩 전화를 드릴 테니 제 숙소가 어떠한 곳이든 간에 절대 찾지 마십시오."

"좋습니다, 실장님. 실장님의 숙소가 어디든 상관하지 않겠습니다. 다만 일주일에 한 번씩 제게 전화해 주시고 한 달에 한 번은 지사를 방문해 주십시오. 저도 더 이상은 양보 못하겠습니다."

곽 부장의 모습은 결연했다. 티격태격 실랑이를 벌이다가 우리는 결국 절충안에 타협을 했다. 내가 일주일에 한 번씩 내 근황을 밝히는 안부 전화를 곽 부장에게 직접 하되, 두 달에 한 번은 그와 저녁 식사를 한다는 내용이었다.

하지만 그 뒤 우에노에 정했던 나의 거처를 곽 부장이 바로 파악했으리라 짐작하고 있다. 그가 우둔하기만 하다면 또 모르는 일이지만 아버지의 명령도 어겨가며 1시간 만에 쉽게 타협한 뜻은 협상의 표면적인 약속만 지키려고 한 것이 아니라는 점을 잘 알고 있었기 때문이다.

어쩌면 다케다 교수의 저택에 들어와 있는 것도 벌써 알아내고 즉각 한성그룹 회장실로 보고했을지도 모르는 일이었다. 곽 부장은 늘 데리고 나오는 엄상범 대리와 함께 먼저 와 있었다. 언제 보았는지 엄 대리가 나와서 인사를 했다.

"실장님, 어서 오십시오."

"엄 대리가 자꾸 실장이라고 부르면 정말 복귀해서 잘라버릴 거요."

"바라던 바입니다, 하하."

웃고 말았다. 방에 있던 곽 부장이 일어섰다.

"오랜만입니다, 실장님."

"부창부수도 이쯤 되면 할말이 없군요."

"이쪽으로 앉으십시오."

곽 부장은 자리를 살펴주었다. 왠지 취하고 싶은 생각이 들었다. 어떤 성취라도 그것을 이룬 뒤에 위로연이 따르지 않는다면 성취의 의미가 빛을 잃는 것이다.

다케다 교수의 고택으로 입성한 뒤부터 기분이 좋아서일까. 나는 그간 다케다 계곡의 새 주인이 된 것마냥 최상의 컨디션과 최고조의 행복지수를 가지고 학교와 집을 오가며 날이 가는 줄을 모르고 있었다.

"근래에 뭐 좋은 일이 있으십니까? 얼굴이 많이 나아졌습니다."

"좋은 일이 있었지요. 자, 술부터 한잔 하구요 곽 부장님 받으십시오."

"어이쿠, 아닙니다. 실장님이 먼저……."

"아, 또 그 쓸데없는 격식. 몇 년째데 아직도 실장이라는 말을 입에 달고 다니십니까. 먼저 받으십시오. 오늘은 제가 낼 테니까요."

"허, 이것 참."

엄 대리에게도 '제송(帝松)'이라고 상표가 붙어 있는 일본 청주를 가득 부어 주었다. 술이 몇 순배 돌고 난 다음 곽 부장이 입을 열었다.

"회장님께서 안부 전화가 자주 오지 않는다고 역정이 대단하십니다."

"저는 제 인생에서 가장 중요한 시기를 아버지한테 도둑맞았는데 계약기간 동안은 자식을 잃어버린 셈 치셔야지요. 안 그렇습니까? 하하."

"실장님, 요즘 지사장님께서 부쩍 혼쭐이 나고 계십니다."

엄 대리가 끼어들었다.

"그렇습니까? 그럼 내일은 전화를 한번 올리지요. 됐습니까, 곽 부장님?"

"고맙습니다, 실장님. 제가 한잔 드리겠습니다."

많이 마셨다. 곽 부장도, 엄 대리도 취기가 오르는 모양이었다.

엄 대리가 불쑥 물어왔다.

"재벌 2세가 모두 실장님 같기만 하다면 얼마나 좋겠습니까? 부럽기도 하고 한편으로는 실장님의 치밀한 용기가 존경스럽습니다. 저희 같은 사람들은 비록 하고 싶은 일이 있다고 해도 선뜻 착수할 수 있는 사람이 드물거든요. 딸린 식구의 입이며 부모님의 현실적인 기대를 저버릴 수 없는 사람이 대부분이라서……."

"엄 대리, 벌써 취했어? 무슨 말버릇이 그 따위야. 빨리 실장님께 사과 드려."

"아닙니다. 엄 대리가 틀린 말 했습니까, 어디? 엄 대리, 나는 지금까지 아버지를 잘 만나서 특별한 프리미엄이 붙은 인생을 살고 있다고 생각해 본 적은 있어요. 하지만 그렇다고 해서 내 인생을 주어진 환경에 저당 잡히고 싶은 마음은 없어요. 설령 가족이나 회사라 하더라도 말이에요. 자기 인생에 대해 용기가 없거나 뚜렷한 목표의식이 없는 사람들이 핑계를 찾느라 남에게 저당 잡혀 있다고 생각하는 것으로 봐요. 사실은 스스로 자기 자신을 비겁하게 구속해 놓고는 말입니다."

"그렇지만……."

"엄 대리, 그만해. 이 사람이 취하긴 취했구만."

"자 자, 그런 무거운 이야기는 그만 합시다. 오늘같이 좋은 날에."

횟집을 나오자 곽 부장은 엄대리를 먼저 보냈다. 그는 깍듯이 사과 인사를 했다. 엄 대리의 뒷모습을 흘깃 보니 어깨가 힘없이 늘어져 있었다.

고개를 돌렸다. 신주쿠는 화려한 네온과 넘치는 인파로 경제대국의 위용을 마음껏 뽐내고 있었다. 곽 부장이 입을 열었다.

“실장님, 어디 조용한 곳으로 가서 차를 한잔 할까요?”

“술이나 한잔 더 했으면 하는데, 어떻습니까?”

“저야 상관없습니다만 실장님이 너무 늦지 않겠습니까?”

“일 년에 한 번 만나는 친구들의 모임이라고 얼버무리고 오늘은 외박 허락을 얻었습니다. 마음놓고 좀 마시고 싶어서요.”

“그러면 이쪽으로 가시지요. 가끔 들르는 조용한 바가 하나 있습니다.”

곽 부장의 안내로 하얏트호텔 근처에 있는 비교적 조용한 바에 들어갔다. 서울의 술집과 별 차이가 없는 실내 분위기였다. 곽 부장이 접대차 자주 들르는 곳인지 지배인이 무척 반가워했다. 그를 따라 조그만 룸으로 들어갔다.

“다케다 교수 댁으로 거처를 옮기셨더군요.”

“역시 알고 계셨네요?”

“회장님의 걱정이 큽니다. 실장님께서 끝까지 약속을 고집할 것 같아서요. 제게도 호통이 대단하고 말입니다.”

“곽 부장님께는 죄송하지만 아직 칠 년이 남았습니다.”

“요즘 회사가 많이 힘듭니다. 정부의 정책도 춤을 추고 있고요. 더구나 긴급 명령으로 발효시켜 놓은 금융실명제 때문에 난리가 난 분위기입니다. 더 염려스러운 건 가족 하나가 철없이 고개를 들고 있습니다. 어디서 정보를 흘려 주는지 모두들 아직 감도 못 잡고 있는 모양입니다. 꼭 만화의 주인공 같은 행동을 하고 있다는 소문이 파다합니다.”

“조만간 일 내겠군요.”

“몇 년 후를 내다보시는지 회장님께서 가끔 잠을 못 이루실 때가 있다는 비서실의 귀띔도 있었습니다.”

"잘해 내실 겁니다. 회장님이 어떤 분이신데요. 곽 부장님 같은 분이 지금까지 묵묵히 옆에 계시는 것만 봐도 말입니다."

"엄 대리의 실수는 너무 담아두지 마십시오. 얼마 전에 모친상을 겪었습니다. 여기 일이 너무 바빠 휴가도 사흘밖에 못 주었습니다. 저도 마음이 아프긴 했지만 어쩔 도리가 없어서⋯⋯."

"그런 일이 있었군요."

"요즘 이 녀석들이 제가 기술을 빼돌린 것으로 심증을 굳히고 있는 것 같아서 신경이 많이 쓰입니다. 일거수일투족 감시받는 기분이고요. 하지만 기분은 좋습니다. 양산에서는 지금 밤낮없이 시운전을 하고 있거든요. 합작법인의 제품보다 더 나은 품질이 될 것 같습니다. 다 실장님의 작품입니다."

"무슨 말씀이십니까? 양산 공장은 곽 부장님의 것이라고 해도 과언이 아닙니다. 그런데 저에게 돌리시다니, 곽 부장님도 참."

"실장님 프로그램에 따라 저는 행동만 했을 뿐인데요, 뭘."

"곽 부장님이 혹시 죄책감은 느끼고 있지 않습니까?"

"기업활동에 룰은 없다고 생각합니다. 오로지 생존이지요. 솔직히 말씀드리면 우리가 개발해 내지 못하고 훔쳐 와야 한다는 현실이 씁쓸하기는 했습니다. 그렇지만 예전에 이놈들이 우리 땅에 건너와서 훔치고 부수고 한 것에 비하면 이건 아무것도 아닙니다. 앞으로 기회만 오면 얼마든지 손에 넣을 생각입니다."

곽 부장은 술잔을 입에 가져다 댔다. 그의 애국적 절도를 무죄라고 할 만한 자신이 없었다. 절도라는 말 앞에 어떤 고상하고 거룩한 수식어가 붙는다 하더라도 그 낱말덩어리가 본질적으로 절도라는 범죄의 몸말에서 자유로워질 수는 없는 일이다.

"아무튼 몸조심하십시오. 뭐 다른 소식은 없습니까?"

"얼마 전에 회장님께서 실장님이 장가갈 생각은 없더냐고 물어보시더군요."

"장가요? 하하하, 학생이 무슨 장가는요. 그리고 맏상주가 있는데 그런 걱정도 하십디까?"

곽 부장의 말을 웃어 넘겼지만 아버지의 쓸쓸한 그림자를 보는 것 같아 기분이 잠시 숙연해졌다.

'자식으로서의 도리와 개인으로서의 인생, 그것은 세상에 태어나면서부터 부여되는 생물학적 모순이자 대부분의 경우에 희비 쌍곡선으로 그려지는 방정식 아닌가.'

나는 거푸 마셨다.

"너무 과하신 것 아닙니까?"

"오랜만에 과하기도 해야지요. 너무 정형적으로 살기만 하면 인간미가 떨어지지 않습니까? 아가씨들을 좀 들이라 하지요. 모처럼 제 노래도 들어보실 겸."

곽 부장이 인터폰으로 지배인을 불렀다. 쪼르르 옆자리로 달려와 앉은 아가씨가 가츠코를 닮았다. 우리 노래 하나를 골라주었다. 일본어로 하는가 했더니 혀 짧은 한국어로 불렀다.

고향 생각이 났다. 아버지의 모습이 떠올랐다. 무릎을 치며 속으로 따라 불렀다. 나도 모르게 눈물이 나려고 했다.

곽 부장은 슬그머니 자리를 피해 주었다가 20분이 지나서야 돌아왔다. 우리 집안으로 보아서는 참으로 고마운 사람이었다.

그가 그때 호텔을 예약해 둔 모양이었다. 오랜만에 아침 늦게까지 푹 잤다. 오쿠다마로 전화를 해두고는 꼭대기 층에 있는 수영장으로 갔다.

사토 의원 사무실, 1993년 11월

"아무리 귀여운 녀석이라지만 사숙까지 시키는 건 찬성할 수 없는 일인데?"

"두고 보게. 그런 물건을 놓친다면 천하의 다케다가 아니지. 나도 알아볼 만큼은 알아보았네. 그 녀석 말고는 한성의 경영권을 이어받을 사람이 없어. 그렇게만 되어보게. 훗날 이 스승을 모른 체 하겠나?"

"밑그림을 너무 성급하게 그리는 것 아닌가? 어떤 생각을 갖고 있는 녀석인지 그것부터 파악해야 하지 않느냐 말일세. 혹시라도 호랑이 새끼를 키우는 꼴이 되어서는 곤란한 일이야."

"염려하지 않아도 되네. 집으로 들어온 후부터는 부쩍 신바람이 나 있다네. 그리고 생각해 보면 이제는 막강한 재력을 가지고 있는 놈 하나 키워 놓을 때도 되지 않았나? 더구나 제 발로 굴러든 보물덩어리를 어찌 마다하겠나, 허허. 다 천운일세."

"자네가 그렇게 자신하는 걸 보니 그 녀석이 정말 대단한 놈인가 보군."

"말 말게. 우리 아이들에게서도 발견하기 쉽지 않은 두뇌일세. 사학이 어디 머리통 하나만 가지고 되는 공부인가? 그런데 녀석은 모든 조건을 천성적으로 타고났단 말이야. 내친 김에 잘 키워서 가츠코와 좋은 관계가 되면 더 바랄 것이 없지."

"가쯔꼬와 짝을 지어줄 생각까지?"

사토 의원은 의외라는 표정을 지었다.

"뭐, 어떤가? 나는 내심 그렇게 되기를 바라고 있네."

"이 사람이 빠져도 단단히 빠졌네. 하지만 조심하게. 콧등을 물리는 수가 있어.”

“알았네. 알았어, 허허. 그런데 날 보자고 한 이유가 뭔가? 그 녀석 소식을 물어보려는 건 아닐 테고?”

“자네가 행방을 찾아다닌다는 그 책 말일세. 서둘러줘야겠어.”

“왜, 무슨 문제라도 생겼는가?”

“궁에서 의견을 비치더군.”

“궁에서……?”

“그렇다네. 걱정되는 모양이야.”

“강 교수가 냄새는 맡은 것 같은데 아직 물어오지는 않고 있네. 확신이 서지 않는 듯하이.”

“자네가 직접 챙겨보게. 그 일이 잘되기만 하면 나로서도 큰 자리를 노릴 만한 명분이 서니까 말이야.”

“먼 쪽은 어떤가?”

“그놈들은 우리보다 더해. 지난번 각료회담 때 비공식적인 루트로 넌지시 떠보았더니 쇳조각 하나라도 어림없다는 표정이야. 완벽한 노코멘트로 일관하더군. 덕분에 말문이 막혀 혼났네. 혹시나 해서 기관을 통해 도서관이나 박물관·성당으로 눈과 귀를 심어 놓았네. 마침 도서관 사서 하나가 일본계이더군.”

“그곳에 있는 건 걱정하지 않아도 된다는 말인가?”

“그런 셈이야. 문제는 한국 국내에 남아 있는 책이야. 그게 공개되면 일본은 국제 사회에 큰 비웃음거리가 되네. 외교적으로도 치명적이고.”

“그런 정도에서 그칠 문제가 아닐 것 같은데?”

다케다 교수의 말을 들은 사토 의원의 눈이 커졌다.

“그건 무슨 말인가?”

"왕실의 존립까지도 위험해질 소지가 있다는 말일세."

"뭐라고? 자네, 제 정신으로 하는 소린가, 지금?"

"내가 왜 허튼 소리를 하겠나? 그 책은 한국뿐만 아니라 일본 고대사의 비밀까지 모조리 품고 있어. 사마천의 ≪사기(史記)≫를 능가하는 사서란 말일세, 이 사람아. 그게 자네는 무슨 뜻인지 모르겠나? 그것의 권위를 뛰어넘을 만한 사서는 없다는 말일세. 내가 기를 쓰고 찾으려는 것도 그런 이유야. 이제 알겠나?"

"정말 큰일이군."

"오히려 잘된 일일 수도 있지 않나? 자네의 정치적인 입지를 생각해 보면, 허허."

"웃을 일이 아니야. 그건 책이 수중에 들어왔을 때의 문제야."

"아무튼 너무 걱정하지 말게. 이 다케다가 누군가? 일국의 역사를 반죽해서 빚어낸 사람일세."

"자네만 믿네. 가능한 모든 지원을 할 테니까 앞으로는 자네가 직접 챙겨주게. 그 강 교수라는 자도 어차피 한국인일세. 언제까지 자네 발바닥만 핥지는 않을 게야. 강 교수 말고 눈치 챈 사람은 없나?"

"강 교수도 책의 실체는 모르고 있네. 장안에 그저 풍문으로 떠돌고 있는 말들이 있기는 한데 귀를 기울이고 신경을 곤두세우는 사람은 아직 나타나지 않고 있네. 소문이 너무 막연하기 때문이지. 그리고 한국인들은 이미 그런 것에 관심을 두지 않은 지 오래되었네."

"학자들이 있지 않나?"

"그들은 걱정하지 않아도 되네. 대부분 내 무릎을 거쳐간 녀석들이니까. 눈만 뜨면 잡초 같은 놈들과 밥그릇 가지고 싸움박질인데 어느 세월에 한마음을 모아서 역사 교과서를 다시 쓰겠나? 더구나 그들은 이미 차지하고 있는 자리가 아까워서라도 섣부른 일 따위는 함부로 벌이지 못하네."

"아무튼 집에 들인 그 녀석에게 긴장을 늦추지는 말게. 왠지 예감이 좋지 않아."

"충고는 고맙게 듣겠네."

다케다 계곡, 1993년 12월

서고에 파묻혀 지내고 있다. 처음엔 다케다 교수가 가끔 들러 나의 광적인 독서량을 점검하곤 하더니 이제는 가츠코가 다과를 날라다주는 것 말고는 신경 쓰이게 하는 사람은 없다.

요즘 들어 큰 의문에 휩싸이고 있었다. 내 논문의 내용과는 달리 심정적으로 고조선과 부여가 강력한 국가의 모습을 갖춘 듯한 느낌이 들기 때문이었다. 그리고 일본사를 살펴보면 살펴볼수록 백제나 고구려 또는 신라나 가야가 전부터 알고 있는 것보다 훨씬 더 강대한 고대 국가의 그림자를 그리며 뇌리로 파고들어오는 것이었다.

감각적인 기분을 떨쳐버리려고 애를 쓰고 있는데도 불구하고 그러한 그림자는 내내 떠나지 않고 있다. 그렇다고 다케다 교수에게 의논할 수는 없었다. 불분명한 의문을 가지고 묻는다는 것은 그만큼 공부에 집중하지 못하는 게으름을 드러내는 일이라는 생각이 들었다. 오직 혼자 힘으로 극복해야 할 무중(霧中)의 과제였다.

서고에는 중국과 일본의 사서가 절반을 차지하고 있었다. 동남아와 서남아 여러 나라들의 역사서도 많았다. 그에 비해 우리나라의 역사서는 고작 ≪삼국사기≫, ≪삼국유사≫, ≪조선왕조실록≫ 그리고 야사

집 몇 권이 전부였다.

일본어로 번역해 놓은 방대한 중국의 사서들과 ≪일본서기≫, ≪만엽집≫, ≪고사기≫ 등을 비롯한 많은 일본 사서며 고대 문헌들을 대부분 새롭게 훑어내고 있었다. 지난 2년 동안 발로 뛰어다니며 섭렵한 내용과 중복되는 곳도 매우 많았기 때문에 비교적 빠른 시간 안에 독서가 이루어지고 있었다.

새벽녘이 되어서야 방으로 올라왔다. 피곤했다. 간단히 씻고서 쓰러지듯 잠자리에 들었다. 잠은 천근 무게로 내 눈을 덮었다.

피로가 풀리지 않고 있음을 실감하고 있다. 눈을 떠보니 8시였다. 좀 더 쉬고 싶었지만 어제 보다가 만 책을 오늘은 마저 정리해야 한다는 생각에 무거운 몸을 욕실로 밀어 넣었다. 얼굴이 부어 있었다.

'간이 나빠지고 있는 걸까. 건강에 신경써야 할 텐데.'

하지만 이제 일본 음식에도 많이 익숙해졌다. 때때로 가쯔꼬가 식탁에 올려주는 한국음식이 고마웠다. 다케다 교수도 매운 우리 김치를 잘 먹는 편이었다.

씻고 나니 기분이 한결 나아졌다. 아래층으로 내려갔다. 다케다 부인이 외출복 차림으로 현관을 나서고 있었다. 다케다 교수에게 특별한 일이 없는 일요일이면 노부부는 교외로 나가 바람을 쏘이는 것이 정례적인 습관이었다.

"요즘 너무 무리하는 것 아니에요? 몸도 돌보면서 공부해야지."

부인의 걱정이었다. 나는 고개를 숙였다.

"아직 많이 부족해서요."

가츠코와 함께 부인을 따라 밖으로 나왔다. 다케다 교수는 차에 시동을 걸어두고 있었다. 가츠코와 나란히 서서 인사했다.

"저녁 식사 전에 돌아 올 거야."

차가 정원을 빠져나가 시야에서 사라져버리자 가츠코와 단 둘이 남아 있다는 생각에 기분이 묘했다. 그녀는 아무 말 없이 집 안으로 들어갔다.

서고를 바라보았다. 아침 햇살을 받은 고풍스러운 건물은 건물 자체가 거대한 책으로 느껴졌다. 집 안으로 들어가기가 머쓱해서 뜰을 거닐었다. 잔디가 잘 가꾸어져 있었다. 다케다 교수가 틈만 나면 취미 삼아 하는 집 안 손질은 어느 구석을 보아도 흠잡을 데가 없었다. 도움이라도 될까 해서 나서려고 하면 노인의 소일거리를 뺏는 것이 아니라고 진농(眞弄)을 섞어 점잖이 나무라곤 했다.

언제 보아도 노 석학은 늘 자기 자신에게 엄격했다. 학교에서는 늘 준비된 강의로 학생들이 잠시도 긴장을 풀 수 없게 만들었고, 집에서는 열도 각지에서 보내오는 제자 교수들의 논문 평가로 밤늦은 시간까지 서재에 앉아 있었다. 한평생 학문의 길을 걸어온 모습이 거룩해 보이기까지 했다.

"차상, 식사하세요."

가츠코가 현관에 서서 부르는 소리였다. 갑자기 그녀와 신혼살림을 하고 있는 느낌이 들어 웃음이 나왔다. 식사를 마친 나는 서고로 갔다. 일요일이지만 잠시라도 늦출 수 없는 공부였다. 그런 내 뒷모습을 가츠코는 지그시 바라보았다.

중국 한나라에 빠져들고 있다. 전한과 후한 시대로 나뉘어져 있는 방대한 기록들 중에서 먼저 한 무제에 관해 살펴보아야 했다.

한 무제는 B.C. 141년에서 B.C. 87년까지 즉위했던 인물로 한 고조 유방으로부터 7세 제위를 이었다. 그는 겨우 16살의 나이에 제위에 올라 전한 시대를 통틀어 가장 많은 치적을 남긴 인물이었다.

그가 재위하는 동안 우리나라는 단군 조선 말기에서 부여로 넘어가는 단계에 있었다. 무제는 한사군의 설치와 더불어 고대사에서 우리 민족과 관계가 깊은 치자(治者)이기에 내 관심은 각별했다. ≪니겡≫지에 오른 논문의 많은 부분도 무제와 관련된 내용이었다.

그는 22살이 되던 해부터 중앙집권체제를 강화해 나가기 시작했다. 화폐를 통일시키고 소금과 철·술 등 국부와 세수의 원천이 되는 산물에 전매제도를 도입해 관리하면서 제후들의 권력을 약화시켰다. 나이로 보면 청소년 티를 갓 벗은 그가 강대한 제국을 다스리면서 권력 누수를 방지했다는 것은 주목할 만한 일이었다. 역사를 살펴보는 또 다른 호기심이자 경이로운 즐거움이었다.

그의 재위할 시에 동북아시아 역사서의 바이블 격인 ≪사기(史記)≫가 사마천에 의해 저술되었다. 사마천은 ≪사기≫를 저술하던 중, 48살이 되던 해에 흉노와의 전쟁에서 패한 이릉을 옹호하는 발언을 하다가 무제의 화를 돋우어 궁형에 처해졌다. 궁형이란 거세의 형벌이었다. 사대부로서 죽음보다 치욕스러운 일을 당한 것이었다.

2년간의 옥살이를 마친 사마천은 중서령의 벼슬에 있으면서 궁형의 치욕을 잊기 위해 저술에만 몰두하였다. 그리하여 그는 B.C. 97년 마침내 본기 12권, 세가 30권, 열전 70권, 표 10권, 서 8권으로 모두 130권의 역사서를 대나무 조각을 잘라 이어 붙인 죽간(竹簡)이라는 것으로 완성하는 위업을 이루어 내었다. 종이가 발명되기 전이었기 때문이다. ≪사기≫는 지금까지도 동북아시아의 역사를 기록해 놓은 것으로는 불후의 업적으로 평가 받고 있다. 인기척이 났다. 가츠코가 차를 들고 들어왔다. 그녀는 탁자 위에 차를 놓으면서 말했다.

“차상을 보면 공부에 중독되어 있는 사람 같아요.”

의자에서 몸을 돌렸다.

“타국에 와서, 더구나 고명하신 다케다 선생님 댁에 사숙까지 하고 있는 마당에 게으름을 피워서야 되겠어요?”

가츠코는 서 있었다. 일어나서 앉고 있던 의자를 내밀었다.

“저는 서 있어도 상관없어요.”

그녀는 내가 차를 다 마실 동안 자리에 앉지 않았다. 다케다 교수 집에 처음 들어와서 인사를 나눈 뒤로 그녀와 단 한 번 데이트를 한 것이 전부였다. 그녀의 생일에 다케다 부인의 요청을 받고 시부야에 나간 일이었다.

시부야는 동경에서 가장 번화한 젊음의 거리였다. 우리는 먼저 영화를 보았다. 그리고는 오밀조밀한 가게가 즐비해 있는 센타가이로 가서 그녀에게 열쇠고리를 하나 사 주었다. 가츠코는 감정을 잘 나타내지 않는 편이라 열쇠고리를 받아들고 웃기만 했다. 그러나 나는 그녀가 내심 무척 즐거워하는 것을 느낄 수 있었다.

“햄버거 먹으러 가요.”

“싫어요. 집에 가서 저녁 먹으면 돼요.”

“내가 먹고 싶어서 그래요.”

싫다는 그녀를 억지로 패스트푸드점에 데리고 들어가 햄버거로 저녁을 때웠다.

“저는 왠지 서양음식이 입에 맞지 않아 먹기가 거북해요.”

“그럼 감자 튀김이라도 좀 들어요.”

가츠코는 감자 튀김을 집어들었다. 나는 그녀가 손도 대지 않고 남긴 프라이드 치킨과 햄버거까지 먹어치웠다.

"이제 보니 차상은 집에서 늘 식사가 부족했던 모양이네요. 그동안 어떻게 견디셨어요?"

그녀가 웃었다.

데이트를 하는 동안 우리는 별다른 말을 하지 않았다. 가츠코도 나처럼 말수가 적은 편이라 우리는 남들 눈에는 싸우고 난 뒤 토라져 있는 연인처럼 비쳤을 것 같았다. 그날 해가 질 무렵 집으로 돌아오자 다케다 교수 부부의 잔잔한 눈빛이 우리를 기다리고 있었던 기억이 났다.

나는 찻잔을 내려놓으며 말했다.

"괜찮다면 같이 산책할까요?"

"……."

그녀는 대답 대신 미소만 지어 보였다. 가츠코는 집 안으로 들어가 찻잔을 두고 나왔다. 정원 가장자리를 따라 나란히 걸었다.

"차상은 어느 나라의 역사를 공부해요? 일본? 한국?"

그녀가 고개를 숙이고 조심스럽게 묻는 말에 얼른 마땅한 대답이 떠오르지 않았다.

"둘 다입니다. 내가 하는 건 한 나라 자체의 역사가 아니라 관계사예요. 중국과 한국, 한국과 일본, 중국과 일본, 이런 식으로 말이에요. 그 중에서도 고대사 부분이에요."

"공부해야 할 내용이 많나요?"

"엄청나지요, 질려버릴 만큼."

"저는 역사학은 잘 모르지만 공부 범위를 줄일 방법은 없는 건가요?"

"있긴 있지요. 시대를 좀 더 좁게 국한시켜버리면 됩니다. 하지만 그렇게 되면 전체적인 흐름을 파악하기가 힘들 것 같아서요. 고정관념도 생길 것 같고…….”

“그럼 언제쯤 공부를 마치고 돌아가실 거예요?”

“아직은 잘 모르겠어요. 하지만 가츠코가 여기서 쫓아내버리면 당장이라도 가야겠지요, 하하하.”

그녀도 따라 웃었다.

“차상은 생일이 언제예요?”

“매일매일.”

“무슨 대답이 그래요?”

“진심입니다. 매일 아침마다 태어난다고 생각하고 삶은 오늘뿐이라고 여기고 있어요. 또 하루를 마치고 잠들 때에는 죽는 것으로 생각하고 있습니다. 그렇게 하지 않으면 공부에 대한 권태감이나 회의감이 끊임없이 나를 괴롭힐 것 같아서요.”

“그렇게까지 무서운 생각을 하고 있는지는 몰랐어요.”

고개를 들었다. 서고 쪽에 어떤 그림자가 어른거리는 것 같았다.

‘잘못 본 건가……?’

“가츠코, 여기 잠깐만 계세요.”

나는 서고의 뒷담으로 뛰어 갔다. 하지만 아무도 없었다. 소나무 숲이 이어지는 쪽을 보았다. 응달과 양달이 얼룩처럼 내려 있는 곳이라 사물을 분간하기가 쉽지 않았다. 가츠코가 그런 나를 이상하다는 듯이 바라보고 서 있었다.

“무슨 일이에요?”

“누군가 서고 쪽을 서성거리는 것 같아서요. 아마 잘못 봤겠지요.”

“…….”

"혹시 도둑이 든 적은 없어요? 이렇게 큰 저택이라면 눈독을 들일 만 한데."

"몇 번 들었어요. 잃어버린 건 없었지만. 교수님은 똑같은 도둑이 무언가를 노리고 있대요."

"뭘 노리죠?"

"그건 저도 몰라요. 사람을 다치게 하려는 뜻은 없는 것 같아요. 돈 이나 귀금속을 노리는 것도 아닌 것 같고……. 신경 쓰지 마세요. 더러 는 낚시꾼들이 서고나 본채 건물에 호기심이 있어서 불쑥불쑥 들어오 기도 해요."

"불안하지는 않아요?"

"사람을 해칠 뜻이 있었으면 지금까지 가만히 주변만 맴돌았겠어 요?"

"좀도둑이겠군요."

"저도 그렇게 생각하고 있어요."

나는 문득 내 손으로 그 도둑을 잡는다면 세 식구에게 참 믿음직스 럽게 보일 거라는 생각이 들었다.

"언제 한번 교토나 나라에 함께 가지 않을래요?"

가끔 교외라도 다녀오라는 다케다 교수의 당부가 생각나 처음으로 가츠코에게 제의를 했다. 거절하면 무안해질 것 같아 마음이 조마조마 했다.

"언제요?"

"가츠코가 정하는 날."

"허락을 얻어볼게요."

다행이었다. 그녀는 고개를 떨구고 웃음을 지었다.

오쿠다마, 1994년 1월

새해라고 해서 별다른 감흥이 들지는 않았다. 다만 아직 가야할 길이 너무도 아득해 보이는 것에 조바심이 더할 뿐이었다.

시한을 정해 놓고 하는 건 무엇이나 사람을 쫓기게 하기 마련이라는 생각이 들었다. 서고를 나왔다. 정원에 서서 잠깐 하늘을 쳐다보았다. 맑았다.

방으로 올라와 컴퓨터를 켰다. 게임이나 할까 하다가 인터넷으로 들어가 보았다. 우편이 하나 도착해 있었다. 누구지? 몇 달 전에 짓궂은 장난을 걸어온 녀석이 생각났다.

그간 잘 있었소? 새해에 좀 더 새로워지길 바라겠소. 안부 인사를 길게 하고 싶지만 그럴 시간적 여유가 별로 없다는 것이 유감스럽소.

오늘은 환웅과 단군 왕검에 대한 해례 서문을 보내는 바이오. 분명히 알아둬야 할 것은, 이 글은 내가 스캐너로 읽어들여 약간 해독하기 불분명한 부분에 아주 최소한의 잔손질을 한 것이라는 점이오.

해ㄴㄹ 검으뜸 술음 ㄱ온디 해ㅅㄴ희 아모 놀, 믈ㄱ헤 놋드리ㄷㄱ 님금 아퓌 ㄴㅇㄱ 손ㅂ둥올 ㄱ지런이 모ㄷ 절ㅎ고 새ㅁ 덥ㄷ른 따헤로 ㄴㅇㄱ 잡고져 닐오니 님금이 검버ㄱ미롤 ㄱ려 바룜 술음, 비 술음, 구룸 술음을 ㄴ려주고 긔좃ㅇ 먼 따헤 ㄴ아ㄱ자ㅂ른 므리 셋즈믄을 둘ㅎ주니 해ㅅㄴ희가 몹시 됴ㅎㅎ엿니라.

님금이 또 브쇠 거울로 해ㄴㄹㅎ눌ㅂ래기 이ㅂ디롤 닛도록 ㅎ엿고 꿀줌개로써 므리를 다스리게 ㅎ엿고 푸르쇠 ㅂ올을 주어 믈숨을 ㅂ편에 펴줍토록 ㅎ엿니라.

새ㅁ로 ㄴ려와 해 ㄱ츠븐 따헤 님검집올 짓온 술음들로 해여 ㅁ올과 고을 술이룰 열어 노ㅎ니 므리가 모ㄷ 힘써 어위ㅎㄴ 새ㄴㄹ 셰움에 몸과 ㅁ

옴을 드ᄒ엿니라.

해ᄉ느희는 느을 기려 ᄒ늘ᄇ래기 이ᄇ디를 ᄇ야오 ᄆ츤 뒤 님금에 오르니 해몯느ᄅ라 ᄒ이고 긔 붉으뜸 님금 해ᄉ느희를 桓雄(환웅)이라 일쿨이다.

때희 ᄒ른붉 님금이 ᄋ둘님을 느샤이지 모홀 제 ᄇ룸 술음 고순희 아ᄅ도 이 범ᄀ죽 옷을 입이는 ᄀ느해롤 ᄃ려 얼우기롤 올외니 님금이 긔마음 가초 올히녀것다.

느조 님금 온해님이 ᄋ둘을 느호ᄋ 붉그니라 일홈 ᄒ고 낫ᄇ믈 보슗히 여킈우니 ᄆ춤내 ᄉ느희 된지라 해몯나라롤 니어 본즙아 붉둘느ᄅ로 고텨 노코 터롤 널ᄒ이고 ᄒ늘ᄇ래기 이ᄇ디를 숟ᄒ 백성의게 됴히 베포이다.

붉둘 느ᄅ의 지킴글는 세온네순녀섯 ᄀ지로 너러럿거늘 볼그니 님금는 느ᄅ훈 백성과 ᄌ조 습지지고 쏘홈딜올 ᄒ는 ᄉᄅᄃ이 놈의 거슬 홈치는 옷ᄇ미롤 엄ᄒ의게 다ᄉ리이ᄂ니 ᄉ롬ᄆᄃ 먹글 거슬 올못도록 지니고 이욷과 마조 셔셔ᄃ토지 온ᄒ엿다.

붉둘 느ᄅ는 朝鮮(조선)이ᄅ ᄒ잇다.*

• • •

* 해나라 신인 가운데 해사내가 아무 날 호숫가에서 노닐다가 임금 앞에 나아가 손을 가지런히 모아 절하고 동남쪽 따뜻한 땅으로 나아가고픈 심정을 이르니 임금이 선인들을 가려 바람 사람, 비 사람, 구름 사람을 내려주고 그를 따라 먼 땅으로 나아가기를 바라는 무리 삼천을 허락하니 해사내가 몹시 좋아했느니라.

임금이 또 부싯 거울로 해나라의 제천 잔치를 잇도록 하고 칼로써 무리를 다스리게 했으며 청동방울을 주어 나라의 영을 펴도록 하였느니라.

동남쪽으로 내려와 해사 가까운 땅에 왕궁을 지은 사람들로 하여 마을과 고을 살이를 열어 놓으니 무리가 모두 힘써 넓고 강대한 새 나라 세움에 몸과 마음을 다하였느니라.

해사내는 날을 가려 제천 잔치를 보기에 좋게 마친 뒤 임금에 오르니 해맏나라라 하였고 그는 밝으뜸 임금 환웅이라 불리었다.

때에 큰밝 임금이 아들을 낳지 못하자 풍백 고산이 아름다운 범가죽 옷을 입고 있는 여자를 데려다가 혼인하기를 아뢰니 임금이 그의 생각을 옳게 여겼다.

나중에 임금의 아내께서 아들을 낳아 밝근이라 이름짓고 낮밤을 보살펴 키우니 마침내 씩씩한 장부가 되는지라 해맑나라를 이어받아 밝달나라로 고쳐놓고 터를 넓히고 제천 잔치를 순한 백성에게 즐겨 베풀었다.

밝달나라의 법을 366가지로 늘려놓고, 나라 안 백성과 자주 떠들고 다투며 싸움을 하는 사람보다 남의 것을 훔치는 도둑 강도를 더 엄하게 다스리니 사람마다 먹을 것을 알맞게 지니고 이웃과 마주 다투지 않게 되었다.

밝달나라는 조선이라 했다.

잘 읽어 보았소? 서문이 이러할진대 본문에는 어떤 내용들이 담겨 있겠소? 이 ≪필사 해례≫를 쓴 사람이 누구인지, 필사를 했다는 서적은 무엇인지를 알게 되면 아마 당신은 놀라 까무라쳐버릴 것이오. 때문에 그 충격이 덤덤히 받아들여지는 날이 올 때까지 밝히지 않을 생각이오.

다만 내 우편의 내용이 진실성을 확보하는 뜻에서 오늘은 한 가지 제안을 하겠소. 꼭 사실 여부를 확인해 주기 바라오.

다케다의 서고에 자유로이 출입하는 줄 잘 알고 있소. 서고 지하로 내려가는 계단을 날마다 밟고 다니는 당신이니 그 계단을 잘 살펴보면 어떤 무늬가 새겨져 있음을 알게 될 것이오. 바로 다케다가 어떤 사람인지 잘 알려주는 증거가 될 것이오.

이 편지를 다케다에게 보이고 안 보이고는 전적으로 당신의 자유요. 분명한 것은, 보여도 어떤 끝을 볼 것이고 보이지 않아도 어떤 끝을 보게 된다는 점이오. 어떤 선택을 하겠소?

편지는 그렇게 끝났다. 다시 읽어보았다. 어떤 일본인이 우리말 고어에 이 정도로 해박하단 말인가? 나는 그가 궁금해졌다. 그러나 누구인지 짐작조차 할 수 없었다.

글의 바탕 무늬가 한지와 흡사했다. 그러나 그 정도의 옛 분위기는 일본 어느 문구점에서나 구할 수 있는 한지풍의 종이를 몇 번 구겼다가 펴 놓으면 그다지 어렵지 않게 만들어 낼 수 있었다. 다만 그 녀석이 서고의 계단을 살펴보라는 말이 속을 스쳐 나가지 못하고 한구석에 똬리를 틀고 앉다.

오쿠다마, 1994년 1월

"차상, 서고에 가세요?"

가츠코가 거실에서 다케다 부인과 소담을 나누며 텔레비전을 보다가 물었다. 나는 빙긋 웃어 보였다.

"차 군은 정말이지 열심이야. 욕심 같아선 양아들을 삼고 싶은데 어쩌지?"

다케다 부인의 농담에 고개를 숙였다. 나도 모르게 일본식 예의에 길들여지는 느낌이었다. 나는 나가려다 말고 다케다 부인에게 부탁했다. 분위기로 보아 그다지 예의에 벗어나는 일은 아니라고 여겼다.

"괜찮으시다면 여기서 차를 마실 수 있겠습니까? 가츠코상이 서고로 날라올 필요 없이 말입니다."

소파로 다가가자 두 사람은 일어났다가 앉았다. 다케다 부인의 짓궂은 질문이 이어졌다.

"차상, 우리 가츠코를 어떻게 생각해요? 가츠코는 차상을 꽤 따르는 눈치던데?"

나는 대답할 수가 없었다. 낭패스러웠다. 가츠코가 일어섰다.

"무슨 말씀이 그래요? 저는 차를 내오겠어요."

다케다 부인은 묘한 미소를 지었다. 이번엔 내 차례였다.

"저어, 사모님. 외람된 말씀 같습니다만, 지금 제가 쓰는 방에 예전에 누가 있었습니까?”

“그건 왜요?”

그녀는 의아스러운 눈빛을 띠었다.

“그냥요. 이 큰 저택에서 가장 전망이 좋은 방을 그냥 비워 두었을 리도 없고 해서요.”

“내가 시집와서부터는 지금껏 아무도 쓰지 않았어요. 그 전에는 모르겠지만.”

“혹시 학생들이 서고에 왔다가 하루쯤 잠자고 간 적도 없나요?”

“교수님은 학생들의 그런 요청을 가장 싫어해요. 학문 외적으로 정이 들면 학생들이 공부를 제대로 하지 않고 엉뚱한 방법으로 의존할까봐 말이에요.”

나는 새로운 의문에 휩싸였다. 방에 아무도 출입한 사람이 없다면 이 집 안에 있는 세 사람 가운데 하나가 편지를 보냈다는 말인가. 아니면 다케다 부인이 무언가를 감추고 거짓말을 하고 있다는 말인가.

“차상을 사숙시키고자 할 때 저도 놀랐어요. 절대 그럴 분이 아닌데 하고 말이예요. 하지만 차상이 우리 집에 온 뒤로 유심히 보니까 교수님 심정이 이해가 되었어요. 열심히 공부하는 모습하며, 예의 바른 태도하며……”

“과찬이십니다.”

가츠코가 가져온 차를 마시고 일어섰다. 너무 무리하지 말라는 다케다 부인의 자애스러운 염려를 뒤로 하고 뜰에 내려섰다.

‘계단이라……’

서고를 열고 내려갔다. 불빛을 비춰보았다. 전등의 반사광 때문인지 문양 같은 것은 없는 듯 여겨졌다. 고개를 들어 시선을 다른 곳에 두고 손바닥으로 천천히 더듬어 보았다. 시선이 손바닥을 따라 간다면 촉감을 느끼는 집중력이 떨어질 것이기 때문이다.

무언가 느껴졌다. 아주 미세한 오톨도톨함 같은 것이었다. 그러나 자연적으로 생긴 것일 수도 있다고 생각했다. 지은 지 몇 십 년이 지난 건물이기 때문이었다. 그러나 이왕 나선 김에 확인해 보고 싶었다.

여러 개의 화강암 계단 가운데 비교적 깨끗하다고 생각되는 것을 골라 깨끗하게 쓸어 내었다. 그러고는 물걸레로 여러 번 닦았다. 마르기를 기다렸다가 다시 살펴보았다.

희미한 돌을새김 선을 찾을 수 있었다. 닳아서 끊어진 부분을 상상해 손가락으로 짚어 이어 나갔다. 유추해 보니 흔히 볼 수 있는 원형 무늬였다.

'일장(일본 국기의 원)인가?'

원의 안쪽을 더듬었다. 양각되어 있는 선이 느껴졌다. 그것을 잇기란 쉽지 않았다. 원점에 해당하는 곳에 이르러 방향을 잡을 수가 없었다. 나는 내가 찾은 선의 반대편 원호에서 손가락을 더듬어 보았다. 그곳에서도 원의 안쪽으로 나 있는 토막선을 발견할 수 있었다. 손가락으로 빙그르빙그르 원점으로 이어가던 나는 문득, 소스라치게 놀랐다.

태극무늬! 틀림없는 태극 무늬였다.

'태극무늬가 왜 여기에……?'

셔츠 가슴주머니에 접어서 넣어둔 발신인 불명의 편지를 꺼냈다. 끝부분을 다시 읽어보았다.

……그 계단을 잘 살펴보면 어떤 무늬가 새겨져 있다는 것을 알게 될 게요. 바로 다케다가 어떤 사람인지 잘 알려주는 증거가 될 것이오……

태극 무늬와 다케다 교수님과 무슨 관련이 있다는 말인가? 나는 점점 어떤 소용돌이에 빠져드는 기분이었다. 책상 앞에 앉았지만 책이 손에 잡히지 않았다.

'안 되겠어. 편지를 보낸 사람이 누군지 그것부터 추적해 봐야겠어.'

오쿠다마, 1994년 1월

무늬는 찾아보았소? 영민한 당신이니 틀림없이 찾았으리라 믿소. 이제 지난번에 내가 보내준, 미지의 사서에 대한 ≪필사 해례≫의 서문 일부분이 꾸며낸 이야기가 아니라는 것을 믿을 수 있겠소?

표정을 보니 아직 못 믿겠다는 말이군. 그러나 강요하지는 않겠소. 결국엔 내 말을 믿게 될 것이니, 틀림없이.

자, 지난번에 말한 그 ≪필사 해례≫의 또 다른 부분이오. 당신의 논문과 눈여겨 비교해 보기 바라오.

한 편의 글이 이어져 있었다.

붉둘 ㄴ륵횬 스룸이 스오ㄴㅂ고 밧대횬 ㅁ을 좁아 처엄 길드릴 때희 殷(은)ㄴ륵에서 箕胥餘(기서여)가 다륵ㄴ 오ㄴ대 箕州(기주)따혜 다스림을 볼고 子(자) 벼슬을 ㅁ륵서흘던 쟈륵 백셩ㄴ 긔 箕子(기자)라 일쿨이다.

붉둘 ㄴ륵 ㅁ둘에 붓니며 지킴글과 풍속과 만흔 노리롤 됴히 배ㅇ 아모 ㄴ 님금의게 나ㅇ가 올훈 무룹 꾸리 몸 구펴 술바되 님금이 허흥야 제 ㅈ라ㄴ 따혜로 ㄱㅇ잇다. 긔 내조히 붉둘 ㄴ륵 스룸으르 션죵ㅎ얏는대 셰셰히 닐어ㄴ 피이 ㄱㅇᄂ의 箕珝(기후)ㄴ 붉둘 ㄴ륵 ㅁ노 ㄱ리만 따희 골마둘 짓ㅇ비이 숨이잇ㄴ니라.

ㅁ흔 셰셰히 뒤헤 ㅁㅊ움내 箕準(기준)이 짓ㅇ비가 되엇더라.

滿(위만)이 제 ㅁ리롤 다려 짓ㅇ비 기준의게 배올ᄒ니 기준이 됴히 녀겨

벼슬을 내리샤온대 긔 ㅈㄱ로 긔계롤 드리대여 기준올 스로줍아 내좃고 굴
마돌 짓ㅇ비 노릇을 님금 몰애 하엿니라.

右渠(우거)이 짓ㅇ비가 되온 때희 이옷싸올아비롤 모른다려 굴마돌이붑괴
는 틈에 검버금 스룸 넷이 혼 쇽물을 모드니라. 붉돌 느ㄹ골돌 검버금 스룸
노픠듬이 싸홀ㅇ비롤 모른 굴마돌올 도우샤 이옷 나라희 싸홀아비롤 베디
르는대 긔 검버금 스룸이 굴로 짓ㅇ비목을 텨 롤 죽이엿다.

싸홈이 귿는 굴마돌는 편돌, 나즌돌, 빗돌, 말근돌로 눈호여 검버금 스룸
넷이 각긔 다스리는 따흐로 ㄱ라 노히엿느니 붉돌 나라 님금이 됴히 허ㅎ얏
니라.

漢(한) 님금 싸홈에 지고 도라든 제 싸홀ㅇ비들올 보곤 분로ㅎ야 긔 넷을
풀, 드리, 무리, 불올을 어내혀 굴아마괴 밥숨아 던뎌일 제 긔롤 두려본 遷
(천)이 굴마돌 싸홈 귿새를 듕궈몰로 적기롤, 遂定朝鮮爲四郡(수정조선위사
군)이라 ㅎ엿다.

붉돌 나라혼 백성이 긔 이력을 ㅎ니 붉돌 나라 굴마돌을 아올ㅇ 넷으로
눈호기롤 궁무첫니라 되는 이롤 세세희 그릇 알외질셰ㄹ 저어ㅎ엿니라.*

- - -

*밝달나라 사람이 사납고 거칠은 맥을 잡아 길들일 때에 은나라에서 기서여가 도망쳐오는데
그는 기주 땅을 하사받고자 벼슬을 돋우던 사람인지라 백성들이 기자라 불렀다.

밝달나라 서쪽 땅에 눌러붙어 살며 예법과 풍속과 많은 놀이를 즐겨 보고 배워 아무 날 임금
에게 나아가 오른 무릎을 꿇어 몸을 굽혀 아뢰니 임금이 허락하여 제 자라난 땅으로 갔다가
돌아왔다.

그는 밝달나라 사람으로 한 살이를 마쳤는데 후손 중 기호가 밝달나라 서쪽 경계의 땅 갈마
들에 봉해져 제후가 되었다. 나중에 그 땅에서 기준이 제후에 올랐다.

위만이 제 무리를 이끌고 와 기준에게 배말하니 기준이 좋게 보아 벼슬을 내렸는데 위만은
오히려 병장기를 들이대어 기준을 사로잡아 내쫓고 갈마들 제후 노릇을 임금 몰래 했다.

자손 우거에 이르러 이웃 나라 군사들이 몰아들어 갈마들이 혼란해진 틈을 타 (기준의 신하)
선인 네 사람이 뜻을 모았다. 밝달나라의 신인 노퓌들이 군사를 이끌고 갈마들을 도우러 와
적군을 무참히 찌르고 베어 물리치는 틈을 타 (쿠데타로 제후가 된 만의 손자인) 우거를 척살
했다.

전쟁이 끝난 갈마들은 그 후 편들·낮은들·빛들·맑은들의 네 지역으로 나뉘어 선인들의 다

스림을 받는 땅이 되었는데 이를 밝달나라 임금은 허락하였다.

싸움에 진 한 임금은 분노하여 지고 돌아온 장수 넷을 팔, 다리, 머리, 불알을 찢어 죽이고 그 살을 까마귀밥으로 던져주었다. 이에 앞서 임금에게 불알을 뽑힌 바 있던 천이 두려워 갈마들 전쟁을 그들의 말로 적기를, 遂定朝鮮爲四郡(수정조선위사군)이라 하였다.

밝달나라 백성들이 이를 해석해 보니 '밝달나라의 갈마들을 넷으로 나누기를 끝마쳐놓았다'거 되는지라 후대에 잘못 알려질까 걱정을 했다.

　단군 조선에 기자 위만의 망명과 한사군의 설치에 대한 이 서문의 내용이 해례의 본문에서는 자그마치 열여섯 쪽에 이르는 분량이오. 물론 믿지 않는다는 걸 잘 알고 있소.

　하지만 걸음이 잦으면 길이 된다고 하지 않았소? 나는 당신에게 잦은걸음을 놓을 것이오. 당신이 해야 할 일은 지금까지 당신이 남이 주는대로 배워온 굳은 지식에 대해 실오라기 같은 미세한 의혹이라도 일으키는 일이오.
　그날을 기다리겠소.

녀석의 실체를 짐작해 보았다. 이 녀석이 바로 철저히 민족사관에 입각해서 역사를 재해석하고자 하는 사람들 중 하나라는 생각이 들었다. 그의 인용글에서도 역력히 풍기고 있는 국수주의적인 분위기였다.

사학을 연구하는 순수 국내파 학자들 일부와 지방에서 사적 자취를 더듬어 나름대로 일가견을 갖고 있다고 자부하는 향토 사학자들 몇몇이 모여 민족사학이니 민족사관이니 하며 우리 민족의 역사를 만화 같은 이야기로 부르짖고 있는 것을 이미 오래 전부터 잘 알고 있었다.

그들은 자기 자신들의 논조에 합당하기만 하면 어떤 종교도 어떤 주의도 받아들여 사학의 본질이라고 할 수 있는 고고학적 증거에 의한 역사적 사실의 검증을 무시해 왔다. 대부분 산골 민간인 집에서 가끔 발견되는, 아니면 단편적으로 기술해 놓은 옛 자료의 편린들을 짜 맞추어 이론적으로만 주장하고 있는 공상적인 것이었다.

그들은 쉽게 흥분했으며 동료들 가운데 누구라도 우리 역사에 일말의 영광스러움을 부여하는 섣부른 학설이라도 내놓기만 하면 덮어 놓고 손뼉을 치고 기뻐했다. 그리고는 두 주먹을 불끈 쥐며 민족의 위대함이 이토록 유구하고 자랑스러운데 우리는 지금 무얼 하고 있는가 하는 식이었다.

그러한 무분별한 소아적 작태는 대학가에도 파고들어 각 대학마다 동아리가 생겨나기 시작했다. 학생들은 날이면 날마다 누룩 냄새가 퀴퀴한 술집을 전전하며 민족의 벅찬 위대함을 성토하곤 했다.

하지만 그런 학생들 가운데 장학생이 있다는 말을 들어보지는 못했다. 그들은 학생이면서 노동운동가였다. 정치인이면서 사회학자의 모습이었다. 그들은 철학가이었으며 종교의 지도자였다. 그들은 각각의 학문에 첫걸음을 내디딘 유아에 불과했지만 모든 분야에서 최고의 권위자 노릇을 했다.

대학에 다니면서 그런 그들과 섞이지 않는 단 하나의 이유 때문에 나는 매판 자본가의 핏줄이라고 손가락질 받았으며, 이른바 식민사관에 입각해 있는 교수들로부터는 색깔이 없는 녀석이라는 핀잔을 들었다.

그러나 나는 흔들리지 않았다. 국수주의에 빠져 가능한 한 우리나라에게 유리한 식으로 역사를 해석한다는 사조에 동조할 수 없었다. 역사의 해석에 앞서 사고의 축이 중심을 잃어버리게 되면 그것은 역사를 해석하는 것이 아니라 꾸미게 되는 과오를 범할 수도 있다는 생각이었다.

역사를 살펴보는 사람에게 공정성 말고 무슨 색깔이 필요하다는 말인가. 굳이 색깔을 가지라 한다면 사학자들만큼은 무색을 가져야 하지 않겠는가. 지금도 변함없는 생각이 한 가지 있다. 사학자라면 누구나 과거에 일어난 사실을 있는 그대로 밝혀내는 데 그 소임이 있다고.

특정 세력이나 집단, 심지어 소속된 국가의 정서를 의식해 사학적 산물에 작위적인 요소가 개입된다면 후세 사람들에게 혼란스러운 숙제만 남기게 될 뿐이다. 그리고 나는 그때 이미 알고 있었다. 모든 역사는 일정한 시간이 지나면 그 스스로, 진실의 실마리로써 과거의 유물이나 문헌을 하나 둘씩 우리에게 제공해 주는 버릇이 있다는 것을.

녀석도 그러한 국수주의에 빠져 있는 의식의 소유자일 것이 분명했다. 그가 보낸 글은 한국의 일부 재야 학자들의 주장과 크게 다르지 않다는 것이 그 증거였다.

그러나 이해할 수 없는 의문이 있었다. 하나는 한국도 아니고 일본에서 누가 이런 글을 내게 보낼 수 있겠는가 하는 것이고, 다른 하나는 서고 계단에 돋을새김 되어 있는 무늬였다. 녀석은 그 무늬를 통해 자신의 말의 진실성을 강변하고 싶어하는 인상이었다.

보내준 글은 믿을 수 없는 게 분명하지만 기묘한 녀석임에는 틀림없다. 지금으로서는 언젠가 꼬리를 드러낼 것이라는 생각밖에 할 수 없는 형편이었다. 나는 좀 더 시간을 갖고 대하기로 했다.

요코하마, 1994년 2월

곽 부장에게 전화를 하는 날이다. 구내 공중전화 앞으로 다가갔다. 나는 이 약속을 2년이 넘도록 어겨 본 일이 없었다. 그와의 신뢰관계를 깨고 싶지 않았기 때문이다.

"지사장님 부탁드립니다······곽 부장님, 차평무입니다······별고 없으시지요?······그건 약속과 다른데요?······회장님께서 보내셨겠지요. 만날 수 없다고 전하세요. 그럼 이만 끊습니다······뭐라구요?······그래요?······그럼 지금 바로 가지요. 지사 위치나 말해 주세요······예, 알겠습니다. 이만 끊습니다."

웬만해서는 알아서 처리할 곽 부장이 적이 곤란한 지경에 있는 것을 확연히 느낄 수 있었다.

'대체 무슨 일이기에 사무실에 버티고 앉아서 그를 곤혹스럽게 만들 수 있다는 말인가.'

노인네의 얼굴을 한번 보고 싶었다. 그가 어떤 까닭으로 나를 찾는지 모르지만 곽 부장의 말로는 며칠째 사무실에 출근하다시피 하고 있다고 했다.

노인은 내가 한성그룹 차범석 회장의 차남인 것을 알고 온 게 분명했다. 그렇지 않고서야 한성세라믹 도쿄 지사에 가서 생짜로 나를 내놓으라고 윽박지를 수는 없기 때문이다. 전철을 탔다. 곤란에 처한 곽 부장을 구해 주어야 했다.

"곽정출 지사장님을 만나러 왔습니다."

"어디서 오신 누구라고 전해드릴까요?"

일본인 여직원이 명함을 건네지 않는 나를 이상하다는 눈으로 쳐다보며 말했다.

"어, 실장님. 실장님께서 여긴 어떻게······?"

엄 대리가 사무실 문 앞에 서 있는 나를 알아보고는 책상머리에서 얼른 뛰어나왔다. 그제야 사무실 사람들은 일제히 나에게 시선을 돌렸다. 엄 대리는 지사장실로 안내했다.

“어서 오십시오, 실장님. 이렇게 오시게 해서 면목 없습니다만 저 노인네가 너무…….”

그의 말을 잘랐다.

“어르신이 찾고 있는 사람이 제가 틀림없습니까?”

지팡이를 세워 짚고 소파에 앉아 있는 노인의 얼굴이 대추처럼 붉었다. 그는 두루마기를 입고 있었다. 나는 말을 뱉어 놓고 나서 잠시 멈칫했다.

누가 뭐라 해도 이곳은 도쿄 한복판인 것이다. 한국인이라면 이유 불문하고 아직도 집게손가락으로 지문을 날인하고 있는. 그런데 노인은 어디에서 왔는지 몰라도 참으로 당당하게 흰 두루마기 차림으로 꼿꼿이 앉아서 내 얼굴을 빤히 쳐다보고 있는 것이 아닌가. 노인의 위풍으로 사무실은 찬바람이 이는 듯했다.

“젊은이가 정인(眰稠)의 둘째가 맞소?”

근엄한 음성이었다. 정인은 아버지의 아호였다.

“그렇습니다만…….”

“나하고 잠깐 얘기할 시간이 있겠소?”

“시간이야 있습니다만, 제 아버지와는 어떤 관계이십니까? 웬만해서는 아호를 칭하시는 분이 드문데…….”

“그것도 조금 있다가 이야기하리다. 일주일 동안 신세 많이 졌소, 사장 양반. 젊은이는 나와 같이 좀 갑시다. 어디 조용한 데로.”

곽 부장이 내 얼굴을 바라보았다.

“걱정하지 마세요. 그리고 이 어르신과 이야기가 끝나면 바로 돌아갈 겁니다.”

어찌 되었건 노인이 아버지의 아호를 들먹이는 데야 곽 부장도 별수 없었으리라 생각했다. 노인을 따라 밖으로 나왔다. 노인의 기사인 듯한 사람이 차를 대놓고 기다리고 있었다.

"타세나."

노인은 짤막하게 말했다. 뒷좌석 안쪽으로 들어갔다.

"집으로 가지."

노인이 하는 양을 가만히 내버려두고 있었다. 상대가 누군지도 모르고 덤벙댈 수는 없는 노릇이었다. 더구나 노인이 일방적으로 나를 알고 있는 상황이었다.

차는 40분을 달려 요코하마에 도착했다. 그동안 뒷자리에 나란히 앉았는데도 노인은 내게 한마디도 하지 않았다. 나도 입을 다물고 있었다.

"들어가세."

노인은 현관으로 먼저 들어서며 말했다. 따라 들어갔다. 가방을 내려놓고 노인과 마주 앉았다. 집 안에는 아무도 없었다. 노인은 음료수 한잔 내올 생각도 없는지 곧바로 입을 열었다.

"자제가 와 있다는 말을 정인에게 들어서 알고 있었지만 자네가 하고 있는 짓을 보면 실망이 이만저만이 아니야. 비록 정인이 한국 사회에 어느 정도의 해악을 끼친 일은 있으나 그것은 사업을 하다 보면 어쩔 수 없는 일이지. 적어도 자네처럼 일신만의 영달을 꾀하고자 민족에게 죄를 짓는 일은 하지 않았다는 말일세."

"무슨 말씀이신지……? 먼저 아버지와 어떤 관계인지부터 듣고 싶습니다."

다짜고짜 민족 반역자처럼 취급하는 말을 듣고 화가 치밀었다. 그러나 노인은 내 말에는 아랑곳하지 않았다.

"역사를 공부한다는 것은 무척 어려운 일이야. 알아야 할 것이 너무 방대하기 때문이지. 그러나 알아야만 하네. 알지 못하고는 절대 참된 학자가 될 수 없어. 사학자의 자질을 예로부터 삼장(三長)이라고 하여 지재(智才) · 학문(學問) · 식견(識見)을 필수 요소로 말해 왔네.

이제 공부를 시작하는 자네의 위험한 논문이 ≪니겡≫지에 오르내리는 것을 보면, 일본 학계의 한심하고 보잘것없는 수준을 가늠케 해 주는 일이기도 하지만…… 좀 더 정진하게. 논문 발표할 기회는 앞으로 얼마든지 있네.”

“제 논문에 무슨 착오라고 있는지 자세히 듣고 싶습니다.”

“그걸 꼭 들어야 하겠나?”

“예, 기필코 들어야하겠습니다. 말씀해 주십시오, 무슨 오류가 있는지.”

나는 도발적인 태도를 갖추고 노인을 똑바로 바라보았다.

“하나만 물어보지. 고구려가 언제 건국되었나?”

“B.C. 37년입니다.”

“쯧쯧, 멀어도 아직 한참 멀었군.”

“어르신은 언제라고 보십니까?”

“B.C. 277년, B.C. 222년 전, B.C. 206년, B.C. 177년, B.C. 108년 전후, B.C. 58년, B.C. 37년…… 자, 이 일곱 개의 건국년을 하나하나 들어 그 근거를 설명해 볼 수 있겠나?”

기가 찰 노릇이었다. 수수께끼와 다를 바 없는 물음이었다.

“……”

“왜 아무 말이 없는가? 설명이 안 되는가? 그렇겠지. 이게 자네의 학문적 수준일세.”

“그렇다면 어르신께서 설명해 보십시오.”

"마주 앉혀놓고 한가하게 숫자 놀음이나 가르쳐 주려고 내가 자네를 이곳까지 데려온 줄 아나?"

노인의 말은 알 수 없는 힘으로 나를 압도하고 있었다. 그러나 고구려의 건국년에 대한 대답은 들어야 했다. 무슨 근거로 단번에 몇 가지 연도를 나열해 놓을 수 있는지.

"아직 어려서 궁금증은 풀어야 하겠으니 어르신께서 그 일곱 개의 연도를 설명해 주십시오. 큰 은혜로 알겠습니다."

노인은 나를 빤히 쳐다보더니 담담하게 입을 열었다.

"≪삼국유사≫는 고구려의 개국년을 신라 박혁거세 21년, 한 효원제 건소 2년이 되는 갑신년, 즉 B.C. 37에 열두 살의 고주몽에 의해 건국되었다고 했네. ≪삼국사기≫는 또 근거도 없이 주몽의 생년이 B.C. 58년이라고 하며 그의 나이 스물둘에 나라를 세웠으니 건국년이 B.C. 37년이 틀림없는 것처럼 적고 있네.

그러나 고대 국가의 형성 배경상 고구려가 신라보다 늦게 건국되었다는 것은 아무래도 납득하기 어려운 일일세. 일부러 고구려의 건국 연도를 짧게 잡았다는 의심을 떨칠 수가 없지.

≪태백일사≫는 B.C. 199년에 주몽이 탄생했다고 적고 있는데, 그렇다면 건국년은 B.C. 177년이 되네. 그러나 뒤이은 기록에는 이때를 한 소제 원봉 2년이라고 했는데, 원봉 2년은 B.C. 79년이기 때문에 이것을 믿으면 B.C. 58년으로 볼 수도 있어.

중국 측의 기록을 보면 더욱 난감해지네. ≪전한서≫ 지리지에는 한사군을 설치 무렵에 '고구려를 현으로 삼다(以高句麗爲縣)'라고 했네. 한사군은 B.C. 108년에 언급되는 역사적 사건인데, 그때 고구려라는 이름이 등장하다니 이해가 안 될 노릇이지.

또 고구려 말기에 서로 접전을 벌이던 전장을 돌아본 당나라의 밀정 하나가 한 말이 있네. '高氏自漢有國今九百年(고씨자하유국금구백년)', 즉 고구려가 한나라(B.C. 206년) 때부터 건국하여 지금(668년)이 꼭 900년이 되는 해라는 것인데, 이 말에 따르면 고구려는 B.C. 206년 이전에 이미 건국되어 있어야 할 나라가 되지.

그보다 더 거슬러 올라갈 수도 있네. 연나라가 망하기 전인 B.C. 222년에 진(秦)나라와 교류했다는 기록과 고구려가 천 년 동안 존속한 나라라는 여러 사서의 기록 때문이지.

북한에서는 고구려의 건국년을 나름대로 추론해 B.C. 277년으로 보고 있다네. 광개토왕 비문에는 호태왕(광개토왕)이 주몽으로부터 19세손이라고 했는데 ≪삼국사기≫는 13세손으로 적고 있네. 적어도 김부식이 대여섯 명의 고구려 제왕을 누락시킨 것이야.

고구려의 건국은 지금까지 알려진 연대보다 최소한 이백 년 이상의 과거로 돌려놓아야 하네. 몽골 지역의 여러 가지 전설·설화·유적·성읍 등을 고려해 보아도 그것은 반드시 이루어져야 할 작업이라는 말일세.

생각해 보게. 고구려의 건국과 관련된 기록이 너무 혼란스럽지 않은가? 그런데 그 중 가장 짧은 것 하나만 들어 고구려의 기원을 B.C. 37년이라고 단정하는 이유는 무엇 때문이겠는가?"

"우리나라의 사서가 기준이 된 것 아니겠습니까?"

"그래? 필요하면 중국 측 사서를 들먹이고 그렇지 않으면 그들의 기록이 잘못되었다고 치부해 버리는 어린애 같은 버릇을 말하는 건가? 그게 역사를 공부하는 사람이 가져야 할 태도라고 할 참인가?"

대춧빛 노인의 얼굴을 멀거둥 바라보다가 나는 그만 고개를 떨구었다. 거대한 바위를 쪼아 보려는 어린 병아리 같은 신세라는 느낌이 불현듯 들었기 때문이다. 치욕스러움이 엄습했다. 그의 단 몇 마디에 이토록 무기력하고 왜소함을 느끼게 될 줄이야…….

"지금 다케다 밑에서 하는 공부는 필경 자네도 모르는 사이에 어떤 건전하지 못한 쪽으로 기울고 말 거야. 종국에는 공부를 망치게 된다는 말일세. 자네가 똑바로 공부하려면 하루바삐 다케다의 어두운 굴에서 벗어나야 하네."

"다케다의 굴이라뇨? 말씀이 지나치십니다."

"지나친 게 아니라 사실을 말할 뿐이야."

"제가 다케다 선생님 댁에 사숙하고 있다는 건 어떻게 아셨습니까? 아호를 칭하시는 걸 보니 아버지께서 제 공부를 말리려 어르신을 보낸 모양인데, 돌아가셔서 바늘 끝도 들어가지 않더라고 전해 주십시오."

정인이라는 당신의 아호를 쓰는 사람은 아버지의 절친한 고향 친구 네 명밖에 되지 않았다. 언론이 가끔 한성그룹에 호의를 보일 때 쓰는 아호는 홍보실에서 만든, 사업상의 아호였다. 언젠가 미진그룹의 이 회장이 정인이라는 아호를 우연히 알아내어 아무 생각 없이 장난기로 부르다가 한바탕 난리가 난 적이 있었다.

대외에 엄격하게 금기하는 아버지의 아호를 노인이 빌려온 것을 보면 그가 아버지의 치밀한 각본 속에서 맡은 바 배역을 잘 소화해 내고 있는 것으로밖에 여겨지지 않았다. 아버지는 의외로 앞뒤 없이 짓궂은 면이 있는 사람이었다.

"내가 누가 무얼 시키면 시키는 대로 하는 늙은이처럼 보이는가?"

"그렇지 않다면 신분을 밝히십시오."

"내 신분은 자연인일세."

"그만 일어서겠습니다."

"앉게. 해줄 말이 있으니. 그리고 끝까지 듣게."

나는 투덜거리는 것으로 불편한 심기를 드러내고 시큰둥하게 앉았다.

"나만큼 다케다를 잘 아는 사람은 드물지. 그는 역사학자가 아니라 추잡스러운 도굴꾼이자 비겁하고 교만한 변명쟁이야. 다케다 집안의 내력이기도 하네. 미치오는 일제 때 한국의 모든 무덤을 뒤졌어. 그리고 그의 아들이자 자네의 스승인 다케다 세이야는 해방 이후부터 지금까지 호시탐탐 한국의 문화재를 긁어모아왔고…….

한일수교 이후부터 다케다를 도와준 사람은 바로 한국 역사학계의 거목이라 불리는 강석민이야. 강석민은 원래 도굴한 문화재를 비밀리에 감정해 주는 감정 기술자였는데, 다케다가 일본으로 데려와 공부를 시킨 거지.

그 대가로 강석민은 한국의 보물들을 닥치는 대로 구해다가 다케다에게 바쳤다네. 나중에는 가짜도 가져다주었지. 그러나 다케다는 그것이 가짜라고는 꿈에도 생각하지 못하고 있을 거야. 강석민이 지난 삼십 년간 충실하게 자신의 개노릇을 한 까닭에 지나치게 믿고 있으니까 말이야. 내 말을 못 믿겠거든 다케다 집을 뒤져보게. 어디엔가 수만 점의 한국 유물이 처박혀 있을 테니까 말일세."

노인은 내게 말할 틈을 주지 않았다.

"다케다 세이야가 자네를 집에 들인 뜻은 자네의 관심이 행여 엉뚱해지면 일본 사회와 학계에 위협적이고도 치명적인 존재가 될 수 있다는 일종의 불안감 때문이야. 그래서 자네를 제 2의 강석민으로 만들기 위한 복선으로 사숙을 시키고 있는 게지.

하지만 더 깊은 속셈은 다른 데 있지. 다케다는 자네의 신분을 자네가 입학할 때부터 알고 있었네. 자네가 다케다의 서고를 탐낸 만큼 그도 자네에게 침을 흘린 것이야. 장차 한성그룹의 주인이 될 자네를 제자로 거두어 극진히 보살펴주면 머잖아 자네가 크게 은혜를 갚으려 할 거라고 생각하고 있지. 그때가 되면 한성의 재력에 다소간 힘입어 모종의 일을 도모하기 위해서야."

"……."

얼굴의 살갗이 떨리고 있었다. 충격이었다. 벼락을 맞고 있는 기분이었다. 그러나 노인은 숨 돌릴 틈을 주지 않고 전율스런 번개창을 연이어 꽂아왔다.

"자네의 부친, 정인은 소학교 시절의 내 제자였네. 고맙게도 지금까지 나를 잊지 않고 또 보살펴주고 있다네. 얼마 전에 연락이 왔더구면, 자네의 이름을 알려주면서. 일본에서 역사 공부에 몰두해 있는데 어느 정도 수준인지 알고 싶다고 말일세.

그 말을 들은 나는 지난해에 ≪니켕≫지에 올랐던 이름을 바로 떠올렸네. 씁쓸한 기분을 감출 수 없었지. 잘 알고 있는 집안의 수재 하나가 쓰레기장에 파묻혀 그곳이 고상한 영역인 줄 착각하고 있다는 사실을 생각하고는 말일세.

정인의 자제라는 말을 듣고 자네와의 만남을 한시라도 늦출 수 없었지. 정인이 보잘것없는 옛 일본인 스승을 지금도 이렇게까지 보살펴주고 있는데, 내가 어떻게 사람으로서는 가지 말아야 할 길을 헤매고 있는 자네를 못본 척할 수 있겠나?"

"그……그럼 어르신은 한국인이 아니라는 말씀입니까?"

"이렇게 흰 두루마기를 차려 입고 있어서 이상한가? 이상할 것 하나도 없네. 지금은 정치·경제적으로나 문화적으로 별개의 국가이지만 역사적으로 보면 한국과 일본은 혈통 면에서 긴밀한 계통을 이루는 나라니까. 나는 솔직하게 말해 어버이 품 같은 옛 고향으로 돌아가 한민족으로서 살고 싶은 사람이라네. 허락해 주겠는가? 허허.”

아버지의 각본치고는 노인의 연기가 믿기지 않을 만큼 훌륭했다. 그러나 많은 비용을 들여 치밀하게 짠 것이라면 불가능한 일도 아닐 것이다. 머리가 복잡해졌다. 이곳을 빨리 벗어나고 싶었다.

“어르신의 함자를 듣고 싶습니다.”

“다케다 가와모토(武田 川本)일세.”

“이……만 일어서겠습니다.”

“허허, 보기보단 둔하군.”

“둔하다뇨?”

“자네가 믿고 따르는 다케다 세이야 교수가 내 친동생이라네. 지금은 인연을 끊고 살지만.”

나는 선 채로 잠시 멍해져 있다가 털썩 주저앉고 말았다. 각본에 따른 것인지, 사실을 말하고 있는 것인지 판단을 할 수 없을 지경에 이르렀다. 도쿄로 돌아가서 서류를 떼어보면 바로 알 수 있는 것을 노인은 아무 거리낌없이, 오히려 친절하게 가르쳐 주는 듯한 음성으로 덤덤히 내뱉었기 때문이다.

“그 말씀이 진실이라는 것을 이 자리에서 증명할 수 있습니까?”

“있지. 다케다의 집 구조를 설명해 볼까, 아니면 서고의 구조와 그 안에 든 서적을 외어볼까?”

“서고의 지하 2층, 출입구에서 보아 왼쪽 벽장에 꽂혀 있는 서적 중에서 몇 가지를 말씀해 보십시오.”

“그곳이라면……. ≪삼국사기≫, ≪삼국유사≫, ≪고려사≫, ≪조선

왕조실록》, ≪퇴계전집≫, ≪다산전서≫ 등을 비롯한 한국의 옛 전집류가 있겠군. 맞는가?”

“……. 어르신이 서고에 마지막으로 들른 지가 얼마나 되었습니까?”

“사십여 년쯤 되네.”

“그렇다면 이상합니다. 사십 년 전에 떠났고 다케다 선생님의 가형이 되신다면 연세가 일흔이 넘었을 것 같은데, 이렇게 기억이 또렷하시다니 말입니다.”

노인의 눈동자가 진동하듯이 움직였다.

“서고에 관한 내 기억은 무덤까지 가지고 갈 거야.”

“……. 제 컴퓨터로 우편을 보낸 사람이 바로 어르신이군요?”

“컴퓨터로? 요즘 컴퓨터끼리 무얼 주고받는다는 소리는 어디서 얼핏 들었네만, 분명히 말하건대 그 의심의 대상은 내가 아니네. 나는 지금껏 컴퓨터 앞에 앉아본 적도 없어.”

해의 맏사내

오쿠다마, 1994년 2월

'노인의 말을 어디까지 믿어야 한단 말인가.'

밤늦도록 뒤척였다. 어쩌면 어느 날 갑자기 예고 없이 들이닥칠 낭패감에서 탈출하지 못할 것만 같은 불안감이 엄습해 왔다. 그러나 아무 생각도 하고 싶지 않았다.

가까스로 잠이 들었다. 꿈을 꾸었다. 고요한 새벽하늘을 수많은 천녀(天女)들이 날개옷을 펄럭이며 날아다니고 있었다. 미소만 띠고 있을 뿐, 어느 누구도 입을 열지 않았다. 손을 내밀었다. 그러나 천녀들은 가까이 다가올 듯하면서도 저만치에서 경계했다. 발목이 누군가에게 잡혀 빠져나올 수가 없었다. 몸부림을 치다가 가까스로 눈을 떴다.

강의를 마치고 집으로 돌아와서도 눈자위에 비친 실핏줄이 가시지 않았다. 가츠코가 차를 들고 서고에 들어왔다.

"고맙습니다."

“…….”

“참, 허락은 받았어요?”

가츠코는 대답 대신 고개만 끄덕여주었다. 그녀는 여느 때처럼 미소를 지어 보이고는 나갔다. 가츠코가 들렀다가 나가자 가슴이 더 답답해져 왔다.

말로 표현하지 못할 압박감을 가까스로 견디고 있던 터였다. 일어섰다. 머릿속을 짓누르는 상념을 떨쳐버리고 싶었다. 무의식적으로 주먹을 쥐고 벽을 냅다 때려버렸다.

쿵 하는 소리가 들렸다. 순간, 귀를 의심했다. 다시 한번 때려보았다. 벽은 공명 소리를 내며 똑같은 음파를 전해 왔다. 벽 저쪽이 비어 있는 듯한 소리였다. 힘을 줄여 몇 번 더 두드려 보았다.

‘벽 안쪽에 공간이 있다면……?’

문득 노인의 말이 떠올랐다.

‘내 말을 믿지 못하겠거든 다케다 집안을 뒤져보게. 어디엔가 수만 점의 한국 유물이 처박혀 있을 테니까 말일세.’

누군가의 발자국 소리가 들렸다.

“차상, 교수님께서 차상을 부르십니다.”

“바로 올라가겠습니다.”

서고의 문을 잠그고 정원을 가로질러 저택으로 걸어갔다. 잠깐 화장실을 다녀오더라도 서고의 문을 잠그고 가야 했다. 다케다 교수의 엄한 지시였다.

그는 거실 소파에 깊숙이 앉은 채 돋보기를 끼고 학회지를 들여다보고 있었다.

“찾으셨습니까?”

"자네 요새 잠이 너무 부족한 것 아닌가? 공부도 좋지만 몸도 생각 해야지."

"잘 알겠습니다, 선생님."

"그리고 말이야. 이거 영문으로 번역 좀 해봐. 다음 달에 하버드에 서 동양 철학을 전공하고 있는 교수와 학생들을 초청해 강연할 자료 인데, 수고스럽겠지만 아무래도 자네가 좀 맡아줘야겠네."

"그렇게 하겠습니다."

방으로 올라왔다. 다케다 교수가 준 논문을 책상 위에 내려놓고 컴 퓨터를 켰다. 바로 영문으로 쳐 넣기 위해서였다. 몇 차례 손질은 해야 겠지만.

인터넷에 접속해 들어갔다. 녀석이 또 무언가를 보내오지 않았나 확 인하기 위해서였다. 화면을 보는 내 눈이 커졌다. 이틀 전에 들어와 있 었던 것이다. 얼른 의자를 당겨 앉고 열어 보았다.

오늘은 그 ≪필사 해례≫의 서문 중에서 당신의 논문 ≪부여와 고구 려의 건국신화 고찰≫과 관계된 것이오. 특히 단군 조선 말기와 부여의 태동 부분을 눈여겨 비교해 보기 바라오. 지금까지 누구도 그 상고사의 잃어버린 고리를 찾아보려고 한 사람은 없었소.

묵이 둟ᄒ나 노모로 ᄉ라지는 노미 ᄒ므르 백셩이 ᄒ눌ᄯ시 ᄃᄒ야 ᄂ른 혜 됴히 모ᄒᆯ 거ᄉᆯ 닐오ᄂᆯ ᄆ음으로 셕글ᄒ얏다. ᄆ춤내 님금이 ᄒ눌ᄇ래기 이바디를 ᄀᆯ고 피ᄇ츠이 업시 죽으니 검으ᄯᆷ ᄉ롬 모ᄃ 그 ᄒ속으르 ᄇᆰᄃᆯ ᄂ ᄅ롤 다슬이엿니라.

해몰손이 잇어 ᄒ ᄆ음을 펴디 모ᄒᆯ 거ᄉᆯ 아ᄅᆨ셔 노모 ᄯ해 골ᄃᆯ혜 머믈 우며 백셩올 달애 베이리니 골ᄃᆯ ᄉ롬드리 긔 님금으로 녀겨 모도ᄌᄇ불이다.

해믇손이 ᄌ올ᄋᄇ 백셩 긔군ᄒ야 다려 붉ᄃ 느ᄅ로 도ᄅᄃᄅ 복죵ᄒᄂ
쟈ᄅ 술오고 무릅 ᄭᄂ 쟈ᄅ 벗겨 낼ᄃ니라. 붉ᄃ 느ᄅ로 아올ᄋ 해믇손 뒤
으르 믇수리, 노픠우름, 노픠옫ᄅ 믈리온대 긔 골들 느ᄅ 일홈ᄋ 北扶餘(북
부여)라 ᄒ이다.

굴마ᄃ 싸홈을 니겨 ᄆᄎ 노픠듬이 흘른ᄃ에 이르러 싸홀ᄋ비ᄅ 너비 펴
며 여러ᄂᆯ 머믈다. ᄂᆯ로 시르미 기플 제 ᄋ비 ᄒ나희다ᄀ 긔 가ᄃᆰ을 올외
니, 이곧에 ᄒᄂᆯ 뜨시 잇어 읏듬 ᄉ롬이 뉠쏜가 ᄒ야 술퓌노라 홀새 싸홈 ᄆ
리이 믇아비 노픠듬의 ᄆᆞᆷ을 비르소 일것다.

므리 므리ᄅ 느초이며 느ᄅ세움ᄋ ᄒ입으로 도ᄃ 올리니 긔 쇠 깃브ᄒ야
스스로 님금에 솝뜨ᄂ대 긔 일홈ᄂ 뒤에 '卒本扶餘(졸본부여)라 일쿨이다.

ᄇ롬 믈슴으르 이룰 ᄃ론 골들느ᄅ 노픠옫 님금이 시름ᄒ야 병이 깁더니
ᄃᆸ죽이 죽ᄂ니잇다. 아ᄋ 해ᄇᄅ이 님금을 믈이고져 홀 제, 흘른 느ᄅ 노픠
듬 님금이 긔군ᄒ야 드러 긔롤 새따헤 밧그로 좇아 멀우이다.

때헤 흘른 느ᄅ골들 느ᄅ따롤 모ᄃ ᄋ올아 홀골 느ᄅ라 ᄒ고 ᄋ둘 노픠
묻의게 긔 믈이니, 느ᄅᄂ 듕궉 믈슴으로 扶餘(부여)이니잇고 긔 따헤 가리
맏 터ᄂ 녯 붉ᄃ 나라에 버금ᄒ 거시니이다.*

• • •

* 맥이 달아나 북쪽 땅으로 사라지는 일이 많아 백성은 하늘 뜻이 다하여 나라에 좋지 못한
일이 일어날 것 같은 생각이 들어 편치 못했다. 마침내 임금이 제천 잔치를 끝내고 후사 없이
죽어버리니 신인(신하)들이 공화정을 구성해 밝달나라를 다스리기 시작했다.

해맏사내(해모수)가 있어 큰 마음을 펼치지 못할 것을 알고 북쪽 땅골들에 머무르며 그 지역
백성을 달래고 회유해버리니 모두 그를 새 임금으로 여기고 거느려지는 바 되었다.

해맏사내가 그를 따르는 백성으로 군사를 일으켜 밝달나라로 돌아가 복종하는 자는 살려주고
무릎을 꿇는 자는 벼슬만 거두었다. 밝달나라를 아우른 해맏사내 뒤로 맏수리, 노픠우름, 노
픠옫으로 나라를 물렸는데 그 골들나라 이름을 북부여라 했다.

갈마들 싸움을 이겨 마친 노픠듬이 흘른(몽골 홀른도르 호수)들에 이르러 장수들을 시켜 군진
과 막사를 펴놓고 여러 날 머물렀다.
날로 시름이 깊을 제 부관 하나가 다가와 그 까닭을 물으니 이곳에 하늘의 뜻이 있어 으뜸 사람
이 누가 될쏜가 하여 살피는 중이라 하니 장수와 군사가 노픠듬 장군의 마음을 비로소 알았다.

군사는 모두 머리를 낮추고 나라세움을 한 입으로 종용하니 그가 크게 기뻐하여 스스로 임금
에 올랐는데 그 나라 이름을 뒤에 졸본부여라 일컬었다.

바람말로 이를 전해 들은 골들나라 노픠임금이 시름시름 병이 깊더니 갑자기 죽어버리고 말았다. 아우 해바라가 임금을 물려받고자 할 무렵, 홀른나라의 노픠 듬 임금이 군사를 몰아와 해바래(해부루)를 동쪽 땅으로 멀리 쫓아내어버렸다.

드디어 홀른나라와 골들나라 땅을 모두 아울러 홀골나라라 하고 아들 노 묻에게 나라를 물려주니 나라의 한자명은 부여가 되고 그 강토의 경계는 옛 밝달나라에 버금가는 바 되었다.

아직도 한 편의 동화처럼 느껴질 뿐이오? 이해는 하는 바요, 나도 처음엔 그랬으니까. 한 가지 물어보겠소. 지식에 우선하는 인간의 감각이 무엇인지 아시오? 바로 느낌이라는 거요. 느낌은 무의식이 의식에게 끊임없이 올려 보내는 신호와 같은 것이오. 지금 당신의 느낌은 어떻소? 부디 깊이 느껴 보기 바라오.

오늘도 이만 물러나야 할 시간이 된 것 같소. 이렇게 편지를 보내는 내가 어떤 인물인지 무척 궁금할 것이오. 내 존재를 찾으려 하고 있다는 것도 잘 알고 있소. 분명히 단언하건대, 부질없는 짓이오.

당신은 결코 나를 찾을 수 없소. 나는 바로 당신이 느끼지 못하는 당신의 무의식이기 때문이오. 나를 만나고 싶거든 꿈속으로 들어오시오. 하하.

참, 잊어버릴 뻔했군. 다케다 교수의 서재에 걸려 있는 금장 철제 칼은 당신도 보았을 것이오. 혹시 신기(神氣)가 뿜어져 나오는 듯한 느낌은 받지 못했소? 그 칼을 잘 살펴보시오. 지난번 서고 지하의 계단을 살펴보라는 제안에 이은 두 번째 제안이오.

'이 따위 녀석이 다 있다니…….'

집안을 속속들이 꿰뚫고 있는 어떤 녀석에게 심한 놀림을 받는 것 같아 참을 수 없는 분노가 치밀어올랐다. 참으로 비겁하고 교활한 놈이었다.

'틀림없어. 원부 학생이거나 예전에 여기서 사숙이라도 하다가 쫓겨난 졸업생이 분명할 거야. 사모님이 무얼 감추고 있는 게지. 그런데 그

감추고 있는 속을 어떻게 알아낸다?'

그러나 한 가지 가시처럼 걸리는 게 있었다. 바로 미지의 사서 운운하며 ≪필사 해례≫라는 이름으로 보내는 이야기 같은 글이었다.

글의 내용을 보면 우리 고대사에서 잃어버린 고리처럼 남아 있는 일부 역사적 정황을 비록 이야기식이긴 하지만 연결시키고 있었다. 각각의 사건이 일어난 연대가 기술되어 있지 않아 터무니없기는 해도 덮어 놓고 쓰레기통에 구겨 버리고 싶은 생각은 들지 않았다. ≪필사 해례≫라는 책의 원문을 읽어보고 싶은 충동이 일었다.

'요코하마에 다녀온 뒤부터 모든 것이 혼란스러워진 탓일까?'

나는 출력을 하면서 마음을 다잡아먹었다. 노인이 들려준 말의 진위와 녀석의 정체를 단 시일 안에 가려내기로.

천녀들의 꿈으로 잠을 뒤척이던 나는 문득 일어났다. 그 순간, 다케다 교수의 진면목을 알아볼 방법이 떠올랐다.

오쿠다마, 1994년 2월

번역한 논문을 들고 거실로 내려왔다. 학교에서 전할까 하다가 학생들의 이목 때문에 집으로 가져온 것이었다.

"오, 벌써 다 됐나?"

"영어가 짧아서 웃음을 사지나 않을지 모르겠습니다."

"이 사람 말하고는. 허허, 수고했네. 자네 영어야 학교에서는 자타가 알아준다는 소문이 있던데, 그럼 그게 사실이 아니라는 말인가?"

"부끄럽습니다."

"그래 요즘은 무얼 보고 있나?"

"아스카 시대의 관료 구조를 살피고 있습니다."

"그 시대는 특별히 유의해서 보아야 하네. 당시의 국제관계에 관한 학설이 난무하고 있으니까. 자칫 놓치기 쉬운 함정들이 많아."

"각별히 명심하겠습니다."

"이만 올라가보게."

그가 논문을 들고 일어서려고 했다. 기회를 놓쳐서는 안 된다. 다케다 교수가 거실에 앉아 있는 경우는 좀처럼 드문 일이기 때문이었다.

"저어, 선생님. 한 가지 말씀드릴 것이 있습니다."

"말해 보게."

마침 다케다 교수의 시선은 마주보이는 벽에 걸려 있는 <백팔천녀도>에 가 있었다. 더없이 자연스러운 기회였다. 예전에 아버지에게 들은 기억을 떠올려 식사시간 때마다 그림을 바라보며 속엣말로 연습까지 해둔 상태였다.

"지금 보고 계시는 저 그림 말입니다. 일전에 고려 중기 작품이라고 하셨는데 제가 보기에는 아무래도 미심쩍은 데가 있는 것 같습니다."

"미심쩍은 데라니?"

"몇 번 살펴보았습니다만, 저 그림은 고려 중기의 작품이 아니라 20세기 초기의 것입니다."

"뭐야? 자네 지금 뭐라고 했나? 20세기 초기 작품이라고?"

"예, 틀림없습니다."

다케다 교수는 상체를 고쳐 앉았다. 그러나 이내 냉정을 되찾았다.

"자네가 그림을 보는 안목까지 지니고 있는 줄은 미처 몰랐군. 어디 한번 설명해 보게."

그림에 가까이 다가갔다.

"이 그림은 12세기 중반에 그려진 작품을 보고 조선 말기에 누군가가 모사한 것입니다. 제가 처음 선생님 댁에 들어오던 날 저녁을 마치고 2층으로 올라가는 길에 그림이 무척 오래되어 보이기에 자세히 살펴봤습니다.

그런데 어떤 이유인지는 알 수 없지만 누군가 고의로 그림이 그려진 연대를 오래되어 보이게 한 흔적이 엿보여 모사품일 거라는 생각을 하게 되었습니다. 그래서 조용한 시간에 선생님께 말씀드릴 기회를 찾고 있었습니다.

선생님께서도 보시다시피 이 그림은 비단에 쪽물을 들여 바탕 처리를 한 것 아닙니까?"

"그런데?"

그는 안경을 고쳐 끼었다.

"먼저 바탕천의 재질을 잘 살펴보면 이것은 고려시대에 많이 만들었던 고급 비단인 천잠사(天蠶絲)의 일종이 아닙니다. 언뜻 보아 그런 판단하기 쉽지만, 자세히 보면 1900년대 초 무렵 당시 한국의 대구 지방에 있던 편창제사소라는 공장에서 만든 천이라는 것을 알 수 있습니다.

종이는 천년을 가고 비단은 오백 년을 간다는 속설이 있듯이 장구한 세월을 보존하려는 욕구 때문에 좀 더 오래 가는 비단을 만들기 위해 한반도의 백성들은 많은 고민을 했습니다. 그러다가 나온 것이 천잠사라는 비단입니다.

천잠사는 가잠(家蠶)으로 만든 보통 비단과는 달리 산잠이나 야잠 같은 야생 누에에서 실을 뽑아 짜내는데, 그 희소가치 때문에 중국에서는 황금포라고도 부르기도 했습니다. 그런데 이 천잠사의 특성은 염색이 되지 않는다는 겁니다. 또한 가볍고 질겨서 옷을 지으면 삼대에 걸쳐 입을 만하다고 합니다. 구김이나 주름이 잡히지 않는 천이기도 하고 말입니다.

그런 면에서 볼 때 이 그림의 바탕천은 천잠사를 잠칭한 가잠사로 보입니다. 곳곳에 주름이 잡힌 흔적이 보이지 않습니까? 또한 천잠사 고유의 교직 형태를 흉내 낸 것만 보아도 그런 판단은 가능합니다. 1900년대 초엽 천잠사의 값은 일반 가잠사에 비해 열 배나 비쌌기 때문에 그림의 값을 올리려는 의도에서 그만 그림의 바탕천으로는 적합하지 않는 천잠사의 흉내를 낸 것이지요.

이쪽을 보십시오. 기계로 짠 흔적이 나타나지 않습니까? 올도 균일하고 말입니다. 돋보기로 자세히 본다면 틀림없습니다.

그리고 두 번째는 그림의 안료입니다. 그림에 쓰인 물감은 모두 자연적인 재료이긴 하지만 곳곳에 그 재료의 질감이 다르게 나타나고 있습니다. 이것은 그림을 그릴 때 꽃잎·풀·꽃가루 등의 식물성 안료를 구하기 어려워 돌·흙과 같은 광물성 안료를 섞어서 그렸다는 점을 말해 주고 있습니다.

세 번째는 채색의 기법입니다. 고려시대의 많은 회화 작품들은 배채법이라는 독특한 채색 기법을 썼습니다. 중요한 그림을 그릴 때 더욱 그러했습니다.

배채법이란 원그림을 그리기 전에 비단의 뒷면에 미리 백토나 호분을 칠해 두는 기법을 말합니다. 바탕천에 방부제 역할을 하는 쪽물로 여러 번 염색을 해둔 탓에 천의 색감이 너무 어둡기 때문에 인물의 피부색이나 유리구슬, 달, 해 등을 원그림에 표현할 때 밝은 부분을 쉽게 나타낼 수 있도록 하기 위해서 쓰이는 기법이었습니다. 한쪽 면만 채

색한 것보다 그림의 색감이 오래 보존되는 장점이 있고 그림의 질감 자체도 보다 자연스럽게 만들어주기 때문에 그 무렵에는 꽤 유행한 기법이었습니다.

다만 한 가지 단점은 배채법을 쓴 부분의 바탕천이 다른 부분보다 더 많이 손상된다는 점입니다. 천의 뒷면에 투박한 백토나 호분으로 강하게 칠하기 때문에 이 부분의 올이 눌거나 닳기도 하고, 심지어는 떨어져 나가는 수도 있습니다.

그런데 이 <백팔천녀도>를 보면 배채법을 쓴 흔적이 전혀 나타나지 않습니다. 가장 얼굴이 밝아야 하는 이쪽 구슬을 든 천녀의 얼굴에서도 말입니다. 이것은 이 그림을 그린 구한말의 사람이 배채법에 대한 지식이 전혀 없었거나, 있었다 하더라도 그림에 적용할 만한 실력을 갖추고 있지 못했다는 말이 됩니다.

네 번째는 그림을 오래된 것으로 보이게 하려고 물감의 농도를 짙게 칠한 다음 표백제를 써서 닦아낸 흔적이 보인다는 것입니다. 그림을 잘 그리지 못하는 사람이 화면에 물감이 번지는 것을 두려워해 안료의 농도를 필요 이상으로 진하게 했다는 것을 말해 주고 있습니다. 특히 이 부분, 천녀의 옷깃이 길게 펄럭이며 늘어뜨려진 곳을 잘 살펴보면 표백제로 짐작할 수 있는 어떤 액체를 떨어뜨린 흔적이 발견됩니다.

선생님께서 어떤 인연으로 이 그림을 소장하게 되셨는지는 몰라도 진품으로 알고 계신다면 다시 한번 감정을 받아보십시오.”

말을 마친 나는 이마에 배어나오는 땀을 닦았다.

“강 교수가 몇 해 전에 두고 간 건데, 음……”

다케다 교수는 당혹스러움을 애써 감추려 하는 기색이 완연했다. 아직까지 그림을 감정해 보지 않았다는 말이었다.

'강 교수가 두고 간 것이라니? 그렇다면 그가 우리 문화재를 빼돌렸다는 노인의 말이 사실이란 말인가?'

조심스럽게 한마디 덧붙였다.

"제가 알아본 바로는 이 <백팔천녀도>의 진품은 북한에 소장되어 있다고 합니다."

"알았네. 그만 나가보게."

"예. 선생님."

돌아서려는 나를 그의 목소리가 붙잡았다.

"자네, 어떻게 옛 그림을 감정하는 실력까지 갖추게 되었나?"

"학부 시절에 부전공으로 삼았습니다. 역사와 고미술은 떼어낼 수 없는 분야가 아닌가 해서 말입니다. 졸업할 즈음에는 고미술품 감정이 더 어울리겠다는 선생님들의 농담도 가끔 들었습니다."

"그럼 자네 그림뿐만이 아니라 다른 것들도 보는 안목이 있겠군?"

"물론입니다, 선생님."

나는 자신감 있는 목소리로 대답했다.

교토, 1994년 3월

상아색 투피스가 가츠코에게 잘 어울렸다. 그 위에 받쳐 입은 벚꽃 빛깔의 코트가 그녀의 아름다움을 슬쩍 감추고 있었다. 우리는 신칸센을 탔다. 나는 생각에 잠겼다. 그녀가 내 얼굴을 바라보며 말했다.

"무슨 걱정이 있어요?"

"아닙니다. 그냥요. 어디를 여행한다는 것은 즐거운 일이기도 하지만 떠나온 곳을 돌아보게도 하는 것 같아서……."

"차상은 어떤 여성상을 가지고 있어요?"

그녀는 뜻밖의 질문을 던져 왔다.

"아직 생각해 보지는 않았지만 가츠코 같은 여성이겠는데요, 하하."

"농담하시면 화낼 거예요."

"농담이 아니에요. 저는 온화한 느낌을 주는 사람이 좋아요. 밝고 쾌활한 사람도 좋기는 하지만, 왠지 그런 사람들은 감정의 표현이 너무 빨라서 가끔 가벼워 보일 때가 있거든요."

"어떤 면에서요?"

"딱히 꼬집어 말할 수는 없지만 말이나 행동에 깊이가 없는 태도 말입니다. 너무 신중한 성격도 그다지 바람직하다고 할 수 없겠지만 가벼운 것보다는 장점이 더 많지 않겠어요? 오해를 불러일으킬 행동이나 속이 드러나 보이는 말 같은 것을 조심하게 되니까 말입니다. 어쨌든 가츠코는 그런 미모를 가지고도 여태 남자친구 하나 사귀지 못했다니 믿기지 않는데요?"

"접근해 오는 남성들은 있었지만 왠지 진실하지 못한 것 같아 모두 거절했어요."

"저는 진실해 보여요?"

"아직 잘 모르겠지만……."

도쿄역을 출발한 지 3시간 가까이 걸려 교토에 도착했다. 교토는 알려진 명성대로 고풍스러운 도시였다. 군데군데 벚꽃이 화려하게 꽃망울을 터뜨리고 있었다.

오토바산 꼭대기에 자리잡고 있는 기요미즈데라(淸水寺)를 찾았다. 티없이 맑은 물을 상징한다는 절이었다. 일본 최고의 크기라는 삼층탑이 있었다. 하지만 그것을 보는 감흥은 별로 크지 않았다. 장인혼이 배어 있지 않은 느낌이었다.

절보다는 근처의 상점들이 사람들의 발길을 끌었다. 가츠코와 벤치에 앉아 점심을 먹었다. 그녀가 준비해서 싸온 주먹밥이었다.

헤이안(平安) 신궁은 일본 왕의 생활상을 볼 수 있는 곳이었다. 신궁은 1895년, 교토가 수도로 정해진 지 1100년이 된 해를 기념하기 위해 만들었는데 근대에 지은 신사답게 규모가 크고 화려했다. 입구에 있는 2층으로 된 웅장한 도리이(鳥居)가 보는 사람들을 압도했다. 안으로 들어서자 청기와 지붕과 옻칠을 해놓은 다이고쿠덴(大極殿)의 기둥이 햇빛을 받아 화려하게 빛났다.

"사진 찍어드릴게요."

가츠코는 집에만 있다가 오랜만에 멀리까지 나와서인지 기분이 꽤 좋아 보였다. 그녀는 핸드백에서 조그만 사진기를 꺼냈다. 가츠코는 내가 사진 찍기 싫어하는 성격이라는 것을 모르고 있었다. 추억을 남기는 것도 좋지만 과거의 기억에 너무 매달리게 되는 듯하여 고등학교 다닐 때부터 사진 찍는 것을 무척 싫어했다.

그렇더라도 그런 내색을 해서 그녀의 기분을 망칠 필요까지는 없는 일이라는 생각했다. 지나가는 여행객에게 부탁했다. 사진기를 든 그는 접안 렌즈에 눈을 대려다 빙긋 웃으며 다가왔다.

"좀 다정하게 포즈를 취해 보세요. 제가 연출해 드릴게요. 아마추어이긴 하지만 저도 사진작가이거든요, 하하."

그는 가츠코의 팔을 내 허리에 감아 놓고 내 팔은 그녀의 반대편 어깨 위에 걸쳐 주었다.

"다정스럽게 찍지 않으면 나중에 사진을 보기가 싫어질 거예요."

가츠코는 여행객의 연출을 쑥스러워하면서 빙그레 웃었다.

큰소리로 떠들고 왁자지껄 몰려다니는 사람들은 대부분 한국에서 온 단체 관광객이었다. 말씨만 들어보아도 서울 생각이 났다. 무슨 말이라도 나누고 싶었지만 그들의 행동을 보니 엄두가 나지 않았다.

"한국인들의 목소리는 모두들 너무 큰 것 같아요."

가츠코는 웃으며 말했다.

"큰 목소리로 이야기를 해야 직성이 풀리는 사람들이 많아요. 오랫동안 불합리한 환경에 억눌려 살아온 유전적 기억에 대해 일으키는 정화 작용이랄까, 뭐 그런 것이겠지요."

우리는 이곳저곳을 산책 삼아 돌아다니다가 오후 늦게서야 돌아오는 기차를 탔다. 나는 피곤했지만 가츠코는 그다지 지친 기색이 보이지 않았다.

"한 가지 물어볼 말이 있어요."

"뭔데요?"

"혹시 다케다 선생님에게 형제가 있습니까?"

"……."

"제가 너무 엉뚱한 질문을 했나 봅니다."

"그런 건 아니지만……. 별로 좋지 않는 집안 이야기라서……."

"그러면 그만두세요. 즐거운 날에 가츠코의 기분을 상하게 하고 싶지는 않아요."

"외조부님은 삼남매를 두셨어요. 돌아가신 어머니가 막내였고요. 교수님의 형이 한 분 계셨는데 지금은 어디서 어떻게 살고 있는지도 몰라요. 교수님도 만나지 않는 것 같고……."

"왜 만나지 않습니까? 가족인데……."

"잘 알지는 못하지만 예전에 어머니 말씀으로는 큰외숙부께서 가문에 돌이키지 못할 죄를 지었다고 하셨어요."

'가문에 큰 죄라……?'

나는 더욱 궁금해졌다. 용기를 내어 그의 이름을 밝혀보았다.

"혹시 그분의 성함이 다케다 가와모토 아닌가요?"

"차상이 그분의 성함을 어떻게 알아요?"

가쯔꼬가 놀란 눈으로 나를 쳐다보았다.

"그건 저……. 우연히 한 번 만난 적이 있어요."

"그래요? 어떤 일로……?"

"별다른 일은 아니고 그냥 우연히 말입니다."

가츠코는 의아스러운 눈빛으로 나를 보더니 입을 열었다.

"다시 만나지 않으시는 게 좋을 거예요. 교수님이나 외숙모님이 아시면 불호령이 떨어질 거예요."

"다시 만날 일도 없을 겁니다."

"그렇다면 다행이구요. 원래는 그분이 역사를 공부하셔서 정원에 있는 서고를 외조부님에게 물려받았대요. 하지만 어떤 이유에서인지 어느 날, 집을 나가 버리셨다는 말을 들었어요."

"서고와 관련되어 집에서 쫓겨날 만한 큰 죄를 지었다는 얘기군요."

"더 이상은 몰라요."

"……."

"그런데 그건 무엇 때문에 차상이 알려고 하죠?"

"그냥 호기심입니다. 한국에서는 형제끼리 절친하게 지내거든요. 어떤 일이 있더라도 서로 용서하고 화해하면서 말입니다."

가츠코는 잠시 생각하더니 낯빛이 굳어진 채 입을 열었다.

"차상, 그렇더라도 그 이름을 다케다 선생님께는 여쭈어보지 마세요. 역정이 대단하실 거예요. 집안을 망친 죄인이라고 여기고 있어요."

"그렇게 하지요. 가츠코도 비밀을 지켜줄 겁니까?"

"그분 만난 걸 교수님이 알게 되면 차상은 바로 쫓겨나게 될지도 몰라요. 다시는 만나지 않겠다고 약속하면 오늘 이야기는 듣지 않은 걸로 하겠어요."

"약속합니다, 하하."

가츠코는 못내 근심스러운 얼굴로 웃는 나를 바라보았다.

오쿠다마, 1994년 3월

서재에 들어가는 일은 쉽지 않았다. 언제나 잠겨 있었다. 다케다 교수가 가끔 불러들이는 틈을 이용해 칼에 눈길을 주려고 했지만 그럴 기회마저 포착하기가 쉽지 않았다.

매일 컴퓨터를 확인하는 버릇이 생겼다. 세 번째 우편을 받은 이래 이상하게 나도 모르는 사이에 편지가 기다려졌다. 서둘러 집으로 향했다. 단조로운 일상의 무기력함을 색다른 긴장감으로 덧씌워 놓고 나도 모르게 즐기고 있는 것은 아닌지 자문해 보았다. 전적으로 부정하기는 어려웠다.

아케다 부인은 저녁 준비에 바빠 보였다. 가츠코가 반갑게 맞아주었다. 주방 앞으로 가 부인에게 가벼운 목례를 하고 방으로 올라왔다. 전원을 넣고 포스트에 접속해 보았다.

와 있었다. 온 것이다. 나는 오랜 기다림 끝에 해후하는 연인을 대하듯 흥분이 일었다. 화면 앞에 앉았다.

오랜만이오.

내가 오기를 기다리지 않았소? 나도 당신이 몹시 보고 싶었소. 세상에서 당신을 가장 사랑하는 당신의 무의식이기 때문이오. 나를 찾으려면 당신의 무의식을 들여다보시오. 모든 선입감과 지식의 고정관념에서 떠나서 말이오.

오늘은 거친 말을 한마디 하겠소. 칼을 잘 살펴보라는 내 말을 무시하는 거요? 다시 기회를 노리시오. 노리는 자에게 기회는 언젠가 오는 거니까.

이제, 붉은색 옷 입기를 좋아하는 스물두 살 청년의 이야기를 풀어 놓을까 하오. 이 이야기는 앞서 말했던 그 ≪필사 해례≫ 서문의 마지막 부분, 고구려의 건국에 관한 것이오. 부디 꼼꼼히 새겨 읽기를 바라오.

가까이에서 나를 관찰하고 있는 듯한 말투……. 나는 순간 가츠코를 의심했다. 그러나 곧 고개를 가로저었다. 그녀가 자신을 숨기면서까지 내게 이렇게 해야 할 이유가 뭐란 말인가. 그동안 보아온 그녀의 성품으로 봐도 너무 무리한 추측이었다.

다케다 교수, 다케다 부인, 가츠코……. 이 집 안에 눌러살고 있는 세 사람이 아니라면 도대체 누가 이렇게 바로 옆에서 보는 듯이 나를 관찰할 수 있다는 말인가.

혹시 관찰이 아니고 넘겨짚은 것이라면? 그렇다면 이 집에서 살았던 적이 있는 노인이 이런 방법으로 나를 가르치려는 것인가? 그러나 편지의 처음과 끝을 꾸미는 글귀의 양태를 보면 칠십 노인의 문장이라고 보기가 힘들었다.

아무리 여러모로 생각해도 녀석의 정체가 무엇인지 실오라기 같은 단서 하나도 잡을 수 없었다.

노픠못이 녯 골둘 느르 새모따헤 ◇름드리 숩에서 새◇시 느르롤 열이잇
느니 때희 혼 믈롤 드려 좇겨오는 해브르와 싸홈을 벌이는대 긋긋내 베디르
이고 몰아 느르롤 해브르의게 넘오이다. 님금에 올혼 해브르느르 일홈올 고
텨 ◇시르 ㅎ엿고 둘흔 믈슴으로는 東扶餘(동부여)라 닐오이다.

죽은 노픠못 버들곳 안해는 ◇는 ◇기 술숨을 부티고져 해브르 님금의게
알외온대, 멀리 녯 적올 우러르 이 ◇기도 님금 다려 해몯손의 피블이니 넉
그럼을 베플◇지이다 ㅎ는지라 님금이 두 어미 ◇둘을 춤어 죽이던 모ㅎ야
보술피니잇다.

◇기 ㅈ르미 불근 오슬 입고 활을 쏘으며 믈을 ◇려 먹이매 싁싁혼 어룬
이 되는지라 스물두 해의 술이를 어미 겨테 놓이고 ◇시르롤 다르느 홀골느
르헤 이르놋다.

긔 불근 옷슬 입는 지라 일홈을 高鄒牟(고추모)라 일콜이다.

홀골 노픠묻 님금는 늚름혼 혼 ㅅ느희롤 그윽혼 눈으르 바르보매 긔 뒷
눌 크게 닐어느리라 몹시 깃븐 ◇움에 뚤의게 겨집ㅎ이다.

두 ㅅ롭 얼우어 ◇둘 유리롤 느아 님금이 비르소 고추모롤 느르혼 맏싸홀
◇비 연타볼올 드려 골둘 따롤 두르 숩피니잇다. 골둘에 이른 고추모 연타볼
뚤로셔 ◇둘 비류와 온조희 홀어미 소서노롤 믄느온디 뒷눌헤 느르검버금
ㅅ롭이 제 거릴◇ 저어ㅎ야 긔 ◇움을 ㅅ로줍고져 소서노와 얼우느니라.

내조히 연타발과 소서노에 도드 골둘 비루 못◇셔 님금으르 올혼 고추모
는 바츳이 힘올 너비 펴◇ 홀른에 있는 으뜸짝 온해 ◇둘 드려 오니곳다. 때
헤 곳겨집이 되는 소서노 비류 온조롤 드려 멀이 느◇ 거슬 ㅅ로되 님금
이 만혼 금은 슐림올 브리주어 보내이다.

◇츰내 고추모가 ㅎ눌에 알외어 해느르 해몯느르 붉달느르 골둘느르 홀
른느르 홀골느르롤 이어 해의 올혼 피블이로 고ㅎ야 님금헤 오르니 긔 새밝
임금이라 일홈ㅎ이고 나라롤 고올리라 일콜이다.*

●　●　●

* 노픠못(해모수의 증손자)이 옛 골들나라의 동쪽 땅 아름드리 숲에서 새가시 나라를 열었는
데 어느 때 한 무리를 이끌고 쫓겨오는 해바라와 일전을 벌이다가 끝내 죽임을 당하고 말아
그에게 나라를 넘겨주고 말았다. 임금에 오른 해바라는 나라 이름을 고쳐 가시라 나라라 하고
다르게는 동부여라 불리게 되었다.

죽은 노픠못의 버들꽃 아내(유화 부인)가 갓난아기의 목숨을 살리고자 해바라 임금에게 아뢰기를 널리 옛일을 우러러보면, 이 아기도 임금과 같이 해맏사내의 자손이니 너그러움 베풀어주십사 하는지라 임금이 두 모자를 차마 죽이지 못하고 보살펴주었다.

아기는 자라며 붉은 옷을 입고 활을 쏘며 말을 가려 먹이는 등 씩씩한 장부가 되는지라 스물 두 살의 살이를 머이 곁에 두고 가시리 나라를 떠나 홀골나라에 이르게 되었다.

사내는 붉은 옷을 입고 있어 이름을 고추모라 불리었다.

홀골나라 노픠묻 임금이 늠름한 한 사내를 그윽한 눈으로 바라보고는 그가 뒷날에 크게 일어나리라고 믿고 몹시 기쁜 마음에 자신의 딸에게 장가를 들게 했다.

두 사람이 결혼하여 아들 유리를 낳으니 임금은 비로소 고추모에게 나라의 군국대신 연타발을 딸려 옛 골들 땅을 두루 살피게 했다. 골들에 이른 고추모는 연타발의 딸로서 두 아들 온조와 비류를 데리고 사는 과부 소서노를 만났는데, 그는 뒷말 자신이 임금에 오르는 것을 탐탁치 않게 여길 신인(신하)들이 있을까 염려하여 (병권을 쥐고 있는) 연타발의 마음을 사로잡아두고자 그녀와 다시 혼례를 올렸다.

나중에 두 부녀의 도움으로 골들 땅의 비루몽(몽고 부이르 호수)가에서 임금으로 오른 고추모는 서둘러 왕권을 확립해 홀른에 있는 첫 부인과 아들을 데려왔다. 그때 첩실로 전락하고 만 소서소 모자는 고추모에게 멀리 나아갈 것을 아뢰니 임금이 많은 재물을 주어 보냈다.

마침내 고추모가 천제를 올려 하나라·해맏나라·밝달나라·골들나라·홀른나라·홀골나라를 이른 해의 홀바른 후손으로 고하고 임금에 오르니 그를 새밝 임금이라 불리었고 나라는 고올리(골·골짜기·고리·고려·고구려·코리아의 어원)라 하였다.

　　오늘은 부연을 좀 할까 하오. 네 차례나 보냈는데도 이 ≪필사 해례≫의 가치를 의심하는 당신의 딱한 모습을 돕기 위해서 말이오. 읽어주기를 정중히 부탁드리는 바이요.
　　동몽골 지역의 부이르 호수 근처에 고올리 칸이라는 석인상이 서 있소. 고올리 칸을 한자어로 바꿔서 읽어보시오. 고리한·고려왕·고구려왕 등으로 쓸 수 있지 않소? 그곳 주민은 석인상을 절대 신성의 대상으로 여기고 있소. 그런데 공교롭게도 그 상이 동명(東明)을 뜻하는 몽골어와 동일시되고 있소.
　　東明(동명)의 東(동)은 '새'이지 않소? 동서남북을 순 한글로 '새하마노'라 하고 동풍을 샛바람이라 하지 않소? 또 明(명)은 '절대적인 밝음'

을 나타내는 말이 아니겠소? 결국 東明(동명)은 '새붉'을 한자어로 나타
낸 말이 되는 것이오.

새붉이 무얼 상징한다고 보시오? 해를 말하는 것 아니오? 광막한 평
원을 비추며 찬란히 떠오르는 동녘의 해 말이오. 그렇다면 그런 해를
상징하는 석인상이라면 누가 되겠소?

해모수, 해믈순, 바로 해의 맏사내요. 고올리 땅에 처음으로 나라새
움을 한 성스러운 제왕, 그는 바로 부여의 시조 해모수가 아니오?

몽골 내륙에서 동남쪽으로 난 길을 따라 내려오면 고올리 사람들이
각종 유적과 유물, 성터 등의 발자취를 남기면서 남하해 전율스럽게도
제주도에까지 이르렀음을 쉽게 알 수 있소. 제주도의 말 기르기는 몽골
인들의 방식 그대로 방목 형태가 아니오? 또 섬 여기저기에 흩어져 있
는 돌하르방의 모양새가 몽골 내륙에 흩어져 있는 석인상들과 아주 흡
사하오. 흡사하다는 것, 한 계통을 이루어 똑같다는 말이 아니오?

마침내 돌칸무덤 하나가 동몽골 숨팅토이롬 고올리 성읍터에서 발
굴되었소. 고구려풍의 양식 운운이 아니라 바로 고구려 무덤 그 자체로
판명된…….

몽고 사람들이 한국인을 칭하는 말이 무엇인지 아오? 설렁거스! 설
렁거스라는 말이오. '떠나간 사람들' 혹은 '무지개'란 뜻이오.

아득하고도 아득한 옛적, 바이칼 호수 동쪽 자락에서 큰 꿈과 담대
한 포부, 호연한 기상을 가지고 해가 뜨는 땅을 찾아 동남쪽으로 내려
온 불가사의한 민족, 현지 토착인들에게 무지개라 불릴 만큼 신비스런
그 민족의 발자취를 스스로 상세하게 기록해 놓은 고대의 전설적인 사
서, 그것의 ≪필사 해례≫가 이제 궁금하지 않소?

한반도와 기껏해야 남만주 일대에서 한국의 모든 역사를 찾을 수 있
다는 믿음은 일찌감치 버리는 게 좋을 거요. 지금까지 흔들릴 수 없는
진실로 당신이 배워온 것이긴 하지만.

‘아는 것으로부터의 자유’

이 명제를 어떻게 생각하시오?

도쿄대학 교정, 1994년 3월

“뭘 그렇게 보고 있어?”

하야시 마키우로(林正弘)가 다가왔다. 유일하게 동료라고 부를 수 있는 사이였다. 일본 사회에서 동료라는 관계, 그것을 우리말로 풀이하면 ‘서로 피를 나눌 수 있는 사이’ 쯤 될 것이다.

“꽃봉오리가 물을 머금고 있는 게 좋아 보여서.”

“싱겁긴.”

“요즘 무슨 걱정이 비치는 것 같던데, 향수병인가?”

“뭔가 꽉 막힌 기분이야.”

“그럼 뚫어야겠군. 다케다 선생님 댁을 두고 떠도는 소문 알아?”

“무슨 소문?”

“정체를 알 수 없는 신비한 아가씨 하나가 있다던데, 사실이야?”

“누가 그래, 쓸데없이……”

“자네도 일본인이 다 되어가는군.”

“그건 또 무슨 소리야?”

“아니, 그냥 해본 소리야. 사숙 생활은 어때?”

“그럭저럭 지내고 있어. 그런데 자네는 계곡에 한번 안 들어올 작정이야?”

“들어가면 뭘 하겠어. 이 공부의 길은 이미 끝이 다가왔는데.”

하야시는 자신이 비밀리에 몰두하고 있는 공부에 관해서만큼은 털

끝만큼도 공개하지 않고 있었다. 학교에서 보이는 것은 단지 연막일 뿐이었다.

"편지 좀 그만 보내."

나는 이미 알고 있다는 듯 덤덤하지만 기습적으로 찔러보았다.

"……."

그는 한참 만에 입을 열었다.

"벌써 알고 있었군. 미안하네. 그렇잖아도 마음을 정리했어. 얼마 전에."

"보낸 내용이 사실은 아니겠지?"

"그만해 두자구."

나는 더 이상 묻지 못했다. 그의 한숨으로 보아 다음 기회로 미루어야 할 것 같았다. 서고 계단의 태극 무늬며 서재에 걸려 있는 칼까지도.

"우리 나이에 그런 장난은 어울리지 않아. 사실 신경이 많이 쓰이더라구."

"알았네."

그는 천재였다. 도박에 관한 한. 지금까지 그가 잃었다는 이야기를 들은 적이 없었다. 사실 여부는 알 수 없지만 학비도 도박으로 조달하고 있다는 바람말을 들은 적이 있었다.

하야시에게는 어딘지 모르게 우리식 된장의 냄새를 맡을 수 있었다. 아니, 한국식 성정을 누구보다도 잘 흉내 낼 수 있다는 표현이 더 어울리는 말이겠다. 몇 겹으로 자신에 대해 감추기 일쑤인 여느 일본인 학생과는 분명히 다른 분위기를 가진 인물이었다.

천재와의 대화. 그것은 단답형 선문답일 수밖에 없었다.

"하나만 이해해 주었으면 좋겠어. 가츠코를 향한 마음이 장난만은 아니었어."

나는 귀가 번쩍 열렸다. 가츠코라니?

"가츠코가 고등학교에 다닐 때 가정교사를 하게 되면서 알았어. 그런데 학생처럼 보이지 않더라구. 꼭 전생의 아내를 만난 것 같은 기분, 자네는 그런 기분 알아?"

"내 이야기는 그게 아니고……."

"그만해. 무슨 말을 하려는지 알아. 내게 사과할 필요는 없네. 사랑은 뜻하지 않게 오는 것이 오히려 정상이니까. 깨끗하게 물러서겠네. 나도 할 만큼은 해봤으니까."

아, 하야시는 필경 자신이 가츠코에게 보낸 편지를 두고 이야기를 하고 있는 것이었다. 그런 일이 있었다니……. 사태가 단단히 심각해지고 있었다.

"그간 수백 번도 더 용서를 빌었을 거야. 하지만 이젠 나도 지쳤어."

"하야시 자네, 큰 오해를 하고 있어. 내가 말하는 편지는 그런 게 아니란 말이야."

"그런 게 아니라니?"

"우린 지금 서로 다른 이야기를 하고 있다는 말일세. 내가 말하는 편지는 그런 게 아니라 요즘 내 컴퓨터에 들어오는 정체불명의 전자우편을 얘기하는 거야."

"지금 뭐라고 했나?"

"정말일세. 미지의 사서 운운하며 반협박성 우편이 날아들길래 나는 그 장난을 자네가 하는 것이라고 생각해서 넘겨짚어본 거야."

"……."

하야시는 아무런 대꾸도 하지 않다가 갑자기 크게 웃어제쳤다.

"이런, 하하하……."

그의 웃음은 한동안 그치지 않았다. 낭패스러운 건 오히려 내 쪽이었다. 들어서는 안 될 이야기를 꼭 유도 심문해서 이끌어낸 듯한 미안한 마음이 엄습했다.

"그 우편의 내용부터 먼저 들어보자."

"대답부터 해줘. 자네야, 아니야?"

"난 아니야. 이 하야시의 명예를 걸지."

자세한 이야기는 하고 싶지 않았지만 이렇게 된 이상 감춘다는 것도 이상한 일이 될 것 같았다. 우편의 내용을 정리해 들려주었다.

"내용을 보면 한국인이 보내오는 느낌도 드는데, 저택의 구조며 서고를 들먹이는 것을 보면 꼭 그런 것도 아닌 것 같아. 집안을 잘 알고 있는 사람인 것만은 분명해."

"나 말고 특별히 집히는 사람은 없어?"

"글쎄, 원부 학생들 중에서 내게 그런 장난을 칠 만한 사람은 자네 말고는 없어."

"이 하야시가 보기에는 장난이 아닌 것 같아. 사실 학계 원로들 중에는 다케다 선생님을 좋지 않게 보는 시각이 적지 않아. 너무 일방적인 사학적 연구 기법을 교습한다고 말일세. 어쩌면 자네를 아끼는 누군가가 그걸 경계하려는 것인지도 모르겠군. 좀 더 기다려보는 게 나을 것 같은데?"

나는 알 수 없는 기분에 휩싸였다. 하야시의 말이 이어졌다.

"전에 졸업한 선배들과 모여서 게임을 한 적이 있는데 그때 많이 잃은 누군가가 농담 삼아 한마디 던지더라구. 다케다 선생님의 서고를 보물섬으로 칭하면서 말일세. 내가 그 말에 대해 물으니까 얼른 입을 봉해 버리고는 나가버렸어. 아무튼 선생님에 대해 뭔가를 알고 있는 사람들이 심심찮게 있는 것 같군."

나는 또다시 혼란스러워졌다. 하야시는 가만히 있다가 빙긋 웃음을 지었다.

"내가 보기에도 자네가 가츠코와 가장 잘 어울리는 것 같아."

"그게 무슨 말이야?"

다케다 계곡, 1994년 4월

학교에서뿐만 아니라 집에서조차 다케다 교수의 얼굴을 거의 보지 못했다. <백팔천녀도>의 진위를 가리기 위해 여기저기 알아보는 일로 바쁘기 때문이라고 생각했다.

점점 노인의 말이 어느 정도는 신빙성을 가지고 있지 않겠는가 하는 쪽으로 기울어지고 있었다.

그러나 학문을 하다 보면 더러 학문과 관련된 부차적인 재미에 잠깐씩 눈을 돌릴 수도 있는 일이다. 문화재에 관심을 갖고 어떤 것은 소장하고자 하는 것도 그 범주에서 허용할 수 있는 일일 것이다.

다만 그 정도가 문제일 것이다. 나는 노인이 집에서 쫓겨났다는 가츠코의 말에서 그가 다케다 교수의 사소한 약점을 크게 부풀리고 있는 것은 아닌가 하는 쪽으로도 생각하고 있었다.

가끔 가츠코와 교외로 나갔다. 교토를 다녀온 후부터 우리는 더 많이 친숙해졌다. 그녀는 늘 부드러운 태도로 나를 대해 주었다. 농담을 건넬 때에도 그녀는 가벼운 미소만 지을 뿐, 크게 웃는 법이 없었다.

누구라도 가츠코와 가까워지려면 상당한 인내가 필요할 거라는 생각이 들었다.

"교수님께서 작업복을 입고 내려오시랍니다."

"작업복을요?"

까닭을 물어보지는 못했다. 무슨 일일까, 이 밤에 작업복을 입고 내려오라니? 다케다 교수는 손전등을 들고 거실에 서 있었다. 그도 작업복 차림이었다.

"따라오게."

그는 짤막하게 말하고 현관으로 나섰다. 다케다 교수의 걸음은 서고로 향했다.

"열게."

들고 있던 꾸러미에서 열쇠를 찾아 문을 열었다. 그는 불을 켜고 내려갔다. 다케다 교수가 머문 곳은 지하 2층 일본 근대 사서들이 소장되어 있는 벽장 앞이었다. 그 벽장에는 내가 늘 궁금해 하던 조그만 서랍 하나가 달려 있었다. 늘 잠겨 있어서 볼 때마다 호기심을 불러일으키는 것이었다.

다케다 교수는 주머니에서 작은 열쇠 꾸러미를 꺼냈다. 그리고는 황금색 열쇠를 찾아 서랍을 열고 그것을 통째 빼냈다. 서랍은 비어 있었다. 그는 서랍이 빠진 곳으로 손을 쑤욱 넣었다.

다케다 교수가 손을 빼고 잠시 기다리자 벽장 전체가 삐익 소리를 내며 천천히 돌기 시작했다. 나는 숨을 죽이고 그 광경을 바라보았다. 벽장은 정확히 90도 각도에서 멈추었다.

안쪽을 들여다보았다. 어두웠다. 밖에 켜놓은 불빛이 새어들어 진열장 같은 것들이 보였다. 꽤 넓은 공간인 듯했다.

“잠시만 기다리게.”

다케다 교수는 손전등을 켜고 그 속으로 들어갔다. 잠시 후 딸깍 하는 소리가 나고 불이 켜졌다. 그는 들어오라는 시늉으로 손짓을 한번 했다.

조심스럽게 들어섰다. 순간 발이 굳어 버렸다. 벌어진 입이 다물어지지 않았다. 현기증이 났다. 100평도 족히 넘는 비밀 공간이었다.

바로 앞에 보이는 진열대에는 청자·백자 같은 자기류와 토기·질그릇·유기 등이 놓여 있었다. 석기시대·청동기시대의 토기부터 조선 후기의 백자에 이르기까지 동양의 요업 역사가 한눈에 들어오는 듯했다.

후들거리는 종아리에 애써 힘을 주어 천천히 걸음을 옮겼다. 총통·포탄·칼·창·활·화살·갑옷·투구·방패·요대·갖신 등 옛 군병이 사용했던 물건이 눈에 들어 왔다. 고구려 양식의 창과 투구, 가야의 것으로 보이는 칼과 갖신, 신라·백제·고려·조선·구한말에 이르기까지 시대별로 빠지지 않고 구비되어 있었다.

악기가 있었다. 거문고·가야금·박·태평소·아쟁·해금·징·꽹과리·장고·북까지 보였다. 궁중에서 사용한 물건을 모아둔 진열대도 있었다. 곤룡포로 보이는 옷이 눈에 띄었다. 갓·도포·망건·탕건·유건·관대·사모·홀·화관이 있었다. 노리개·빗·부채·비녀·떨잠·경대 등 여자들이 쓰는 장신구들이 즐비하게 놓여 있었다.

회화 작품들이 가득 놓여 있는 대형 진열대가 있었다. 산수화·사군자·인물화 가릴 것이 없었다. 겉눈으로도 겸재 정선의 작품과 광화사 최북의 그림을 알 수 있었다.

고승들의 영정이 보였다. 갑옷을 입은 영정이 있어 다가가보았다.

놀랍게도 충무공의 영정이었다.

바람벽·창호 등에서 도려낸 듯한 민화 수십 장이 빨래집게에 매달려 진열대 앞에 늘어뜨려져 있는 것이 보였다.

다케다 교수가 나를 보고 있다는 것도 잊어버렸다.

문방용구였다. 붓·먹·벼루·한지·연적……. 특히 연적은 100여 개가 넘었다. 공간 구석진 곳에는 가구가 있었다. 상감기법을 한 오동장, 먹감나무장, 나전장, 서안, 등잔대, 촛대 따위였다.

끝에 놓인 진열대를 돌아섰다. 펼쳐놓은 병풍이 보였다. 얼른 보아 글귀의 내용을 알 수 없었지만, 겉으로 보기에 그것도 몇백 년은 된 것처럼 여겨졌다. 접어 놓은 것도 몇 점 눈에 들어왔다.

크고 작은 금동·청동불상은 눈대중으로도 셀 수 없을 정도였다. 목탁·염주·풍경·목어·운판·발우·죽비·광쇠·바라……. 아, 삼층·오층 석탑은 일곱 기나 바닥에서부터 천장까지 솟아 있었다.

일반 여염집에서 사용한 듯한 생활 소품들은 수장고 한편 바닥에 그대로 방치되어 있었다. 맷돌, 함지박, 두레박, 지게, 다듬이 방망이, 낫, 괭이, 쇠스랑, 도리깨, 옹기, 장군, 멍에, 절구, 키…….

헤아릴 수도 없었다. 침을 삼켰지만 목에 걸려 넘어가지 않았다.

"놀랄 것 없네. 평생 동안 한 점 두 점 취미 삼아 모은 것이 어느새 이만큼이나 되었지 뭔가. <백팔천녀도>는 모사작이라고 밝혀졌네. 자네가 아니었으면 나는 지금까지도 그걸 고려 최고의 걸작이라고 생각하고 있을 뻔했네.

자네를 여기에 데리고 온 것은 여기 있는 것들 좀 봐달라는 것이네. 늙어서 침침해진 내 눈보다는 나을 듯하니까 말이네만. 내가 보기에 요즘 자네 크게 바쁜 일이 없는 것 같은데, 가능하겠나?"

"한……번 살펴보도록 하겠습니다."

"그럼, 내일부터……. 아니, 자네가 원한다면 지금이라도 자세히 둘러보도록 하게. 여닫는 법은 좀 전에 봐서 알겠지? 이건 서랍 열쇠네. 잘 간수하게. 그리고 항상 문을 잠그고 작업하도록 하게."

다케다 교수는 꾸러미에서 열쇠를 하나 빼내어 나에게 주고는 밖으로 나갔다.

나는 예기치 않은 충격을 가누지 못해 비밀 수장고 진열장에 기대어 앉았다. 아, 설마 했던 노인의 말은 사실이었다.

'나만큼 그를 잘 아는 사람도 드물지. 그는 역사학자가 아니라 추잡스러운 도굴꾼이자 비겁하고 교만한 변명쟁이야. 다케다 집안 내력이기도 하네.

미치오는 일제 때 한국의 모든 무덤을 뒤졌어. 그리고 그의 아들이자 자네의 스승인 다케다 세이야는 해방 이후부터 지금까지 호시탐탐 한국의 문화재를 긁어모아왔고…….'

"후우……."

서고가 꺼질 듯한 한숨이 나왔다. 수장고에 있는 것들은 한 개인이 정상적으로 수집할 수 있는 물건들이 아니었다. 평생이 아니라 누대에 걸쳐 수집했다고 하더라도 거짓임을 단번에 알 수 있을 만큼 대부분 국보급 유물들이었다. 또 엄청난 분량이었다. 낙엽을 쓸 듯 빗자루로 끌어모았다는 표현이 어울렸다.

'다케다가 나를 이곳까지 데려온 것은 그만큼 믿는다는 말일까? 아니면 유물의 진위를 가리고 싶은 마음에 내가 한국인이라는 사실을 잠시 잊어버리기라도 한 것일까?'

일어나 다시 둘러보았다. 모두 낯선 것들이었다. 그러나 모두 우리 것이었다. 일본이나 중국의 유물은 없었다.

걸음을 옮기다 문득 충무공의 영정 앞에 섰다. 갑옷을 입고 환도를 차고 있었다. 영정 밑에 충무공의 수결이 보였다. 언제 어디서 어떤 화공이 그린 것이라는 글을 공이 직접 썼다는 증거였다. 눈물이 쏟아질 것만 같았다.

'이런 일이 있을 수 있다니…….'

다케다 세이야 교수. 인자하고 학구적인 풍모의 역사학자가 떠올랐다. 그러나 또 하나의 얼굴이 떠올랐다. 문화재 밀매자이자 대를 이은 도굴꾼의 비열한 모습이었다.

일본 사학계에 대한 부정적인 시각은 몇 차례의 침략을 받은 피해 의식에서 비롯된 소아병적 태도일 것이라는 나의 믿음은 여지없이 무너져 내렸다.

이들이 우리에게 이렇게까지 해야 하는 이유를 알 수 없었다. 책이며 유물이며 대를 이어가며 닥치는 대로 끌어다 모으는 까닭, 반드시 밝혀내야 할 일이었다. 그 깊은 저의가 어디에 있는지.

가끔 서고 주위에서 느껴지던 인기척도 이들 유물을 노리는 자가 숨어들었기 때문이란 말인가. 그는 일개 평범한 도둑에 불과할 것인가. 나는 다케다 교수 주위에서 일어나고 있는 일련의 조짐이 언젠가 돌이키지 못할 사태로 번질 것 같은 예감이 들었다.

시계를 보았다. 밤 12시가 넘은 시간이었다. 서고의 비밀 수장고에 들어온 지 2시간이 지났다. 입술을 깨물었다. 내가 앞으로 해야 할 일이 정해진 것이었다. 망설일 이유가 없었다. 결단을 내렸다.

떠나기로. 그러나 유물의 목록을 작성한 다음 그것을 가지고 떠나야 했다. 훗날을 위해서라도 반드시. 나는 살갗에 좁쌀이 돋아나는 전율을 떨어내고 일어섰다. 결단을 내린 이상 냉정함을 수습해야 했다.

서고에서 나와 버릇처럼 하늘을 보았다. 유리가루를 한 됫박 뿌려놓은 듯 일본의 하늘에도 별은 총총히 떠 있었다.

비밀 수장고, 1994년 5월

목록표를 들고 조선시대 고승의 영정을 살피고 있다. 비밀 수장고에 들어와 작업을 해온 지도 한 달이 넘었다. 그동안 100평이 넘는 수장고를 이 잡듯이 뒤졌다. 어디에서도 우리나라의 고서적은 발견되지 않았다.

다만 한쪽 진열장에 무언가가 놓여 있던 흔적을 발견한 것이 전부였다. 나는 그곳이 우리의 고대 사서들을 진열해 놓았던 자리라는 심증을 굳혔다. 다른 것은 다 있는데 유독 책만 보이지 않는 이유를 생각했다.

서고의 책들 가운데 유독 우리 것들이 눈에 띄게 부족한 것도 이상한 일이었다. 일본에 유리하지 못한 어떤 사실들을 기록해 놓은 것이 대부분이기 때문일까? 그래서 일반에 공개하기가 곤란하기 때문에 더 깊이 숨겨 두었을까?

돌이켜보니, 다케다 교수가 일단의 한국 학자들이나 어떤 류의 일본 학자들이 발표하는 새로운 논문에 관해서 한마디도 하지 않은 이유가 무엇 때문인지 이제는 그 깊은 속뜻을 알 수 있을 것 같았다. 논쟁의 결과가 미리 예상되기 때문일 것이다.

컴퓨터로 우편을 보내오던 녀석의 의도는 무엇일까? 그가 자신을 숨기고 ≪필사 해례≫라는 책의 실명을 말하지 않는 것이 이해되지 않았다. 내 눈을 새로 뜨게 할 목적이었다면 그토록 감출 필요가 어디 있을까 하는 생각이 들었다.

2만여 점이나 되는 우리나라의 옛 유물 가운데 중요도가 높은 것을 중심으로 한 사진촬영과 목록 작성, 문자 기록의 필사 작업을 거의 끝내가고 있다. 일이 끝나면 미련 없이 떠날 것이다. 그리고 다케다 교수의 손바닥 위에서 아무런 의심도 하지 않고 그의 계산된 수순에 충실히 따랐던, 그를 큰 학자로 여겨 그의 모습에 장차의 나를 대입시켜 흠모해 왔던 지난 3년간의 인생을 보상받기 위해서라도 나는 반드시 이곳에 되돌아와 그의 정체를 벗길 것이다.

그때가 되면 일본 사학계는 발칵 뒤집어질 것이다. 그의 가계의 추악했던 이면이 알려지면 주변 각국에서도 싸늘한 반응을 보일 것이다. 그리고는 의식 있는 학자들은 한마디씩 할 것이다. 굴뚝에 연기가 나지 않는다고 불마저 때지 않았다고 할 수 있겠는가. 눈으로 볼 수는 없었지만 냄새는 많이 맡을 수 있지 않았느냐고.

하지만 나는 안다. 다케다 교수에 비해 나의 힘이 얼마나 초라한 것인가를. 그래서 나는 어떤 식으로든 학계에서 인정받을 필요가 있다. 민족사관을 도모하는 학계든, 식민사관에 젖어 있는 학계든. 그리고 그곳이 일본이든 한국이든 관계없이.

그러나 불행하게도 나는 학계의 주목을 이끌어낼 만한 이렇다 할 사학적 주제를 가지고 있지 못하다. 내 비극은 그렇게 쓸쓸히 출발하고 있는 것이다.

서고에서의 마지막 날이 왔다. 다케다 교수는 내 생각을 전혀 눈치채지 못하고 있다. 그는 내일 아침 내가 내미는 엉터리 감정서를 당분간 철석같이 믿을 것이다.

군영에서 쓰는 물건들이 진열되어 있는 곳으로 갔다. 갑옷을 비롯해 약 200여 점에 대한 작업만을 남겨 놓고 있었다.

그동안 내 작업은 세 단계로 이루어져 왔다. 첫 번째로 유물의 모양과 표면의 문구·문양 등의 특징을 기록하는 일이고, 두 번째는 사진 촬영, 세 번째는 송곳이나 먹물로 모든 유물에 나만이 알아볼 수 있는 표식을 그려 넣는 일이었다.

표식은 한성의 기획조정실에 재직하는 동안 사용했던, 단순해 보이지만 유려한 나의 수결이었다. 뒷날 다케다 교수가 유물들을 다른 곳으로 감추거나 박물관 등에 기증한다 하더라도 그것을 증거 삼아 모조리 발견해 낼 수 있도록 하기 위해서였다.

귀중한 유물에 흠집을 낸다는 것이 마음에 걸렸으나 그건 선의의 발로이므로 훗날 국민들에게 용서받을 수 있을 거라 믿었다.

목록과 사진이 있다고는 하지만 엄밀하게 말하면 그 두 가지로도 물증의 가치는 그리 높지 않을 것이었다. 그때 마지막 카드로 등장하는 것이 내 수결이 될 것이다. 이거야말로 꼼짝할 수 없는 확실한 증거가 아니겠는가?

투구 하나를 들었다. 정수리 부분에 소용돌이 문양이 장식되어 있었다. 깃의 대용으로 보였다. 비밀 수장고에 잠자고 있는 우리의 유물 중에서 가장 이해할 수 없는 것이 바로 고구려 초기의 토기들이었다.

100여 점이나 되는 토기들의 표면 문양은 대부분 빗살무늬였지만, 그 중에서 20여 점은 소용돌이 문양을 가지고 있었다. 빗살무늬 토기는 내게도 익숙했지만 소용돌이 무늬 토기는 지금까지 한 점도 볼 수 없었던 낯선 것이었다. 그것은 다케다 부자가 한국의 고대 유물을 얼마나 남김없이 쓸어 담아 왔는가를 말해 주는 증거이기도 했다.

녹슨 철제 투구를 유심히 살폈다. 투구 안쪽에 작은 무늬들이 보였다. 손을 넣어 쓰다듬어 보았다. 무언가 오톨도톨한 것이 느껴졌다. 호기심이 일어 투구 안에 손전등을 집어넣었다.

'상형문자인가.'

아니었다. 전서체 서각이었다. 음각되어 있는 문자들은 알아보기 힘들 정도로 닳아 있었다. 그 문자들을 목록표에 그려나가기 시작했다. 아주 세밀한 주의가 필요한 작업이었다. 유물 표면에 새겨지거나 쓰인 문구 중에서 가장 해독하기 어려운 문구를 대하고 있는 것이다.

각각의 유물에서 위력 있는 사학적 연구의 실마리 하나를 발견하고자 했으나 작업을 끝내는 지금까지 특별히 신통한 것을 찾아낼 수 없었다. 모든 유물은 포로로 잡혀와 자포자기한 채 힘없이 앉아 있는 병사의 모습을 하고 있을 뿐이었다. 밤을 꼬박 세운 나는 푸르스름한 새벽이 되어서야 서고를 나왔다.

"선생님, 중요한 건 다 끝냈습니다. 목록표와 제 감정 의견서입니다. 번호를 서로 대조해 보시면 쉽게 아실 수 있을 겁니다. 큰 번호는 진열대 번호입니다. 현장에 있는 진열대에도 이것과 같은 번호를 붙여 놓았습니다."

두툼한 봉투 안에는 미리 적어 놓은 편지도 들어 있었다.

"수고했네. 오늘 수업은 어떤가?"

"이시구로(石黑) 선생님의 강의가 있습니다."

"알았네. 내가 잘 알아서 말해 두겠네. 오늘은 좀 쉬게. 몰골이 말이 아니구먼."

"고맙습니다."

다케다 교수도 나에게 일을 시켜 놓고 일말의 부끄러움은 느끼고 있는 듯했다. 나를 대하는 태도가 달라진 것이 확연히 드러나 보였다. 그는 봉투를 들고 서재로 들어갔다. 보물처럼 깊이 넣어두었을 것이다.

정원으로 나가 깍듯이 인사를 했다. 사제간에 나누는 마지막 인사라는 것을 그는 모르고 있다. 어쩐지 그의 뒷모습이 처량해 보였다. 현관을 들어오면서 어금니를 악물었다. 이로써 그와 나의 사제 관계는 끝났다.

이제 이 순간부터 나는 수사관이 되어야 한다. 증거는 이미 확보해두고 있다. 그러나 현장 인멸의 우려가 상존하는 것이다. 만약 비밀 수장고의 유물이 다른 곳으로 치워진다면, 그때를 같이하여 다케다 집안의 범죄에 대한 공소시효도 끝이 나는 것이다.

그렇게 되면 나는 다케다 교수의 비열하고 교묘한 역사적 범죄 앞에서 무기력한 나 자신을 돌아보며 통곡하게 될 것이다. 서둘러야 했다.

다행히 다케다 부인도 외출을 했다. 그것을 본 나는 방으로 올라와 간단히 짐을 꾸렸다. 몇 벌의 옷과 컴퓨터, 유물 목록과 필름, 필사한 유물의 문자 기록만을 챙기고 나머지는 모두 정리해 한 곳에 쌓아두었다.

"곽 부장님? 접니다. 차평무.…… 이유는 묻지 마시고 지금 바로 차한 대만 보내주십시오. 다케다 교수 집으로 말입니다.…… 호수 쪽으로 십여 분 들어오면 오른편에 커다란 소나무 숲이 보이고, 숲이 끝나는 지점에 이르면 왼쪽으로 조그만 비포장 길이 하나 나 있습니다. 그길로 곧장 올라오면 대문이 없는 고택의 정원에 바로 들어서게 됩니다.…… 만나 뵙고 자세한 연유를 말씀드리겠습니다.…… 예, 지금 바로요. 기다리겠습니다."

붉은색 도요타 한 대가 정원 밖에 섰다. 창으로 그것을 내려보다가 아래층으로 갔다. 가츠코가 두 눈을 크게 떴다.

"차상, 무슨 일입니까?"

"별일 아닙니다. 옷과 컴퓨터를 좀 옮기려고요."

곽 부장은 엄 대리를 보냈다.

"실장⋯⋯."

"어이, 친구! 오랜만이군. 빨리 실어줘."

나는 눈을 찡긋해 보였다. 엄 대리는 아무 말 없이 2층으로 올라와서 노트북 컴퓨터를 들고 내려갔다. 옷이 든 가방과 작은 상자를 허리춤에 껴들었다. 가츠코는 영문을 몰라 지켜보고만 있었다.

"사모님은 언제 들어오신다고 했습니까?"

"점심식사 전까지는 오실 거예요."

"사모님이 들어오시면 전에 같이 갔던 록폰기의 아만도 커피숍으로 나와주십시오. 가츠코에게 할말이 있어요. 한 시부터 거기서 기다리고 있겠습니다."

그녀는 여전히 놀란 눈으로 나를 바라보며 고개만 끄덕였다. 방으로 돌아와 서고의 열쇠를 책상 위에 올려놓았다. 방 안을 둘러보았다. 미련은 없었다. 그러나 회한이 무겁게 남아 있었다.

곽 부장에게 가는 동안 내 안색을 몇 차례 살피던 엄 대리는 끝까지 침묵을 지켜주었다.

"실장님, 무슨 일입니까?"

"곽 부장님께 폐 좀 끼쳐야 겠습니다. 방 하나만 알아봐주십시오. 곽 부장님 말고는 아무도 소재를 찾을 수 없도록 말입니다. 자세한 얘기는 나중에 하겠습니다."

곽 부장은 잠깐 생각하더니 입을 열었다.

“잘 알겠습니다. 그밖에는?”

“제가 갖고 있는 것은 컴퓨터 한 대와 옷 몇 가지뿐이라서…….”

“걱정하지 마십시오. 알아서 조치를 취하겠습니다.”

“고맙습니다. 그럼 저녁에 이곳에서 뵙도록 하지요.”

사무실을 나와 아만도로 갔다. 유명세를 타는 만큼 꽤 복잡했다. 실내를 둘러보고는 입구에서 가츠코를 기다렸다.

흐린 하늘에 빗발이 흩날리기 시작했다. 봄비였다. 그녀를 생각했다. 순수하고 착한 여자였다. 현대 물질문명에 별로 찌들지 않은 모습이 부럽기까지 했다.

“많이 기다리셨어요?”

“아닙니다.”

나는 애써 웃어 보였다. 벚꽃 이파리 같은 부슬비가 흩날리며 사람들의 어깨 위로 내려앉고 있었다. 무심코 하늘을 올려다보았다. 무슨 말을 어디부터 해야 하나…….

“제 가정교사였어요. 제가 대학에 들어가기 전까지는. 그 뒤 오빠라고 부르기도 하다가 나중에는…….”

가츠코는 힘없는 목소리로 말을 꺼내기 시작했다.

“나중에는 청혼까지 받았어요. 그런데 아주 끔찍한 사고가 생겨 버렸어요. 다시는 기억하고 싶지 않은…….”

그녀의 눈을 들여다보았다. 탁자를 내려보고 있는 눈에 물방울이 가득 들어 있었다. 안타까웠다. 두 사람 사이에 무슨 일이 있었는지. 그녀는 머리카락을 쓸어올리며 고개를 들었다.

“제 부모님이 돌아가셨어요. 그 교통사고를 낸 사람은 바로 하야시의 아버지였고…….”

“어떻게 그런 일이?”

“그때 부모님과 하야시의 아버지는 돌아가시고 저만 살았는데, 다행히 저는 큰 상처를 입지 않았어요. 그런데 병실에 문병을 온 가해자의 가족이⋯⋯.”

나는 아무 말도 하지 못했다.

“하야시였어요. 얼마나 놀랐는지 몰라요. 세상에 이런 우연한 악연도 있구나 싶었어요. 그 뒤로 하야시를 보지 못했는데 나중에 도박에 빠져들었다는 소문이 들리기 시작했어요.

그래서 찾아갔어요. 그러지 말라고. 어떻게 하면 용서를 빌 수 있겠느냐고 하길래 저는 하던 공부를 계속하는 길뿐이라고 단호하게 말해주었어요.”

가츠코는 또 큰 숨을 쉬었다. 나는 묵묵히 듣고만 있었다.

“그 후 얼마가 지나서 하야시의 어머님한테서 연락이 왔어요. 정상으로 돌아오게 해주어서 고맙다고, 은혜는 죽어서라도 갚겠다고 말이예요.

의지할 데가 없는 저는 집을 정리하고 외숙부 댁에 들어오게 됐어요. 그런데 어떻게 알았는지 하야시가 편지를 보내오기 시작했어요. 저는 한 번도 답장을 쓰지 않았고⋯⋯. 하야시는 저를 만나기 위해 지금 차상이 다니고 있는 학교에 두 번째 대학원 공부를 하고 있는 거예요. 그는 원래 경제학도였거든요.

편지는 지난번에 교토를 다녀온 뒤부터 끊겼어요. 거기서 차상과 같이 사진을 찍고 있는 모습을 보았는데 제가 더없이 행복해 보이더라고 하면서⋯⋯.”

“그런 일이 있었군요. 실례가 안 된다면 하나 물어볼게요. 하야시가 가츠코에게 영원히 용서를 받을 수 없는 사람인가요?”

“…….”

“가츠코가 하야시에게 너무 가혹한 벌을 주고 있는 것 같습니다.”

가츠코는 내 말을 피했다.

“차상은 왜 떠나는 거죠?”

그녀의 말은 범죄자를 심문하는 전문가의 말처럼 가슴을 헤집고 들어왔다.

“더 이상 있을 수가 없어서……”

가츠코에게 할 수 있는 말의 전부였다. 아물지 않은 그의 마음에 다케다 교수로 인해 또 한 번의 상처를 주고 싶지는 않았다.

“저 때문이예요? 하야시와 저의 관계 때문에?”

“가츠코가 어떤 오해도 하지 않았으면 좋겠습니다. 전적으로 제 개인적인 일입니다.”

“그 말씀은 틀린 것일 거예요. 그렇다면 왜 이런 식으로 떠나는 거죠? 교수님과 외숙모님께 인사도 갖추지 않고. 교수님과 관계된 일이군요?”

일이 이렇게 된 마당에 주저할 것이 없었다.

“혹시 가츠코가 제게 전자우편을 띄웠어요?”

“그건 무슨 말이예요?”

“발신자를 알 수 없는 우편이 자꾸 들어와서 그냥 물어보는 겁니다.”

“저는 아니에요.”

이제 일어설 때가 가까워졌다. 시간을 끌수록 안타까움만 더해질 뿐이었다. 나는 호주머니에서 쪽지 한 장을 꺼냈다.

“언제고 먼 훗날, 먼 훗날에 한국에 오실 일이 있으면 이 주소로 연락해 주십시오."

가츠코는 한동안 받지 않았다.

(주)한성세라믹 도쿄 지사, 1994년 5월

노인을 만났던 일과 그 후에 다케다 교수의 집에서 겪은 일들을 곽 부장에게 모두 들려주었다. 그는 잠시 생각하더니 입을 열었다.

"그럼 앞으로의 계획은 마련해 놓으셨습니까?"

"아직 아무것도요. 답답하고 착잡하고 불뚝불뚝 화만 치밀고……."

"그 일본인 교수는 앞으로 실장님한테 혼쭐 좀 나겠군요, 하하."

"농담할 기분 아닙니다."

"한 인간이 숨겨둔 추악한 모습을 너무 큰 대가를 주고 보셨습니다. 하지만 차근차근 풀어나갈 수 있을 겁니다. 실장님이 누굽니까?"

곽 부장은 나를 위로하고 있었다.

"지난번에 만났던 노인과 한번 터놓고 상의해 보면 어떨까요? 집에 가보셨다지만 찾을 수 있을는지, 그게 문젠데 말입니다."

"아, 아버지께 연락해 보면 전화번호를 알 수 있을 거예요. 아버지 와는 연락이 된다고 했으니까."

"그럼 그것도 제가 한번 알아보겠습니다."

"곽 부장님과 한 약속을 제가 파기하고 말았습니다."

"실장님도 참. 이 마당에 그런 것까지 생각하시다니요. 저로서는 오 히려 반갑습니다. 이유야 어찌 되었건 곁에 모시고 회사 일에 조언을 받을 수도 있으니까 말입니다."

곽 부장이 마련한 내 임시 거처는 키쿠보에 있는 작은 맨션이었다.

생활하기에 아무런 불편이 없도록 가재도구를 준비해 놓았다. 세를 낸 것이라 했다. 그의 일처리 솜씨가 엿보이는 일이었다. 그 짧은 시간에 집을 세내고 가재도구까지 훌륭히 준비해 놓은 것을 보니 새삼 고마움이 느껴졌다.

전화를 해둔 다음 요코하마로 노인을 찾아갔다. 키쿠보의 맨션에 들어간 지 보름만의 일이다. 이제 그만 돌아오라는 아버지의 성화가 불화살 퍼붓는 듯했지만 나는 단호했다. 여기서 내가 그만두고 만다면 그건 이미 내가 아니었다.

문을 열어준 사람은 노인의 운전기사였다.

"어서 오십시오."

"불쑥 찾아뵈어서 죄송합니다. 어르신 계십니까?"

"그러잖아도 몇 달째 기다리고 계셨습니다. 반드시 찾아오실 거라고요. 들어오십시오."

"왔는가?"

노인이 안방에서 나와 웃으며 말했다.

"절 받으십시오."

"허허, 갑자기 절이라……. 그래 절을 받아야지. 하나뿐인 목숨을 구해 주었으니 말이야, 허허허."

큰절을 했다. 그리고는 무릎을 꿇고 앉았다.

"한국식으로 바로 앉게나. 그리고 여기는 내 아들일세. 인사하게."

나보다 10년은 연배로 보이는 아들은 무릎을 꿇고 앉아 상체를 깊이 숙였다. 나는 한국식으로 엉거주춤 반절을 했다.

"참을성이 꽤 있는 젊은이군. 지금에야 나타난 걸 보면. 역시 정인이 아들은 잘 두었어."

"가르침을 받을까 해서 찾아뵈었습니다."

노인은 앉아 있는 아들에게 차를 내오라고 했다. 지난번에 무례하게 군 일이 머릿속에 들어 있기 때문인지 노인을 대하는 내 모양새가 어딘지 자꾸 삐뚜름해지는 것만 같았다.

"다케다의 집에서는 무엇을 보았는가?"

"서고 지하에 비밀 수장고가 있었습니다."

"그곳에 얼마나 있었는가?"

"두 달쯤 됩니다."

"허어, 무슨 일로 그렇게나 오래?"

"거기에 모아 놓은 유물을 감정하는 일이었습니다. 다케다 교수님의 지시로."

"자네에게 그런 재주까지 있는 줄은 몰랐군. 혹시 그 지하실에서 특이하게 눈에 띄는 물건은 없던가?"

나는 고개를 들었다.

"어떤 점에서 특이한 물건을 말씀하시는지……?"

"옥대 하나 못 보았는가. 오래되어 보이는 것 말이야."

"아, 있었습니다. 궁중의 물건을 모아 놓은 곳에 말입니다. 그런데 그 옥대에 무슨 비밀이라도 숨겨져 있습니까?"

"있지. 그게 바로 신라 삼대 보물 가운데 하나라는 진평왕의 옥대야. 멍청한 친구 같으니. 그런 것도 하나 들고 나오지 않고 뭘 했어?"

"그게, 그 옥대가 정말 진평왕의……."

머리가 아득히 떨어져 나가는 기분이었다. 몸뚱이와 머리가 따로따로 방 안을 헤매고 있었다. 아, 차라리 듣지 않은 편이 나았을 것을…….

"착하다고 복 받는 게 아냐. 현명해야 하늘이 보살펴주는 거지."

노인은 찻잔을 들었다 놓고 다른 이야기를 꺼냈다.

"전에 ≪니겡≫지에 올랐던 논문들을 준비하면서 살펴본 자료를 한 번 이야기해 보게."

나는 기억을 더듬어 생각나는 대로 말해 주었다. 물론 논문 뒤편에 첨부한 참고자료 색인을 노인도 모르는 바가 아닐 테지만, 그렇게 묻는 데는 나름의 이유가 있을 것이다. 말을 마치자 노인은 고개를 저었다.

"그럴 수밖에 없었겠지……."

노인의 표정은 분명 내가 간과한 사서가 있다는 암시였다. 나는 숨을 죽이고 노인의 대춧빛 얼굴만 멀뚱멀뚱 바라보았다. 노인은 방 한 쪽을 향해 소리쳤다.

"애야, 준비하고 있느냐?"

"예, 아버님."

"내가 그동안 모아 놓은 책이 몇 권 있는데, 자네에게 소용이 될지도 모르겠네. 가지고 가겠나?"

"고맙게 받겠습니다. 언제쯤 돌려드리면 될는지요?"

"돌려줄 필요는 없네. 이로써 내가 살아서 할 일은 끝마쳤네. 부탁 한 가지만 하겠네. 훗날 누구의 목숨을 앗을 일이 있거든 이 늙은이를 생각해서 한 번은 참게. 약속하겠나?"

"약속하겠습니다."

"지난번에 만났던 그 사무실로 저 아이가 책상자를 가져다 놓을 걸세. 자네의 거처는 누구에게도 알리고 싶지 않을 테니까 그 다음은 자네가 알아서 하게. 오늘중으로 가지고 갈 걸세."

"은혜는 잊지 않겠습니다."

"가보게."

오쿠다마, 1994년 6월

다케다 교수는 겨우 몸을 일으켜 소파에 걸터앉았다. 가츠코가 차를 들고 서재로 들어왔다. 그녀가 나가자 사토 의원의 표정에도 다소 걱정스러운 빛이 돌았다.

"수장고를 열어주는 게 아니었어……."

"이 사람아, 내가 뭐랬나. 그런데도 조선놈을 철석같이 믿다니."

"그 후론 찾을 길이 없으니 어쩌면 좋은가? 학교에도 나오지 않는 모양이야."

"제자라서 걱정되는가, 아니면 수장고가 발설될까봐 그러는가?"

사토 의원은 빈정대는 투로 물었다.

"둘 다일세."

"이 친구가 정말 그 녀석을 아꼈군그래."

"그런가 보이."

"그래, 편지에는 뭐라고 씌어 있던가?"

"특별한 내용은 없네. 그저 사학이라는 학문에 대한 접근방법을 달리해 보고 싶어 떠난다는 말밖에. 인사말도 깍듯이 써두었더군. 스승에 대한 마지막 예의는 갖춘 글이었네."

다케다 교수의 표정이 더욱 어두워졌다.

"이미 사제의 관계를 끊고 떠난 놈일세. 미련은 이쯤에서 그만 떨쳐버리게. 한솥밥 먹은 정 때문이라도 수장고에 대해서는 함구할 걸세. 그 녀석, 한성의 심장부에서 십 년이나 근무했다고 했나? 그러면 세상 돌아가는 이치는 어느 정도 알 만한 놈이니까 별 일은 만들지 않을 걸세."

“요즘 거울 앞에 서면 너무 초라하고 비겁한 늙은이 하나가 보여. 지난 한 달 내내 그 늙은이의 모습이 떠나지 않았네.”

“마음 약한 소리는 그만하게. 칠십 평생을 살아오면서 한 번도 흔들린 적이 없는 자네였어. 생각해 보게. 자네가 해온 일이 어디 자네 일신의 영달 때문이었나? 자넨 일본이 자랑하는 일본혼의 상징이야.”

“부끄럽네. 이 땅에서 태어난 것이⋯⋯.”

“다케다 교수!”

“미안하네. 그 녀석은 정말 아까운 놈이었어. 진실을 가르치고 싶은 유혹이 매일같이 들 정도였으니까⋯⋯. 이해해 주게.”

사토 의원은 문 쪽을 쳐다보며 목소리를 낮추었다.

“가츠코는 어떤가? 그 아이도 알고 있는 눈치던가?”

“자세한 건 모르네. 어디 속을 보이는 아이라야 말이지. 요즘 얼굴이 좋지 않아 보이는 정도일세.”

“그 녀석에 대한 건 금후로 싹 잊어버리게. 자네답지 않게 왜 이러나? 그림에 대해서는 아직 강 교수에게 얘기하지 않았을 테지?”

“다른 일로 연락은 왔었네만 얘기는 하지 않았네. 때가 되면 돌려줘야지. 그놈이 정신이 번쩍 들도록 말이야.”

“책의 행방에 대해서는 뭐라던가?”

“직접 부딪쳐 보겠다더군. 정면으로 돌파해 볼 모양이야.”

“맨손으로?”

“백자 두 점을 내놓았네, 동시 교환의 조건으로.”

“그것만 가지고 가능하겠나?”

“불가능하다면 다른 미끼를 써야지. 단번에 침이 넘어갈 물건으로 말일세.”

"어떤 것 말인가?"

"천천히 생각해 보기로 하세. 자네 도움이 필요할지도 몰라."

"그가 갖고 있는 건 확실한 정보인가?"

"지금으로서는 가장 유력한 짐작일세."

"다른 방법을 써보면 어떨까? 아예 그 문제의 책과 함께 그를 영원히 잠재우는 방식 말이야."

"그가 책을 갖고 있다는 확실한 증거를 확보한 다음에 고려해 볼 방법일세."

"하긴 그렇군."

사토 의원은 찻잔을 들어 한 모금 음미한 뒤 말했다.

"궁에서는 요즘 자네의 판단을 의심하는 눈치를 보이고 있네."

"그렇기도 하겠지. 벌써 이십 년이 넘었으니 말이야. 하지만 그 책은 엄연히 존재하고 있네. 전설로만 떠도는 책이 아니란 말일세."

"자네에게 한 가지 듣고 싶은 말이 있네. 그 책을 그렇게 끈질기게 추적해 온 솔직한 이유 말이야."

"진실을 보고 싶어서이네."

"자네가 진실 타령을 하니 이상하게 들리는군."

"나도 이제 지쳤네…… 평생을 캐왔지만 아직 저 민족의 뿌리가 어디까지 닿아 있는지 알 수가 없어. 파들어가면 파들어갈수록 끝이 없는 느낌이란 말일세."

"자네 입에서 조선놈들을 칭찬하는 소리는 처음 듣겠군. 눈만 뜨면 치고받을 싸움거리만 찾는 족속인데 뭐가 걱정인가?"

"저들이 언제까지 그 꼴로만 있으리라고 보나? 정신 차리고 서로 손을 잡기 시작하면 어느 민족도 감당하지 못하네. 그것 때문에 우리가 그동안 애를 써왔던 것이지.”

“그런 날은 오지 않을 거야. 역사적으로나 지금의 지정학적인 조건으로 봐도 말일세. 설령 그렇다 하더라도 우리에게는 일본혼이 씩씩하게 배인 아이들이 있지 않은가?”

“동일한 조건 아래에 있다면 우리 아이들은 저쪽 아이들의 절반도 못 따라가네.”

“그 녀석이 사라진 후로 너무 충격을 받아서 그런 게야. 아무려면 그렇기야 하려고?”

“믿기지 않을 걸세.”

“힘내게. 우리 시대에 우리가 해야 할 일은 모두 끝내놓고 가야 하지 않겠나? 그런 다음 뒷일은 또 뒤에 오는 우리 젊은이들에게 기분 좋게 맡기고 말이야.”

“그래야겠지. 하지만 언젠가는…….”

“자 자, 그만하게, 이만 됐네.”

“자네는 아직까지 큰 하나를 모르고 있어.”

“큰 하나? 그게 무언가?”

“저들이 숨기고 있는 불가사의한 힘이네. 저력이라고 보기엔 표현에 부족한 점이 있지.”

“너무 과대평가하지 말게.”

“문득 지금까지 내가 살아온 길을 돌아보니, 저들을 향한 시샘과 선망으로 가득 찬 어린아이의 투정 말고는 보이는 게 없어. 특히 저들의 그 알 수 없는 힘에 대해서 말일세.”

“이 사람, 메이지 이후 자네 집안만큼 큰일을 한 사람들은 없어.”

“메이지 이후 한시도 쉴 틈 없이 추진해 온 일이 어느 때 한 줌 물

거품처럼 사라져버릴지도 모르네. 요즘은 그게 너무 불안해.”

“듣기 싫네. 그만 일어서겠네. 어린 녀석 하나 달아난 것 가지고, 쯧쯧. 심약한 사람 같으니라구…….”

사토 의원이 나서자 다케다 교수는 그의 등에 대고 힘없이 말했다.

“너무 걱정하지는 말게. 살아 있는 동안 내 몫의 일은 할 것이니까.”

“그럼 그래야지. 자네 뒤에는 내가 있지 않나? 백자 두 점으로 안 되거든 필요한 건 뭐든지 말만 하게. 다 구해 줄 테니.”

“고맙네.”

풀리는 비밀

키쿠보, 1994년 7월

태어나서 처음 내 손으로 밥을 차려 먹기가 쉽지 않았다. 그건 나의 삶이 치열하지 못했음을 준엄하게 되돌아보게 하는 일이었다. 그동안 내가 살아오며 접했던 것이란 귀한 것, 고상한 것, 화려한 것 일색이지 않았던가 하는 부끄러움이었다.

물 한 잔, 쌀 한 톨도 내 손을 거치지 않으면 안 되었다. 끼니를 사먹기 위해 밖으로 나가지 않기로 나 자신과 약속했기 때문이다.

풍족한 재력이 있었다. 통장에도 보통 사람이 평생을 모아야 할 액수의 돈이 들어 있었다. 하지만 그것이 내게 줄 수 있는 건 일상의 편리함 이상은 아니었다. 수도하는 마음가짐이어야 흔들리지 않을 것이라 생각했다.

무서운 속도로 책을 파고들었다. 나는 과거로 가는 배의 선장이었고 항해사였고 선원이며 조리사였다. 모든 것을 혼자 힘으로 해결해야 하는 원시인이었다.

곽 부장을 만나고 돌아온 지 일주일이 지났다. 또다시 컴퓨터에 입력할 것이 생겼다. 오쿠다마의 비밀 수장고 있던 병풍에 적힌 문구를 해석한 것이다. 노인에게 받은 책을 섭렵하는 틈틈이 머리도 식힐 겸 그 작업을 두 달째 해오고 있었다.

키쿠보에서는 아직 녀석의 우편을 한 번도 받지 못했다.

'나를 꾸준히 관찰하고 있는 녀석이라면 오쿠다마를 떠난 것에 대한 안부라도 물어올 법도 한데……'

축하하오. 오쿠다마를 떠난 것을.

드디어 당신은 무의식의 문 앞에 다가섰구려. 이제 문을 여는 일이 남았소. 그러나 조심하시오. 문에 장치되어 있는 건 그리 허술한 자물쇠가 아니니까 조금만 삐긋해도 영원히 열 수 없을지도 모르오.

하지만 나는 당신을 믿소. 당신의 분노를 믿고 열정을 믿소. 다만 내가 믿지 못하는 것은 당신 의식이 거부하는 '당신 무의식의 느낌'이오.

내가 그토록 끊임없이 올려 보내주었건만 당신은 그것을 받아들이지 않았소. 아쉬울 뿐이오. 하지만 나는 기다리기로 했소. 언젠가 당신이 나를 만나게 되면 해결될 일이기 때문이오.

이제 당신은 그 칼을 접할 수 없게 되었소. 안타깝소, 왜 내 말을 듣지 않았는지. 그러나 나 또한 당신의 일부이기 때문에 당신을 믿기로 하겠소. 그러나 기억해 두시오. 내가 당신을 믿을 기회는 그리 많지 않다는 것을.

오늘은 《필사 해례》의 서문에 이어지는 본문을 처음부터 보내려고 했소만 당분간 보내지 않는 편이 낫겠다는 생각이 들었소. 그것이 아니더라도 당신은 살펴볼 것을 많이 갖고 있을 테니까 말이오.

이후로 더 이상 편지를 보내지 않게 될지도 모르오. 당신 스스로 무의식의 문을 활짝 열어 제칠 수 있으리라 믿기 때문이오. 바라건대 나를 찾으려고 주위를 돌아보는 부질없는 짓은 하지 마시오. 나는 오직 당신 내면에 있소.

부디 건투를 비는 바이오. 당신이 선택한 '아는 것으로부터의 자유'라는 먼 여행에 대해.

곽 부장과 엄 대리까지 의심해 보았다. 그러나 그들이 오쿠다마에 있는 다케다 교수의 집 구조며 서고의 계단을 어떻게 안다는 말인가?

녀석을 찾는 일은 서두르지 않기로 했다. 시급한 것은 노인이 물려준 책의 내용을 살피는 일이었다.

키쿠보, 1995년 1월

노인한테 물려받은 책은 놀라운 것이었다. 모두 300여 권에 이르렀다. 옛 고서의 원전도 있고 20세기 초에 만들어진 필사본도 보였다. 노인이 손수 메모해 엮어 놓은 것들도 상당 부분 차지했다. 겉훑음으로 전체를 분류하는 데만 해도 적지 않은 시간이 걸렸다.

그동안 이름만 남기고 사라져버린 사서들, 그 사서들이었다. 표훈밀기(表訓密記)·조대기(朝代記)·태백일사(太白逸史)·주남일사기(周南逸士記)·고조선비사(古朝鮮秘史)·해동고기(海東古記)·삼한고기(三韓古記)·고조선기(古朝鮮記)·지공기(誌公記)·삼성기(三聖記)·신지비사(神誌秘詞)·수찬기소(修撰企所)·가락국기(駕洛國記)·신라고사(新羅故事)·국사(國史)·백제서기(百濟書紀)·삼국사(三國史)·구삼국사(舊三國史)·고려비기(高麗秘記)가 그것이었다.

종교·철학·풍습·언어·지리·천문·인명에 관한 책으로는 참전

계(參�'戒)·신비집(神秘集)·도증기(道證記)·해동비록(海東秘錄)·지이
성모하사량훈(智異聖母河沙良訓)·동천록(動天錄)·천경신고(天經神誥)·
마슬록(磨虱錄)·대변설(大變設)·통부록(通夫錄)·화랑세기(花郞世紀)·
호중록(豪中錄)·지화록(地華錄)이 있었다.

일본의 사서로는 노인이 주를 달고 해석한 부상략기(扶桑略記)·일
본서기(日本書紀)·고사기(古事記)·고어습유(古語拾遺)를 비롯한 몇 종
이 있었고, 고대 시가집인 ≪만엽집(萬葉集)≫은 일본어 어원을 고찰하
는 방식으로 풀어 놓았다.

중국의 역사는 25사를 비교분석적 기법으로 해례해 놓은 것이었는
데 원고를 세워 놓으니 무려 한 길 가량이나 되었다. 그리고 25사를
제외한 각종 문헌 속에서 고대 우리 민족에 관한 서술임을 암시하는
대목을 발췌해 놓은 것도 꽤 많은 분량의 원고를 이루고 있었다.

특이한 것은 동남아 역사 일부와 인도, 티벳, 서남아시아 지역의 고
대 역사가 7권으로 간추려져 있었고, 고대 몽고비사(蒙古秘事)를 나름
대로 분석해 놓은 육필 원고가 5권 있었다.

다시 접하지 못할 보물이었다. 나는 믿었다. 이 대부분의 서적들이
어느 시점까지는 오쿠다마의 서고에 있었던 것으로. 다케다 가문이 대
를 이어가며 한반도를 샅샅이 뒤져 모아들이지 않았다면 이렇게까지
한 곳에 모여 있을 책들이 아니었다.

나는 점점 깊이 빠져들고 있었다. 날마다 새롭게 발견하는 역사적
사실 앞에서 엄숙한 경배를 해온 지도 어느덧 8개월을 넘어섰다.

어느 날, 나는 이들 옛 사서에서 한 가지 공통점이 있음을 우연히
발견했다. 그것은 어떤 책이라도 그 내용문의 서두를 古記云, 古記曰,
一云, 一曰, 一說, 一傳, 一銘, 或云, 或曰 등으로 적고 있다는 사실이었다.

이것은 각각의 사서가 어떤 알 수 없는 문헌에서 그 내용을 인용해 놓았다는 증거이기도 했다. 노인에게서 물려받은 책을 접하며 그 '알 수 없는 문헌'이 무엇인지 점차 의문의 깊이가 더해지고 있었다.

하지만 어떤 책에서도 그 실체를 밝히고 있지 않았다. 만약 그것이 무엇인지 알 수만 있다면 우리 상고사에 있어서 가장 표준이 될 사서라는 것을 의심하지 않았다.

300여 권의 책이 한결같이 '고기운(古記云)' 등으로 서두를 열고 있는 것으로 보아 미지의 문헌의 실체는 하나의 방대한 체계를 이룬 전집류의 사서라는 판단이 더 어울렸다. '고기(古記)'라는 낱말 자체가 책 이름일 수도 있지 않나 생각해 보았다. 그러나 여러 사서들의 책명을 살펴보면 막연한 명칭을 붙여 놓은 것은 하나도 없다는 점에서 그러할 가능성은 희박했다.

궁금했다. 어느 알 수 없는 시기에 방대한 역사를 기록해 놓은 우리 민족의 고대 사서, 그것을 향한 내 의문은 날이 갈수록 커졌다.

비밀 수장고에서 임사(臨寫)해 온 유물의 문구들 중에서 가장 큰 수수께끼로 남아 있는 것이 청동 투구에 새겨져 있는 글자였다. 머리를 식힐 때마다 그것을 해독하는 데 시간을 보냈다. 무언가 큰 비밀이 숨어 있을 것 같은 느낌이었다. 우편을 보내오는 녀석의 말처럼 나는 그 느낌을 믿기로 했다.

그 명문을 해독하자면 우리나라의 상고사 지식이 방대하게 필요하다는 것을 깨달은 나는 투구의 문구 해독에 앞서 다케다 가와모토 노인이 물려준 책과 내 컴퓨터 속에 저장해 둔 데이터를 넘나들며 집중적으로 파고들었다.

공부에 속도가 붙기 시작했다. 그동안 내가 알고 있던 모든 지식을 머릿속에서 말끔히 비워내고 어떤 선입감도 갖지 않으려고 애썼다. 녀석의 말처럼, '아는 것으로부터의 자유'가 선행되어야 했다.

가을이 지나면서 우리나라의 기원과 우리 민족의 모습이 영화의 장면들처럼 머릿속으로 떠오르기 시작했다. 그 덕분에 투구의 명문 해독에도 서서히 서광이 비쳤다. 청동 투구 정수리에 꽂혀 있는 소용돌이 장식에서 상고시대에 있어서 널리 활용되었던 무늬며 그 무늬의 의미마저도 어렵지 않게 알아낼 수 있었다.

환웅이 등장한 청동기시대 초기에는 빗살무늬 토기가 주류를 이루었다. 세계 어디에서나 나타나는 공통적인 고대의 무늬가 바로 빗살무늬였다. 이것은 세계 어느 민족에게로나 나름대로의 줄거리를 가지고 전해져 내려오는, 고대에 전 지구를 뒤덮었던 대홍수 전설에 닿아 있는 무늬였다.

빗살은 빗(櫛)으로 긁은 무늬라 하여 일본식 한자 조어로 즐문토기라는 명칭으로 알려져 있지만, 문화사 자료를 통해 추론해 본 결과 그것은 비가 오는 것을 표현한 무늬라는 결론을 얻었다.

청동기 중기부터는 산화철 가루를 섞어 만들어 붉은색이 감도는 붉은간토기가 나타난 것이 특징이었다.

철기시대, 즉 고조선 중기에 만들어진 토기는 낮은 온도에서 구워낸 연질토기와 높은 온도에서 만든 경질토기로 크게 나뉘는데, 고구려의 토기들도 대부분 경질토기였다. 아가리가 좁고 몸통이 굵은 형태인데, 주로 항아리토기와 단지토기들이었다.

비밀 수장고에서 보았던 고구려의 소용돌이무늬 토기는 어떠한 고고학적 자료나 미술사학적 문헌에서도 실체적 의미를 찾을 수 없었다. 나는 생각을 바꾸어 토기가 아니라 무늬 자체에 주목했다.

소용돌이 무늬는 세계 각지의 고대문명이 우주와 지구에 대해 놀라운 관찰력을 갖고 있다는 것을 말해 주는 증거였다. 성운, 은하, 태양, 지구의 공전, 자전, 세차운동, 태풍, 돌개바람, 구름, 물의 파문, 고사리, 앵무조개, 달팽이 껍질, 각종 종교의 인(印), 인간의 지문, 눈의 홍채, 정수리 부분의 가마, 배꼽 주위에 털이 나는 방향……. 또한 모든 생물이 갖고 있는 DNA의 돌개 구조에 이르기까지 인류가 관찰하고 밝혀 낸 모든 과학적 진리와 관계를 맺고 있는 것이 소용돌이 무늬이다.

소용돌이 무늬가 인간의 생명과 우주의 기원에 대한 고대인의 사고를 반영하는 어떤 의미라는 생각에 이르렀다. 특히 우리나라에서 발견되는 소용돌이 모양의 무늬는 동심원형 도형, 태극 무늬, 난간 무늬, 테두리 무늬 등으로 일정한 통일성을 나타내고 있었다.

소용돌이 무늬가 우리 민족에게는 어떤 의미였을까 하고 고민하던 중 문득 떠오른 것이 있었다. 그것은 천신의 무늬, 바로 해의 무늬였던 것이다. 고구려인들이 고대 단군 조선부터 이어받은 자연주의적 종교 철학 사상에 기초한 우주관을 가장 단순하고 집적적인 형태로 표현해 놓은 무늬였던 것이다.

청동 투구의 문구로 돌아왔다. 무늬 하나에도 그런 숨은 뜻이 있는데 하물며 문구에랴 싶었다. 글자가 닳아 지워진 부분에 빈칸을 그려 넣은 청동 투구의 명문을 해독할 엄두가 나지 않았지만, 소용돌이 무늬에 대한 결론을 얻고 나자 작은 자신감 하나가 생긴 것이었다.

□□□魏忘信□□□□奪故□爲□復□□□取□□□□□□銅瓺□□後□螺
文□□□鏤□臨土□甲□□□□□□□壇□藏□□□賀□□劍
□樂□□□ □開□境□□□□

끝부분인 ‘□樂□□□ □開□境□□□□’(……락……개……경……)
이라는 대목을 먼저 풀어야 했다. 이 문구는 명문의 본문 아랫줄에 새
겨져 있었다. 이것을 먼저 풀어야만 투구의 제작 시기나 투구를 만든
사람을 알 수 있다고 판단했다.

투구가 제작된 정확한 시대를 알아야만 본문 해석에서 문맥의 의미
에 대한 오류를 최소화할 수 있을 것이고 더 나아가 지워져버린 글자
들까지 유추해 낼 수 있기 때문이었다.

‘□樂□□□’은 연호를 뜻했다. 지워진 글자 수를 합해 모두 다섯 자
였다. 그러나 알 수 있는 글자는 한 자뿐이었다. 오랫동안 고심한 끝에
이것을 광개토왕의 연호로 추정했다. 그것은 뒤에 이어지는 해독 가능
한 글자들에서 추론한 것이다.

비록 단 한 자뿐이지만 ‘樂’자는 광개토왕의 연호 영락의 ‘락’자였
다. 연호의 연대는 지워져버렸지만 그것은 영락이 틀림없다고 생각했
다. 그래서 ‘永樂□□年’이라고 잠정적인 결론을 내렸다.

뒤에 이어지는 글자는 지워진 자수를 짐작해 맞추어 넣어본 결과
‘□開□境□□□□’이 되었다. 처음에는 이 자리에 고구려 왕의 명칭을
모두 동원해 보아도 적합한 어떤 명칭도 찾을 수가 없었다. 여덟 글자
나 되는 호칭을 가진 왕은 없었기 때문이었다.

만주 집안시에 있는 광개토왕 비문도 광개토왕의 사후 호칭을 ‘國岡
上廣開土境平安好太王(국강상광개토평안호태왕)’이라고 했기 때문에 앞
의 영락이라는 연호와 광개토왕의 호칭은 글자 수에서 서로 상응되지
못했다.

한동안 진전이 없다가 한참이 지난 뒤에 다케다 노인에게서 받은
책 가운데 ≪통부록≫, ≪태백일사≫ 등에서 광개토왕의 올바른 명칭

을 찾아냈다. 그것은 다름 아닌 '廣開土境好太烈帝(광개토경호태열제)'라는 호칭과 '廣開土境好太皇(광개토경호태황)' 두 가지였다. 투구의 명문 빈자리에 '광개토경호태열제'를 넣어보니 의심할 바 없이 들어맞았다.

나는 5개월 동안 고심했던 체증이 쑥 내려가는 기쁨에 주먹을 꽉 쥐고 펄쩍 뛰어올라 천장을 쿵 쳤다. 비로소 투구의 명문을 해독할 수 있는 열쇠를 찾아낸 것이었다.

명문의 끝부분인 '□樂□□□ □開□境□□□□'은 '永樂□□年 廣開土境好太烈帝'였다. 육안으로 보아도 오류 없이 읽을 수 있는 세 개의 상형 문자들과도 일치되는 점이 나를 안심시켜주었다.

이러한 해독이 신빙성을 갖는 또 하나의 이유는 청동 투구가 다케다 교수의 비밀 수장고에서 고구려 고분에서 출토된 것이 분명한 토기들과 같은 구역에 놓여 있었기 때문이다. 토기와 투구가 서로 유사한 연대적 의미를 갖고 있을 것이라는 판단이 들었다.

지금까지 알려져온 '광개토왕'의 올바른 호칭은 광개토경호태열제였다. 고구려가 칭제건원했음을 투구에서도 발견할 수 있는 진실이었다. 광개토경호태황의 연호는 알려진 대로 영락이었다. 연호를 보더라도 나의 해석은 정확하다는 생각이 들었다.

투구는 광개토경호태황이 활약하던 시대, 즉 A.D. 391년에서 421년 사이에 만들어진 것으로 1500년도 더 된 보물이었다. 흥분된 마음을 애써 가라앉히며 명문의 처음으로 돌아갔다. 명문의 내용은 틀림없이 광개토경호태황 재위 시에 일어난 어떤 역사적인 사건을 말해 주고 있을 것이었다.

본문에 처음 등장하는 글자들을 조합해 본 결과 '□□□魏忘信□□□□奪故'였다. 그러나 나는 '신의 없는 위……빼앗긴 옛……'이었다.

무슨 말인지 짐작되지 않았다. 그러나 나는 '신의 없는 위……'라는 말에 주목했다.

위나라는 한나라가 멸망하고 난 뒤 삼국으로 분할된 나라 중에서 가장 강력한 국력을 가진 나라였다. 바로 하북성 일대를 장악한 조조가 세운 나라였다.

그런데 명문은 고구려는 이 위나라를 두고 신의가 없다고 했다. 위나라와 고구려의 관계사를 샅샅이 살펴보았다. 그 결과, 위나라가 고구려에 대한 신의를 저버린 사건 하나를 찾아낼 수 있었다. 그것은 위나라와 고구려가 맺은 동맹을 위나라가 일방적으로 깨고 동맹할 때에 했던 약속을 저버린 일이었다.

그 무렵 중국에는 유방이 세운 전한과 유수가 세운 후한이 잇따라 일어나 망하고 ≪삼국지≫로 널리 알려져 있는 시대인 연·위·촉·오의 네 나라로 분열되어 있었다. 북쪽에는 선비족이 세력을 확장해 남하하고 있었다. 그러나 가장 강성한 국가적 면모를 보인 것은 위나라였다.

조조의 증손인 조방이 등극한 지 3년이 되던 해인 242년의 일이었다. 철이 많이 나던 요동 지방은 위나라·연나라·고구려·선비족 모두 항상 탐내던 땅이었다. 고구려 동천제는 위나라와 동맹을 맺고 양쯔강 일대의 오나라를 함께 멸한 다음 오나라 땅은 위가 차지하기로 하고 연나라와 선비족이 호시탐탐 노리고 있던 요동 지역은 고구려가 차지하기로 약속했다.

하지만 위나라는 고구려와 함께 오나라를 멸한 후 이 약속을 저버리고 말았다. 끝내 요동지역을 내놓지 않으려고 했던 것이다. 동맹이 깨어진 이유는 그 때문이었다. 이러한 사실 외에는 고구려가 위나라에게 신의가 없다고 생각할 만한 커다란 역사적인 정황을 발견할 수 없었다.

'□□□□奪故(……빼앗긴 옛……)'라는 대목은 고구려가 그렇게 신의를 저버린 위나라에게 설상가상으로 무엇인가를 빼앗기기까지 했다는 것인데, 여기서 중요한 것은 빼앗긴 것이 과연 무엇인가 하는 점이었다. 빼앗겼다는 말의 이면에는 전쟁을 했다는 뜻이 감추어져 있으며 또한 전쟁에서 이기지 못했다는 안타까움까지도 엿보이는 낱말이다.

처음에는 고구려가 위나라에게 빼앗긴 것이 요동 지역의 땅인 줄 알았다. 그러나 뒤에 이어지는 전체적인 문구를 생각해 볼 때 그것은 어떤 물건을 가리키는 말이라는 해석이 더 어울렸다.

나는 위나라가 동맹관계를 깨뜨리고 더구나 고구려와 전쟁을 벌여 무엇인가를 빼앗아 갔다는 추론을 세웠다. 그리고 얼마 지나지 않아 과연 그러한 사실을 발견했다.

위나라가 동맹의 약속관계를 저버리자 화가 난 동천제는 무력을 동원해 서안평과 구연성 지방을 선제 공격했다. 약속을 깨뜨려버린 위나라에 대한 엄중한 단죄 차원이자 국가적으로 전략 요충지인 요동 지역을 아우르기 위해서였다.

공격을 받은 위나라는 잠시 주춤하다가 전열을 가다듬어 그때부터 2년 뒤인 244년, 유주 자사로 있던 모구검을 시켜 고구려를 치러 보냈다. 모구검은 수적으로 우세한 기병을 앞세워 파죽지세로 밀고 들어와 황성을 함락시키고 성읍과 여염집들을 불지르며 고구려의 많은 문헌들을 탈취해 가버렸다. 고구려는 오히려 역습당한 결과가 되고 말았다.

전세가 역전되어 신변의 위협을 느낀 동천제는 하얼빈에서 하바로프스크에 이르는 옥저 지방으로 피한 다음, 그 이듬해인 245년 옥저의

도움으로 다시 국세를 만회하게 되었다. 하지만 황궁에 소장하고 있다가 모구검이 탈취해 가져간 많은 문헌과 금은붙이 등을 되찾지는 못했다.

모구검이 빼앗아간 것 중에서 가장 중요한 것은 문헌이었다. 문헌 중에서도 가장 중요한 것, 한 번 잃어버리면 결코 다시 만들 수 없는 것, 그것은 사서일 것이었다.

≪삼성기(三聖記)≫와 ≪고조선기(古朝鮮秘史)≫에 똑같이 단군 조선의 3세 단군 가륵이 신지 벼슬에 있던 고글이라는 신하에게 명해 역사서를 찬했다는 기록이 있었다. 그때가 B.C. 2180년의 일이었다.

신지라는 인물이 역사서를 지었다는 이야기는 ≪고려사≫ 서문에서도 본 기억이 났다. 그 책 이름이 ≪신지비사≫라는 것이다. 나는 그 두 가지를 각각 다른 사람이 지은 것으로 보았다. 신지라는 벼슬을 한 사람은 고글 말고도 여러 명 있었을 테고, 또 가륵 단군 때만 사서를 편찬했을 것이라는 추측은 아무래도 억지이기 때문이다.

≪신지비사≫는 ≪해동비록≫과 함께 조선조에까지 전해졌다. 궁중에 비장하고 있던 원본은 태종 이방원이 명나라의 사신이 보는 앞에서 몰래 불태워 없앴다. ≪태종실록≫에는 그저 소실되었다고만 했지만.

다케다 노인에게 물려받은 ≪신지비사≫와 ≪해동비록≫은 강정공 이제가 옛 책을 보고 옮겨 쓴 것을 후대에 이름을 밝히지 않은, 사헌부 종삼품 집의(執義) 벼슬을 했다는 사람이 다시 적은 것이었다. 그런데 놀랄 만한 일은 강정공 이제가 태종 이방원의 맏아들 양녕대군이라는 점이었다. 그의 휘가 제, 시호가 강정공인 것이다.

양녕대군은 피로 점철되는 비인간적인 신왕조에 환멸을 느껴 거짓 탕아의 행적을 일삼았다고 알려져 있다. 하지만 나는 그가 금서(禁書)

로 지정되어 궁 깊숙이 보관되어 있던 우리 고대의 사서를 섭렵하고 난 충격 때문이라는 생각이 들었다. 민족의 웅혼을 이어받지 못하고 손바닥만한 변방에 몰려 앉은 채 명나라의 속국으로 전락해 버린 민족사적 운명에 대해 일말의 허무함을 느꼈을 것일 터였다. 그것도 그가 사춘기 때의 일이었다.

≪신지비사≫가 그 자체로 자급자재하는 우주에 대한 설명과 옛 단군시대에 일어난 여러 가지 역사적인 사건을 상세하게 기록해 두고 있는 데 비해 ≪해동비록≫은 동북아시아의 인류문화사적 족적을 설명해 놓았다. 두 가지 모두 국보적 가치가 있는 문헌임은 두말할 나위도 없다.

≪진서(晉書)≫ 부여전(扶餘傳)을 살펴보면 고조선이 망하자 혼란스러운 정치적 정세에 휩쓸려 사서들도 어디론가 흩어지기 시작했다고 적혀 있었다.

그렇다면 투구의 명문이 잃어버렸다고 말하는 것이 당시의 사서 가운데 하나일까. 그러나 과연 고조선이 망하고 수십 년 동안 이어진 열국의 혼란기에 사서들이 온전히 고구려에까지 전해졌을까 하는 의문이 들었다.

불가능한 일일 것이다. 당시는 종이가 발명되지 않아 비단이나 죽간에 역사를 적었던 시기이기 때문이다. 얼마 지나지 않아 썩어 형태도 알아보지 못할 필기의 바탕 재료들이었다.

또 그것이 부여, 고구려까지 전해졌다면 여러 본의 필사가 이루어졌을 것이다. 그리고 그에 관한 기록을 단 몇 줄이라도 적어 놓았을 것이다. 편찬 연대가 그 정도인 민족 초유의 사서들이라면 어딘가에 기록이 남아 있지 않을 리가 없을 것이다.

더구나 그동안 사라져버렸다고 여겨진 거의 대부분의 우리 민족 사서를 면면히 살펴보고 있지만 주목할 만한 특별한 사서에 관한 기록은 고조선 이후 나타나지 않았다. 나는 이즈음 섣부른 단정은 하지 않기로 했다.

'□爲□復□□□取(……다시……찾아온……하고……)'라는 대목에 이르러서는 고심을 많이 했다. 중요한 글자들이 많이 지워져 있었기 때문이다. 그러나 나는 여기서 망실했던 그 무엇인가를 19세 광개토경호태황조에 다시 찾았다는 말임을 알고 크게 기뻤다.

광개토경호태황이 재위할 무렵 동북아의 국제적 정세를 보면, 위나라 지역에 할거하고 있던 나라인 전진과 고구려의 관계는 별로 적대적이지 아니었다. 이는 전진으로부터 불교를 받아들이는 과정에서 고구려 왕조가 큰 역할을 한 것만 보아도 짐작되는 일이었다. 광개토경호태황의 백부인 소수림태열제와 부황인 고국양열제에 걸쳐 전진에서 불교를 상당히 긍정적으로 받아들여 황성에 사찰을 지어주기까지 했기 때문이다.

그러나 광개토경호태황은 전진에 이어 일어난 후연과는 적대적인 관계로 돌아서서 잦은 전쟁을 벌였다. 나는 후연을 치고 그 무엇인가를 되찾아온 것이라는 판단을 했다. 그것을 찾아온 사람은 무신일 것이었다. 투구를 내렸다는 것이 그 추측을 가능하게 했다. 전쟁에서 대승을 거두었을 것이라는 짐작도 가능케 했다.

'……銅甒□□後□螺文(……동궤……나문……후……)'이라는 명문도 나를 혼란스럽게 했다. 동궤라는 것은 다시 찾아온 물건을 보관한 청동궤라고 보았다.

이 부분에서 중요한 것은 '나문'이라는 글자였다. 나문은 궤의 겉표

면을 장식한 문양을 말하는 것이 아닌가 하는 느낌이 들었다. 광개토
경호태황은 고대에 유행했던 소용돌이 무늬를 알고서 다시 찾아온 물
건의 역사성을 강조하기 위해 청동궤의 표면에 소용돌이 무늬를 아로
새겨넣지 않았나 하는 추측을 해보았다.

명문이 새겨져 있었던 투구의 정수리 부분이 소용돌이 무늬로 장식
되어 있었다는 사실이 그런 유추를 가능하게 했다. 소용돌이 무늬는
어떤 액으로부터 천신에게 보호된다는 주술적인 의미도 가지고 있었
을 것이다.

'……鏤□臨土(……림토……새겨……)'에서 '림토'라는 말은 우리 상
고시대의 문자 가림토를 뜻하는 말이었다. 청동궤의 표면에 가림토로
써 어떤 사실을 새겨넣은 것이라는 의미였다. 그런데 가림토라는 문자
는 그 명칭과 글꼴만 전해질 뿐, 고대에 어떻게 활용되었는지 전혀 알
수 없는 신비에 싸인 전설적인 문자이다.

나는 얼마 전까지만 해도 가림토 문자는 어느 호사가 하나가 이야
기를 꾸미기 위해 한글을 조작해 만든 글자라고 생각했다. 그러나 다
케다 노인에게서 물려받은 책 가운데 양녕대군이 옮겨 썼다는 ≪신지
비사≫를 비롯해 ≪발해국지장편≫, ≪태백일사≫, ≪이태백전서≫의
<옥진총담편> ≪수찬기소≫ 권지십오(券之十五), ≪단전요의≫, ≪삼
성기≫, ≪대변설≫ 등에서 가림토 문자가 여러 번 언급되어 있는 것
을 보았다.

가림토 문자는 단군 조선의 3세 단군 가륵 조인 B.C. 2181년에 만든
글자라는 기록이 있었다. 상형문자로 쓰이던 한자가 너무 어려워 지방
마다 사람마다 말이 잘 통하지 않는 것을 안타까워하여 삼랑 을보륵
에게 명을 내려 정음 38자를 만들고는 그 문자의 명칭을 가림다 또는

가림토라고 했다는 것이다.

가림토 문자가 후대의 호사가에 의해 조작된 글자가 아니라는 점은 ≪세종실록≫을 찾아보고는 단번에 알 수 있었다.

실록 계해 25년 12월조에는 '新製言文二十八字其字倣古篆……(신제언문이십팔자기자방고전) 즉 새로 말글 스물여덟 자를 만들어 정하니 그 글자는 옛 전자를 본떴다……'고 적고 있었다.

또 실록 103권을 보면 '諺文皆本古字非新字也……借使諺文自前朝有之(언문개본고자비신자야……차이언문자전조유지……)' 즉 각각의 말글은 옛 글자를 본받아 만들었고 새 글자가 아니라 전조선 시대에 있었던 것을 빌어다 쓴 것이다……'라고 하고 있기 때문이다.

훈민정음 창제에 반기를 들었던 최만리의 상소문에도 '諺文皆本古字非新字也……(언문개본고자비신지야……)'라는 글이 등장하고 있다.

훈민정음은 재창제된 글자였다. 신제(新製)라는 말은 구제(舊製)를 의식해서 쓴 말이다. 구제란 예전에 이미 만들어져 있었다는 말이다. 전조(前朝)라는 말은 전조선, 즉 고조선인 것이다.

세종 무렵까지 사회 상층부가 한자를 썼다고 보면 하부층은 문자 생활을 하지 못했다는 말이 된다. 그러나 그들의 일상에서 어떻게 문자가 없었다고 볼 수 있을까 하는 의문이 든다.

하부층도 감정과 이성이 있는 사람이므로 서로의 의사를 표현할 수 있는, 기록 도구를 가지고 있었을 것이다. 그것이 기호이든 문자이든. 어쩌면 당시 민간에는 고조선으로부터 면면히 전해진 가림토 문자를 공공연히 쓰고 있었는지도 알 수 없는 일이다.

≪태백일사≫에는 '일찍이 신획이 태백산 푸른 바위 벽에 있었으며 그 모양은 ㄱ과 같은 것인데 신지선인이 전한 것이라'고 했다. 또 ≪대

변설≫에는 '남해현 낭하리 바위 위에 신시의 고각이 있다'는 기록을 남기고 있다.

중국 ≪이태백전서≫의 <옥진총담> 편에는 '발해국에 글이 있는데 아무도 이를 해득하는 자가 없었으나 이백이 능히 풀었다'고 했다. 발해의 글자는 청나라 김소발이라는 사람이 지은 ≪발해국지장편≫이라는 책에 20여 글자가 전하는데, 글자는 전서도 예서도 상형도 아닌 독특한 것이다.

≪신지비사≫에는 '신시에 녹서가 있고 자부에게는 우서가 있고 치우에게는 화서가 있어, 투전문 등이 그 흔적이다'라고 쓰여 있었으며, ≪수찬기소≫에는 '단군에게 신비스러운 신전이 있어 널리 백수·흑산·청구·구려에서 쓰여졌다'라고 기록하고 있었다. 그 글자가 가림토였음은 두말할 나위가 없다.

고려 광종 때 월나라의 한 한량이 <동국한송정곡>이라는 시를 거문고 바닥에 새기고 이를 파도에 띄워 보냈는데, 월나라 사람들이 그 글을 풀지 못하고 당시 고려에서 온 접반사 장유를 만나 절을 하고 물으니 장유는 그 글을 즉석에서 한시로 풀어주었다.

그 거문고 바닥 글씨가 가림토 문자였을 것이라는 추측인데, 풀이한 한시는 지금까지 전해지지만 시의 원전인 가림토 문자가 전해지지 않는 것이 안타까운 일이다. 그것만 전해졌다면 우리 한글의 근본을 밝힐 수 있으며 또 옛 역사가 허구가 아니라는 것을 증명할 수 있으리라고 믿는다. 다만 세종대왕이 한글을 독창적으로 창제했다고 가르쳐온 부분은 세종대왕이 옛 글자를 표절해 만들었다라고 다시 고쳐져야 하겠지만.

≪단전요의≫에는 '태백산에 단군시대에 새겨 놓은 전자의 비각이

있는데 해득하기 어려워 고운 최치원이 해독하였다'라고 적어 놓고 있었다. 혹자는 고운이 태백산에서 전자를 해독한 것이 천부경 81자라고도 하는데 그 기록은 사실일 듯싶다.

《삼국사》는 최치원의 행적을 기록하면서 '고운이 묘향산에 있는 바위에 새겨진 가림글과 녹도문을 해독하여 천부경 81자로 풀어 놓았다'라고 했다.

고대에는 묘향산·태백산·백두산 등을 모두 태백산으로 불렀으니까 《단전요의》와 《삼국사》 두 사서의 기록은 동일한 사건을 말하는 것이다. 이런 것을 보면 가림토는 고대에 일상에서 활용된 문자임에 틀림없다고 보인다.

가림토 문자가 일본까지 전해져 일본의 신대문자인 아히루 문자가 되었다는 일부 일본학자의 주장이 있었다. 그러나 대마도(對馬島)의 이즈하라 대마역사민속자료관과 이세신궁 등에 보관되어 있다고 일본이 자랑하는 아히루 문자는 근대에 조작된 문자라고 보는 것이 정당했다. 어느 기록을 보아도 일본이 고대에 문자를 도입해서 썼다는 기록은 없기 때문이다.

오히려 《고어습유》라는 일본의 고대 사서에는 '한자가 들어오기 전에는 어떠한 글자도 없었으며 신화성을 불어넣으면서까지 문자가 있었다고 하는 것은 믿을 바 못 된다'고까지 못을 박아 놓았다.

《삼성기》를 보면 '왜는 아직 문자를 아는 이가 없어 결승·계목으로써 뜻을 이었다'라고 하는 글이 있는데, 결승이란 밧줄·새끼줄을 묶어 뜻을 표현한 것이고 계목은 돌칼로 나무에 무엇을 새겨 의미를 전달했다는 뜻이다. 그러므로 지금의 일본 글자인 히라가나가 아히루 문자와 한자가 상합되어 만들어졌다는 주장은 역사를 제멋대로 꾸미려는 오만한 태도에서 나온 또 하나의 웃음거리에 불과했다.

한편 가림토와 가장 유사한 고대 문자는 어떤 이유에서인지 인도 남부에서도 발견된다. 서부 인도 지역인 구자라트족과 남부 일대에 살고 있는 드라비다족 일부가 가림토와 유사한 말글을 쓰고 있는 것이다.

이러한 사실은 구한말 세계 각지를 돌아다니며 선교활동을 하던 프랑스의 달레 신부와 미국의 헐버트에 의해 전해진 것이다. 선교사들은 한글과 유사한 그들 종족의 언어를 자그마치 1,300여 가지나 채집했다. 엄마를 amma, 아버지를 appacchi, 도령을 toren, 얼을 ul, 눈을 nun, 남(他人)을 nam, 님을 nim, 골을 kalli, 쌀을 sal, 벼를 viya, 나라를 nar, 알을 ari…….

따라서 고대 한반도가 동남아와 인도 등 인류사적으로 벼농사의 자생 지역과 교류하는 과정에서 언어의 상호습합이 이루어졌다고 보이지만 그 연대적 시기에 관한 수수께끼는 우리가 언젠가는 풀어야 할 사변적(史邊的) 과제임에 틀림없을 것이다.

‘甲□□□□□□□壇□藏(갑……단에……보관하고……)’라는 대목은 내 피를 뜨겁게 들끓게 했다. 나는 흥분을 감추지 못했다. 광개토경호태황이 다시 찾아온 그 무엇인가를 어디에 보관해 두었는지를 말해 주고 있었기 때문이다.

그러나 지명을 말해 주는 글자 가운데 닳아 없어지지 않고 남은 글자는 ‘甲(갑)’과 ‘壇(단)’뿐이었다. 甲으로 시작되는 지명이거나 지명 중 甲 자가 들어가는 고대의 땅 이름을 노인이 준 여러 문헌에서 찾아보았지만 비장할 만한 장소를 찾지 못했다. 컴퓨터에 들어 있는 ‘우리말 우리땅 지명’이라는 데이터와 ‘고대 지명의 어원’이라는 데이터 영역에서도 짐작되는 땅 이름은 없었다.

이 부분에서 막혀 거의 한 달을 뜬눈으로 보냈다. 하루는 내 시선이 壇자에 초점이 맞추어져 있었는데 壇자가 한 낱말의 끝음절이 아닐까 하는 생각이 불현듯 뇌리를 스쳤다. 壇자를 지명으로만 본 고정관념을 깨고 나는 제단의 의미로 생각해 보았다. 제단은 백두산·태백산·묘향산·구월산·경주·마이산·마니산 여러 곳에 있었다.

문제는 甲 자의 의미였다. 甲은 분명히 지명을 나타낸 말이었다. 그런데도 甲 자가 들어가는 몇 개의 지명에는 제단의 흔적이 전혀 보이지 않았다. 제단은 고사하고 고구려의 자취조차 미미했다.

앞서 지워진 글자들을 생각해 보면, 甲 자가 어떤 지명의 처음이나 가운데 또는 끝부분에 해당하는지도 알 길이 없었다. 아무리 생각해도 뾰족한 수가 없어서 우리나라와 동북아 일대의 모든 지명을 대조해 찾아보기로 했다.

한반도 내 지역의 설정은 경상북도 북부 지방 이상, 충청남북도 지방 이상을 대상으로 했다. 또 권역별 세계지도를 펼쳐 놓고 만주 전역, 요동, 요서 지방, 연해주, 남몽고, 동몽고에 이르는 지역을 테두리 쳐 두고 인터넷으로 들어갔다. 하지만 결과는 모두 실망스러웠다.

자리에서 일어났다. 이미 내 몰골은 사람의 모습이 아니었다. 그러나 답답한 나머지 발길은 나도 모르게 한성세라믹 도쿄 지사로 향했다. 불쑥 찾아간 나를 보고 곽 부장은 입을 다물지 못했다.

"실……실장님?"

"걱정 마세요, 괜찮으니까."

"이런 모습을 회장님이 아시면……. 저는 괜찮습니다만 회장님의 심려가 얼마나 크겠습니까? 안 되겠습니다, 좀 쉬셔야지, 공부도 좋지만 몸이 그래서야……. 당장 병원을 알아보겠습니다."

"괜찮다니까요. 그냥 바깥바람 좀 쐬려고 나왔습니다."

"건강도 돌보지 않고 일에 몰두하시는 모습은 꼭 회장님을 그대로 닮으셨으니, 이거 참. 오늘 당장 식모라도 한 사람 구해서 보내겠습니다. 제발 제 말 좀 들어주십시오."

"누가 집에 오면 집중이 전혀 안 될 것 같습니다. 이삼 일쯤 여행을 다녀올까 합니다. 그래서 인사드리러 온 겁니다."

"어디로 가시려구요?"

"사람들이 붐비지 않는 호젓한 곳이면 좋겠는데……."

"그럼, 기사 하나 딸려드리겠습니다. 마침 여행을 많이 다녀본 직원 하나가 있으니까요."

"그렇게까지는 필요 없고 어디 가볼 만한 곳이나 좀……."

그러자 곽 부장은 총무과 직원을 불러 연차휴가를 내더니만 손수 운전대를 잡았다. 나는 하는 수 없이 그의 차에 올랐다. 예기치 않게 곽 부장에게 피해를 주고 있다.

'찾아가지 않는 게 좋았을 걸. 하지만 일본에서 마음이 통하는 사람이 그뿐인 걸 어쩌랴…….'

명문에 관한 생각을 훌훌 떨쳐버리고 일본 열도를 돌아다니며 재충전하는 시간을 가졌다. 머리가 맑아진 느낌이었다.

키쿠보의 맨션으로 돌아온 나는 처음부터 다시 시작하기로 마음먹었다. 그동안 풀어왔던 명문 해독 자료의 적합성과 해독 기법상의 오류, 당시 역사적 주변 환경과의 합치성 등을 처음부터 재차 점검해 보았지만 크게 마음에 걸리는 것은 발견할 수 없었다.

광개토경호태황은 몹시 기뻤을 것이다. 조상이 잃어버렸던 제국의 그 무엇, 다시 찾아올 수 있으리라고는 생각지도 않고 있던 터에 그것을 되찾은 기쁨을 가누기 힘들었을 것이다.

그는 18세에 제위에 올라 40세에 붕어할 때까지 청장년기에 나라를 다스린 제왕이었다. 청년 제왕의 기쁨은 마음속 깊은 곳에서만 머무르지 않고 어떤 형태로든 밖으로 표출되었을 것이다. 아무리 위엄을 세워야 하는 제왕이라 할지라도 체통이 나이를 앞서지는 않았을 것이다. 청년 제왕은 몸소 제단으로 나아가 천신과 열조에게 그 기쁨을 고했을 것이다.

그렇다면 분명히 '그 무엇'을 제단 어디엔가 비장해 두었으리라. 나는 다시 광개토경호태열제의 행적을 쫓았다.

그는 대제국의 일인자답게 순수(巡狩 : 천자가 몸소 나라의 여기저기를 둘러보는 것)하기를 좋아해 여러 곳을 다녔는데, 특히 강화도에는 여러 번 들렀다고 기록되어 있었다. 마리산에 이르러 참성단에 올라 친히 삼신에게 제사를 지냈으며 천악을 사용하였다고 했다.

마리산은 지금의 강화도 마니산을 말한다. 그러나 고구려 광개토경호태황 무렵의 강화도 지명은 돌구현이기 때문에 강화도의 참성단은 제외할 수밖에 없었다.

그러던 어느 날, 나는 심심풀이로 강화도를 소개하는 관광안내 책자를 들춰보다가 강화읍 갑곶리라는 지명을 발견했다. 순간 내 눈에서 불꽃이 일었다. 벌떡 일어나 앉았다. 甲 자가 들어간 지명을 찾은 것이었다.

'갑곶이라면 바닷가를 말하는 것인데……'

그때까지도 나는 甲 자가 들어 있는 지명이 작디작은 마을이라고는 생각하지 않았다. 제단이 있는 지명이라면 최소한 읍면 단위 이상일 것이라는 관념으로 굳어 있었던 점이 甲 자의 지명을 찾는 데 장막이 되었을 수도 있다는 생각이 들었다.

그러나 나는 설마 했다. 역사적인 중대한 사건을 품고 있는 지명을 손바닥만한 마을에서 찾아야 한다고는 상상할 수 없었다. 고민하던 끝에 반신반의하면서 국제전화를 돌렸다.

"강화도 군청이지요?……실례합니다만 강화도에서 가장 권위 있는 향토 사학자 한 분을 소개해 주실 수 있겠습니까?……학생입니다.…… 예, 예, 고맙습니다."

군청 홍보실 직원이 소개해 준 사람은 금도훈 옹이었다. 주저하지 않고 옹에게 전화를 걸었다.

"금도훈 선생님 부탁드립니다."

"내가 금도훈이올시다만."

"아, 그러십니까? 전화로 인사를 드려 죄송합니다.…… 저는 일본에서 공부를 하고 있는 차평무라는 학생입니다."

"지금 일본에서 전화를 건 거요?"

"예, 그렇습니다."

"그래, 용무가 뭐요?"

"다름이 아니라, 제단이 있는 곳으로서 甲 자가 들어가는 지명을 찾고 있습니다. 혹시 강화도가 아닌가 해서 여쭈어보고자 전화를 드렸습니다."

"甲 자가 들어가는 지명인데 제단이 있어야 한다……? 그런 지명은 한국에는 하나밖에 없소. 강화도가 맞소."

"강화도는 고구려시대에 처음 등장하는 지명이 돌구현이 아닙니까?"

"돌구현이라는 말은 단군 조선 때의 지명을 모르고 하는 말이지. 단군 조선시대에 강화도의 지명이 갑비고차였어요, 알아요? 갑비고차."

내 귀를 의심했다.

"죄송합니다만, 부담은 제가 하겠습니다. 갑비고차와 관련된 사료를 좀 보내주실 수 있겠습니까?"

"일본으로 말이요?"

"꼭 좀 부탁드리겠습니다."

"젊은 사람이 심지는 있어 보이는구먼. 주소를 불러봐요."

금도훈 옹의 자료는 그 뒤 보름이 지나서야 맨션의 우편물 수취함에 들어왔다.

아, 사실이었다. 강화도의 옛 이름이 갑비고차(甲比古次)였다. 나는 그때까지 여러 사서에 등장하는 갑비고차라는 말이 인명인 줄로만 막연히 알고 있었다. 고정관념의 폐해는 그렇게 컸다. 갑비(甲比)는 단군 조선 24세의 이름이었기 때문이다.

드디어 풀어냈다. 되찾아온 기쁨을 자신도 주체할 수 없을 만큼 더 없이 값지고 귀중한 나라의 '그 무엇'을 광개토경호태황은 강화도 마니산 참성단 아래에 묻어두었던 것이다.

잠을 이룰 수 없었다. 자리에 눕기만 하면 검은 까마귀 깃털을 머리에 꽂고 천지사방으로 달려나가는 고구려인들의 모습이 눈에 어른거렸다. 눈을 감으면 드넓은 대지를 울리는 말발굽 소리가 귓속을 한없이 돌아흘렀다.

'……賀□□劍(……기려……검……)' 이 부분의 해석은 크게 어려울 것이 없었다. 비록 지워진 글자가 있다고는 하지만 전체적인 명문의 맥락에서 중요성은 크지 않았다. 이것을 찾아온 신하에게 투구와 검을 내렸다는 내용을 말하며, 투구에는 제왕의 하사품임을 명시하는 문구를 새겨 넣었다는 말로 추측했다. 물론 칼에도 하사품임을 나타내는 명문을 넣었을 것임에 틀림없었다.

지워진 글자까지 짐작하여 뜻풀이를 해놓고 천천히 관련 자료를 다시 살폈다. 혹시라도 간과한 것이 있을지도 모른다는 생각이었다.

□□□忘信魏□□□□奪故□爲□復□□□取□□□□□銅瓹□□後□
螺文□□□鏤□臨土□甲□□□□□□□壇□藏□□□賀□□劍
□樂□□□ □開□境□□□□

‘선제 동천제에 이르러 위가 동맹의 신의를 저버리고 오히려 쳐들어와 탈취해 간 □□을 다시 찾아온 공의 충의를 치하하매, 청동궤를 다시 만들어 소용돌이 무늬로 장식한 후, 천신의 뜻을 가림토 글로써 새겨 넣고, 강화도 마니산 참성단에 비장함에 있어, 그 뜻을 길이 기려야 함이 마땅한 고로 친히 어검과 투구를 내려 그 노고를 어루만지노라.

영락□년 광개토경호태열제.’

기뻤다. 실로 긴 시간 동안 밥 먹는 일 외에는 오직 낡은 책과 컴퓨터와 명문의 해독에 매달렸던 까닭에 춤이라도 추고 싶었다.

한쪽 벽에 투구의 명문과 내 해독문을 나란히 붙여 놓고 오랜만에 술잔을 잡았다. 방과 거실에 널려 있는 300여 권의 책이며 자료며, 아무렇게나 쌓여 있는 메모용지 더미에 세 번의 술을 뿌렸다. 나는 긴 밤을 홀로 마시다가 취해 그대로 쓰러져 잠이 들어버렸다.

강화도로 가야 했다. 광개토경호태열제가 후연에서 다시 찾아온 ‘그 무엇’이 묻혀 있는 우리 땅으로 가야 했다. 피를 말리는 고독을 감내하며 책과 투구의 명문에 매달려 온 지난 시간을 되짚어보았다.

키쿠보의 어두웠던 무간지옥을 벗어난다는 생각에 홀가분한 기분이 되었다. 다시 햇빛을 찾은 느낌이었다. 비로소 나는 강력한 사학적 주제를 손에 넣게 되었다. 하지만 가야 할 길은 멀었다.

저녁이 되자 미리 연락을 받은 곽 부장이 반찬거리며 마실 거리를 사들고 찾아왔다.

"식사는 하셨습니까?"

"밥보다 배부른 걸 먹었습니다, 하하."

어리둥절해 하는 곽 부장의 얼굴을 보고 덧붙여주었다.

"진실을 먹었거든요, 그것도 많이."

"무슨 말씀을 하시는 건지 통……. 뭔가 이루긴 이루신 모양입니다. 허허."

"요즘 회사는 어떻습니까?"

"일본의 투자회사들은 우리가 자기네들 주식을 인수하는 방향을 은근히 타진해 오고 있습니다. 그렇게만 해준다면 일본의 은행들도 얼마간의 부채는 탕감해 주겠다는 암시를 받았습니다. 녀석들이 이제야 발등에 불이 떨어진 걸 깨달은 모양입니다."

"설마 그들을 믿고 계시는 건 아니겠지요?"

"실장님도 참, 제가 그런 꾐에 넘어갈 사람입니까, 어디."

나는 오랜만에 크게 웃었다.

"실장님 웃음을 보니 저까지 체증이 다 내려가는 기분인데요?"

"하여간 곽 부장님을 속일 수는 없다니까, 하하. 한국으로 돌아가야 되겠어요. 빠른 시간 안에."

"무슨 일로……?"

곽 부장은 내가 회사 일로 복귀할 뜻이 있는 것이 아닌가 생각한 모양이었다.

"회사 일이 아니고 제 일 때문입니다. 아버지께는 비밀로 해주십시오. 들어주시겠지요?"

"무슨 일인지 제가 알면 안 되는 일입니까?"

곽 부장은 서운해하는 눈치였다. 얘기 못할 것도 없었다.

"보물을 좀 찾아볼까 해서요."

"보물이라고요?"

까막나라로 가는 길

마니산 정상, 1995년 2월

추웠다. 청동궤 하나가 언제 일어날지 모르는 깊은 잠에 빠져 있는 땅이었다. 삽 끝도 들어갈 수 없을 만큼 단단히 얼어 있었다. 파헤쳐 볼 엄두는 나지 않았다.

낡은 투구의 희미한 명문, 그것도 많은 글자가 문드러져 내려 해독 가능성조차 의심되는, 내 임사 문구(臨寫文句)에 의지해 누가 이 신성 불가침의 성역에 굴삭기의 굉음을 일으킬 수 있다는 말인가. 더구나 무엇이 묻혀 있는지도 모른 채.

주민들에게 탐문해 온 지도 여러 날이 지났다. 초조한 마음과는 달리 고구려시대의 전승은 포착하기 어려웠다. 마을 사람들이 기억하고 있는 어설픈 구성의 구전설화들은 역사적 사실을 신비스러운 옷으로 치장하고 있는 모습이었다. 금도훈 옹을 만나보았지만 그도 강화도의 고구려 자취에 관해서는 특별히 연구한 것이 없는 듯 횡설수설했다.

고조선 가륵 단군조에 가림토 문자를 만들었다는 을보륵의 성이 있었다. 삼랑성이었다. 그것은 삼랑 을보륵이 결코 신화상의 인물이 아니라는 것을 증명하는 유적이었다. 그러나 삼랑이라는 낱말의 겉뜻에 따라 단군의 세 아들이 지었다는 전설 운운하며 축성 동기를 적어 놓은 것을 대하고 보니 부아가 치밀었다.

성 안 전등사에 마련해 둔 숙소로 내려왔을 때에는 얼굴이 다 얼어 있었다. 청동궤의 자취를 더듬어 온 지 벌써 한 달째였다. 쉽지 않는 일이었다.

전등사는 381년, 광개토태황의 백부 소수림태열제 때 아도가 세운 절이었다. 그때는 절 이름을 진종사라 했는데 고려 충렬왕 때 정화 공주가 절에 와서 옥으로 만든 등잔을 부처님께 바친 뒤로 절 이름을 전등사라 바꾸었다는 기록이 있었다.

광개토태황의 자취를 찾을 수 있는 곳은 실증적으로 볼 때 아무것도 없었다. 어쩌면 궤는 신라, 고려, 조선으로 왕조가 바뀌어 넘어오는 동안 어떤 알지 못할 손에 의해 없어졌는지도 모르는 일이었다.

법당 한 귀퉁이 섬돌에 걸터앉았다. 날씨가 추운 탓인지 스님들은 보이지 않고 절 일을 거들고 있는 불목하니 한 사람이 눈에 띄었다. 그간 어지간히 안면을 익힌 사람이었다. 그는 비질을 하고 있었다.

처마 밑에서 지붕을 받쳐들고 있는 목각 나녀상이 눈에 들어왔다. 절을 지을 때 대웅전 건립을 맡았던 도편수의 정심을 배신하는 바람에 그의 주술적인 저주를 받아 법당 지붕을 영원히 받쳐야 하는 가없는 형벌을 받게 된 여인의 초상이었다.

불목하니 노인이 법당 처마를 바라보고 있는 내게 다가왔다. 마른 밭고랑 같은 얼굴을 보아 일흔은 되어 보였다. 아직 그의 이름도 나이도 전력도 모른다. 하릴없이 다니고 있는 듯이 보였지만 나는 결코 한가로운 심정이 아니었던 까닭이다.

"젊은 사람이 무에 할 일이 없어서 허구헌 날 추운 날씨에 그러고 있는지 모르겠네. 스님 되실라고 그러우?"

"아닙니다, 그런 건……. 뭐 좀 찾아볼 게 있는데 전혀 감이 잡히지 않아서요."

"뭘 하는 양반인데 한 달 내내 하는 일 없이 절에서 먹고 자고 하는지, 어디 오늘은 그 사연 좀 들어봅시다. 이것도 인연인데."

웃음이 나왔다. 주지 스님의 흉내를 내는 노인이 정답게 느껴졌다.

"그래, 무얼 찾는데 그러시오? 저번에도 보니까 주지 스님께도 이것저것 물어보는 것 같더니만."

"아주 오래된 청동 궤짝을 찾고 있습니다."

솔직히 말해 버렸다. 노인에게 희망을 가질 일은 아니었지만 한 달이 넘도록 아무런 실마리를 찾지 못한 터에 감출 이유가 없었다.

"청동? 청동이라면 푸르쇠로 된 것이라 이 말이요?"

"예."

"그런 게 어디 있소? 젊은 양반이 뭘 잘못 알고 온 모양이네. 쇳조각은 내게도 하나 있지만 궤짝 얘기는 처음 듣는데."

"그렇습니까? 방에 들어가서 책이나 좀 봐야겠습니다. 그럼……."

불목하니 노인에게 가볍게 목례를 하고 발길을 돌렸다.

"내가 갖고 있는 쇳조각이라도 한번 볼라우? 그것도 굉장히 오래된 물건인데?"

노인은 자신이 가지고 있다는 쇳조각을 아주 소중히 여기는 듯했다. 차마 거절할 수가 없어서 돌아서서 웃음을 지어 보였다.

"그럼 한번 구경시켜 주시겠습니까?"

"그거야 어려운 일도 아니지. 따라오시우."

노인은 자신이 거처하고 있는 방으로 갔다. 노인의 방에는 잡동사니가 여기저기 놓여 있었다.

"앉으시우."

방 안을 천천히 둘러보았다. 목수들이 쓰는 연장통이 윗목에 보였다. 이불 보따리, 물컵과 주전자, 화로도 있었다.

≪금강경≫ 한 권이 구석에 던져져 있었다. 며칠 전에 주지 스님이 준 것이었다. 팔리어나 산스크리트어 경전을 음역한 것이 한자 경전이고 그것을 다시 한글로 음역해 놓은 것이기에 노인에게 있어서 금강경은 하나의 주술적인 주문에 불과한 것이었다.

노인은 뒤주 같은 것을 부시럭거리더니 낡은 복주머니를 들고 앉았다.

"이게 내 증조부가 남긴 물건이니까 백 년은 훨씬 넘은 물건이지."

노인은 복주머니의 아가리를 벌리고 손을 넣어 무언가를 꺼냈다. 청동 조각이었다. 호기심이 생겼다.

"어디 한번 자세히 볼 수 있겠습니까?"

"젊은이가 인사성도 밝고 해서 내가 특별히 보여주는 거니까, 자, 자세히 보려면."

가끔 사탕이나 과자봉지를 슬쩍 쥐어준 것을 말하는 모양이었다. 사람이 늙으면 어린아이 모양으로 입이 궁금할 때가 많다는 이야기를 들은 바가 있어 별다른 뜻 없이 한 행동을 노인은 마음속에 담아둔 듯했다.

뒤틀려 있는 쇳조각을 받아 들었다. 오래된 물건처럼 보였다. 표면을 쓸어보니 도톨한 감촉이 느껴졌다. 어떤 기호가 새겨져 있었다. 어디서 본 듯한 글자였다. 그 순간, 나는 소스라치게 놀라고 말았다.

가림토 문자였다. 한글 자모이거니 생각했지만 아니었다. 틀림없는 가림토 문자였다. 입이 벌어지고 얼굴이 달아오르기 시작했다. 청동조각의 가림토 문자…….

"왜 그러시우? 어디 아픈가 보네?"

"아, 아닙니다……. 이 물건 이거, 어디서 난 겁니까?"

"어허, 말귀를 못 알아듣네, 젊은 사람이. 오래된 보물이라니까. 이제 이리 주시우, 다 봤으면. 내가 이 절에서만 칠십 년을 살았는데 여기는 쇠로 만든 궤짝 같은 것은 없고 쇳조각도 값나갈 만한 건 내가 갖고 있는 이것이 전부라우."

"혹시 다른 것은 없습니까?"

"다른 거?"

노인은 여닫이문을 한번 쳐다보더니 목소리를 낮춰 말했다.

"내가 동자상 하나 가지고 있는데 그거라도 보여주랴?"

"예, 나중에 군것질할 것 많이 사드리겠습니다."

"허허, 가만히 있어보우."

노인은 일어나 방문을 잠갔다. 그는 방에서 나올 때 문을 잠그는 버릇이 있었다. 잠시 소변을 보러 나오더라도 문 잠그는 것을 잊지는 않았다. 그걸 본 주지 스님은 노인의 방에 금부처가 있을 것이라고 농담을 하곤 했다.

노인은 허리를 숙여 뒤주 속에 두 손을 넣었다. 들려나온 것은 최근에 복원한 우리 전통 소주의 포장 용기인 직육면체의 나무상자였다.

"내가 얼마 전에 이 상자를 주워다가 깨끗이 씻어서 우리 동자스님을 잘 모셔놨지.”

노인이 상자를 열고 신문지를 벗겨냈었다. 검홍색 목각 동자상이 모습을 드러내었다. 소매와 종아리를 걷어붙이고 자라 한 마리를 방생하려는 모습이었다. 티 없이 밝게 웃고 있었다. 까르르 웃음소리가 금방이라도 들려올 것만 같았다.

“보물은 이게 참보물이지. 누구한테 이걸 보았다고 말하면 안 되는 것 잘 알지러?”

“물론이지요.”

동자상을 주의 깊게 살폈다. 제작 시기가 족히 몇 백 년은 되어 보이는 목각상이었다. 동자승의 얼굴에는 천진한 법열(法悅)의 분위기가 서려 있었다.

문득 정화 공주의 이야기를 떠올렸다. 불목하니 노인이 갖고 있는 것이 그 옛날 충렬왕의 비가 바쳤다는 동자상이 아닐까하는 생각이 스쳤다.

“이 동자스님은 원래 저 법당에 있었는데 우리 증조부가 소싯적에 착한 일을 많이 해서 전등사에 계셨던 법력이 아주 높은 스님한테 선물로 받은 거라우. 얼마나 착한 일을 많이 했으면 부처님 앞에 놓아둔 동자스님을 선물로 주었겠수? 이래 뵈도 우리 집은 옛날부터 뼈대가 있는 가문이었지러. 내가 요 모양 요 꼴이라서 그렇지.”

노인의 동자상이 정화 공주와 점점 연관되는 것 같아 호기심이 생겼다. 그러나 노인의 이야기는 그다지 믿을 바가 못 되었다. 아무리 선행을 많이 했기로서니 몇 백 년 된 유서 깊은 보물을 절에서 내주었다는 것은 납득하기 어려웠다. 노인의 말과는 달리 누군가가 전등사에서 훔쳐냈는지도 모르는 일이었다.

"이 동자상을 줬다는 스님이 누군지 알고 계십니까?"

"증조부가 살아 계셨을 때가 백 년은 넘었으니까 그건 모르지. 주지 스님은 알란가 몰라."

노인은 청동 조각과 동자상을 다시 챙겨 들고는 뒤주로 가져갔다.

"다시 말하는데 아무에게도 얘기하면 안 되우?"

"그럼요. 아무튼 구경 잘 했습니다."

"이만 나가봐야겠구만. 또 한 바퀴 둘러봐야지, 험험."

노인의 방에서 나온 나는 법당 쪽으로 향했다. 마침 주지 스님이 마당에 나와서 가볍게 산책을 하고 있었다. 걸음을 멈추고 공손하게 합장을 했다.

"그래. 아직도 그 궤짝인가 하는 걸 찾고 있소?"

"예……."

"옛일에 자꾸 집착하면 앞일도 보이지 않는 법인 것을. 그만 내려가는 게 나을 듯하련만 어찌 그리……."

돌아서는 그를 붙잡았다.

"주지 스님, 한 가지 여쭤 볼 게 있습니다. 백여 년 전에 여기 계셨던 큰스님이라면 어느 스님을 말하는 것입니까?"

"백여 년 전이라……. 백 년 전이고 이백 년 전이고 간에 전등사에 계셨던 스님 중에서 단산대종사 말고는 그다지 도력이 높으신 스님은 없었지. 그러고 보니 단산 스님이 주석하셨던 때가 백 년이 조금 더 되는 것 같구면."

주지 스님은 혼잣말인 듯 내게 하는 말인 듯 텁텁한 목소리를 허공에 뿌려놓고 방으로 들어가버렸다.

단산 스님이라……. 경내 매점으로 갔다. 그곳 한쪽에 꽂혀 있는 불교 서적들 가운데 ≪단산록≫이라는 책을 본 기억이 났기 때문이다.

≪단산록≫은 단산 스님의 어록과 행장(行狀), 상하 두 편으로 나뉘어져 있었다. 겉눈으로 두 권 모두 살펴본 나는 행장편 한 권을 사들고 방으로 돌아왔다. 처음부터 끝까지 토씨만 빼고는 모두 한자로 되어 있었기 때문에 읽고 풀이하는 데 적지 않은 시간이 걸릴 것 같았다.

단산 대선사의 행장에서 확인해야 할 것은 그가 전등사에 주석하고 있을 무렵, 동자상과 관련된 일화였다. 불목하니 노인의 말을 믿기는 어려웠지만 그가 가림토가 새겨진 청동 조각을 가지고 있다는 사실이 나를 흥분시켰다. 책을 넘겨가던 나는 단산 스님이 전등사에 주석해 있던 대목에 이르렀다.

……병인년 동짓달이었다. 양이의 변란이 닥친 겨울에 사람들은 먹을 것을 구하지 못해 입에 넣어도 죽을 만큼의 탈이 나지 않는 것이라면 무엇이든 가리지 않고 잡아먹고 캐먹으며 훑어먹는 노릇을 계속했다.

어린 생명들은 아무것도 나오지 않는 어미의 젖을 물고도 빨 힘이 없어 허기져 죽어갔고, 그렇게 죽은 핏덩이를 그 아비가 삶아 먹었다는 소문이 곳곳에 나도는 등 지옥이 따로 없는 섬이 되었다.

마을마다 차마 입에 담지 못할 흉흉한 소문이 꼬리에 꼬리를 물고 다니자 마침내 선사는 지옥에 떨어지기가 쏜화살 같다고 할지언정 더는 두고 볼 수 없느니 하시며 조실을 박차고 나오셨다.

어디로 가시렵니까? 하고 여쭈니 알 것 없느니라, 사흘 뒤에 돌아올 터이니 아무 말 말고 부처님께 효청수나 잘 길어 올리거라 하셨다. 부처님께 공양할 쌀이 떨어진 지 오래되어 새벽 첫 샘물을 길어 공양을 해 오신 지 여러 날이 된 때였다.

사흘 뒤 선사는 달구지 두 대를 이끌고 관의 호위를 받으며 절로 들어섰다. 양이와 관군과의 교전도 잠시 중단된 상황인지라 그들도 선선히 길을 열어주었다. 달구지에는 쌀이 일곱 섬, 보리가 닷 섬, 콩이 석 섬 도합 열다섯 섬의 곡식과 소금 서 말이 실려 있었다.

선사는 곡식을 내려놓으라 사령에게 이르시고는 멸산과 나에게 마을 사람들을 모아라 하셨다. 그러나 사람들을 모을 것도 없었다. 포졸들이 지키고 있는 절 밖에는 전등사 큰스님이 곡식을 나누어 주시려나 보다 하여 이미 강화도 내에서 성한 사람들은 다 모여든 듯 인산인해를 이루었다.

선사는 포졸들에게 줄을 세워 사람들을 들이라 이르고 곡식을 모두 섞어 한 되씩, 소금을 한 줌씩 나누어주시며 모든 것이 미혹한 업보를 벗어나지 못해 당하는 일이니 매일 관세음보살의 명호를 일백 번씩 염하라 하고 당부를 하셨다.

여러 시간에 걸쳐 곡식과 소금을 다 나누어 준 선사는 대웅보전에 있는 순금 향로를 집어 사령에게 던져주며 이 진사에게 고맙다고 전하라 일렀다. 나는 도반인 멸산과 더불어 김포 만석꾼 이 진사에게 대웅보전의 순금 향로를 담보로써 쌀을 얻어 온 것이라 생각했다.

큰스님 그러면 이제 향 공양은 어찌 하오리까 하니 선사 말씀이 이 놈들아 중생들이 굶어 죽어가는 판국에 부처님이 다 무어냐 쓸데없는 소리 집어치우라 하시는 것이었다.

멸산이 공양을 올리리이까 하니 선사께서는 밥값도 못하는 까까머리가 밥을 지어 뉘를 주려느냐 하시며 물이나 한 그릇 떠오라 하셨다. 대선사의 공양은 전과 다름없이 맹물 한 그릇이었다.

……양이가 물러간 지 여러 날이 지났다. 신시가 되었을 무렵, 절 안에 어린아이가 하나 들어와 선사를 뵙자 청하기에 연유를 물으니 선사에게만 말하겠다는 것이었다. 하는 수 없이 데리고 갔더니, 얼마 되지 않아 조실에서 호탕한 웃음소리가 들려왔다.

선사는 나를 불러 법당에 있는 목각 동자상을 가지고 오라 하셨다. 내가 그것을 들고 들어가니 선사는 그 동자상을 어린아이에게 안겨주셨다.

　내가 깜짝 놀라 동자상은 고려 정화 공주가 부처님께 바친 물건인데 어찌하여 그러시는가 하자 선사는 동자상이 수만 점이 있어도 이것에 견주지 못할 것이니라 하시며 아이가 두고 간 고서 몇 권을 가리키셨다.

　선사는 그로부터 닷새 후, 아침 예불을 마친 인시에 멸산을 불러 그 책과 서찰을 하나 주며 곧장 채비를 놓아 경상도 상주에 사는 조 선비에게 전해주고 오라고 이르셨다. 멸산은 그 바람으로 곧장 길을 떠나 스무사흘 날 만에 돌아왔다…….

곰곰이 생각했다. 불목하니 노인의 말과 ≪단산록≫의 기록에서 동자상과 쇳조각에 관련된 부분을 머릿속으로 정리했다.

어린아이가 동자상을 얻은 것은 사실이지만 그 경위는 선행을 많이 해서 상으로 받았다는 노인의 말과는 차이가 있었다. 다시 정리해 보았다. 중요한 정보는 다섯 가지였다.

1. 시기는 1866년 병인양요가 일어난 해의 겨울, 프랑스 군대가 물러가고 난 직후였다.

2. 전등사 단산 스님이 어린아이가 들고 온 미지의 책과 고려시대 보물인 동자상을 맞바꾸었다.

3. 닷새 후에 단산 스님은 그 책을 상주에 사는 조 선비에게 보냈다.

4. 책을 들고 간 사람은 멸산 스님이었다.

5. 현재 불목하니 노인은 그 어린아이의 후손으로서, 가림토 문자가 새겨진 청동 조각과 동자상을 갖고 있다.

정보에서 나타나는 의문을 생각해 보았다. 단산 대선사는 어린아이가 가져온 책이 어떤 것이기에 고려시대의 귀중한 유물인 동자상과 맞바꾸었을까? 어린아이는 또 그렇게 귀한 책을 어떻게 지니게 되었을까? 단산 스님이 책을 보낸 상주의 조 선비는 누구일까? 불목하니 노인이 갖고 있는 청동 조각은 어디에서 떨어져 나온 것일까?

첫 번째 의문에 대해서는 《단산록》에서 어떠한 근거를 찾을 수 없었기 때문에 일단 보류해 두었다.

두 번째 의문에 대해서 생각해 보았다. 참혹한 전쟁과 더불어 닥친 추운 겨울이었다. 프랑스 군이 갖은 약탈과 방화를 일삼은 때였기에 먹을 것이라고는 콩 한 톨도 남아 있지 않았을 것이다. 하지만 단산 스님이 마을 주민들에게 곡식을 나누어준 지 얼마 지나지 않은 때라 전등사에는 모르긴 해도 부처님에게 공양할 쌀은 남아 있었을 것이다.

그 책이 오래 전부터 아이의 집에 있었던 것이라면, 그래서 부모가 아이를 시켜 심부름을 보낸 것이었다면, 두말할 것도 없이 곡식으로 바꿔 오라고 했을 것이다. 곡식보다 가치 있는 것은 아무것도 없었을 때였기 때문이다.

또 아이의 부모가 책과 동자상을 맞바꾸기를 원했다면 책의 가치를 모를 턱이 없었을 것이다. 책이 동자상에 버금가는 귀한 물건이라는 인식이 없었다면 아이를 시켜서라도 동자상을 원하지는 못했을 것이기 때문이다.

결국 어린아이가 단산 스님에게 가지고 갔다는 책은 아이의 집에 있어온 것도, 그의 부모가 알고 있는 것도 아닌 게 분명했다. 그래서 평소에 갖고 싶었던 대웅전의 목각 동자상과 바꾸었던 것이다.

그렇다면 아이는 책을 어디에서 습득한 것일까. 단산 스님은 필시

아이에게 책의 출처를 물어보았을 것이다. 훔친 것으로 간주되었다면 아이에게 동자상을 줄 수 없었을 것이다. 또한 아이는 단순히 어디에 흘려져 있던 것을 주운 것도 아니라 그랬다면 단산 스님은 아이를 앞세워 그 장소에 가보고자 했을 것이다.

결국 아이는 단산 스님이 듣고 수긍할 만한 책의 습득 과정을 갖고 있었을 것이다. 그렇다면 책의 습득 과정은 프랑스 군의 약탈행위와 관련이 있지 않을까. 당시의 정황으로 보아 그것이 단산 스님을 납득시킬 만한 가장 자연스러운 일일 수도 있다고 생각했다.

세 번째 의문에 대해서는 어렵지 않게 답을 구할 수 있었다. 분명히 단산 스님은 닷새 동안 책의 내용을 자세히 살펴보았을 것이다. 그리고 그 책의 중요성을 재삼 확인하고 그것의 진가를 알 수 있는 사람인 상주 조 선비에게 보냈을 것이다.

상주 조 선비는 여러 방면에 학식이 깊어 그 책의 내용과 진가를 살펴보기에 가장 적합한 인물임에 틀림없었을 것이다. 또 그의 인품을 믿지 않고는 보내기가 주저되었을 것이다. 둘도 없는 고려시대 보물과 맞바꾼 소중한 책이기 때문이었다.

옛 보물과 맞바꿀 판단이 어렵지 않게 들었던 책, 그만큼 귀중한 책이라면 과연 어떤 내용일까 하는 것이 핵심적인 의문이었다.

그 책이 불교와 관련되었거나 선가의 책이었다면 상주 조 선비에게 보내지 않고 대선사가 시간을 두고 섭렵해 보고자 했을 것이다. 유학과 관련된 책일 수도 있었을 것이다. 그러나 유학과 관련된 책 중에서는 고려시대의 보물 수백 점에 비할 만큼 귀중한 책은 없다고 해도 섣부른 판단이 아니었다.

불교나 선가 또는 유학에 관련된 책이 아니라면 마지막 한 가지, 사서의 일종이 아닐까 하는 생각이었다. 그것은 네 번째 의문인 불목하니 노인이 갖고 있는 청동 조각과 연관지어볼 때 그다지 어색한 추론이 아니었다.

청동 조각에 희미하게 새겨져 있던 가림토 문자와 관계있는 책이라면 그것은 고조선까지도 연대를 거슬러 올라갈 수 있는 책이었다. 만약 노인이 갖고 있는 청동 조각이 책과 같이 습득된 거라면…….

어린아이가 전등사 동자상과 맞바꾸었다는 그 책이 일종의 사서일 것이라는 확신이 들기 시작했다. 하나의 가설을 세워보았다.

1866년, 병인양요 때 강화도에 상륙한 프랑스 해군이 갖은 약탈을 벌이던 무렵이었다. 어느 날 그들은 산정 부근에 포탄이 떨어져 땅이 파헤쳐진 곳에서 우연히 어떤 궤를 발견했다. 그들은 그 궤의 자물쇠를 부수고 궤 안에 든 책 등을 살펴보던 중, 기습한 우리 군사들에 의해 황급히 쫓겨가면서 몇 권의 책과 자물쇠 조각을 흘리고 말았다.

한 어린아이가 있어, 먹을 것을 찾으러 다니다가 우연히 그 장소에 다다르게 되어 책과 청동 자물쇠 조각을 주웠다. 그 뒤 어린아이는 부모 몰래 그 책을 가지고 양이의 변란 중에도 마을 사람들에게 곡식을 나누어줄 만큼 덕망과 학식이 높다고 소문이 난 전등사 단산 스님을 찾아갔다.

아이는 그 책을 평소에 갖고 싶어했던 목각 동자상과 바꾸려 했다. 단산 스님은 책을 본 순간, 어떤 보물보다도 중요한 것인 줄 단번에 알아차리고 아이에게 동자상을 선선히 내주었다. 그리고는 며칠을 곰곰이 생각한 끝에 평소에 알고 지내본바 가장 믿을 만한 인품과 학식을 겸비한 상주 조 선비에게 그 책을 보냈다.

한편, 그때 아이가 주운 청동 조각과 전등사 동자상은 그 아이의 후
손인 불목하니 노인에게 전해졌다.

만약 가설이 틀리지 않는다면 최소한 두 가지 사실은 유추되었다.
하나는 청동궤가 그때 프랑스로 건너가 그곳 어디엔가 있을 것이고,
다른 하나는 그때 가져가지 못한 몇 권의 책이 국내 어딘가에 남아 있
으리라는 것이었다.

하지만 그 몇 권의 책조차 지금까지 국내에 남아 있을지도 의문이
었다. 나라는 병인양요 이후 오랫동안 격동의 풍랑에 시달렸기 때문이
다. 책이 일제 침략과 한국전쟁을 차례로 겪으며 일본으로 밀반출되어
다케다 교수와 같은 파렴치한에게 넘어가버렸는지, 전란에 불타버렸
는지 알 수 없는 일이었다.

그러나 그럴 가능성은 적다는 쪽으로 기울었다. 단산 스님이 그 책
의 중요성을 알아 동자상과 맞바꾼 것이기 때문에 절대 함부로 할 수
없었을 것이다. 그런 까닭에 그 책을 전해 받은 상주 조 선비도 그것
을 소홀히 하지 않았을 것이다.

그렇다고, 하더라도 그 책을 사서로 추정하기에는 어설픈 감이 없지
않았다. 단정지을 만한 결정적인 근거는 찾을 수 없었기 때문이다. 책
의 꼴을 하고 있다고 해서 전부 문장만 씌어 있으리라는 법은 없다. 어
느 이름 높은 명필가의 법첩일 수도 있고 대화가의 화첩일 수도 있다.

하지만 책을 추적해 보기로 마음을 굳혔다. 고대의 사서라고 믿을
만한 근거는 고작해야 노인이 갖고 있는 청동 조각 표면에 새겨진 가
림토 문자뿐이었지만 오히려 그것이 수심 속에 잠겨 있는 거대한 빙산
의 실체를 알려주는 단서일지도 모른다는 막연한 기대감 때문이었다.

책을 들고 상주로 갔다는 멸산 스님에 관해서 알아보아야 했다. 그

것이 추적의 첫 번째 순서였다. 멸산 스님의 행장이 있다면, 상주 조 선비를 만났을 때 무언가 오고 간 이야기가 실려 있지 않을까 하는 생각이 들었다. 또 조 선비가 누구인지 알 수 있을 가능성도 높았다. 그런 다음 그의 직·방계 후손들을 찾아본다면 책의 소재에 대해 접근할 확률이 컸다.

시계를 들여다보았다. 어느새 정오가 지났다. 서둘러 가방을 챙겼다. 만약 그 책이 내가 찾는 광개토태황조의 '그 무엇'과 거리가 먼 것이라면 그때 다시 돌아와도 되는 일이었다.

주지 스님과 불목하니 노인에게 인사를 했다. 노인은 무척 섭섭해하는 눈치였다.

"얼마 안 되지만 맛난 것 사 잡수세요."

뿌리치는 노인의 손에 지폐 한 장을 쥐어주고 일주문을 나섰다.

견지동에 밀집해 있는 불교 서점들을 뒤졌다. 그러나 멸산 스님에 관한 책은커녕 스님의 법명조차 모르는 서점 주인들이 대부분이었다.

서점의 규모가 작아 그만둘까 하다가 발길을 들여 놓았다. 연화각이라는 서점이었다. 젊은 주인이 책을 읽고 있다가 일어섰다.

"혹시 단산 스님의 제자였던 멸산 스님에 관한 책이 있습니까?"

"단산 스님에 관한 책이라면 상좌였던 기산 스님이 쓴 ≪단산록≫뿐이고, 멸산 스님에 관해서는 아직 이렇다 할 만한 책이 출간되지 않았습니다. ≪단산록≫을 드릴까요?"

"아뇨, ≪단산록≫은 가지고 있습니다."

그는 두툼한 책 한 권을 빼어 들었다.

"이 ≪한국근대고승열전≫은 자료를 모으는 데에만 삼십 년이 걸렸다는 말이 있습니다. 단산 스님의 두 상좌였던 기산 스님과 멸산 스님의 행장도 짧지만 언급되어 있습니다."

책을 받아 들고 살펴보다가 주인에게 다시 돌려주었다.

"제가 기대하는 책이 아니군요. 다음에 한번 들르겠습니다. 말씀 잘 들었습니다."

곧장 한 불교 종단이 세워 놓은 대학교로 향했다. 도서관은 출입구부터 외부 일반인들이 들어갈 수 없는 시스템이 작동되고 있었다. 학생증이 마그네틱 ID카드 노릇을 했다.

난감해졌다. 밖으로 나와 벤치에 앉았다. 학생증을 빌리는 수밖에 없었다. 그러나 누구에게 빌린단 말인가. 주위를 돌아보나마나 생면부지의 학생들뿐이었다.

시간이 지날수록 초조해졌다. 불교풍의 학교가 외부 일반인들에게 이렇게 폐쇄적이라면 다른 대학은 말할 것도 없다는 생각이 들었다. 옛 모교로 가볼까 하다가 그만두었다. 괜히 안면 있는 얼굴이라도 마주치게 된다면 더 성가실 것 같아서였다.

옆 벤치에 남학생과 여학생이 나란히 앉아 있었다. 용기를 내보았다.

"학생, 미안하지만 저 도서관에 좀 들어가게 해줄 수 없어요? 사례는 할 테니."

"도서관에요? 이 학교 출신이 아닌 모양이지요? 그럼 곤란한데……."

"저기요, 사례는 어떻게 하실 건데요?"

여학생이 웃으며 물었다.

"원하시는 대로."

나도 따라 웃었다.

"그럼, 저 아래에 있는 특급 호텔에서 커피 한잔 사주실 수 있어요?"

"물론입니다."

여학생은 내 말을 듣고 나더니 남학생에게 무어라 속삭였다. 잠시 후 그는 지갑에서 학생증을 꺼냈다.

"한 시간 이상은 곤란합니다."

"그 시간이면 충분해요. 자, 내가 도서관에 있는 동안 커피 한잔 하고 오세요. 학생증 가지고 도망가지 않을 테니까 그건 염려하지 말고."

그들은 쑥스러운 듯 지폐를 받아 쥐고 총총 걸어갔다. 발걸음이 가벼워 보였다. 영악하다기 보다는 천진한 귀여움이 있는 학생들이었다.

도서관에 들어선 나는 가방을 보관하고 재빨리 목록을 살폈다. 단산 스님의 두 제자 기산 스님과 멸산 스님에 관련된 책을 모두 빼내어 필요한 부분을 복사했다. 시간은 내 행동보다 빨리 지나갔다. 정확한 시간에 벤치로 갔다. 그들이 먼저 와 있었다.

훑어온 자료를 면밀히 살펴보았다. 단산 스님의 법을 이은 쪽은 아무래도 멸산 스님으로 판단되었다. 기산 스님은 강화도 전등사 이후의 행적이 크게 눈에 띄지 않고, 다만 단산 스님의 어록 집필이라는 점에 무게를 두고 평가받고 있는 편이었다.

멸산 스님은 그 후 범어사, 해인사, 봉암사 등을 거치며 법력을 두루 떨치다가 말년에는 오대산 월정사에서 입적한 것으로 적혀 있었다. 단산 스님에게 인가받은 멸산 스님의 법맥은 더 이상 이어지지 않은 듯했다. 현대 한국 불교의 거목으로 밥그릇 싸움에 눈이 먼 국내에서보다 아시아 불교 국가에서 이름이 더 널리 알려져 있는 동명 스님이 갓 출가했을 무렵 멸산 스님의 법랍 말기에 잠깐 상좌 노릇을 했다는 것뿐이었다.

단산 스님의 심부름으로 상주에 있는 조 선비에게 책을 전해 주었다는 내용은 어디에서도 찾아볼 수 없었다. 멸산 스님의 일대기를 쓴 소설이 한 권 있었지만, 1938년 그가 입적하던 때 출판된 것으로 내용이 너무 조잡하고 엉성했다.

멸산 스님을 실마리로 해서는 아무런 정보를 얻을 수 없었다. 스님의 상좌 노릇을 했다는 동명 스님을 만나볼까도 했지만 그는 멸산 스님이 세수 아흔에 둔 상좌승이기 때문에 십중팔구 책에 대한 직접적인 정보는 없을 것이라는 판단이 섰다.

상주로 가보기로 했다. 상주 일대를 조사해 보면 적어도 조씨의 성촌 하나쯤은 어렵지 않게 찾아낼 수 있으리라 믿었다.

당대의 선승이 귀중한 책을 보낼 만했던 조 선비라는 인물은 문중에서도 틀림없이 이름이 높았을 것이다. 오지 향반의 경우, 그들 조상의 미미한 행적에도 절대적인 숭앙의 긍지를 갖고 있는 모습을 쉽게 볼 수 있기 때문에 그 편이 오히려 책을 추적하는 효과적인 방법일 것이었다.

상주 달가실, 1995년 4월

"조씨들이 사는 마실을 찾는다고여? 글쎄여……. 잠깐만 있어봐여."

시청 직원은 고개를 갸우뚱했다.

"어이, 조 주사! 이리로 좀 와봐여. 우리 상주에 조씨들이 모이가 산다 카는 마실이 어디 있는지 알아여?"

"잘 모리겠는데 그거는 와여?"

"이 양반이 조씨들 부락이 우리 군내 어디 없냐고 물어여. 조 주사가 알면 좀 갈채줘여."

"나도 잘 몰라여. 조씨랏고 어예 다 알아여."

난감해졌다. 시청에서 아무런 정보를 얻을 수 없다는 것은 생각지도 못한 일이었다. 낭패감이 들었다.

"우리 시가 이래 보이도 면이 열일곱 개나 있는데 그래가이고는 몬 찾을 거이구만."

시청을 나왔다. 시청 민원실에 있는 관내도에는 읍·면·동 단위로 나눈 행정구역의 표시만 보일 뿐, 각 지역마다 사람살이의 본질적인 정보는 아무것도 나타내고 있지 않았다.

'성촌을 이루고 사는 것이 아니었다는 말인가.'

조 선비를 찾는 일이 처음부터 어그러지고 있었다. 끼니를 거른 것이 생각났다. 기분이 편치 않아 조그만 가게로 들어가 우유 한 잔으로 빈속을 다스리고 말았다.

집배원이 들어와 주인에게 편지를 전해 주었다. 나는 계산대 앞에서 우유 값을 치르다 말고 집배원에게 불쑥 물었다.

"아저씨, 혹시 상주에 조씨들만 모여 사는 마을이 어디 있는지 모르십니까?"

"조씨들? 모르겠는 걸……. 말씨를 들어보이 타지 대처서 온 모양일세. 알고 있는 기 그거뿐이라여?"

"예."

"가만있자……. 이리 와봐여."

집배원은 가게를 나와 길을 가리켰다.

"저쪽에 보이는 네거리를 왼짝으로 돌아가마 우체국이 하나 있는데 거 가가 윤씨를 찾아여. 이름이 윤장길인데 그 양반이 상주서만 집배원 노릇을 한 지 사십 년이 다 됐으이 혹시 알랑강 몰라여."

“고맙습니다.”

우체국으로 갔다.

“혹시 윤장길 씨라고 있습니까?”

창구 여직원이 고개를 들었다.

“우째 찾십니꺼?”

“뭣 좀 물어볼 말이 있어서요.”

“어데서 오싯습니꺼?”

“윤장길 씨 지금 없습니까?”

여직원의 호기심이 부담스러웠다.

“외근 나갔는데 다섯 시 넘어가 와보이소.”

그녀는 무뚝뚝하게 한마디 뱉고는 자기 일로 돌아갔다. 시계를 보았다. 다섯 시까지는 두 시간이 남아 있었다. 발길을 돌려 다시 시청으로 갔다. 자료실에 들러 상주의 연혁을 자세히 살펴볼 작정이었다.

상주는 외지인들을 끌어들일 만한 이렇다 할 관광자원이 부족해서일까. 자료는 빈약했다. 국내 최대의 곶감 산지, 공갈못, 경천대, 가야국 왕비의 무덤을 빼고 나면 달리 자랑할 것이 없는 고장이었다. 시간이 될 때까지 시내를 배회했다.

“윤장길 씨 들어오셨습니까?”

“윤씨 아저씨! 손님 왔어예.”

여직원이 소리쳤다. 그러자 60대는 훨씬 넘어 보이는 촌로풍 사람 하나가 돌아보았다. 나는 그가 윤장길이라는 사람임을 직감하고 고개를 숙였다.

“누군데 날 찾아여?”

“뭣 좀 여쭈어볼 말씀이 있어서 찾아왔습니다.”

"어디 사는 누구라여?"

"서울에서 공부하고 있는 사람인데 상주에 살았다는 조 선비라는 분을 찾고 있습니다. 혹시 이 곳 어디엔가 조씨들만 사는 마을이 없는가 해서요?"

"그거를 와 나한테 찾아여? 시청에 가마 알 수 있을 거인데."

"시청에서도 잘 모른다고 해서……."

"낙동면으로 가가 달가실이 어데 있냐고 물어봐여. 그라마 알 수 있어여. 상주서는 조씨들 모이 사는 곳이 거밖에 없어여."

'달가실이라……. 달이 지나가는 마을?'

낙동면은 상주에서보다 선산에서 가까운 곳이라는 말을 덤으로 들었다. 면사무소는 깨끗하고 아담했다.

"실례합니다. 근처에 달가실 마을이 어디 있는지요?"

"달가실? 그런 곳은 없는데?"

"예? 없다고요?"

나는 놀라 되물었다.

"누가 우리 면에 그런 마을이 있다고 해여?"

"우체국 직원에게 들었습니다만. 조씨들 성촌이라고……."

"조씨들 동네라 카마 월곡 마을을 말하는가 보네. 조성래 씨, 이 사람한테 동네 좀 갈채줘여."

달가실 출신의 조씨라는 말에 비로소 내 용무를 비교적 자세하게 털어 놓았다. 그는 진지한 표정으로 들어주었다.

"그래여? 우리 달가실이 옛날에 선비들이 많이 살기는 했어도 그런 줄은 몰랐는데……. 잠깐 있어봐여. 허락받고 올 테니까 같이 가봐여."

"아닙니다. 혼자 가도 됩니다."

"우리 마실에 아는 사람 있어여? 동네 어른들은 타지 사람들 오는
거 안 좋아해여."

그는 혼자 가겠다는 나를 세워 두고 상사의 허락을 얻어왔다. 조성
래는 소형 승용차로 가 문을 열었다.

"타여. 혼자 가봐야 쫓겨나고 말아여. 같이 가여. 같이 가가 마실 어
른 한 분을 소개해 줄 테니까 잘 말씀드려봐여."

그와 함께 도착한 마을은 고풍스러운 자취가 남아 있는 와촌(瓦村)
이었다. 작은 마을이라 고택은 20여 채밖에 안 되었지만 뒷산이 병풍
처럼 둘러싼 아늑한 곳에 자리잡고 있었다. 조성래는 차를 세웠다.

"저기 정자에서 기다리고 있어여. 내가 얼른 가서 모시고 올 테니까."

정자에는 청류정(廳流亭)이라는 편액이 걸려 있었다. 무언가가 흐르
는 소리를 듣는다는 뜻이었다. 마을에서 경치가 가장 좋은 곳으로 여
겨졌다.

정자 안에서 가장 먼저 눈에 띄는 것이 들보와 평행하게 매달아 놓
은 목판이었다. 깨알 같은 한자가 새겨져 있었다. 마을의 유래를 설명
해 놓은 글이었다. 고개를 빼어들고 까치발을 해서 읽어보았다.

이곳은 임진왜란이 발발하기 백여 년 전에 풍양 조씨의 한 계파인
직성공이 들어와 살면서 누대에 걸쳐 성촌을 이루어 왔다. 행정구역상
명칭은 상주군 낙동면 월평리 월곡 마을로, 옛 이름은 달가실이었는데
달가는 달빛이 흐른다는 방언이다.

달가실은 국진봉에서 좌우로 뻗은 산줄기가 마을을 감싸고 있어 풍
수상으로는 물산이 넉넉하고 대대로 부가 끊기지 않는 비봉재천의 지
세를 이루고 있으며 앞벌을 흐르는 낙강의 수량처럼 인심이 후덕하여

대대로 인근 사람들의 부러움이 끊이지 않았다.

이곳이 풍양 조씨의 한 마을을 이루고 살게 된 데에는 직성공의 손자인 율리(栗里) 조홍 선생의 학문이 큰 뒷받침을 했다.

선조 때에 ≪임란부기≫라는 흔치 않은 기록을 일기체로 남긴 율리 선생은 비록 아무도 알아주는 이 없는 시골 선비에 불과했지만 지조 있는 선비로서 당당한 삶을 살았던 자취를 달가실 곳곳에 남겨 두고 있다.

율리 선생의 행적을 본받은 그의 후손들도 대대로 벼슬을 멀리하고 구름과 나무와 물을 벗삼아 은거자양하면서 유유로이 살아가는 삶을 택했고 그러한 삶 속에서 학문을 추구하는 즐거움을 늘 놓지 않고 지내며 자손을 기르는 것을 크나큰 낙으로 삼았다.

청류정은 율리 선생의 증손자인 목헌공 시연이 백·계씨와 함께 세웠는데 1874년에 율리 선생의 십세손 이암공 방인이 중수하였다…….

이암공이라는 사람에게 주목했다. 단산 스님이 멸산 스님을 시켜 상주에 사는 조 선비에게 전해 주라고 한 책과 서찰이 어쩌면 이암공에 닿았을지도 모를 일이었다. 이암공의 생존 시기인 1874년은 병인양요가 일어났던 1866년으로부터 겨우 8년 뒤였다.

조성래가 전형적인 조선 선비로 보이는 노인 한 사람을 데리고 오는 모습이 보였다. 나는 정자 아래로 내려가 공손히 머리를 숙였다.

정자에 올라온 백발의 선비는 먼저 앉으며 나에게 자리를 권했다. 다시 큰절을 올렸다. 인사도 할 줄 모르는, 버릇 없는 젊은이라는 인상을 주어서는 안 된다는 생각에서였다.

"그래, 서울서 무신 일로 예까지?"

“예, 어르신. 다름이 아니라 이암공께서 이 정자를 중수했다는 때와 같은 시기인 백여 년 전의 일입니다만, 상주 지방에 계셨던 선비 한 분이 단산 스님이라는 당대 고승과 교분이 아주 두터웠다는 말을 들었습니다. 해서 그 선비가 어떤 분인지 알고자 합니다.”

“그 선비를 알아가 머 할랏고?”

“단산 스님이 강화도 전등사에 계시던 그때, 그 선비께 책을 몇 권 보냈다고 하는데 선비의 휘는 알지 못하고 다만 조씨라는 것밖에 모르고 있습니다. 그 선비의 자손들 가운데 혹 누군가 그 책을 보관하고 있을 터인데, 제가 하고 있는 공부에 아주 긴요한 것이라 행방을 알아보려고 이곳을 찾아왔습니다.”

백발의 선비는 내 말을 다 듣고 나더니 조성래를 쳐다보았다.

“성래 니는 이 사람하고 우째 되는 관계고?”

“예, 저……”

조성래가 우물쭈물하자 백발의 선비는 헛기침을 한 번 하고는 나와 그를 번갈아 보았다.

“젊은이가 찾아오기는 바로 찾아왔는데 공연히 나를 헛걸음시켰구 랴. 단산 스님캉 교분을 쌓은 어른은 성래 너그 고조부, 일진 어른이신 기라. 항렬로 치지마 이암공 어른의 재종숙이 되시는 양반이제. 이암 공 어른도 그분에게서 학문을 닦았던 기라. 그 일진 어른이 스님들캉 학문을 마이 나누고 부처 되는 공부랑 신선 되는 공부를 깊이 하싯던 기다.

성래 니는 이적지 모르고 있었디나? 나중에는 미친개이 짓을 했다 카지만 그거도 우국발로였던 기라…… 이 젊은이를 서울 가 있는 너 그 애비한테 보내믄 정한 얘기를 들을 수 안 있겠나. 난 또 무신 일이랏고.”

백발의 선비는 큰일도 아니라는 듯 자리를 털고 일어섰다.

“이 젊은이가 하는 공부가 뭔지는 모르지만 이 골짝까지 찾아온 거 보마 그래도 우리 마실의 손 아이라? 저슴이라도 대접해가 보내거라. 인사성은 배운 젊은이구만, 허험.”

노인이 정자에서 내려갔다. 그리고는 휘적휘적 걸음을 놓으며 마을로 향했다.

“할배요, 살피 가시여.”

“…….”

“그래도 우리 마실에서는 저 학손 할배가 가장 자상한 어른이라여.”

조성래는 내게 웃어 보였다.

“차말로 등잔 밑이 어둡네, 하하. 가여. 가서 밥이나 묵으민서 이야기 해봐여. 퍼뜩 타여.”

“아, 예.”

얼떨떨한 느낌이 가시지도 않은 채 그의 차에 탔다. 상주에 도착했을 때와는 달리 일이 쉽게 풀릴 조짐이었다. 마음이 한결 가벼워졌다. 시청과 우체국을 오갈 때만 해도 조 선비를 추적하는 일이 쉽지 않을 것 같은 예감에 심기가 가라앉아 있던 터였다.

근무시간을 뺏은 것이 미안하기도 하고 고맙기도 해서 한마디 했다. 더구나 책의 행방에 대해 중심 축에 서 있는 청년이었다.

“식사는 제가 대접하고 싶습니다.”

“타지 사람들이 여름휴가 때고 가을 단풍 때고 놀러오거나 하마 뭐든지 돈으로 다 할라 캐여. 그거는 큰 잘못이라여.

촌이 도시를 닮아간다 캐도 그래도 아직은 촌이라여. 무신 말인가

하면 손이 들어오마 처음에는 경계하다가도 쪼매만 지나마 있는 거 없는 거 다 대접해가 보내고 싶은 기, 그기 촌사람 마음인 기라여. 그런데 한번씩 와가이고는 그런 마음을 다 다치게 해놓고 가는, 그기 안 좋은 인상이라가이고 마실에 몬 들어오게 하는 거라여."

그에게 꾸지람 아닌 꾸지람을 들었다. 면에 도착해 조그만 식당으로 들어갔다.

"우리 고조할배는 큰 학자였다고 해여. 그런데 그림에 눈을 뜨고부터는 공부는 손을 놔버렸다고 해여. 그래가이고 그때부터 우리 아부지까지 사대째 그림을 그리고 있어여. 한국화 말이에여.

하지만 나는 그림에는 애당초 소질이 없어가이고 고마 니리온 거라여. 우리 집안이 더 이상 고향을 등졌다는 욕을 묵으마 안 된다는 생각에서 말이여. 나는 서울, 거 몬 살겠더래여. 사람들이 사소한 거이라도 인정머리가 없어여."

조성래는 아직도 조선 선비의 풍양이 남아 흐르는 마을에 살고 있는, 흔치 않은 젊은이답게 조상의 행적에 관해서도 약간의 지식을 가지고 있었다.

"춘부장의 함자는 어떻게 씁니까?"

"진 자, 수 자에여. 호는 우곡(牛谷)이라고 해여. 한 번도 안 들어봤어여? 신문이나 텔레비전에 자주 나오는데."

우곡 조진수⋯⋯. 언젠가 들어본 이름 같기도 했다.

"지금 우곡 선생님은 어디에서 살고 계십니까?"

"이천에서 살고 있어여. 이천 알아여? 서울 가기 전에 도자기 마이 꿉어내는 데 말이여."

"연세는 올해⋯⋯?"

"일흔이라여."

의외로 쉽게 찾은 조 선비의 후손을 앞에 두고 있다. 믿기지 않았다. 천우신조가 깃들었다는 생각이 들었다.

병인년에 프랑스 군대가 남기고 갔다고 추정되는 미지의 책, 그것을 갖고 있을 가장 유력한 사람은 이천에서 한국화를 그리고 있는 우곡 조진수 옹으로 결정 났다.

"내가 전화를 해놓을 테이끼네 가서 한번 만나봐여. 우리 아부지는 디기 깐깐해여. 그 점만 조심하마 되여. 그라고 아부지가 안동소주를 제일 좋아해여. 그거나 한 병 사 가이고 가여. 아부지가 안동소주 좋아 한다 카는 걸 아는 사람은 몇 명 없어여."

조성래의 말을 듣고 난 나는 잠시 생각에 잠겼다. 학문은 조 선비 대에서 그 맥이 끊어지고 만 느낌이었다. 조 선비의 아들과 후손들이 모두 그림에 빠져들었다는 조성래의 말이 마음을 무겁게 했다. 조진수 옹이 책을 갖고 있을지도 의문이었다. 학문과 그림은 결코 자연스럽게 어울리는 분야가 아니기 때문이다. 서예와 그림이라면 모르지만.

서울로 올라가 우곡 조진수 옹에 대해 알아보기로 했다. 그를 알아 보아야 백발의 선비가 말한 일진 어른, 조 선비의 실체에 대해서도 윤 곽을 잡을 수 있을 듯했다. 중요한 단계였다. 이천의 우곡에게는 일진 에 관한 약간의 정보라도 가지고 가야 하는 것이다.

경기도 이천, 1995년 4월

협회와 화랑가, 인사동, 박물관, ≪풍양 조씨 대동보≫ 등에서 우곡 에 대한 평전과 그의 가계에 대한 자료를 모조리 훑어내어 요연하게 정리해 보았다.

놀랄 만한 족적에 비해 달가실의 조 선비는 근대 한국 미술사가 놓쳐 버린 듯한 인상의 화가였다. 어찌된 일인지 단 한 줄의 기록도 남아 있지 않았다. 하기야 고대의 역사도 남의 손으로 이루어진 터에 근대의 미술사는 무엇이 왜 빠졌는지 논의거리조차 되지 않을 것이었다.

일진(一盡) 조상전, 그는 최근에 이르러서야 몇몇 젊은 평론가들에게 발굴되어 새롭게 해석되기 시작한 인물이었다.

일찍이 여러 방면에 공부가 깊어 우뚝한 학예(學蕊)는 누구나 우러러 볼 만큼 대단했던 일진은 나이 마흔여섯이 되던 해부터 갑자기 무엇엔가 홀린 듯 기행괴적(奇行怪跡)을 나타내기 시작했다. 신이 들린 듯 그림을 그려나가다가도 별안간 벼루며 연적 따위를 내던지며 호탕하게 껄껄 웃기도 했고 웃음소리가 이내 대성통곡으로 바뀌기도 했다는 것으로 미루어 짐작해 보면 정신 분열의 증세를 보인 듯했다.

더욱이 밤이 깊어지면 횃불 방망이를 들고 선비니 벼슬아치니 하는 이들의 집집을 찾아다니며 불을 지르려고 발버둥 치다가 갑자기 태도를 바꾸어 사람들을 끌어안고 춤추며 술판을 벌이기도 한 행적은 그가 광인으로 알려지기에 모자라지 않을 정도였다. 그런 일진의 모습을 본 그의 지인들은 그가 당대의 세상을 향한 슬픔을 청광(靑狂)으로 삭이다가 정말 미쳐버린 것이 아닌가 의심했다고 한다.

하지만 그가 정작으로 미치지 않았음을 나타내는 일이 있었다. 기이한 행적과 함께 세간에 나타난 그의 그림 때문이었다. 그는 산이나 들 또는 길에서든 집에서든 어디서나 마음이 동하면 머릿속 광기를 걷어내고 그 자리에 앉아서 홀연히 붓 가는 대로 그림을 그려내었는데, 스승도 없이 문득 익힌 그림이 당대의 내로라하는 화가들에 견주어 전혀 손색이 없었다는 것이다.

그는 나이 61세가 되던 해, '이제 가야지' 하며 금강산으로 들어가 아무도 보는 이 없는 곳에서 그림을 그리려고 갈아 놓은 먹물을 한 됫박이나 들이키고 자살했다고 전해진다. 유산객들에게 발견된 그의 시신은 들이마신 흔적은 분명하나 기이하게도 먹물 한 방울도 토하지 않고 온화한 얼굴이었다는 기록도 있었다.

일진이 쓰러져 있었던 자리에 '종이가 우주일진대 먹은 무엇이냐, 나 또한 우주로써 먹을 먹고 한 점 그림으로 남으려니 일(一)은 어느 때이고 진(盡)은 어느 때이더냐'라는 선문(仙文) 같은 글귀가 초서체로 휘갈겨져 있었다는 것이 가장 유명한 일화였다.

일진의 그림은 온통 소용돌이 무늬를 주제로 한 것이었다. 당시 무렵 문인화에 밝았던 몇몇 사대부들이 일진의 독특한 그림들을 통칭해 추상묵화(抽象墨畵)라는 이름을 붙이고 그의 필법을 나선법(螺線法)이라고 명명했다.

일진의 독특한 필법의 경지는 그의 운필·필형·필세 등에서 잘 나타났다. 그의 운필은 옛 필법에 얽매이지 않고 자재운력에 바탕을 둔 행좌와침(行坐臥寢), 부첨잠몰(浮沾潛沒)하는 호쾌함이 단연 돋보였다는 것이다.

또 필형에서는 정형적인 틀을 상호모순적으로 이끌어내면서도 무질서로 보이는 질서, 부조화스러운 조화, 우연인 듯한 필연 등을 자아내게 하여 마침내 화폭 전체적으로는 미완의 완성을 느끼게 하는 신비한 여운을 담아냈다는 평도 있었다.

고전적인 이원성에 구애됨이 없었다는 필세는 마치 화면이라는 뜰을 거침없이 쓸어낸 뒤, 바람이 낙엽을 굴려 어지러이 길을 내는 듯한 자연의 혼돈스러운 편재를 나타내는 데 힘을 쏟은 것으로 보인다고 했다. 그것은 그림의 마지막 순간까지 인위적인 요소를 철저히 걷어내려 한 그의 일관된 의도라는 것이었다.

일진은 그림을 통해 있는 그대로의 모습으로 물상의 지존한 본질을 보였고 그러한 본질이 서로 어우러져 있는 모양을 하나의 큰 본질로써 나타내었다는 점에서 더할 나위 없는 동양 미학적 연구 가치를 부여하고 있다고 한 젊은 평론가가 전했다.

혹은 구부러지고 혹은 곧아나간 필력의 여운은 막막한 우주 전체가 한 점 한 자취에서 비롯되어 모든 방향으로 바람처럼 내달리고 있는 듯한, 또는 모든 방향에서 하나로 잠몰해들어가는 듯한, 그리하여 대우주가 스스로 지어내는 질서와 영원한 작용을 보여주는 것이라는 어느 승려 화가의 촌평도 발견할 수 있었다.

일진의 화풍은 그의 아들 평인(平印) 조형옥이었는데, 그는 불과 서른넷의 나이로 요절해 버려 그다지 주목받지는 못했던 모양이었다. 일진의 그림이 불현듯 다시 살아온 느낌을 준 것은 그의 손자인 묘행(杳杳) 조병찬에 의해서였다고 했다.

묘행은 일제 말기에 미국 뉴욕으로 건너간 화가로 국내에는 잘 알려져 있지 않지만 한때 서구 화단에서는 '동방의 신비객'이라는 별명을 얻은 화가였다.

묘행의 아들로서 현재 구미 화단에서도 적지 않은 주목을 받고 있는 사람이 바로 우곡(牛谷) 조진수 화백이었다. 그의 그림이 처음으로 세간에 모습을 드러낸 것은 1966년 겨울 뜻있는 지인들이 마련해 준 개인전을 통해서였는데, 그때 불쑥 전시장에 모습을 드러낸 젊은 학승 하나가 그의 그림을 평한 것이 세인의 주목을 끌었다는 것이다.

동명 스님이라고 불린 청년 학승은 우곡의 그림과 묘행의 그림을
비교하여 전시회에서 즉석 비평을 했다는 기록을 찾을 수 있었다. 그
는 많은 비평가들이 모인 자리에서 묘행의 정필(精筆)에서는 좁은 땅
으로 내려와 있는 인위적인 우주가 엿보이지만 우곡의 기필(氣筆)에서
는 원래 자재한 그대로의 우주가 펼쳐졌다가 모아지고 또 흩어졌다가
하나로 떨어지는 심심묘법의 철리를 추구하고 있어, 장차 옛 일진의
화풍에 닿아갈 붓은 묘행에게서 찾을 것이 아니라 우곡에게 기대해
볼 만하다고 갈파해버렸다는 것이다.

일개 젊은 승려의 말은 평단을 술렁이게 했던 모양이었다. 그때부터
새롭게 비평가들의 주목을 받기 시작한 우곡의 이름은 점차 세간에
퍼져 나가기 시작했고, 어느덧 정계와 재계 인사들은 그의 그림을 사
들이기에 혈안이 되었다고 했다.

언제부턴가 우곡은 자기도 모르는 사이에 한국 화단을 이끄는 선두
화가가 되어 있었다. 그의 이름이 널리 퍼지자 그의 그림을 흉내 내는
젊은 화가들이 나타나기 시작했다. 하지만 일단의 중진 화가들 사이에
서는 그의 그림을 두고 혹평이 일기도 했다.

우곡의 그림은 그 후 해외로도 꾸준히 알려져 마침내 프랑스 루브
르 미술관에서도 관심을 보이기 시작했다는 기사까지 입수할 수 있었
다. 그러나 국내의 권위있는 기성 평론가들의 반응은 한결같이 냉담해
보였다.

나는 일진 조상전에서 시작되어 평인 조형옥, 묘행 조병찬으로 이어
져 내려온, 4대에 걸친 대물림 끝에 마침내 추상묵화와 나선필법을 완
성한 그 미지의 가계(家系)가 어떤 비밀을 쥐고 있을 것임에 틀림없다
고 여겨졌다.

일진의 기행괴적이 나타난 시기를 더듬어보아도 짐작할 수 있는 일이었다. 단산 스님에게 전해 받은 책을 읽고 나서 나타내 보인 행동이 아닐까 하는 생각을 떨칠 수 없었기 때문이다. 일진의 나이로 미루어보면 연대적 시점이 비슷했다.

더구나 그의 나선필법, 전등사 불목하니 노인이 갖고 있던 뒤틀린 모양의 청동 조각, 다케다 교수의 비밀 수장고에서 보았던 투구의 소용돌이 장식, 또 그 투구의 명문이 말하는 궤 표면의 나문(螺文), 고구려 토기의 소용돌이 무늬……. 이 모두가 동일한 사건의 범주에 있는 것이라고 믿어졌다.

우곡 조진수 화백의 집은 옛 기와집의 모습을 재현해 놓고 있었다. 넓은 마당은 보는 이의 가슴을 후련하게 했다. 정원에는 매화나무가 여러 그루 보였다. 본채 앞에 조그맣게 파놓은 연못에는 연잎이 가득 떠 있었다.

건물은 처마 끝에 부연을 멋들어지게 달아낸 오량집이었다. 물매도 잘 맞아 보였다. 겉모양은 사대부의 풍모가 물씬 배어나오는 기와집이었지만 안으로 들어서니 현대식으로 꾸며놓았다.

들고 있던 소주를 내려놓고 절을 올렸다.

"역사를 공부하는 젊은이라고 했소?"

"그렇습니다."

인사를 받는 우곡 옆에는 노스님이 차를 마시고 있었다. 나는 개의치 않고 그를 찾아온 용무를 바로 말했다.

"오래 전에 강화도 전등사에 계셨던 단산 스님이 옛날 책 몇 권을 상주에 사는 조 선비에게 보냈는데, 그 조 선비라는 분이 우곡 선생님의 증조부 되는 어른으로 알고 있습니다.”

“내 증조부가 누구길래?”

“아호는 일진으로 휘는 상 자 전 자입니다.”

“그건 맞네만. 그랴, 그 책이라는 건 어떤 걸 두고 하는 말인가?”

“책의 내용이나 이름은 모르고 있습니다만 아주 중요한 책이라 생각하고 있습니다.”

“무슨 책인지도 모르고 찾고 있다니 말이 되는가?”

나는 당혹스러웠다. 예상 못한 반문은 아니었지만 막상 듣고 보니 초라해지는 기분을 감출 수 없었다. 준비해 둔 대답을 해야 했다.

“그게 궁금해서 저도 꼭 찾으려는 겁니다.”

“허허, 글쎄, 자네가 찾고 있는 책을 증조부께서 어떤 스님한테 받았는지 안 받았는지는 알 수 없으나 나는 갖고 있지 않네. 지금껏 어떤 이야기를 들은 바도 없고.”

“그럴 리가 있겠습니까? 단산 스님이 어린아이한테서 그 책을 수습해서 멀리 계신 일진 어른께 보냈다는 기록이 있습니다. 강화도에서 상주 달가실까지 수백 리나 되는 먼길을, 더구나 한겨울에 사람을 놓아 보냈습니다……:”

“그런 얘기는 할 필요가 없네. 내가 하는 말은 우리 집에 남아 있는 책 가운데 그런 책은 없다는 것이네. 무슨 뜻인지 모르겠나?”

“외람된 말씀입니다만 선생님께서 소장하고 있는 서적을 일람할 기회를 주실 수는 없겠습니까?”

“허, 처음 보는 젊은이가 당차구만.”

“간곡히 부탁드립니다. 그 책을 찾으려고 이곳까지 어렵게 헤매며 왔습니다.”

"한 가지 물어보세. 그 책이 내게 있을 것이라는 판단은 어떻게 내렸나? 누가 말해 준 사람이라도 있던가?"

"그 말씀을 드리자면 깁니다. 원하신다면 들려드릴 수도 있지만……."

"아니, 그만 됐네. 그 이야기는 들을 필요가 없으이."

"그러면 책을 보여 주십시오."

그냥 일어설 수 없다고 생각했다. 우곡을 물고 늘어져야 했다. 막다른 골목이기 때문이다.

"허어, 이보게. 내가 아니 내어 놓으려고 이러겠는가. 나로서는 들은 바도 없는 걸 더 이상 어쩌겠나. 젊은이가 공부에 필요해서 이렇게 찾으러 다니고 있는데 갖고 있으면서 내놓지 않을 몽매한 늙은이도 있을까마는, 분명코 우리 조씨 집안에는 그런 책이 없다네. 그리 알고 그만 일어나게."

우곡은 고개를 돌렸다. 일어서지도 앉아 있지도 못할 상황이 되었다. 일언지하에 막혀버릴 것이라고는 상상하지 못했다. 설령 우곡이 갖고 있지 않다 하더라도 그 책의 행방에 대해 일말의 단서는 얻을 수 있을 것이라 생각했다. 하지만 그것조차 아니었다.

우물쭈물하자 우곡이 다시 입을 열었다.

"내가 종이에 먹물이나 칠하는 환쟁이 노릇을 한다고 해서 영 까막눈은 아닐세. 내 증조부께서 당대의 고승들과 교분을 갖고 있었고 여러 방면에 걸쳐 학식이 높았던 것은 사실이지만 우리 집에 역사하고 관련되어 전해지는 책이라곤 ≪동몽선습≫도 한 권 없네. 돌아가서 다시 곰곰이 생각해 보게. 무얼 잘못 판단한 게 있을 걸세."

어쩔 도리가 없었다. 더 이상 앉아 있을 수가 없었다. 일어서려고 하는데 옆에 앉아 있던 노스님이 한마디 했다.

"내가 참견할 일은 아니지만 젊은이, 그 책이 뭘 하는데 소용이 닿는 책인가?"

"옛 역사의 진실된 모습을 되찾을 수 있는 책입니다."

노스님의 얼굴을 바라보았다. 온화한 얼굴이었다.

"되찾아서 무얼 하려고?"

"……제 얼굴을 비추어보려고 합니다."

말을 하고 나서 우곡의 얼굴을 흘깃 보았다. 그러나 그의 표정에는 아무런 변화가 없었다.

"요사이 젊은 사람들이 별난 건 알고 있네만 자네처럼 책에다가 얼굴을 비춰보려는 젊은이도 더러 있는 모양이군. 얼굴은 면경에다가 비추어 보는 것일세. 내 말이 틀린가?"

조롱하는 듯한 말투에 나도 모르게 발끈했다.

"제가 얼굴을 어디에 비추어보든 스님은 관여하지 마십시오. 스님의 면경은 불경이 아닙니까?"

"허허허. 자네가 찾아다니는 게 뭔지는 모르지만 알고 보면 다 부질없는 허상이야."

"그 허상이라는 것이 중생에게는 바로 실재입니다. 죽어서 극락 간다든가, 공덕을 쌓아서 좋은 생을 다시 받는다든가 하는 뜬구름 잡는 내세의 얘기가 아니라 오직 현세에서 인간의 지순한 가치를 찾아야 한다는 것입니다."

"그래?"

"죽으면 극락 가자고 밤낮 들어 앉아 돌중 민머리 모양으로 깎아 놓은 나무 토막을 두들기거나, 명주실에 꿴 목구슬을 다람쥐 쳇바퀴 굴리듯 뱅뱅 돌려서 될 일은 아니라는 말씀입니다.”

“허어?”

“제 말이 틀렸습니까?”

“오래도록 살 목숨처럼 보이지만 다 하루살이 같은 삶인걸?”

“하루살이도 제가 가진 하루 동안의 생명은 더없이 소중하게 살고자 노력하지 않습니까?”

“욕심 많은 중생에게는 아무리 좋은 이야기도 쇠귀에 경 읽기라네.”

“쇠귀를 그대로 두고 경을 읽자는 것이 아니라 쇠귀를 사람귀로 뚫어 놓자는 말입니다. 그에 필요한 불꼬챙이가 바로 제가 찾는 책입니다.”

우곡이 나를 바라보았다. 노스님은 잔잔히 미소를 지으며 말했다.

“젊은이 관상을 보아하니 역사 공부보다는 선방에 앉아 마음공부 하는 게 더 어울릴 것 같은데? 어때, 이 땡초를 따라 마음공부 한 자리 안 해보겠나? 허허.”

또다시 치밀어 올랐다.

“스님이 동명 스님쯤 되면 따라나서겠습니다.”

깊이 생각할 겨를도 없이 뱉어버리고 말았다.

“동명이라고? 그래, 동명 그 똥막대기가 무에 그리 대단하던가?”

“여러 나라에서 생불이라는 말까지 들을 정도로 법력이 뛰어나신 분 아닙니까? 동명 스님이 똥막대기라면 노스님은 오줌 고드름쯤 됩니까?”

“허허허, 오줌 고드름? 그놈 참 기세가 대단한 놈일세. 중이 허명을 얻고서도 어찌 중이라 하겠나. 쯧쯧, 동명이 무얼 크게 잘못한 모양이구먼. 법력이고 뭐고 하는 것은 다른 사람들이 지껄이는 말이고 자네 생각을 묻는 것이네.”

“동명 스님이 일심으로 구하는 것이나 제가 구하는 것이나 대상은
다르다 해도 구하고자 하는 뜻은 똑같이 간절한 것 아니겠습니까? 그
러한 점에서 서로 통하는 바가 있으리라 믿기 때문입니다. 동명 스님
은 이미 구했는지 모르지만 말입니다. 이만 일어나보겠습니다.”

더 이상 불필요한 논쟁을 하고 싶지 않았다.

“그런데 젊은이, 여기 이 스님이 자네가 말하는 바로 그 동명 스님
일세, 허허허.”

우곡이 일어서려는 나를 향해 웃으며 말했다.

“예?”

“동명이라도 되면 따라나서겠다고 했겠다? 남아의 말이 얼마나 무거
운지 한번 봐야겠군. 자, 어찌 할 텐가? 따라나설 텐가, 그만둘 텐가?”

일어서려다 말고 그대로 주저앉고 말았다.

“주워들은 건 제법일세그려, 허허. 자, 어찌하겠나?”

늙은 중이 말끝에 칼을 보였다. 기가 꺾일 수는 없었다. 오기가 발
동했다.

“언제 떠나시렵니까? 차라리 잘되었습니다. 저도 책을 찾지 못해 더
이상 오갈 데 없는 몸이니 데려가시려거든 밥이나 굶기지 마십시오.”

“허, 이놈 보게. 한술 더 뜨고 있네. 분명히 따라나서겠다고 했겠다?
그럼 앞으로 사흘 뒤에 휘선사로 날 찾아오게. 아니 온다면 자네는 이
미 장부가 아닐세.”

“염려 마십시오.”

기가 찰 노릇이었다. 흥분해서 말을 함부로 뱉은 것이 큰 실수였다.
그 늙은 중이 동명 스님이라고는 생각하지도 못한 일이었다. 어느 깊
은 산속 암자에서 도나 닦고 있을 법한 그가 우곡의 집에 앉아 있을

줄이야. 하기야 산이라고 해봐야 기껏 올망졸망 붙어서 2천 미터를 겨우 숨가쁘게 바라보는 언덕배기 같은 우리나라 산 중에서 깊다고 할 만한 곳이 어디 있을까마는.

돌이킬 수 없는 일이 되어버렸다. 서울로 돌아와 곽 부장에게 전화를 걸었다.

"보물은 찾으셨습니까?"

"벽에 부딪쳐버렸어요. 근황은 어떻습니까?"

"저는 다음 달에 귀국할 예정입니다. 한성세라믹이 최종 부도 처리되었습니다. 다행히 그룹의 다른 계열사들은 처음의 플랜대로 지급 보증을 서지 않았기 때문에 큰 피해는 없습니다. 그룹 전체의 주가가 일시 하락했을 뿐인데 곧 회복할 겁니다."

"돌아오시면 어느 부서로 가시는 거예요?"

"그룹 기획조정실 자금담당 부이사로 승진 발령을 받았습니다. 다 실장님 덕분입니다."

"엄 대리는요?"

"한성백화점 판촉팀 영업관리 과장으로 발령났습니다."

그는 곽 부장보다 더 기쁠 것이다. 과장으로 승진한 것은 둘째치고 백화점 판촉팀 과장이 갖는 권한은 백화점 내 모든 브랜드의 유치와 퇴출을 결정하는, 실무 그 자체로 발생하는 것이기 때문에 입점 업체들은 매일같이 그의 눈치를 보지 않을 수 없다.

마음만 먹으면 떡고물을 모아다가 방앗간도 차릴 수 있는, 적지 않는 직원들이 동경하는 노른자위 직책이었다. 아마 곽 부장의 배려가 있었던 모양이었다. 제조회사의 관리직에서 유통회사의 일선 실무자로 인사결정이 되는 일은 관례적으로 보아 극히 드문 일이었다.

"저는 당분간 지방에 있는 절에 머물게 되었습니다. 시간을 두고 다시 생각해 볼 것도 있고 해서요. 키쿠보의 맨션은 정리하셨습니까?"

"실장님의 연락을 기다리고 있었습니다. 어떻게 해야 할지 판단이 서지 않아서 말입니다."

"그럼 제가 돌아가는 대로 정리할 테니 그냥 두세요. 안에 있는 책이랑 자료만 잃어버리지 않도록 다른 곳으로 좀 치워주시고요."

"알겠습니다."

"걱정이 되어 드리는 말씀이지만, 맨션에 있는 책과 자료는 한성그룹의 자산을 전부 판다고 해도 구할 수 없는 것들입니다."

"그 점은 염려 놓으십시오, 실장님."

시공時空의 벽

문경, 시시암 1995년 4월

나름대로 생각이 있었다. 며칠을 머무르면서 동명 스님과 이런저런 이야기를 나누다 보면 단산 스님과 멸산 스님의 이야기도 나올 수 있을 것이다. 그간 세간에 알려지지 않은 그들의 일화를 듣게 될 수도 있다는 판단이었다.

그렇게 되면 책의 행방에 대해 의외의 실마리를 얻을 수 있을 가능성이 적지 않으리라 생각되었다. 당대의 고승이 생전부지의 나를 불러들인 데에는 그만한 이유가 있을지도 모른다는 일말의 기대도 있었다.

건장한 체구의 젊은 스님이 휘선사 입구의 행랑을 지키고 있었다.

"동명 스님을 뵈러 왔습니다."

"큰스님은 일반인들의 접견을 허락하지 않습니다. 무슨 일로……?"

말투는 애써 점잔을 차리는 모양새였지만 금강역사와 같은 육덕을 가진 젊은 스님은 눈을 부라렸다. 불쾌한 기분이 들어서 한마디 쏘았다.

"내가 만나자는 것이 아니라 스님이 나를 보자기에 찾아왔는데, 이천에서 만났던 젊은 사람이 찾아왔다가 그냥 돌아가더라고 전해 주십시오."

말을 마친 나는 뒤도 돌아보지 않고 발머리를 바꾸었다.

"거사님, 잠깐만 기다려보십시오. 들어가서 여쭙고 나오겠습니다."

다소 공손해진 금강역사 스님은 경내로 들어갔다. 잠시 후 야윈 얼굴이 그지없이 투명해 보이는 스님이 나왔다.

"들어오시지요."

경내는 쥐죽은 듯 조용했다. 이따금 이곳도 이승이라는 것을 알려주기라도 하듯 산새 지저귀는 소리와 바람 소리가 들려왔다. 풍경이 조는 듯 깨는 듯 뒤척이고 있었다.

'雨芒堂'(우인당)이라는 편액이 걸린 고색 창연한 건물 앞에 섰다.

"큰스님, 모시고 왔습니다."

"들이거라."

"올라가시죠."

신발을 가지런히 벗어 놓고 뒤꿈치를 들다시피 툇마루에 올라서서 문을 열었다.

"오긴 왔군. 그래 문전박대를 당했다면서?"

"당연한 일 아니겠습니까. 스님의 도력이 높아서 절 문턱도 높은 탓인데요, 뭘."

"씨가 있긴 있어, 허허허."

방 안을 둘러보았다. 구석에 놓인 앉은뱅이책상 위에 돋보기와 물잔 하나가 놓여 있고 벽에는 스님의 가사가 한 벌 걸려 있었다. 가사가 걸린 반대편 벽에는 족자가 펼쳐져 있었다.

낙관 언저리를 살펴보니 '牛谷潛客(우곡잠객)'이라고 씌어 있었다. 이천에서 만났던 조진수 화백이었다.

우곡은 그림을 다 그리고 나면 아호 다음에 늘 '잠객'이라는 문구를 넣는다는 얘기를 화랑가에서 들은 기억이 났다.

불생불멸하는 본래의 진체(眞體)에 조진수라는 객이 들어와 주인 노릇을 하고 있다며 그 객을 쫓아내는 날, 그림 한 점이 완성될 것이라는 이야기를 자주 했다고 한다.

그림은 어떤 암자를 그린 것으로, 노스님이 암자 툇마루에 나와 앉아 비 오는 마당을 바라보고 있는 구도였다. 암자 왼편에는 작은 건물 한 동이 그려져 있고 스님의 시선이 머문 마당에는 빗물이 소용돌이쳐 흘러가고 있었다.

배경으로는 근경에 우뚝 솟은 산을 하나 그려놓았다. 그 뒤로는 첩첩 이어지는 희미한 산줄기가 보였다. 전체적으로 보면 자욱한 물안개를 곳곳에 뿜어내는 듯한 풍경이었다. 문외한이 보아도 활달한 필치였다.

방 안을 살펴본 것이 마음에 걸려 지나가는 말로 스님에게 물었다.

"경내가 무척 조용한데 여기서 수행하시는 스님이 많습니까?"

"많냐고? 전삼삼 후삼삼(前三三 後三三)일세."

나는 말문이 막혀버렸다. 동명 스님이 짐짓 농기(弄氣)를 보인 것이었다. 전삼삼 후삼삼이라는 말은 ≪벽암록≫에 나오는 공안이다.

문희 선사가 문수보살을 친견하러 오대산에 갔다가 금강굴 앞에서 백발 노인을 만났는데 그 노인을 따라가 훌륭한 절에 도착하게 되었다. 문희 선사는 절 안으로 들어가 노인과 몇 마디 이야기를 주고받게 되었다.

노인이 먼저 물었다.

"남방의 불법은 어떠한가?"

문희 선사가 가로되,

"말세의 중생들이 몇 가지 계율이나 받들고 있습니다."

또 노인이 묻기를,

"중생들은 얼마나 되는고?"

선사가 대답하기를,

"삼백 명도 되고 오백 명도 되지요."

이때 문희 선사도 한마디 묻고 싶었다.

"이곳에 있는 스님은 어떻습니까?"

노인이 대답하기를,

"범부와 성인이 같이 살고 용과 뱀이 뒤섞여 있다네."

선사가 재차 묻기를,

"숫자는 얼마나 됩니까?"

노인이 대답하기를,

"앞으로도 3, 3이고 뒤로도 3, 3(前三三後三三)이네."

"……."

문희 선사는 노인의 말구를 알아듣지 못한 채 그와 헤어졌는데, 한참을 나오다 보니까 절은 온데간데 없고 노인도 홀연히 사라져버렸다. 그제서야 문희 선사는 노인이 문수보살의 화신임을 알아차리고 그를 친견했음을 깨달았다는 것이다.

동명 스님이 물었다.

"그래 얼마나 머무를 작정을 하고 왔는가?"

나도 한마디 하고 싶었다.

"스님께서 그 책을 내어 놓으실 때까지요."

“허, 이놈 보게. 아무것도 가진 것 없는 늙은 중한테 책을 내어 놓으라니, 거 무슨 심보인가?”

“스님께서는 병인년에 책 심부름을 했던 멸산 스님을 모신 적이 있으니 아무래도 들은 이야기가 있을 것 아니겠습니까? 그렇지 않다면 사바세계에 자자한 스님의 높은 법력으로 책을 찾아 주시든가요. 그까짓 행불된 책 몇 권도 찾아주시지 못한다면 어떻게 큰스님이라 할 수 있겠습니까?”

“이놈아, 큰스님이고 작은 스님이고 내가 어디 점쟁이냐? 여기까지 왔으니 잔말 말고 마음공부나 한 자리하고 내려가거라.”

“마음공부를 하면 책을 찾을 수 있겠습니까?”

“그건 네놈 하기에 달렸느니. 지산아, 이만 암자로 올라가자.”

스님을 따라나섰다. 산허리 에움길을 굽이굽이 돌아 70리는 족히 되어 보이는 길을 걸어서 갔다. 동명 스님은 전혀 지친 기색이 없었고 오히려 지산 스님이라는 상좌승과 내가 헐떡였다.

저녁 무렵에 도착한 곳은 문경읍에서 지곡리 개울을 따라 주흘산으로 한 시간쯤 올라간 곳에 자리잡고 있는 조그만 암자였다. 법당에는 ‘始始寶殿(시시보전)’이라는 편액이 걸려 있었다. 암자의 풍경이 휘선사 우인당에 걸려 있던 우곡의 그림과 너무 흡사했다.

스님은 여장을 풀자마자 나를 불렀다.

“공부한다는 사람이 누굴 해하려고 얼굴 가득 살기를 띠고 다니는가?”

스님의 목소리는 근엄했다.

“……”

“며칠 전에 우곡의 집으로 자네가 찾아왔을 때 우곡이 왜 그렇게 자네를 홀대했는지 알고 있나? 자네가 찾아다니는 그 책, 그걸 찾으러 강석민이라는 작자도 몇 년 전까지 여러 번 우곡을 찾아왔었네. 그런데 잊을 만하니까 자네가 또 나타난 거야. 얼굴에는 살기를 가득 품고. 우곡과 나는 놀랐지. 젊은 사람이 공부가 많이 깊구나 하고 말이야.

그 강석민이라는 대학 교수는 우곡에게 오는 데 삼십 년이 걸렸다고 했어. 하지만 자네는 어떤 것을 근거로 삼아 그 책을 찾으러 왔는지 몰라도 퍽 짧은 시간에 공부를 이룬 것 같아 보였네. 따라나서라고 한 건 자네가 어떤 이에게 큰일을 저지르기 전에 살기나 거두어주려고 했던 말이야.”

강석민이 왔었다니? 그가 왔었다면 필시 다케다와 관련이 있을 텐데……. 갑자기 육중한 망치가 뒷머리를 내리쳐오는 충격을 느꼈다.

“그 칼!”

“뭐라고?”

그러나 동명 스님의 말은 귀에 들어오지 않았다.

‘그래, 맞아. 그 칼! 서재에 걸려 있던 바로 그 칼이야. 투구와 함께 내려진 칼이 그것이었어. 언젠가 얼핏 보았던 칼집의 금장 소용돌이 무늬 장식. 틀림없이, 그 칼이야……. 강석민과 다케다는 그 칼에 새겨진 문구를 길잡이 삼아 오래전부터 비밀리에 추적해 왔던 거야. 아…….’

나는 망연자실했다. 발신 불명의 전자우편이 생각났다.

‘다케다의 서재에 있는 칼을 살펴보라고 한 사람, 도대체 그는 누구란 말인가. 이 모든 것을 알고서 내게 암시를 주었다는 얘긴가? 혹시 다케다와 강석민이 이미 찾아버린 것은 아닌가. 30년 전부터 찾아다녔다고? 그렇다면 그 긴 시간 동안 숱한 정보를 모아왔을 그들을 무슨

수로 당해 낸단 말인가……'

속에서 불길이 일어나 맹렬히 타올랐다. 불길은 얼굴로 번져 오르고 있었다. 분노였다. 아니, 스님의 말대로 살기였다.

"책 찾는 일은 그만두게. 미지의 사서라면 그 책에 무엇이 씌어 있을지 짐작이 되어서 하는 말이네만, 그런 책이 나타나기에는 아직은 때가 너무 일러. 모든 일에는 때가 있는 법이네. 때를 놓쳐서도 안 되지만 너무 일러도 일을 그르치게 되지."

"스님께서도 역사에 밝으시군요. 어떤 종류의 책인지 짐작하시는 걸 보니 말입니다. 하지만 제 손으로 꼭 찾아내어야 할 이유가 있습니다."

"자네는 도량부터 넓혀야 하네. 용서하고 포용하는 마음이 평상심이 되어야 한다는 말일세. 머리가 뛰어나다고 해서 모든 일을 다 이룰 수 있는 것은 아니야. 도량이 넓지 못하면 공부도 종국에는 한쪽으로 치우쳐지게 마련이네. 결국은 공부가 목적이 되는 것이 아니라 치졸한 이름 석 자를 유지하는 게 목적이 돼. 지산에게 법당에 딸려 있는 조그만 방을 치우라고 일렀으니 머물면서 참선이나 좀 배우다가 내려가게."

스님은 책을 한 권 던졌다.

"참선 공부에 길잡이가 될 만한 것이야. 부질없는 이야기를 써 놓은 것은 아니니 한번 읽어보게나. 다시 말하지만 모든 일에는 다 때가 있는 법이네. 자네 자신을 위해서도 그때를 기다려야 해."

스님은 내 속을 훤히 들여다보고 있었다. 강석민이라는 파렴치한 대학 교수의 실체도 이미 관철하고 있었을 것이다. 새삼 동명 스님의 진면목을 보는 순간이었다.

그는 세상을 가장 먼 거리에 두고서도 누구보다 가까이에서 그 속성을 꿰뚫어보고 있는 사람이었다. 동명이라는 법명이 헛이름이 아니라는 것을 증명이라도 하듯 짧은 말 몇 마디로 내 불길을 다스려놓았다.

시시암의 일원이 된 나는 비록 머리는 깎지 않았지만 동명 스님의 가르침을 받아 참선에 몰두하기 시작했다.

스님과 토론할 기회는 자주 있었다. 스님과 나의 논점은 현저한 차이가 났다. 나는 역사적인 불교관을 소재로 삼았고 스님은 종교적이고 철학적인 면을 들고 나왔다.

몇 달이 지나자 동명 스님과 나는 주로 인간에 관한 주제로 밤을 세워 이야기를 나누었다. 스님은 인간과 우주에 대해서 불교적인 관점을 전제한 뒤 문화인류학·유전학·물리학·천문학 등 불교의 진리와 관련된 내용이라면 무엇이나 끌어왔다. 그럴 때마다 나는 스님의 폭넓은 학문적 기반에 감탄하곤 했다.

저녁 공양을 마친 어느 하루였다. 동명 스님과 맞자리가 있었다. 스님은 그간의 내 공부를 점검해 보려는 의도인 듯했으나 나는 불교가 이 땅에 들어와 끼친 폐해로써 노학승의 입을 봉해버리리라 결심했다. 중생은 나 몰라라 내팽개쳐 놓은 채 홀로 도의 세계를 즐기고 있는 듯한 스님의 변함없는 일과에 슬그머니 시샘이 치밀었던 것이다.

"한마디 해보거라."

"장삿속입니다."

"무얼 파는고?"

"입장료 받고, 초 팔고, 쌀 팔고, 복 팔고, 명 팔고, 기념품 팔고……. 이 땅의 불교는 파는 것 많아서 좋겠습니다. 아예 수퍼마켓이라고 써붙이고 말지. 그만큼 백성을 버려놓고 빨아먹었으면 이제 그만할 때도 되지 않았습니까?"

스님은 빙그레 웃었다.

"그 얘기였더냐? 허허."

나는 처음부터 시비를 걸기 시작했다.

"제 말이 틀렸습니까?"

"스님들도 산 입인터."

"굶으라고 한 사람은 아무도 없습니다. 수행한다는 사람들이 물욕에 어두워 본래 할 일은 안하고 자꾸 복을 준다, 명을 준다, 자식을 준다 하니까 멀쩡한 사람들이 속아서 이것저것 갖다 바치는 것 아닙니까?"

"다 모범생이 될 수는 없지."

"모범생이 도대체 얼마나 있습니까? 사창굴 같은 도시의 뒷골목이나 헤매고 다니면서 견성이니 뭐니 떠들어대는 것들, 봉사시설이다 뭐다 엉성하게 꾸며놓고 여기저기 당연한 듯이 손을 벌리는 것들, 되지도 않는 잡글을 책이랍시고 내놓고 세상이 알아주기를 학수고대하고 있는 것들, 첩년이 먼 산을 보고 비질을 해놓은 듯한 휴지 조각을 선필이니 어쩌고 하며 팔아먹기에 바쁜 것들, 불사니 기도니 갖은 구실을 붙여다가 중생들을 현혹시켜 놓고 물욕을 탐하는 것들, 종중의 벼슬이 탐이 나 서로 치고 받고 주먹질을 해대는 것들…… 스님은 도대체 현실 감각이나 갖고 계십니까?"

"……."

"썩은 물고기들이 가득 찬 어항 한쪽에 가만히 웅크리고 앉아 계시면 언젠가 어항이 맑아질 거라고 생각하십니까? 홀로 만끽하고 말 깨달음이라면 애초에 중생 구제의 서원은 뭐 하러 세웠습니까?"

"……."

"왜 아무 말씀이 없습니까?"

"집 안으로 들어오지 않고 삽짝을 돌아다니는 개들만 종일 나무라고 섰다간 얼어 죽기 십상이야."

"삽짝의 미친개들이 중생을 마구 물어뜯고 있는데도 집 안에 가만히 앉아서 구경만 하시겠다는 말입니까? 그게 불교라는 겁니까?"

"나무관세음보살……"

"불상 만들 재물로 배고픈 백성의 양식을 도모하려 한 적이 있습니까? 절 지을 목재로 백성의 움막을 지어준 적이 있었습니까?"

"허허, 듣고 보니 부처님 꼴이 말이 아니군 그래?"

"지금이라도 스님의 눈길은 땅으로 내려가야 합니다. 머리 깎고 가사만 걸치면 사기꾼이나 깡패 새끼들도 스님이 되고, 살림하기 싫어 집나온 철없는 계집들도 스님 되는, 천 가지 만 가지 구정물로 칠벅을 해놓은 저쪽 아랫동네 청소를 좀 하셔야 된다 이 말씀입니다. 언제까지 아무것도 모르는 중생들의 착한 마음을 속이고 능글능글 등쳐먹는 꼴을 용납하실 작정입니까?"

"……"

"진리랍시고 밖에서 이 땅에 들어온 것들이 고단한 민초들의 삶을 얼마나 윤택하게 해 주었으며 정신을 얼마나 살찌워주었습니까? 불교, 도교, 유교 어느 것이었습니까? 이젠 또 기독교에 희망을 걸어야 하겠습니까?"

"……"

"스님?"

"그릇 밖은 그만큼 살펴보았으면 되었다. 이제 그릇 속에 든 물을 보거라. 눈을 비비다 보면 분기(憤氣)가 지나가고 어느 결에 잠행(潛行)이 올 것이니, 때를 대비해 먼길 떠날 채비나 해두거라."

침묵하고 있던 동명 스님의 입이 떨어지자 나는 할 말을 잃고 멍한 채로 방을 나오고 말았다.

분노가 가라앉은 것은 그때부터 열흘이나 지나서였다. 신기하게도 머리가 맑아지기 시작한 것이었다. 스님에게 대든 것이 일종의 정화 효과를 일으킨 것일까. 가슴속에서 썩어가고 있던 시커먼 암덩이를 토해낸 기분이었다.

그동안 치열하게 몰입해 들어갔던 불교사나 불교사회학적 관심은 어느덧 불교의 본질적인 문제로 깊이 있게 접근하고 있었다. 그것은 방대한 경전으로 나타나는 불교적 사론을 학습을 통해 점차 알아나가는 것이 아니라 불교적 사유를 지배하고 있는, 흔들림 없는 직관성의 획득에 관한 것이었다.

점차 승려가 되어가고 있었다. 그만 세상의 일이 싫어지기 시작했다. 살이의 허무함이 그 영역을 자꾸만 넓혀나갔다. 참선이 주된 공부였다. '마음도 물질도 깨달음도 아닌 한 가지'를 일념으로 참구(參究)하라는 영이 떨어졌기 때문이다.

지산 스님은 한문 공부에 몰두해 있었다. 뜻글자의 문리(文理)를 깨우치지 못하고서는 생각이 깊어질 수 없다는 동명 스님의 말씀이었다. 스님은 그렇게 각자의 근기에 맞는 공부를 시키고 있었다. 동명 스님은 가끔 휘선사로 내려가 우리의 공부에 필요한 서적들을 가져 오곤 했으며, 날씨가 좋은 날에는 산책을 하면서 옛 고승들의 기담을 들려주었다.

내가 문경에 와 있음을 알아버린 아버지의 불호령이 떨어졌다. 그러나 나는 계약 위반을 들어 만약 찾아오기라도 하는 날에는 정말 머리를 깎아버리고 말겠다는 단호한 엄포를 놓았다.

　참선과 더불어 공부가 깊어지고 있었다. 그것은 비단 불교에 국한된 것만이 아니었다. 우리의 무속을 흐르는 갖가지 이면의 자취들이었다. 오랜 옛날, 신선이 되고자 했다는 전설 같은 이야기들의 진의를 어렴풋하게나마 파악할 수 있었다.

　꿈을 꾸기 시작했다. 거대한 은하와 같은 청동 나선판의 꿈이었다. 꿈속에서도 누워 있는 내 몸을 덮쳐내리는 장면으로 반복되었다. 그때마다 소스라쳐 놀라 잠에서 깨어나곤 했다. 꿈은 한 번도 다른 장면으로 바뀌지 않았다.

　참선하라는 스님의 말에도 불구하고 책으로 밤을 새는 일이 잦았다. 책을 향한 나의 거탐을 내심 걱정하고 있던 스님이 나를 불렀다.

　"문자에 매달리면 결코 문자를 떠난 경지에 이를 수 없느니."

　"문자를 떠난 경지는 어떤 경지입니까?"

　"……."

　"문자를 떠난 경지라면 왜 구태여 문자로부터 출발하는 겁니까?"

　"이 집에서 저 집으로 옮겨가자면 길이 있어야 하는 게야."

　"그렇다면 길의 중요성은 더욱 큰 것 아니겠습니까? 길에 있는 사람에게 길을 버리라는 말을 하면서 반드시 저쪽 집에 도착해야 한다는 이야기는 이치에 맞지 않습니다. 문자가 적멸의 세계로 이끌진대 그 적멸을 위해 문자를 버리라는 말은 모순입니다."

　"저쪽 집의 소식은 문자를 떠나지 않아도 알 수 없고 문자를 떠나서도 알 수 없는 것이야."

　"저쪽 집의 소식이 도대체 무엇이라는 말입니까?"

　"한 개 주장자를 두 사람이 쓰니, 한 번 가고 한 번 와서 너와 내가 없구나……."

“그 역시 문자가 아닙니까?”

“두 귀로써 들리는 문자에 매달리지 않고 문자 속에서 문자를 떠난 이치를 찾아 바로 알 수 있어야 하느니……. 그것이 화두야.”

“화두란 언어의 기교에 불과한 것일 테지요. 저쪽 집의 소식이 아무리 미묘한 것이라고 해도 용법조차 무시해 가며 설명할 수밖에 없을 만큼 인간의 언어가 초보적인 것이라고는 생각하지 않습니다.”

“우물 속의 개구리에게 큰 하늘의 이야기는 소용이 없는 게야.”

“큰 하늘을 보지 않았다고 해서 이해마저 할 수 없는 것은 아니지 않습니까? 다만 일상적인 어법에 맞는 개구리의 언어가 아닌 말을 하기에 어려울 뿐입니다.”

“개구리의 언어만으로는 설명되지 않는 것이야.”

“개구리의 언어로 설명되지 않는 것을 개구리의 언어를 써서 더욱 혼란스럽게 하는 것은 무슨 이유입니까? 깨달음의 경지를 불가사의한 영역으로 인식되게 하는 것은 누구나 불성을 가지고 있다는 가르침과 이율배반적인 양태가 아닙니까? 깨달음이라는 건 결국 사람들의 의식만 풍선 마냥 부풀리고 혼란스럽게 만들 뿐, 그 이상도 그 이하도 아닐 것입니다.”

“혼란을 넘어선 곳에 있는 물건이야.”

“개구리는 결코 혼란을 넘어서지 못합니다. 개구리는 언제까지 개구리일 뿐, 소리개는 될 수 없습니다. 개구리가 스스로 소리개가 되었다고 생각하는 것은 단지 개구리의 상상에 불과할 뿐입니다.”

“개구리고 소리개고 간에 다 같은 놈이라는 이치를 바로 깨치게 되면 모든 문제가 환하게 해결돼.”

“한 인간이 일생을 공부해도 이해하지 못할 만큼 교묘한 언어로써 그 경지를 나타내놓고 무조건 깨쳐야 알 수 있다고 하는 것은 불가능을 전제로 한 속임수가 아니고 무엇이겠습니까?"

"말을 한다고 그 말을 따라가면 영원히 속고 말지."

"속뜻을 바로 알려주면 다 해결되는 일입니다."

"사자머리 찢어지고 금강이 부러지니 천강과 만수에 달이 휘영청 밝구나……."

"화두를 따라가서 찾는 그 이치가 아무리 심심미묘한 것이라 해도 대중이 알아듣기 쉽게 설명할 수 없다면, 그 경지라는 것은 이미 한 가지 생각을 오래 한 데서 비롯되는 두뇌의 강박관념에 의한 착각일 뿐입니다. 구하려는 마음이 크면 클수록 강박관념도 크고, 마침내 강박관념 자체가 인간의 두뇌 전체를 지배하게 되니까요."

"가득 찬 강박관념을 마침내 깨부수는 자리가 있느니……."

"그것은 그동안의 강박관념을 벗어나게 된 데서 오는 일종의 카타르시스에 불과합니다. 대단한 기쁨이겠지요. 하지만 그 기쁨은 강박관념이 생기기 이전의 실상으로 돌아온 것에 불과하다는 걸 깨닫지 못한 데서 오는 착각에 불과합니다."

"가득 찬 강박관념을 한번 부숴본 적이 있는가?"

"그럴 필요가 없습니다. 이 집에서 저 집으로 갔다는 느낌은 착각일 뿐, 사실은 한 바퀴 길을 따라 떠났던 집으로 되돌아오는 것이니까 말입니다. 나중에는 돌아온 길조차 잊어야 하는데, 구태여 먼길을 돌아 처음으로 다시 올 필요는 없지 않습니까?"

"한 바퀴 돌고 오면 집에 식구가 하나 늘어 있을 게야."

"……."

"이제부터는 방을 치우고 삼동을 날 동안 참선을 하거라. 누워서도 안 되고 출입도 삼가야 하느니. 오직 마음도 물질도 깨달음도 아닌 한 가지에 매달려보거라.”

“……”

“가보지 않고서는 결코 이렇다 저렇다 할 수 없는 것을……. 오직 스스로 찾아야 하느니. 수발은 지산이 들 것이로되 엉덩이가 짓물러 터져도 공부의 끝을 보지 못하면 앉아서 그대로 죽을지언정 절대 자리를 떨치지 않겠다는 지존의 서원을 세워야 하느니라. 나가보거라.”

“……”

나는 돌아와 책이며 너절한 것들을 치우기 시작했다. 그래. 한번 가보자. 갔다가 되돌아와서 그 경지가 아무것에도 쓸 수 없는 무용의 물건임을 밝혀내고 말 테니…….

손때가 묻을 대로 묻은 책들을 깨끗이 치우고 이부자리도 말끔히 들어냈다. 방에는 아무것도 남지 않았다. 공기조차 다 밖으로 나가버린 듯 썰렁한 기운이 감돌았다. 지산 스님이 방문 밖에 서 있었다.

“이제 거사님의 진면목을 보게 되겠군요.”

“진면목이랄 것까지도 없습니다. 지금 모습 그대로일 테니까요.”

동명 스님의 영으로 법당에 가서 일만 배 절을 올렸다. 꼬박 24시간이 걸렸다. 참배를 마치고 나오자 지산 스님이 격려를 했다.

“가객(假客)이 진여(眞如)에게 올리는 엄숙한 발원이 보기에 참 좋습니다.”

마침내 틀고 앉았다. 그러잖아도 그간 닦아온 내 지식과 인식의 체계를 들고 불교의 진리라는 가당찮은 여래선에 도전해 볼 기회를 노리고 있던 터였다. 티끌 한 점 없이 일여하다는 것. 그것은 강박관념으로 충일된, 하나의 병적인 현상에 불과하다는 것을 증명해 보이기 위해서였다.

　지산 스님이 죽그릇과 물그릇만 들여 놓은 채 아무 말 없이 돌아갔다. 잠이 쏟아지고 오장육부가 뒤틀리기 시작했다. 앉아 있는 채로 배설을 하기 시작했다. 체내에 있는 찌꺼기들이 하나도 남김없이 밖으로 방출되고 있었다.
　지산 스님이 와서 치우려는 것을 동명 스님이 보고는 불호령을 내렸다. 하루 한 끼 죽과 물그릇을 들여 놓는 일 말고는 얼씬도 하지 말라는 것이었다. 숨쉬기조차 어려운 악취가 진동했다.
　고통이라고 할 수도 없었다. 무엇인가 칼을 들고 들어와 뼈와 살갗만 남겨 놓고 모든 것을 들어낼 심산이었다. 이를 악물었다. 고통을 참을 수 없어 입술을 물었다. 입술이 터져 피가 흘러내렸다. 아직 살아 있다는 증거였다. 위안이 되었다.

　"큰스님, 한 가지 여쭈어볼 말씀이 있습니다."
　"일러보거라."
　"저 거사가 구하는 건 무엇입니까?"
　"책이니라."
　"여기서 구할 수 있습니까?"
　"마음 밖에는 결단코 없는 물건이니라."
　"……."
　"물그릇은 언제 들였느냐?"
　"간밤 축시에 들여다 놓았습니다."
　"호흡이 어떻더냐?"

"제가 어찌……."

"느낀 대로 말해 보거라."

"숨은 안정이 된 듯싶었습니다. 하지만 방 안 공기의 흐름이 아직은 흔들리고 있는 듯해서……."

스님은 고개를 돌려 지산 스님의 투명한 얼굴을 보고 얼굴 웃음을 지었다.

"허허, 제법이구나. 네 근기도 거기까지 이르렀다는 말이지. 토방에 든지 얼마나 되었느냐?"

"두 달하고 열흘이 지났습니다."

"아직 멀었어……. 이제 곧 녀석의 속에서 화마가 일어날 게야. 못 견디고 당장이라도 뛰쳐 나올는지도 모르지."

고개를 두어 번 가로 저은 동명 스님은 산정 쪽으로 산보를 옮겼다.

오감이 점차 마비되어가고 있는 듯한 느낌이었다. 호흡은 점점 느려지고 있었다. 호기와 흡기가 더없이 편안해졌다. 가끔 물그릇이 들어올 뿐이었다.

어느덧 온갖 것이 뒤섞여 답답하기만 하던 기억이 모두 정리가 된 듯 살아온 동안 보고 듣고 겪은 천만 가지 일과 생각들이 이어지고 있었다. 얼마가 지났는지 모른다.

환영이 시작되었다. 식욕, 성욕, 수면욕, 물욕, 명예욕, 기쁨, 노여움, 슬픔, 즐거움, 사랑, 증오, 간절함…… 오욕(五欲)과 칠정(七情), 인간이 가질 수 있는 모든 감정이 셀 수 없는 환영으로 나타났다가 사라지기를 끊임없이 반복했다.

"스님, 저어……."

"이놈아, 낯빛이 그래 가지고 어떻게 수행자라 할 수 있느냐?"

"들여 놓은 물그릇에 손도 대지 않은 지가 이틀째입니다."

동명 스님은 빙그레 웃었다.

"그걸 가지고 그리 근심을 떠올리고 있느냐?"

"사람이 어찌 아무것도 먹지 않고 살 수 있습니까?"

"허공을 보아라. 뭐가 있느냐?"

"……."

"저 공기 속의 산소와 수소가 합쳐지면 물이 아니더냐? 저 속의 먼지와 입자가 모여 음식이 되고 물체가 되고 삼라가 열리고 만상을 빚어내는 것이 아니더냐? 그렇다면 사람의 마음밖에 또 무엇이 의심이 되는 것이냐? 그 이치 하나를 단번에 뚫고 나면 부처도 조사도 목숨도 몸뚱아리도 다 부질없는 것이니라. 알겠느냐?"

"그렇긴 하오나……."

"이해해서는 소용이 없느니라. 그건 한밤중에 촛불을 들고 이리저리 옮겨다니며 잠시 잠깐 사물을 들여다보는 것과 같은 품새이니라. 촛불로써 어떻게 태산을 볼 수 있겠느냐? 촛불도 횃불도 필요없는 환한 눈을 떠야 하느니, 한눈에 썩 볼 수 있는 대낮의 밝은 해가 두 눈 속에 들어야 한다는 말이니라."

"이제 물을 들이는 일은 어찌 하면 좋을지요?"

"얼마 남지 않은 듯하니 그냥 내버려두거라. 뒷산에 올라가서 실한 몽둥이나 하나 깎아 놓거라. 이제 마중을 갈 날이 얼마 남지 않았구나."

의식을 비워내기 시작했다. 얼마나 긴 시간이 지났는지 알 수 없었다. 마침내 머릿속을 떠다니는 엉긴 해초 같은 의식을 말끔히 비워냈다. 더없이 고요했다. 고요는 적막도 아니고 침묵도 아니었다. 비로소 하나의 여행이 시작되는 느낌이었다.

아무것도 보이지 않는 바다 깊은 곳, 또는 태양이 없는 우주 저편을 향한 유영이었다. 모든 기억을 넘어선 곳, 무의식의 경계에 다다랐다. 좀처럼 들어갈 수 없었다. 서두르지 않았다. 기다리고 또 기다렸다.

모든 것이 멈추어 있는 듯한 세계, 고요의 세계였다. 그러나 적멸의 세계는 아니었다. 적멸이 우주의 끝이자 시작이라면 고요는 우주의 좌표에 떠 있는 하나의 먼지에 불과했다.

아직 가야 할 길이 얼마나 남았는지 얼마나 왔는지도 알 수 없었다. 멈출 수도, 내디딜 수도, 뒷걸음질 칠 수도 없었다. 중력을 벗어나듯 홀연히 이겨내야 했다.

드디어 무의식의 문이 열렸다. 어두웠다. 밀도도 질량도 느껴지지 않았다. 오로지 검은 에너지만 존재할 뿐이었다. 에너지를 헤쳐 보았다. 검은 아지랑이가 피어오르고 있었다. 충돌하는 듯하면서도 합일되었고, 합일되어 있다가도 분리되기를 반복했다.

이윽고 끝없이 펼쳐진 기의 세계였다. 작용이 있었다. 그러나 작용이라고 할 수만은 없었다. 오색의 구름이 몰려왔다가 지나갔다. 꽃비가 퍼부어 내렸다. 갑자기 세찬 눈발이 흩날리기 시작했다. 해일이 일었다. 수천 미터 높이의 파도가 밀려왔다.

무언가 다가오고 있었다.

"요즘은 무얼 읽고 있느냐?"

"지루가참의 ≪반주삼매경≫을 살펴보고 있습니다."

"삼매란 무엇이더냐?"

"눈을 감지 않고 어찌 뜨겠습니까?"

"찬 것이 오히려 더우니라."

지산 스님은 한동안 묵묵히 앉아 있다가 화제를 바꾸었다.

"큰스님, 며칠 전에 왔던 그 강 교수란 사람은 어떤 이입니까?"

"그자가 얼마나 마당을 서성이다 돌아갔느냐?"

"너댓 시간은 기다렸습니다."

"뭘 하며 기다렸느냐?"

"법당에 앉아서 큰스님 참선이 끝날 때를 기다리는 눈치였습니다. 자신도 가부좌를 틀고서 말입니다."

"승냥이한테는 불성이 없느니라. 이 무슨 뜻이더냐?"

"승냥이도 없고 불성도 없으며 물음도 없고 대답도 없습니다."

"삼천대천세계 어디에 네 가사(袈裟)가 걸렸느냐?"

"……"

그에 지산 스님은 대꾸를 놓지 못하고 말았다.

마침내 어둠이 떨어졌다. 기의 환영이 모두 사라지자 어둠은 스스로 더욱 어두워져만 갔다. 칠흑 같은 어둠 위에 그 어둠을 낳은 어둠이 더해졌다. 오직 흔들림 없는 한자리만이 있을 뿐이었다. 시간은 흐르는 것도 멈추어 있는 것도 아니었다. 공간의 개념은 사라진 지 이미 오래였다.

의식도 아니고 무의식도 아닌 세계였다. 빛도 아니고 어두움도 아닌 세계였다. 에너지도 아니고 기도 아닌 세계였다. 아무것도 보이지 않았으나 모든 게 보이는 듯한 세계였고 어떤 소리도 들리지 않았으나 모든 게 들리는 듯한 세계였다. 무언가 끝없이 펼쳐지는 듯했다. 그러나 들리지 않았다.

시간이 거슬러 오르고 있었다. 어린 시절이었다. 배냇저고리를 입은 아기였다. 어머니 뱃속이었다. 양수에서 장난을 치고 있었다.

사슴이었다. 아프리카 초원의 암사자였다. 물에 빠져 죽은 어린 에스키모였다. 조선의 선비였다. 동인도회사의 직원이었다. 인도양 속의 물고기였다. 발해의 노예였다. 고구려 군사였다. 아마존 강의 뱀이었다. 중국 농가의 닭이었다. 사하라 사막의 전갈이었다. 유카탄반도 어느 마을의 사제였다. 베트남 지방의 모기였다.

단군 조선의 사관으로 임종을 맞이하고 있었다. 아무르 강가에 물을 먹으러 나온 시베리아 호랑이었다. 티벳 지방의 개미였다. 창을 맞은 마하로이드 범이었다.

호모 에렉투스였다. 호모 하빌리스였다. 어린 새끼의 털 속에서 이를 잡아내고 있었다. 아프리카누스 로우버스투스였다. 아파렌시스였다. 땅을 후벼내고 애벌레를 잡아먹었다. 나무에서 막 내려온 프로콘술이었다.

오랫동안의 어둠이 지나갔다. 공룡이었다. 목이 긴 거대한 엘리스모사우르스였다. 익룡 소르데스 한 마리를 잡아서 날개를 뜯고 있었다. 메갈로사우르스였다. 세이무리아였다. 피카이아였다. 삼엽충이었다. 아메바였다. 박테리아였다.

떠돌고 있었다. 하나의 단백질 분자였다. 섭씨 200도가 넘는 불꽃비가 내리 퍼붓고 있는 바다 위를 떠도는 탄소화합물이었다. 팥죽같이 끓고 있는 지구의 대기를 구성하고 있는 하나의 분자였다.

문득 어디론가 급속도로 빨려 들어가고 있었다. 우주가 수축하고 있었다. 더할 수 없는 속력이었다. 모든 것들이 가까워지고 있었다. 실질도 무게도 자취도 없었다. 질량도 부피도 없었다. 오직 밀도만이 높아갈 뿐이었다. 형언할 수 없는 온도였다.

헬륨이었다. 중수소였다. 수소의 원자핵이었다. 중성자였다. 양성자였다. 전자였다. 광자였다. 쿼크였다. 반입자였다. 우주의 특이점에 이르고 있었다…….

10의 마이너스 19초……. 10의 마이너스 20초……. 우주의 시초에 도달하기 직전이었다……. 직전이었……. 직전……. 직……. ㅈ……. 그 찰나였다.

"쿵!"

번쩍 눈을 떴다.

"……."

동명 스님이 주장자를 짚고 서 있었다. 지산 스님의 품에는 참나무 몽둥이가 안겨 있었다. 천천히 고개를 돌려 주위를 보았다. 시시암의 구석진 방이었다. 벽이 무너져 있었다.

새들이 지저귀는 소리가 들렸다. 햇살 한 줄기가 동명 스님과 나 사이를 가로막아 내리고 있었다.

"만법이 하나로 떨어졌느냐?"

"……떨……어지기……는 했으……나……."

"무엇이 살아나는 것이더냐?"

"……."

"한마디 일러보아라."

"……."

"아뿔싸, 북소리가 빨랐구나……."

동명 스님은 장탄식을 하며 법당으로 발길을 옮겼다. 지산 스님이 나를 쳐다보았다.

"거사님, 참 장하십니다. 이 봄이 어느 봄인지 아십니까? 자리하신 지 꼬박 열여덟 달이 지나고 찾아온 봄입니다."

"……."

점점 몸을 회복해 가고 있었다. 참선에 든 기간은 1년 6개월이나 되었지만 긴 밤을 지샌 듯 그 기간을 인식할 수 없었다. 마치 누군가 내 인생에서 그 기간만큼 도려내어 간 것 같았다.

방에서 갓 나왔을 무렵에 맥박은 분당 20번밖에 안 되었다. 몸의 구성하고 있는 모든 세포도 내 의식만큼이나 깊게 숨을 죽이고 있었던 것이다.

눈에 띄게 말수가 줄었다. 새로 태어난 기분이었으나 완전한 새로움은 아니었다. 탯줄을 자르지 못하고 숙주에 기생하고 있는 듯한 느낌 같은 것이 나를 괴롭혀왔다.

지산 스님은 그간의 일을 들려주었다. 아버지는 말할 것도 없고 어머니까지 여러 차례 암자를 찾아왔지만 동명 스님은 그때마다 호통을 쳐 내려보냈다는 것이었다. 이상한 일은 스님의 노성을 듣고도 두 분은 아무 대꾸를 못하고 돌아서더라는 말이었다.

식사량을 차차 늘려갔다. 치아와 관절이 제 기능을 회복하고 있었다. 시시암 마당을 거닐 때도 개미 한 마리라도 밟을까봐 긴장했다. 그런 나를 지산 스님은 도인으로 보고 있었다.

하지만 아니었다. 동명 스님에게 따지고 들었던 그 강박관념을 깨뜨리기 직전에 그만 모든 것이 제자리로 돌아오고 말았다. 허무했다. 허무감을 주체할 수 없어 날이면 날마다 먼 산을 바라보는 것이 유일한 일과였다. 물건도 마음도 깨달음도 모두 잊어버리고 있었다.

"네 금생에서는 불법의 인연이 그것뿐인 걸 어찌하겠느냐. 그만하면 저자거리를 헤매고 다니는 도적놈들의 등줄기를 후려쳐도 그놈들이 너를 어찌하지는 못할 것이니라."

"……. 이젠 이 몸을 무엇이라 칭하면 좋을지……."

스님은 한지로 만든 커다란 봉투 하나를 내밀었다. 안에 들어 있는 것을 꺼내었다. 펴보았다. 봉황이 깃을 치고 오르는 필세였다.

'一賓(일빈)'이라고 적혀 있었다. 우주와 삼라에 만상의 모습으로 몸을 바꾸어 떠돌고 있는 하나의 나그네라는 뜻이었다.

스님은 내가 무엇을 보고 왔는지 내다보고 있었다. 시공을 떠돌며 영원히 이어질 것만 같은 방랑의 길……. 단번에 끊어버리지 못한 것에 대한 회한이 가슴 깊은 곳에서 물결치듯 일었다.

"비록 사법(詞法)은 하지 못했으나 네 근기는 뿌리가 깊으니 훗날을 기약하거라. 칭할 수도 없는 본래의 것에 거짓 이름이 무슨 소용이겠느냐마는 지산과 더불어 상좌 노릇을 한 표식으로 지어준 것이니 그리 알거라.

한 소식에 비하면 티끌에도 미치지 못하는 보잘것없는 것이기는 하나 네 금생의 한마당 놀음도 이만하면 반타작 농사는 실히 지었으니, 금후에도 근기를 잃어버리지 않도록 해야 하느니."

"……."

"밤마다 네 꿈을 어지럽히던 것이 너에게까지 다시 인연으로 닿을지는 알 수 없는 일이지만 네가 애초에 그 한 서원을 세웠으니, 이제 일념으로 그 길을 한번 가보거라.”

동명 스님이 나를 속가 제자로 인가를 하는 순간이었다.

“스님······.”

나는 일어나 정성껏 삼배봉은을 했다. 눈에서 물구슬 하나가 뚝 떨어졌다.

강 교수는 흐르는 땀을 닦아내며 암자에 들어섰다. 쥐죽은 듯 조용한 뜰에 놓여 있는 삼층 석탑에 멧새 한 마리가 앉아 있다가 인기척에 놀라 날아가버렸다.

‘이놈의 늙은이, 오늘도 버티는가 어디 두고 보자.’

며칠이고 머물 작정을 하고 온 것이었다. 동명 스님을 앞세워 우곡을 설득하는 것이 가장 효과적인 방법이라고 믿고 있는 터였다.

기침 소리도 내지 않고 법당으로 갔다. 향을 사르고 절을 했다.

‘저런 석고덩어리한테까지 머리를 조아려야 한다니.’

그러나 참아야 했다. 큰일을 하려면 나환자의 발가락이라도 빨아줄 수 있어야 한다는 것이 강석민 교수의 좌우명이었다.

지산 스님이 예불을 준비하려고 법당으로 향했다. 반짝반짝 빛나는 낯선 구두 한 켤레가 댓돌에 놓여 있었다. 얇은 먼지막을 덮어쓰고 있는데도 구두는 광택을 잃지 않았다.

가부좌를 틀고 앉아 있던 강 교수는 문이 열리는 소리를 듣고 일어났다. 지산 스님이 먼저 말을 꺼냈다.

“또 오셨군요.”

“여기 오면 왠지 마음이 편해져서요.”

강 교수는 가벼운 웃음을 띤 얼굴로 화답했다.

"부처님 계신 곳이면 어디나 같지요. 분별심이 그걸 가로막지만 않는다면 말입니다."

강 교수는 속이 끓었다.

'이런, 애송이 중놈이 감히 누구에게 설법을 하는 거야. 벌써부터 늙은 뭉구리의 흉내를 내는 걸 보니 기가 차는군.'

"허허, 스님의 설법을 들으니 한결 머리가 맑아집니다. 오늘은 내친 김에 큰스님께서 비밀히 감추어 두신 무진 법문 한마디를 꼭 듣고 내려가야겠습니다."

"무진 법문이라뇨?"

"허허, 지산 스님도 지금까지 들어보지 못하신 모양이군요? 옛 책에 관한 것인데."

"경전에 관한 거라면?"

"그런 건 아니고, 뭐……. 허허허."

장물 창고

루브르 미술관, 1997년 10월

2미터가 넘는 현무암으로 된 함무라비 법전비 앞에 섰다. 비는 동양의 나그네 앞에서 침묵을 지키고 있다. 그러나 거대한 돌덩어리는 무언가를 간절히 말하고 싶은 듯했다.

법전비는 B.C. 1700년경, 바빌로니아 임금 함무라비가 제정한 쐐기문자로 쓰인 세계에서 가장 오래된 성문법으로 조문은 모두 282개로 알려져 있다. 하지만 이것은 서양인들의 편의적인 잣대에 불과하다.

인류 역사상 가장 오래된 성문법은 단군 조선의 참전계 366조이기 때문이다. 참전계는 단군 조선의 개국과 더불어 체계를 갖추었는데 적어도 그 연대가 B.C. 2300년경으로 함무라비 법전보다 최소한 600년이나 앞서는 것이다.

그러나 이 사실을 완벽하게 고증해 내어 세계 시민들에게 알릴 책무를 가진 민족은 지금 무얼 하고 있는 것인가. 나도 모르게 한숨이

나왔다.

드몽문으로 들어서서 거대한 사모트라케의 니케를 지나치는 동안 프랑스의 문화적 국력을 실감할 수 있었다. 그다지 멀리 떨어져 있지 않은 회랑에는 오리엔트 조각품들을 전시해 두고 있었다.

2년여 머물렀던 시시암에서 동명 스님과 헤어진 나는 서울로 올라오자마자 프랑스행 비행기를 탔다. 그들이 남기고 간 부스러기 몇 권을 찾을 것이 아니라 청동궤 자체를 추적해 보자는 생각이었다.

강석민이 우곡에게 찾아갔다는 것은 그들도 서재의 칼에 새겨진 문구를 풀었다는 말이 되었다. 또 그것은 그들의 풀이도 내 해석과 크게 그다지 다르지 않다는 것을 증명하는 일이기도 했다.

그러나 다케다와 강석민이 전등사 불목하니 노인을 만난 것은 아닌 듯했다. 프랑스로 오기 전 전화 통화를 해본 결과, 그 쇳조각을 보여준 사람은 나밖에 없다고 하지 않는가. 어쩌면 노인이 기억을 못하고 있는지도 모르지만.

그들은 책의 실체가 무엇인지 이미 알고서 쫓고 있다는 말이 될 것인가. 조급해진 나는 서울에 도착한 즉시 마음을 바꾸었다.

궤에 들어 있었다면 단지 몇 권에 불과하지는 않았을 것이다. 병인양요 때 군함을 이끌고 강화도로 쳐들어온 로즈 제독이 그해 겨울 두 달간의 전투에 패하여 돌아가면서 약탈한 많은 금은 재물과 외규장각·사고(史庫) 등에서 실어간 것들을 사유화한 것도 아닐 것이었다.

그렇다면 이곳 어딘가에 있을 가능성이 컸다. 하지만 이 넓은 땅 어느 구석에 있다는 말인가. 파리에 도착한 뒤로 로즈 제독의 직방계 후손을 찾아보았지만 쉬운 일이 아니었다. 그렇다고 이곳까지 와서 빈손으로 돌아갈 수는 없는 일이었다.

“그래도 이놈들은 양반이군.”

청년 하나가 우리말로 중얼거리는 소리가 들렸다.

“한국에서 오셨습니까?”

“예, 노형도 한국인이시군요. 히피족이십니까?”

그는 웃으며 물었다. 내 몰골을 두고 하는 말이었다. 시시암을 떠날 때 모습 그대로였다. 머리며 수염이며……. 대답 대신 껄껄 웃고 말았다. 그가 중얼거린 소리가 궁금했다.

“수만 리 밖에서 양반 타령을 하시니 뜻밖인데요?”

“들으셨군요. 해외에 유출되어 있는 우리 문화재를 조사하러 다니는 일개 국민입니다. 비록 알아주는 사람은 아무도 없지만 말입니다.”

나는 묘한 호기심이 발동했다. 내가 찾고 있는 것에 관해 어떤 정보를 얻을 수 있을지도 모른다는 생각이 일었다.

“우리 문화재가 해외에 얼마나 나와 있습니까?”

“아마 전체의 50퍼센트는 될 겁니다. 하나같이 약탈당하거나 밀반출 되어 팔려나온 것이지요.”

“그만큼이나요?”

“놀라실 줄 알았습니다. 지금까지 제 말을 믿으려고 한 사람은 아무도 없었으니까 말입니다, 하하.”

‘침탈된 우리 문화재를 조사하러 다니는 청년이라……? 이 사람도 무언가를 추적해 온 것일까.’

그의 신분이 궁금해졌다.

“이렇게 다니시려면 비용이 꽤 들 텐데요? 강단에 계십니까?”

“강단이라고요? 허헛, 그건 제 꿈입니다. 임용 전형에서 벌써 여러 차례 탈락했는 걸요. 부끄러운 얘기이지만 봄가을에는 막일을 해서 비용을 만들고 여름과 겨울에 다니고 있습니다. 벌써 오 년이 다 됐습니다."

"자리가 많이 부족한 모양이군요?"

"자리가 부족한 게 아니라 돈이 부족하기 때문입니다, 하하."

"돈이 부족하다뇨?"

"잘못 들은 걸로 생각하십시오. 노형에게 괜한 말을 했군요."

"이렇게 다니시는 특별한 이유라도……?"

"지금 제가 하지 않으면 후손 중 누군가가 더 많은 고생을 하며 지구를 헤매고 다닐 것 같아서 이 노릇을 버리지 못하고 있습니다. 아무도 인정해 주지는 않지만 말입니다."

그의 얼굴을 보았다. 학문적 갈등은 이미 오래 전에 벗어난 표정이었다.

"일본에도 가보셨겠네요?"

"왜놈들 얘기는 꺼내지도 마십시오. 지금 생각해도 울화가 치밀 정도입니다. 서구놈들은 남의 유물을 자기네 것이라고 우기지는 않거든요. 일말의 양심은 있어서 말입니다. 그런데 왜놈들은 우리 문화재를 교묘하게 자기네들이 만든 것인 양 둔갑시키고 있어요."

"어떻게 말입니까?"

"그놈들은 유물의 출처, 제작인, 심지어 국적까지 감추거나 얼버무리고는 그저 일본의 국보라고만 선전하는 것입니다. 사람들은 일본 국보니까 당연히 일본 사람이 만든 것이겠구나 하고 자연스럽게 이해하게 되지요. 심지어 관광을 간 한국인들조차 말입니다."

"설마 그렇게까지야……?"

"제 말을 믿지 못하신다면 몇 가지 예를 들어드리지요. 교토 법륭사

대보장전에 있는 목조백제관음상을 두고 그놈들은 '유래를 알 수 없다'고 해놓았습니다. 불상의 명칭에 백제라는 말이 엄연히 들어가 있는데도 중국 양식을 닮았느니 어쩌니 하면서 슬그머니 혼란을 일으키게 하는 겁니다. 아마 나중에는 불상 명칭도 바꿔 놓을 걸요?

몽전에 있는 구세관음상은 봄가을로 두 번만 단기간에 걸쳐 공개하고 있습니다. 그 이유가 궁금해서 알아보았더니 그럴 만도 했습니다. 원래 왜놈들은 양놈들이 조금이라도 칭찬을 하는 물건이면 하늘을 떠받치듯 하는 버릇이 있지 않습니까? 그런데 저명한 고고학자인 페놀로사가 그 구세관음상을 발견해서는 90미터나 감겨 있던 비단천을 풀고 내뱉은 첫마디가 '한국인이 만든 최고의 걸작'이었습니다.

그러자 침을 꼴깍 삼키며 옆에서 지켜보고 있던 왜놈들이 그만 허둥지둥했습니다. 아마 페놀로사가 일본 최고의 걸작이라고 했으면 대서특필을 하고 난리가 났을 겁니다. 나중에 밝혀진 바로 그 구세관음상은 백제인 지리불사가 만든 것이었습니다. 적어도 페놀로사는 안목과 양식을 겸비한 학자였다는 말이 되지요.

그러나 왜놈들은 어떻게 하면 일본 것으로 둔갑시킬까 속을 끙끙 앓았습니다. 결국 뾰족한 수가 없자 사람들의 이목도 있고 해서 요식적인 행위로 일 년에 두 차례만 공개하는 것입니다."

우리는 어느덧 회랑을 반 바퀴나 돌고 있었다.

"혹시 선생님도 일본에 가 보셨습니까?"

그의 질문에 마땅한 답이 나오지 않았다. 긍정을 한다면 어떤 질문이 이어질까 두려웠기 때문이다. 다행스럽게도 꼭 대답을 듣기 위해 던진 질문은 아닌 모양이었다. 내가 말이 없자 그가 입을 열었다.

"70년대 초에 발굴되어 일본이 연일 떠들었던 고분이 하나 있었습니다. 바로 나라(奈良) 다카마쓰(高松)총 고분인데 놀랍게도 북한의 쌍영총·무용총 벽화에 그려진 것과 똑같은 고구려 여인의 모습이 그려져 있었습니다. 하지만 왜놈들은 고구려 고분이라는 말은 단 한 마디도 하지 않고 그저 '대륙의 고분과 관계있는 것으로 보인다'는 모호한 말만 되풀이했습니다. 또 세계 시장에 내놓은 발굴 기념 우표에도 고구려, 한국의 고분이라는 명문은 단 한 마디도 넣지 않았습니다. 이런 놈들이 왜놈입니다."

"그런 걸 알고도 일본의 양식 있는 지식층이 가만히 있습니까?"

"떠들면 사회적으로 매장시켜버리니 어떻게 하겠습니까, 허허. 이밖에도 많습니다. 광륭사를 지은 울진 출신의 진하승을 두고는 중국인으로 만들어버렸습니다. 진시황의 후손 운운하는 비석을 세웠습니다. 그런데 진시황의 성은 영(嬴)씨거든요.

왜놈들이 허겁지겁 비석을 세우면서, 진시황이니까 그가 진씨인 줄로 깜박 착각했던 거지요, 허허"

나도 웃음이 나오고 말았다. 너무 허풍스런 이야기라 사실처럼 여겨지지는 않았지만 지어낸 말은 아닌 듯했다.

"왜놈들이 우리 문화재를 자기들 것으로 둔갑시키는 두 가지 방법이 있습니다. 한국과 일본에 동일한 유물이 있을 경우에는 '계보의 공통성을 살필 수 있다', '대륙과 교류가 빈번했다고 보인다'라는 따위의 모호한 말을 내세우는 것입니다. 또 우리 문화재를 그들만이 갖고 있는 경우에는 제작자의 이름이나 국적을 슬그머니 감추는 것입니다.

일본어대사전이나 일본인명사전을 눈 씻고 찾아보아도 일본의 국보로 둔갑한 우리 문화재를 만든 사람들의 국적은 표시되어 있지 않습니다. 또 교과서, 도감, 현장 설명문, 관광 안내서 등 모든 면에서 철저히 국적을 숨깁니다. 오직 일본의 국보라고만 떠벌려 그 말에서 자연스럽게 파생되는 짐작으로 사람들의 관념을 그들의 의도대로 정착시키는 것이지요.”

“왜 그렇게까지 우리나라 문화재에 대해 특별한 집착을 보이는 겁니까?”

“그들의 문화재가 없기 때문입니다. 고구려·백제·신라가 건너가서 가르쳐 주기 전까지 밥그릇 하나도 제대로 만들지 못하던 미개 민족이었거든요.

지난해에 일본에 갔다가 도쿄국립문화재연구소에서 일하고 있는 연구원 한 사람을 만났는데, 자기는 일본 문화재의 보존을 위해 밤낮으로 연구하는 일에 인생을 바치고 있다고 자랑 삼아 떠드는 말을 들었습니다. 그때 바로 한마디 쏘아주었지요. 유지 보수가 목적이냐, 한국 문화재를 일본 것인 양 둔갑시키는 게 목적이냐고 말입니다. 그랬더니 얼굴이 벌겋게 달아올라 아무 말 못합디다.”

“일리가 있는 말씀이군요. 그들의 문화재 보수 기법은 세계적으로 알아주니까 말입니다.”

“자칫 잘못하면 남의 나라 것을 자기 것이라고 우긴 사실마저 들통날까봐 전전긍긍하고 쉬쉬하면서 더 정교하게 더 세세하게 조작하려다 보니 늘어난 실력이 아니겠습니까.”

“말씀을 들으니 공감이 가는 곳이 많군요.”

그는 신이 났다.

“세계에서 단 두 개밖에 없다는 어린아이 주먹만한 청자기린연적 하나가 소더비 경매에서 무려 삼억 팔천만 원에 낙찰되었다는 얘기는 아십니까?”

"금시초문입니다. 정말 대단한 일인데요?"

"그런 게 바로 우리 문화재입니다."

"고대에 불교를 가르쳐 주면서 같이 보내준 것들보다는 임진왜란 때나 일제 때 약탈당한 게 더 많겠지요?"

"두말할 것도 없지요."

"일제 때는 얼마나 가져갔습니까?"

나는 다케다 가문을 떠올렸다.

"제 이야기를 이렇게 많이 듣고 싶어하는 분은 오늘 처음입니다, 하하."

"그래요? 저는 차평무라는 사람입니다만……"

청년은 내가 내미는 손을 잡았다. 그는 유동선이라고 자신을 밝혔다.

"일제 때 총독부가 설치되자 초대 통감으로 부임한 이토 히로부미가 우리 문화재를 빗자루로 쓸다시피 끌어모은 최대의 장물아비였습니다."

"이토 히로부미가요?"

"그렇습니다. 그는 일왕과 본토 귀족들에게 선물한답시고 미리 들어와 있던 일본인 도굴 패거리들을 시켜 닥치는 대로 고려자기를 가져 오라고 했어요. 그런데 그때까지만 해도 우리나라 사람들은 고려자기가 뭔지도 모르고 있었습니다. 왜냐하면 모두 고분 속에 들어 있는 것이라 알 턱이 없었지요. 백성들 스스로 옛 무덤을 파헤친다는 것은 상상도 못했던 일이니까 말입니다."

"우리나라 사람들이 고려청자를 모르고 있었다뇨?"

"사실입니다. 청자가 아주 드물게는 있었습니다. 왕가에 말입니다. 당시 이토와 고종의 대화가 기록으로 남아 있습니다.

이토가 내민 고려청자를 처음 본 고종이 어디서 만든 거냐고 묻자 이토가 고려시대의 물건이라고 했지요. 그러자 고종은 그럴 리가 없다며 이 땅에는 없었던 물건이라고 했습니다. 이토는 아무 말도 못하고 우물쭈물하고 말았어요. 무덤을 파헤쳐 꺼냈다는 대답을 할 낯이 없었던 겁니다.”

“놀라운 사실인데요?”

“이토를 비롯한 일본인들이 가져 간 고려청자만 해도 족히 오만 점이나 된다는 한 일본인 골동품상의 말이 있습니다.”

나는 너무 놀란 나머지 소리를 지를 뻔했다. 우리나라에 있는 것이 겨우 2만 점에 불과하다는 국립중앙박물관의 책자를 본 적이 있었기 때문이다.

“또 2대 통감 데라우치는 우리 문화재를 얼마나 탐냈는지 경복궁 내 세자의 내전으로 쓰고 있던 자선당 건물 전체를 그대로 뜯어내어 일본에 있는 자기집 정원에 조성했을 정도입니다. 있을 수 있기나 한 일입니까, 어디? 거대한 집채까지 마구 뜯어내고 분해해서 실어간 놈들인데 다른 것들은 오죽했겠어요?”

나는 다케다의 서고를 떠올렸다. 그 건물 계단의 돌에 새겨져 있는 태극 무늬로 보아 그것도 우리나라의 어느 옛 건물을 해체해 다시 구성해 놓은 것이라는 추측을 쉽게 할 수 있었다. 분노보다는 비애가 앞섰다.

“참 이해할 수 없는 노릇이군요. 일말의 양식도 없는 소행이 아닙니까?”

“왜놈들도 사람이라고 믿는 바보 같은 생각은 일찌감치 버리는 게 좋습니다. 나중에 후회하지 않으시려거든 말이에요.

일제 말기인 1943년, 조선총독부가 각 도경찰국에 내려보낸 비밀지령 문서가 있습니다. 반시국적 고적의 철거라는 이름으로 말이에요. 이게 무슨 말입니까? 한국의 모든 문화재를 파괴하라는 말입니다. 그러자 일본에 불리한 역사적 증거들을 모조리 없애려는 일환으로 그간 거두어들인 많은 유물과 서적을 부수고 없애버렸던 거지요."

"……."

대꾸할 말이 없었다.

"몇 년 전의 일입니다만, 미워할 수도 없는 어떤 슬픈 애국자 하나가 고베시(神戶市)가 모아 놓은 우리 국보급 문화재 일부를 훔쳐버렸어요. 이를 두고 일본인들은 어리광을 부린다고 비웃었습니다. 무조건 돌려달라는 어린애 같은 심보는 버려야 할 것이라고 말입니다."

"어찌 되었든 그 말은 맞는 것 같은데요. 그런 식으로 절도하는 행위를 애국으로 본다면 문제가 있는 것 아니겠습니까?"

"하지만 나이 많은 일부 어르신들이 왜놈들의 옛 행각에 얼마나 치를 떨고 있었으면 그 사건을 두고 의로운 행동인 양 생각했겠습니까?"

"이미 해외에 나가 있는 문화재들은 국익에 도움이 되지 않겠습니까? 요즘은 세계 각국이 서로 앞다투어 자국의 문화를 알리려고 기를 쓰고 있는데, 그보다 더 좋은 홍보 사절이 어디 있겠습니까?"

"우리나라의 문화재 브로커들이나 왜놈들이 하는 말을 하시는군요. 하지만 그것은 아주 비겁한 시각입니다. 과거 다른 나라를 침탈했던 제국주의의 논리에 얼씨구나하고 장단을 맞춰주는 꼴이지요. 그들이 무단으로 침입해서 절도·갈취·도굴 등의 불법적인 수법으로 밀반출해 간 문화재를 두고 과거의 행각이 부끄러워지자 둘러댄 말을 가지고 심지어 우리나라 대학 교수들까지도 생각 없이 떠벌리는 논리라는 말입니다. 한심한 일이 아닙니까?

물론 정상적인 조건에서 각국의 문화의 홍보와 교류·전파 같은 것은 서로 다른 나라를 이해하는 데 가장 중요한 일이긴 합니다. 하지만 구렁이 담 넘어가듯 슬그머니 내놓는 발언의 이면에는 불법유출이나 밀반출을 정당화하려는 의도가 깔려 있습니다.”

“그렇게 볼 수도 있겠군요.”

“이집트의 유물이 프랑스나 영국의 박물관에 있는 것을 보고 관광객들은 이집트에 가고 싶어하지는 않습니다. 혹 피라미드를 보려면 모를까요. 그들은 자기 나라 돌아가서 주위 사람들에게 영국의 박물관을 가보라고 권하지요. 이집트의 보물이 거기 다 있더라고 말입니다. 이집트는 국익에 도움이 되기는커녕, 오히려 치욕스러운 과거의 역사만을 관광객들에게 제공해 줄 뿐입니다.

프랑스의 에펠탑이 서울 여의도 광장에 있거나 루이 왕정시대의 유물들이 우리나라 국립 박물관의 한 전시실에 있다고 생각해 보세요. 그것이 우리나라에 무슨 가치가 있습니까? 에펠탑은 오직 프랑스에 있어야 그 본래의 가치가 있는 것이고, 피라미드도 이집트를 떠나면 그저 돌덩어리를 쌓아 놓은 것 이상의 감흥은 주지 못합니다.”

옳은 논리였다. 나는 무심코 던져놓은 말 한마디 때문에 무척 부끄러워졌다.

“제가 잠시 생각을 잘못한 것 같네요. 유형의 말씀을 듣고 나니 몸 둘 바를 모르겠습니다, 허허.”

“저는 적어도 해외의 우리 문화재 분야에 관해서만큼은 누구에게도 양보하고 싶지 않습니다. 혹시 몇 년 전에 유네스코에서 문화재 협약을 맺은 사실 알고 계십니까?”

"금시초문입니다."

"모두 80여 개 나라가 서명을 했는데, 그 참가국들을 살펴보면 자동 가입된 미국만 빼고는 모두 자국의 문화재를 갈취당한 나라들 일색입니다. 일본이나 영국·프랑스·스페인 등 근세에 제국주의로 치달았던 나라들이 왜 가입하지 않았겠습니까? 그들은 과거가 부끄러웠던 거지요. 그리고 행여 여러 나라에서 탈취해 온 문화재들을 돌려 달라고 할까봐 겁이 났던 것입니다."

얼마 전에 이곳 국립도서관에 있는 고서들을 대여 형식으로 우리나라에 일부 반환할 것이라는 소식을 들었다.

'대여라니? 도대체 누가 누구의 물건을 대여한다는 말인가.'

웃지도 못할 소식이었다. 그 때문에 도서관은 시위를 하는 뜻에서 하루 폐관할 것이라는 기사를 읽은 적이 있었다.

100여 년 동안 눈도 꿈쩍하지 않던 그들이 갑자기 고서 반환이라는 선심을 들고 나온 목적은 우리나라의 고속철도 사업에 눈길이 닿아 있기 때문인 것이다.

식사라도 같이 하고 싶어서 붙잡았으나 유동선은 만나야 할 사람이 있다며 끝내 내 손을 뿌리쳤다. 청을 받아들이지 못한 것이 미안한지 그는 명함 한 장을 쥐어주고 갔다. 한국으로 돌아가면 꼭 다시 만나야 할 사람이었다.

수메르에서 출토된 점토판 앞에 섰다. 전 세계 도처에서 거둬들여 소장품이 30만 점이나 된다는 미술관……. 하지만 이 넓은 곳 어디에서도 궤에 대한 단서는 아무것도 발견할 수 없었다.

미술관에는 관람객이 끊임없이 들어섰다. 문화적 관심이 일상적인 일과로 자리잡고 있음을 말해 주는 증거이기도 했다. 유럽 각국에서

관광하러 온 사람들도 많았다. 많은 사람들이 관람하고 있는데도 미술관 안에서는 발걸음 옮기는 소리 하나 들리지 않았다.

젊은 여자 하나가 무얼 열심히 적고 있었다. 흘깃 보았다. 긴 머리칼이 시원스럽게 등을 흘러내렸다. 그녀가 몸을 돌렸다. 목걸이가 보였다.

순간, 나는 내 눈을 의심했다. 푸르스름한 목걸이가 소용돌이 모양으로 비쳤기 때문이다. 착각인가……?

그녀가 발길을 돌릴 것으로 짐작되는 쪽으로 가서 섰다. 그녀는 몸을 돌렸다. 그 겨를에 목걸이를 주의 깊게 훔쳐보았다. 틀림없었다. 소용돌이 모양이었다. 그녀는 천천히 걸음을 옮기며 계속 무언가를 적고 있었다.

"실례합니다만, 영어를 할 줄 아십니까?"

"예, 무슨 일이신지?"

그녀는 의례적인 미소를 띠었다.

"잠깐 몇 마디만 나눌 수 있겠습니까?"

••• 2권에 계속